GWEN HUNTER
Die betrogene Frau

Buch

Schon immer waren die DeLande, die älteste und mächtigste Familie Louisianas, die uneingeschränkten Herrscher über Gesetz, Politik, Geld – und über ihre Frauen. Die schöne, aber gesellschaftlich unbedeutende Nicolette verliebt sich in den charmanten und faszinierenden Montgomery DeLande. Als die beiden heiraten, erfährt Nicolette viel Neid. Aber Montgomery betet seine Frau an und verwöhnt sie über alle Maßen. Als die beiden im Laufe der ersten Jahre drei Kinder bekommen, scheint das Glück perfekt. Doch immer deutlicher zeigt sich die dunkle Seite von Nicolettes Mann: Von einer Sekunde auf die nächste verwandelt sich der anmutige und betörende Liebhaber in einen brutalen Sadisten. Aber noch macht sich Nicolette keine Vorstellungen über die Grausamkeit, die unter der glatten Oberfläche der ehrenwerten Familie schwelt und die von Zeit zu Zeit in den Augen von Montgomerys Mutter aufblitzt. Erst als Nicolette erkennen muß, daß sogar ihre Kinder in Gefahr sind, nimmt sie den Kampf gegen den mächtigen Familienclan auf – mit allen Mitteln. Und die sind wirkungsvoller, als der Familienclan es sich hätte träumen lassen.

Autorin

Gwen Hunter wurde 1956 in Louisiana geboren. Mit *Die betrogene Frau* erlebte sie in den USA ihren endgültigen Durchbruch. Gwen Hunter lebt zusammen mit ihrem Mann in Delta Belle, South Carolina.

Von Gwen Hunter ist bereits erschienen

Tausendmal berührt. Roman (43397)

GWEN HUNTER
Die betrogene Frau

Roman

Aus dem Amerikanischen
von Mechthild Sandberg-Ciletti

BLANVALET

Die Originalausgabe erschien unter dem Titel
»Betrayal« bei Pocket Books, New York

Umwelthinweis:
Alle bedruckten Materialien dieses Taschenbuches
sind chlorfrei und umweltschonend.

Blanvalet Taschenbücher erscheinen im Goldmann Verlag,
einem Unternehmen der Verlagsgruppe Bertelsmann

Taschenbuchausgabe Juli 1999
Copyright © der Originalausgabe 1994 by Gwen Hunter
Copyright © der deutschsprachigen Ausgabe 1995
by Wilhelm Goldmann Verlag, München,
in der Verlagsgruppe Bertelsmann GmbH
Umschlaggestaltung: Design Team München
Umschlagfoto: Ted Gueller
Druck: Elsnerdruck, Berlin
Verlagsnummer: 35127
MD · Herstellung: Heidrun Nawrot
Made in Germany
ISBN 3-442-35127-8

1 3 5 7 9 10 8 6 4 2

Prolog

Mein Name ist Nicolette Dazincourt DeLande, und ich bin eine Mörderin.

Wie stellt man den Abschnitt eines Lebens dar, frage ich mich. Kann man es einfach zurückschneiden und zurechtstutzen, mit dem Messer darauf einhacken wie auf eine wild wachsende Glyzinie mit einer Fülle lilafarbener Blüten und grüner Ranken, die alles umwickeln und ersticken. Wie stutzt und schneidet man das üppige Gerank eines Lebens, wie macht man es zahm und fügsam, um es fremder Form und Struktur anzupassen. Was ist das für ein Leben ... farblos und gleichförmig, in eine Form gepreßt, die ein anderer ihm aufgezwungen hat. Und doch ...

Wissen Sie, was man ein Mädchen aus dem Süden lehrt? Nicht ein Großstadtmädchen, ein Mädchen vom Land, aus den Sumpfgebieten südwestlich von New Orleans, in der Gegend des Atchafalaya-Flusses. Mein Daddy war Tierarzt und nicht reich. Als ich zwölf war, kannte ich mich mit Daddys Büchse so gut aus wie auf Mamas alter Singer. Ich konnte sticken und fischen – Katzenfische zum Beispiel –, ich konnte mit dem Fischspeer auf Frösche gehen, eine Decke häkeln, mit künstlichem Köder angeln und im Notfall die ganze Praxis schmeißen. Ich konnte gebrochene Hundebeine schienen, Röntgenaufnahmen machen, bei Hunden, Katzen und Schweinen Geburtshilfe leisten, ich konnte bei Hunden, die zu ersticken drohten, den Heimlich-Handgriff anwenden, ich konnte einen unheilbar kranken Hund einschläfern, die Besitzer beruhigen, das Honorar kassieren und die Leute zufrieden nach Hause schicken. Ich konnte Flöte spielen, was ich haßte, zeichnen, schlechte Gedichte schreiben, ganz passabel französisch sprechen, ich sang im Kirchenchor und fluchte wie ein Stallknecht, aber immer leise. Das alles konnte ich. Und das war verdammt gut so.

Ich lernte Montgomery Beauregard DeLande kennen, als ich noch ein linkischer Teenager war, der auf Bäume kletterte und Tarzan und Jane spielte. Er war groß und rothaarig, mit blauen Augen und einem langen schlanken Körper, der alle Mädchen in Moisson hinriß. Er hatte eine Narbe von einer Messerstecherei über dem rechten Auge und eine zweite am Schlüsselbein. Die Narbe und ein fedriges Büschel krausen roten Brusthaars waren zu sehen, wenn er Softball spielte oder mit Henri Thibodeaux an einem Oldtimer bastelte. Und er hatte ein Lächeln, das jedes dunkle Zimmer strahlender erleuchtete als der edelste Kristallüster.

Montgomery war schon älter. Gut zweiundzwanzig. Er war einer von den DeLandes aus Vacherie, einem Ort etwa auf halbem Weg nach New Orleans. Und ich schwöre, für einen einzigen Blick von ihm hätte ich meine Seele gegeben. Beinahe hätte ich es getan. Vielleicht habe ich es sogar getan.

I

Das Leben im Süden von Louisiana war niemals leicht, außer für die Reichen, die frei wählen und sich kaufen konnten, was nötig war, um etwas zu ändern. Mein Daddy gehörte nicht zu den Glücklichen, denen Reichtum und gesellschaftliche Stellung durch Geburt mitgegeben wurden. Und das Vermögen, das er beim Ölboom Anfang der siebziger Jahre zu machen gehofft hatte, versank mit dem Geld, das er investiert hatte, und mit dem guten Ruf der Familie in den Sümpfen Louisianas. Oh, zu darben brauchten wir nie. Wir hatten immer genug zu essen, auch wenn es mit Angel oder Netz aus dem Grand Lake oder dem Flußbecken gezogen war. Und wir hatten immer Kleider auf dem Leib, auch wenn es nur solche waren, die Mama nach Vorbildern in Modezeitschriften auf ihrer alten Singer genäht hatte.

Wir wohnten in einer Kleinstadt namens Moisson, in der Nähe von Loreauville, Louisiana, im Gebiet des Atchafalaya-Flußbeckens. Baton Rouge ist im Nordosten, mit dem Auto gut zwei Stunden entfernt. New Orleans mit seiner vielschichtigen Gesellschaft und seiner geschlossenen sozialen Ordnung liegt genau östlich. Ich kannte niemanden, der der alten Garde der Südstaaten-Aristokratie angehörte oder der vergnügungssüchtigen Halbwelt, die nachts im French Quarter ihre Feste feierte.

Als ich zehn war, erbte Mama, und danach verbrachten wir jeden heißen Juli in New Orleans und schwelgten in der Kultur, in die ich nach Daddys Willen einmal einheiraten sollte. Mama war eine Ferronaire, von den New Orleans Ferronaires, und hatte sowohl finanziell als auch gesellschaftlich weit unter ihrem Stand geheiratet, nachdem ein Dazincourt ihr im Jahr ihres gesellschaftlichen Debüts auf einem der »weißen Bälle«, auf denen sich die vornehme Gesellschaft im Karneval vergnügte, den Hof gemacht und ihr Herz erobert hatte. Aber die Ferronaires heirateten stets unter ihrem Stand, da es niemanden gab, der an sie heranreichte.

Dennoch wünschten sie und Daddy sich etwas Besseres für mich als das, was Moisson zu bieten hatte, und so kam es, daß Mama, meine beste Freundin Sonja und ich jeden Juli in vornehmen Restaurants speisten, die Oper besuchten, uns Vorstellungen im Petit Théâtre du Vieux Carré und im Théâtre Marigny ansahen, das Louisiana Philharmonic Orchestra im Saenger Theatre hörten und Jazzkapellen im Tipitina, Maple Leaf, Muddy Waters, der Absinthe Bar und im Tyler's.

Wir sahen uns Gestüte an, wo man Vollblüter für die Rennen züchtete, und besuchten die Rennbahn Fairground, auch wenn gerade keine Saison war, und bei allem beriefen wir uns auf den Namen Ferronaire und nutzten die Beziehungen der Familie. Und wir besuchten Modehäuser, wo Mama sich alles aufmerksam ansah und sich die neuen Modelle für das kommende Jahr einprägte. Sie war mit Stoff und Nadel so geschickt wie keine zweite. Wäre sie stärker gewesen, sie hätte sich gegen Daddy aufgelehnt und ihren eigenen Laden aufgemacht. Aber vielleicht gefielen ihr die Einsamkeit Moissons und ihre Abhängigkeit von Daddy.

Moisson hat in gewisser Weise auch eine Gesellschaft. Es gibt Tanzveranstaltungen, Kirchenpicknicke und in der kühleren Jahreszeit Erntefeste. Aber der Begriff der »high society« war uns völlig fremd. Modellkleider und private Karnevalsfeste gehörten einfach nicht zu unserem Erwachsenwerden. Ohne die Schule hätte ich niemals die Gelegenheit bekommen, die Art von Leuten kennenzulernen, die in die feine Gesellschaft paßten. Und ganz sicher hätte ich niemals die Art von Leuten kennengelernt, die in der Gesellschaft überhaupt keinen Platz hatten.

Von meinem neunten Lebensjahr an, als Daddy meinte, ich könnte eines fernen Tages eine Schönheit werden, besuchte ich die katholische Mädchenschule Unserer lieben Frau in Plaisant Parish. Er hoffte, ich würde einen Mann anlocken, der die Familie wieder auf das ihr angemessene soziale und ökonomische Niveau heben würde. Mit anderen Worten, er hatte die Absicht, mich auf dem Heiratsmarkt an den Meistbietenden zu verschachern. Dank den Ferronaire-Beziehungen würde ich zu den Debütantinnenfesten und den weißen Karnevalsbällen zugelassen werden. Der Rest lag dann bei mir und der Erziehung, die ich auf der Schule genossen hatte.

Der Schule hatte ich es zu verdanken, daß ich Montgomery und Sonja begegnete. Es ist paradox, daß die guten Schwestern Unserer lieben Frau mir sowohl meine Verdammnis als auch meine Erlöserin bescherten. Ich war zehn, als Sonja LeBleu nach Plaisant Parish kam. Sie war schön; eine dunkeläugige Unschuld mit langen, schmalen Händen, berückend langen Wimpern und einer natürlichen Anmut, mit der sie alle Mädchen an der Schule in den Schatten stellte, als wir die Tanzschritte lernten, die in den kreolischen Tanzsälen populär waren.

Ich war erstaunt, daß Daddy mir erlaubte, tanzen zu lernen. Er, ein Anhänger der Pfingstbewegung in katholischem Gewand, pflegte des Abends beim Bibelstudium mit strengem Blick die Gefahren des Tanzens, des Umgangs mit dem anderen Geschlecht, des Sex und der Sünde zu predigen. Aber damals hatte ich vom Heiratsmarkt und Daddys Zukunftsplänen für mich noch keine Ahnung.

Sonja schien zum Tanzen geboren zu sein. Sie lernte die Schritte und Gesten, als hätte sie schon immer gewußt, wie man es macht, und hätte nur auf die Erlaubnis gewartet, endlich damit anfangen zu dürfen. Ich war weit weniger vom Glück begünstigt. Ich war zu groß für mein Alter und von Natur aus tolpatschig und hatte in der Tanzstunde die gleichen Probleme wie bei der Aussprache des Pariser Französisch, das man uns dreimal in der Woche unterrichtete. In beiden Fächern stach Sonja uns alle aus. Und wenn sie nicht noch weniger gesellschaftsfähig gewesen wäre als ich, wären wir wohl niemals Freundinnen geworden.

Sonja stand wirklich auf der untersten gesellschaftlichen Stufe.

Franzosen mit schwarzem Blut in den Adern, eine Stufe tiefer noch als Mestizen und die weißen Cajuns, galten als Parias. Praktisch als Unberührbare. Sie hatten überhaupt keine Chance, in der Gesellschaft aufzusteigen – es sei denn, sie waren schön und gebildet. Sonja wollte beides werden, nach New York übersiedeln und sich als kultivierte, aber verarmte Adlige ausgeben. *Passer blanc.* Sich als Weiße ausgeben. Die Yankees, die mit der Klassengesellschaft des Südens nicht vertraut waren, würden Sonjas Erbe nicht erkennen und sich nicht darum kümmern. Sie konnte eine gute Partie machen und gutes grünes Yankee-Geld heiraten. So wurde jedenfalls argumentiert.

Montgomery kam in dem Jahr, in dem ich vierzehn wurde, nach Moisson. Ich war zu groß, zu mager und litt immer noch – wie eben nur Jugendliche leiden können – unter dem schlechten Ruf der Familie. Mein Onkel John Dazincourt hatte vor nur einem Jahr in einem weithin bekanntgewordenen Prozeß wegen Bestechung seine Zulassung als Anwalt verloren. Er war innerhalb weniger Jahre schon der zweite Dazincourt-Onkel, der in Verruf geraten war, und die Schande wäre für mich unerträglich gewesen, wäre nicht Sonja gewesen. Sie lächelte nur ihr geheimnisvolles Lächeln, tätschelte mir die Hand und stand mir ohne große Worte bei, bis der Skandal sich im Sand verlaufen hatte. Selbst damals schon wußte Sonja genau, wann sie den Mund aufmachen mußte und wann es besser war zu schweigen.

Zu Beginn des Frühjahrs, in dem der Skandal seinen Höhepunkt erreicht hatte, saßen Sonja und ich auf dem Schulhof zusammen und aßen unser Mittagbrot. Wir saßen, abseits von den tuschelnden Grüppchen der anderen Mädchen, der holprigen Straße am nächsten, und wischten uns gerade die Finger wohlerzogen an unseren Servietten ab, als in der Ferne Motorengeräusch laut wurde. Ein schmutziger alter Ford mit lärmendem, aber wie geschmiert laufendem Motor kam die Straße herunter und bremste. Eine Wolke feinen Staubs rieselte auf Sonja und mich herab.

Ein rothaariger junger Mann mit blauen Augen und unglaublich weißen Zähnen im staubverkrusteten Gesicht legte einen

Arm ins offene Fenster und lehnte sich aus dem Wagen. Sein Blick fiel auf Sonja und blieb, wie die Blicke aller Männer, an ihr haften.

»Entschuldigen Sie, Miss. Könnten Sie mir sagen, wie ich zu Henri Thibodeaux komme? Ich bin anscheinend irgendwo falsch abgebogen.«

Das Knattern des Motors übertönte alle Geräusche aus dem Garten, aber ich konnte mir das Gekicher und Getuschel gut vorstellen. Die Schwestern hatten uns eingebleut, niemals mit fremden Männern zu sprechen, schon gar nicht mit fremden, staubbedeckten, fabelhaft aussehenden Männern, die sich aus klassischen alten Autos mit Seltenheitswert lehnten und uns so ansahen wie dieser. Wie der Fuchs, der die Beute gesichtet hat. Aber sie hatten uns auch eingebleut, niemals unsere guten Manieren zu vergessen. Die Frage des Fremden und sein offensichtliches Dilemma einfach zu ignorieren, wäre nicht die wohlerzogene Art gewesen, mit der Situation umzugehen.

Mir hatte es wie gewohnt die Sprache verschlagen. Sonja jedoch lächelte mit züchtig gesenkten Lidern und wies den Mann zur Haustür, wo Schwester Ruth stand und uns mit Argusaugen beobachtete. Der Mann lüftete seinen Hut – eine merkwürdig altmodische Geste –, legte den Rückwärtsgang ein und fuhr die Auffahrt hinauf. Verlegen und mit roten Köpfen zogen Sonja und ich uns ins kühle Klassenzimmer zurück, wo uns das Gekicher unserer Mitschülerinnen empfing.

Später am Nachmittag kam Schwester Ruth in die Tanzstunde. Sonja hatte offensichtlich reagiert, wie es sich gehörte, als sie den charmanten jungen Teufel zu Schwester Ruth geschickt hatte, anstatt selbst seine Frage zu beantworten. Schwester Ruth lobte Sonja und mich, da ich dabeigewesen war, über den grünen Klee. Das war entschieden nicht die Gardinenpredigt, die Annabella Corbello sich für uns vorgestellt hatte. Der rothaarige Charmeur hatte anscheinend selbst die sauertöpfische Schwester Ruth becirct. Aber so war Montgomery. Wenn er seinen Charme spielen ließ, fanden ihn selbst Nonnen unwiderstehlich.

Von dem Moment an, als ich ihn das erstemal sah, besetzte er mein Leben und eroberte jene geheimen Plätze, in denen bei allen jungen Mädchen die Träume nisten. Romantische Liebe und Leidenschaft blühen in diesen dunklen Verstecken, Phantasien von Errettung und heißen Küssen, von Liebeserklärungen und Treueschwüren, Phantasien, wie sie von Schriftstellern wie Devereaux und Lindsey und zahllosen anderen gespeist werden, die die romantischen Erwartungen dieser Frauengeneration nähren. In den seltsamsten Augenblicken pflegten diese Phantasien mich zu überfallen. Ich konnte in Daddys Klinik bei der Arbeit sein, und die Käfige der wenigen Patienten säubern, die über Nacht blieben, da erschien plötzlich mein imaginärer Montgomery, nahm mir den Gartenschlauch aus der Hand, riß mich in seine Arme und trug mich davon wie ein Richard Gere in *Ein Offizier und Gentleman*. Das waren so die typischen Tagträume.

Im wirklichen Leben hätten Hunde- und Katzenkot das Gehen zu einer prekären Angelegenheit, das Atmen schwierig und jegliche Romantik unmöglich gemacht. Aber die Realität hat mit den Träumen junger Mädchen wenig zu tun. Mein ganzes Leben drehte sich nur noch um Montgomery. Ich nahm meinen Brüdern sogar das Fischen und den Krabbenfang ab, nur damit ich mit Daddys flachem Boot durch Seen und sumpfige Flußarme im Atchafalaya-Becken zu Henri Thibodeaux' Haus tuckern konnte, weil ich hoffte, ihn dort im Hof an einem der Oldtimer basteln zu sehen, für die die beiden Männer ein Faible hatten. Aber dieses Glück hatte ich nie.

Daddy jedoch war hocherfreut darüber, daß ich anwendete, was er mich gelehrt hatte: daß ich nicht vergessen hatte, was er mir von Kindesbeinen an beigebracht hatte. So machte ich wenigstens einen Mann glücklich.

Im Ort hatte ich mehr Glück. Da sah ich Montgomery manchmal, wenn er eine der Schönen aus der Stadt zu einem Tanzfest begleitete. Ich sah ihn bei der Messe in der Kirche und zweimal bei der Beichte. Danach ging ich regelmäßig am gleichen Tag zur gleichen Zeit zur Beichte, weil ich hoffte, ihn wiederzusehen. Ich sah ihn ab und zu im Laden, wenn er für eine der wilden Partys, die er und Henri Thibodeaux veranstalteten, Schnaps kaufte.

Und ich hörte mich um. Ich brachte alles Wissenswerte über diesen rothaarigen Mann mit den ungewöhnlich eleganten Manieren in Erfahrung. Er bezauberte jeden, der ihm begegnete, von Pater Joseph, dem Gemeindepriester, bis zu dem Mann, der Therriots Lebensmittelgeschäft saubermachte. Und ich glaube, mich bemerkte er nicht einmal. Nicht ein einziges Mal.

Aber mit meinem sechzehnten Geburtstag wurde alles anders. Ich veränderte mich. Eines Tages kam ich an dem hohen goldgerahmten Spiegel im Vestibül vorüber und blieb wie angewurzelt stehen. Das Mädchen, das ich da sah, war nicht ich. Das war Daddys Vision von mir. Und ich hatte beinahe Angst davor, zurückzutreten und genauer hinzusehen. Ich tat es dennoch. Und wirklich, ich war schön.

Groß, ja, aber gertenschlank und feingliedrig und so graziös wie eine Ballerina. Mein Gesicht war fein gemeißelt, mit goldbraunem Teint und grauen, leicht schrägstehenden Augen unter aschblondem Haar, das sich dank der Augusthitze in krausen Locken ringelte. In diesem Moment wußte ich, daß meine Träume wahr werden konnten. Ich konnte Montgomery DeLande erobern. Ich konnte es. Und ich würde es tun.

Zehn Monate später ging ich von der Schule ab. Bei der Abschlußfeier war auch Montgomery da. Ich wußte es, weil auch Henri Thibodeaux' Schwester Anne abging und allgemein bekannt war, daß sie praktisch jeden Tag mit einem Heiratsantrag von Montgomery rechnete.

Aber ich wußte es besser. Der Montgomery meiner Träume würde sich niemals mit irgendeiner netten kleinen Maus begnügen, die mit jedem, der ihr gerade gefiel, ins Bett hüpfte. Für Montgomery DeLande war nur das Beste gut genug. Das Edelste. Das Reinste.

Dank meinen Tagträumen und der Tatsache, daß kein Junge am Ort den Grad der Perfektion erreichte, den ich Montgomery zuschrieb, war ich das alles. Rein und unberührt und reif für den

Mann, der die Geduld und das Geschick besaß, mich für sich zu gewinnen.

An diesem Abend begann die Zeit unserer jungen Liebe. An diesem Abend begann mein Abstieg zur Hölle.

Wir verlobten uns am Neujahrstag des Jahres, in dem ich achtzehn Jahre alt wurde. Wenn ein neues Dach auf dem hundertfünfzig Jahre alten Haus im Watt, in dem ich aufgewachsen war, ein etwas sonderbares Zeichen zur Besiegelung eines Verlöbnisses war, so machte jedenfalls mir gegenüber keiner eine diesbezügliche Bemerkung. Und Daddy war begeistert. Sein zukünftiger Schwiegersohn war genau das, was er sich immer gewünscht hatte. Ein richtiger Mann, der es im Angeln, Jagen und im Restaurieren klassischer alter Autos mit jedem Mann in der Gemeinde aufnehmen konnte. Und er hatte Geld. Einen Haufen. Geld, das er in dem neuen Feriengebiet am Grand Lake anlegte. Geld, das er in Moisson anlegen wollte. Geld, das er im Rahmen einer finanziellen Vereinbarung, über die mit mir nie gesprochen wurde, Daddy und Mama vermacht hatte.

Ich heiratete Montgomery, als ich zwanzig war, und bekam im selben Jahr mein erstes Kind; das zweite im folgenden Jahr und mein drittes, noch ehe ich fünfundzwanzig war. Aber schon lange vor unserem Hochzeitstag waren wir ein echtes Liebespaar.

Sex hatte ich mir ganz anders vorgestellt. Oh, zu Beginn war es Leidenschaft und aufregende Entdeckung. Aber später wurde es wütendes Rasen und Toben. Und wenn es vorbei war, flüchtige Hitze und ein Gefühl des Mangels.

Leidenschaft und Begehren gehörten zu meinem Wesen wie die schwüle Hitze zu einer feuchten Nacht. Es ist etwas Besonderes am Südosten Louisianas und der Wirkung dieser Landschaft auf die Menschen. Die drückend schwüle Hitze, der Regen und der Geruch der fruchtbaren Erde bringen die elementarsten Bedürfnisse aus dem Verborgenen an die Oberfläche, so daß Leidenschaft und Begehren, Besessenheit und Raserei sich zu höchster Intensität mischen.

Unsere Hochzeitsreise bestand aus einer romantischen Woche in den Staaten und zehn wirbeligen Tagen in Paris. Mit der Concorde flogen wir nach New Orleans zurück – und ich trank soviel Champagner, daß ich am Ende zu beschwipst war, um noch geradegehen zu können. Als erwarte er, daß ich mich unter dem Einfluß des Alkohols in ein fremdartiges Wesen verwandeln würde, beobachtete mich Montgomery mit brennenden Blicken. Mit dunklen, leidenschaftlichen Blicken. Den Alkohol nicht gewöhnt, lachte ich nur, und Montgomery mußte mich stützen, als wir durch die Flughafenhalle zum wartenden Wagen gingen, wo er mir noch mehr Champagner einschenkte.

Der Wagen war eine edle alte Luxuskarosse, die seit den sechziger Jahren im Besitz der Familie und beim Trauerzug für Präsident Kennedy eingesetzt worden war. Silbergrau, mit abgerundeten Fenstern, innen duftendes Leder. Ihr fehlte der moderne Komfort der heutigen Modelle, aber dieser Mangel wurde durch reinen Luxus aufgewogen. Als wären wir völlig ausgehungert, als hätten wir uns nicht in unserer Hotelsuite in Paris die halbe Nacht geliebt, als merkte der Chauffeur nicht, was wir hinter der geschlossenen Trennscheibe trieben, streifte Montgomery mir die Kleider ab und liebte mich auf der Fahrt aus der Stadt. Über seine Schulter hinweg sah ich New Orleans langsam entschwinden.

Wir fuhren durch die sengend heiße Stadt ins Land hinaus, durch Alleen moosüberwachsener, uralter Eichen zum letzten Ziel unserer Hochzeitsreise in der Nähe von Vacherie. Meilen außerhalb dieser Kleinstadt hielten wir vor einem zweihundert Jahre alten Herrenhaus mit einer zweistöckigen Veranda, die das ganze Haus umgab, und einem Emblem am Portal, das das Familienwappen zu sein schien – das Bild eines Raubvogels mit blutigen Klauen.

Neben dem Portal stand eine Glyzinie, ein Prachtexemplar mit duftenden Blüten, in der die Bienen summten. Sie war die einzige Pflanze hier, die nicht beschnitten und gestutzt und in Form gebracht war. Vielmehr durfte sie schon seit Jahren wild wachsen und hatte ihre langen, dünnen Ranken eng um Stamm und Äste ihres Wirtsbaums geschlungen. Beinahe liebevoll hatte sie den hohen Baum umklammert, langsam Stamm und Äste in immer enger werdenden Umarmungen erstickt, und so der mächtigen alten Eiche schließlich das Leben genommen. Ein Sinnbild von Leben und Tod, voller Sinnlichkeit und Grausamkeit, schien mir diese Glyzinie zu sein, deren Verzweigungen in langen, gewundenen Ausläufern über den Boden krochen, das Spalier hinauf und über die Veranda an der Ecke des Hauses, als wollte sie, wenn man sie nicht daran hinderte, auch noch das Haus und die ganze Umgebung ersticken. Sie war gefährlich und brutal. Ich habe Glyzinien immer geliebt, und besonders liebte ich diese unbeschnittene.

Obwohl Montgomery mir das Ziel nicht verraten hatte, wußte ich, wo wir waren. Ich hatte auf diesen Teil unserer Flitterwochen gewartet und blickte jetzt gespannt durch die getönten Fenster des Wagens auf den gepflegten Vorplatz. Nach ruhmreicher Vergangenheit empfindlich geschrumpft, umfaßte das Gut der Familie DeLande jetzt fünfhundert Morgen Nußbäume, brachliegende Felder und die Stallungen der Rennpferde. Das Haus war eines der wenigen sehenswerten alten Herrenhäuser, das von der Feuersbrunst am Ende des Bürgerkriegs verschont worden war, und wurde immer noch ausschließlich von der Familie bewohnt, deren Vorfahren es erbaut hatten.

Ohne Eile half Montgomery mir wieder in meine Kleider, glättete hier und dort mit geübter Hand ein Fältchen, und musterte mich mit scharfem, dunklem Blick.

»Reg dich nicht auf, Montgomery. Ich werde mich tadellos benehmen. Du kannst dich darauf verlassen, daß deine Familie mich mögen wird.«

Er betrachtete mich einen Moment mit unergründlicher Miene, dann wandte er sich ab und öffnete die Wagentür. »Das befürchte ich ja gerade«, gab er zurück. »Daß sie dich zu sehr mögen werden.«

Verwundert über diese rätselhafte Bemerkung, öffnete ich meinen Gurt und schlüpfte in die Schuhe. Ich wußte, daß ich ihn irgendwie verärgert hatte, aber ich war entschlossen, nicht zu zeigen, daß es mich beunruhigte. Ich würde mich nicht gleich zu Beginn meiner Ehe einschüchtern lassen. Ich würde nicht wie meine Mutter werden. Niemals.

Mein Vater war nicht nur körperlich ein kräftiger Mann, er war auch eine starke Persönlichkeit. Herrisch manchmal. Aber viele Frauen hätten eine Möglichkeit gefunden, mit diesem Mann zu leben und sich dennoch eigene Träume und Ziele zu bewahren. Sie hätten gelernt, sich zu behaupten, ohne seine Liebe zu verlieren. Ich weiß es. Ich hatte es ja auch geschafft. Die Heldinnen der Bücher, die ich las, schafften es immer. Aber meine Mutter hatte es nicht geschafft.

Ich stieg aus und lächelte Montgomery strahlend an. Er antwortete mit einem düsteren Blick.

Während der Chauffeur die Berge von Gepäck auslud, führte mich Montgomery ins Haus, diesen sagenumwobenen alten Bau mit langen, kühlen Korridoren und mehr als drei Meter hohen Räumen, überladen mit alten Erbstücken, kostbaren Teppichen und Kunstwerken. Es war ein merkwürdiges Haus, unharmonisch und beunruhigend im exzentrischen Nebeneinander der Dekorationen und Einrichtungen. Montgomery, der sich etwas zu entspannen schien, als wir durch die düsteren Flure gingen, machte mich auf besondere Kostbarkeiten aufmerksam.

Im Speisezimmer standen sechsundzwanzig hochlehnige Frank-Lloyd-Wright-Stühle um einen kunstvoll verzierten Louis-XIV-Tisch, und an der Wand hing eine Sammlung antiker Schwerter, deren Klingen geschärft und poliert waren, als würden sie täglich gebraucht.

An der gegenüberliegenden Wand stand ein moderner skandinavischer Schrank, sechs Meter lang, hinter dessen Glastüren elegante orientalische Vasen und zweihundert Jahre altes Porzellan zur Schau gestellt waren, das auch heute noch von der Familie benutzt wurde. Die Wände waren in einem matten Schwarz gestrichen und mit dunkelgrüner Emailfarbe gesprenkelt, die Bodenleisten und Zierleisten waren dunkelgrün; dazu passende grüne

Vorhänge fielen von der Decke herab auf den dunklen Holzfußboden. Das Zimmer hätte düster gewirkt, wäre nicht eine Wand hoher Fenstertüren gewesen, die das Nachmittagslicht hereinließen.

Abgetretene Aubusson-Teppiche lagen auf den Böden, und in jedem Raum gab es Sammlungen irgendeiner Art. An den Wänden im Salon hing eine Sammlung Picasso-Zeichnungen, deren moderne Formen einen reizvollen Kontrast zu den antiken Möbeln bildeten. Im Musikzimmer hingen zwei Monets, es gab mehrere Geigen, einen alten Steinway – nicht gestimmt – und gepolsterte Art-Deco-Sessel. Stilarten, Perioden und Farben waren in eigenartigen Kombinationen zusammengestellt, und das emaillierte dunkle Grün, das sich durch das ganze Haus zog, umfaßte alles wie ein kühles Band.

Wir besichtigten nur das Erdgeschoß des Hauptflügels, aber schon da ging mir auf, daß die DeLandes eine weit wohlhabendere Familie als die Ferronaires waren. Ich fragte mich, was Montgomery an mir gefunden hatte, da er doch viel bessere Partien hätte machen können.

Neun der DeLande-Kinder, einige von ihnen mit Ehefrauen, und ein rundes Dutzend Kinder, erwarteten uns im Empfangsraum im hinteren Teil des Haupthauses. An den Wänden dieses Zimmers hingen Geweihe und der Kopf eines Louisiana-Panthers, der seit Jahrzehnten zu den bedrohten Arten zählt. Schneeweiße Silberreiher, mit ausgebreiteten Schwingen oder im Nest mit ihren Jungen, und Schlangenhäute vermoderten an den Wänden und auf Borden, uralte Trophäen eines blutigen Sports. Und überall gab es Raubvögel. Ohreneulen und ein halbes Dutzend verschiedener Adlerarten, von denen einige heute vom Aussterben bedroht sind, Schleiereulen und Falken und Habichte, alle hoch oben auf einem Bord, das oberhalb der Fenstertüren rund um das Zimmer lief. Alle waren verstaubt und vernachlässigt. Manche sahen aus, als stünden sie seit Generationen da, und mir fiel das Wappenschild auf dem Portal ein – ein Raubvogel mit blutigen Klauen.

Weichgepolsterte Sessel und Sofas mit verblichenen Bezügen standen Seite an Seite mit asketischen Holzbänken, kleinen Tischen – von zahllosen Nässeringen und Brandnarben von Zigaretten und Zigarren gezeichnet. Trotz seiner Höhe wirkte der Raum dank der geballten Kraft dieser Familie klein und intim.

Sie saßen alle auf einer Seite des Zimmers. Es sah beinahe so aus, als hätten wir mit unserem Erscheinen eine Art zwangloser Familienkonferenz gestört. Sie musterten uns mit unverhohlenen Blicken, taxierend und abschätzend, wie sie da im Halbkreis um die Grande Dame DeLande geschart waren, diese einstmals aufsehenerregende Schönheit, über die in den Salons und Ballsälen Louisianas ein halbes Jahrhundert lang getuschelt und geklatscht worden war. Ich erwiderte die Blicke mit gleicher Unverfrorenheit. Sie war immer noch eine auffallende Frau, mit schwarzen Augen, blasser Haut und langem silbergrauen Haar, in das eine Perlenschnur gewunden war. In Gold gefaßte Perlenohrringe hingen schwer an ihren Ohrläppchen, und an ihrer linken Hand trug sie einen schlichten goldenen Reif neben einem monströsen Smaragdring von gleicher Farbe wie das Seidenkleid, das sie trug. All diese Einzelheiten registrierte ich mit großer Aufmerksamkeit und war mir gleichzeitig des Schweigens der versammelten DeLandes bewußt, die mich ihrerseits einer eingehenden Musterung unterzogen.

Es gab zahllose Gerüchte über diese dunkeläugige Sirene, die Grande Dame, die meisten unbestimmt und geschwätzig, jedoch eine Komponente enthielten sie alle: daß das letzte Kind, Miles Justin, nicht der Sohn Monsieur DeLandes sei, sondern eines seiner eigenen Söhne, im Inzest mit der Grande Dame gezeugt; daß die Grande Dame, schon damals wurde sie so genannt, dem alten Herrn mit einem seiner eigenen Söhne Hörner aufgesetzt und ihm dazu noch offen ins Gesicht gelacht habe.

Außer sich vor Wut habe DeLande sie töten wollen, sei jedoch vorher von einem seiner Söhne erschossen worden. Der älteste war zu dieser Zeit siebzehn Jahre alt gewesen. Die Grande Dame hatte danach – fälschlich, wie es hieß – gestanden, ihren Mann getötet zu haben, war aber niemals vor Gericht gestellt worden. So groß war der Einfluß der DeLandes. Und niemand wußte, welcher ihrer Söhne den Jüngsten gezeugt und welcher den Alten getötet hatte. So tuschelten die einen.

Die anderen stellten sie als Heldin dar, die einen ihrer Söhne vor dem Tod bewahrt habe, indem sie ihren Mann erschoß, als dieser Amok gelaufen war und die ganze Familie mit einem Jagdmesser bedroht hatte. Den Anhängern dieser Story zufolge war DeLande von seinem Bruder zum Hahnrei gemacht worden.

Ich hatte keine Meinung zu diesen Gerüchten und nicht den Mut, Montgomery nach der Wahrheit zu fragen. Ich war außerdem jung, leichtsinnig und unbekümmert, von meiner Klugheit überzeugt. Ich riß meinen Blick von dieser Frau los, als ich in den Tiefen ihrer Augen sah, daß sie meine Gedanken gelesen hatte und über sie erheitert war, vielleicht auch ein wenig zornig.

In das Schweigen hinein sagte Montgomery: »Nicolette Dazincourt DeLande, meine Frau.« Die Betonung auf den letzten beiden Worten war herausfordernd und trotzig, genau wie sein Blick. Ich hatte die Gründe, die er für das Nichterscheinen seiner Familie zu unserer Hochzeit genannt hatte, akzeptiert, aber als ich jetzt diesen Ton hörte, machte ich mir doch meine eigenen Gedanken.

Nach Montgomerys Worten blieb es lange still. Dann begann einer der Brüder langsam und akzentuiert zu applaudieren, ob mir oder Montgomerys Eröffnung, weiß ich bis heute nicht. Er stand von dem steifen Stuhl auf, auf dem er gesessen hatte, und trat einen Schritt vor, groß und geschmeidig, ein halbes Lächeln auf dem jungenhaften Gesicht.

Er nahm meine Hand und neigte den Kopf, um mit den Lippen meine Fingerspitzen zu berühren, eine Geste, die bei jedem anderen lächerlich gewirkt hätte. Als er den Kopf wieder hob, lächelte er und sagte: »Miles Justin. Der Friedensstifter.« Ich hatte den Eindruck, daß in den Tiefen seiner schwarzen Augen Gelächter blitzte, das die Begrüßungsszene zur Farce machte. Erleichtert erwiderte ich das Lächeln.

Ein zweiter Bruder mit blitzenden grünen Augen nickte, ohne sich zu erheben. »Andreu. Der Älteste.« Es klang wie eine Erklärung oder ein Hinweis auf einen Rang. Als sollte ich den Worten eine besondere Bedeutung entnehmen.

Wieder neigte einer den Kopf. »Richard.« Kleiner und stämmiger als die anderen Männer, mit Augen, die weder blau noch grün waren, aber hart und unergründlich.

Ein Mann mit einem frechen Lächeln trat auf mich zu, stieß Miles mit einer groben Bewegung zur Seite und zog mich in seine Arme, um mich mitten auf den Mund zu küssen. Sein Blick war auf Montgomery gerichtet, der hinter mir stand, und er lachte leise, als er mich losließ. »Willkommen zu Hause, kleine Schwester. Ich bin Marcus.«

Montgomery erstarrte, und eine der Schwestern stieß einen Zischlaut aus. Ich hatte den Eindruck, daß es Angelica war, Montgomerys Lieblingsschwester, die einzig Rothaarige unter den Frauen. Wer auch immer es war, das Geräusch löste eine geheime Spannung, und plötzlich lachten alle, drängten alle zugleich zu mir, um mich mit Küssen und Umarmungen willkommen zu heißen und genauer zu betrachten.

Kalt und distanziert oder mit einer Wärme, die ans Ungehörige grenzte, begrüßten mich die Mitglieder von Montgomerys seltsamer Familie, während die Grande Dame mit Blicken, die so kühl waren wie ihr Lächeln, zusah. Schließlich führte Montgomery mich zu ihr, um mich ihr vorzustellen. Ich roch ihr Parfum, als sie ihre rechte Hand hob. Doch anstatt mir die Hand zu geben, drehte sie nur langsam ihren Zeigefinger im Kreis – schweigender Befehl, mich zu drehen, so daß sie mich von allen Seiten begutachten konnte wie etwa eine seltene Vase, die sie zu kaufen beabsichtigte. Mit glitzernden dunklen Augen lächelte sie Montgomery zu, und der nickte zur Erwiderung. Aber es lag mehr in diesem Nicken als einfache Zustimmung. Es enthielt etwas, das mich schaudern machte.

Ich war froh, als der Butler zum Abendessen rief, ehe dieses Unbehagen sich verstärken konnte, und wir traten gemeinsam den Weg zum Speisezimmer an, die Grande Dame zu meiner Linken, Montgomery rechts von mir. Miles zog mir am Tisch den Stuhl heraus. Sein Lächeln war sanft und leicht ironisch, für sein Alter sehr reif. Er konnte nicht älter als vierzehn sein.

Die lange Tafel bot uns allen bequem Platz, zumal die kleinsten Kinder trotz ihres empörten Geschreis zum Essen in die Küche verfrachtet worden waren. Das Licht der untergehenden Sonne warf lange Schatten und Regenbogenglanz über den gedeckten Tisch, während die Dienstboten in dunklen Jacken uns lautlos und vollendet bedienten.

Das Tischgespräch war typisch für den Süden, man sprach von Pferden, von der Landwirtschaft, von der Weltwirtschaft und viel von Politik. Und dennoch schien ich nur in diesen Kreis zu passen, wenn ich schwieg, obwohl ich mich mit Pferden recht gut auskannte und eine Heilbehandlung für eine Zuchtstute mit Verdauungsproblemen vorschlug. Nur Miles Justin machte sich die Mühe, darauf zu reagieren und nach dem Rezept des Kleiebreis zu fragen, mit dem Daddy Mr. Guidrys zarten kleinen Paso Fino behandelt hatte.

Nach dem »leichten Abendessen« – einer opulenten Angelegenheit mit sechs Gängen – kehrte die Familie wieder in das Wohnzimmer zurück. Ich war still, da ich Montgomerys zunehmende Erregtheit wahrnahm. Familienmitglieder kamen und gingen, einzeln und in Paaren, die einzige, die sich niemals aus ihrem Sessel erhob, war die Grande Dame, deren Blicke alles verfolgten, oft zu mir und Montgomery schweiften, der jedesmal zusammenzuzucken schien, wenn er merkte, daß sie ihn beobachtete.

Zweimal starrte ich zornig zurück, als unsere Blicke einander begegneten, und das schien sie zu amüsieren; sie nahm es jedesmal mit einem kleinen Nicken zur Kenntnis. Spät am Abend, als diese schwierige und unerfreuliche Familie den Reiz des Neuen für mich längst verloren hatte, gab mir die Grande Dame ein Zeichen. *Komm zu mir.* Ich weiß nicht, wie sie es machte. Sie sprach nicht; sie machte keine Bewegung. Aber ich wußte, daß ich aufgefordert war zu kommen.

Ich ging zu ihr und ließ mich auf ein Kissen zu ihren Füßen nieder. Dutzende dieser Kissen lagen überall im Zimmer verstreut, mit halb abgerissenen Quasten, durchgesessen oder modrig vom Alter, alle aus demselben alten, braunfleckigen Aubusson-Teppich gemacht. Ich wählte eines mit blassen Rosen und goldenen Troddeln, spielte mit den Quasten, während diese Frau mich anstarrte und das nachmittägliche Unbehagen wiederkehrte. Die feinen Härchen auf meinen Armen und in meinem Nacken sträubten sich.

»Sie sind schwanger.« Sie sagte es in einem Ton, wie ihn vielleicht ein Mitglied einer königlichen Familie einem Dienstmädchen gegenüber vor seiner Entlassung anschlagen würde. Voller Geringschätzung und Verachtung. Ich schluckte. Ich hatte niemandem außer Sonja etwas davon gesagt, und Montgomery hatte mich gebeten, auch seiner Familie gegenüber zu schweigen. Offenbar hatte er sich nun doch entschlossen, seine Mutter zu informieren, und sie war nicht erfreut über die Neuigkeit.

»Nein. Er hat es mir nicht gesagt«, bemerkte sie, meine Gedanken erratend. »Wir haben in unserer Familie einen sechsten Sinn für manche Dinge.« Sie lächelte endlich, ein echtes Lächeln, jenes Lächeln, das vierzig Jahre lang die Menschen um sie herum in Bann geschlagen hatte, und ich begriff, wie sie sich die Macht erobert hatte, die sie heute in einem Teil des Staates besaß. Wenn sie dieses Lächeln lächelte, funkelte sie wie ein schwarzer Opal mit feurigem Herzen. »Wann ist es soweit?«

Ich hielt es für sinnlos, mit einer Lüge zu antworten, die sie, das wußte ich, sofort durchschauen würde; darum sagte ich mit aller Würde, die mir zu Gebote stand: »In sieben Monaten.«

»Hat mein Sohn Sie geheiratet, weil Sie mit seinem Balg schwanger sind?«

Ganz beiläufig brachte sie die beleidigende Frage hervor, als verdiente sie nicht mehr als eine ruhige und gelassene Antwort. Doch ich sprang zitternd vor Zorn auf und entgegnete auf sie hinunterblickend leise: »Ihr Sohn und ich waren zwei Jahre verlobt. Sie wurden zur Hochzeit eingeladen. Dieses Kind war geplant.

Ich sage Ihnen das jetzt, weil Sie ... weil er Ihnen offensichtlich bis zu dem Moment, als ich hier zur Tür hereinkam, nichts von mir erzählt hat. Ich bin nicht irgendein hergelaufenes Flittchen, das ihn hereingelegt hat.«

Anstatt auf meine Tirade zu antworten, lachte sie, hell und perlend. »Flittchen. Das Wort gefällt mir. Ich habe es schon seit Jahren nicht mehr gehört. Nein, Sie sind kein Flittchen. Familie?«

»Dazincourt und Ferronaire.« Ich wußte, daß sie den Zorn in meinen Augen sah, aber sie ignorierte ihn einfach.

»Ach ja. Der Ferronaire-Skandal. Ich erinnere mich, daß Ihre Mutter durchbrannte und weit unter ihrem Stand heiratete. Aber Ihr Vater war ein gutaussehender Mann, und viele beneideten sie. Ich eingeschlossen. Sie sind akzeptabel. Sagen Sie meinem Sohn, er kann sich beruhigen. Er war ja den ganzen Abend so hippelig wie eine Hure im Bett einer Königin.«

Ich wußte, daß ich entlassen war. Montgomery, der direkt hinter mir stand und jedes Wort gehört hatte, nahm meinen Arm und führte mich weg. Wir gingen durch zwei lange Korridore zu unseren Zimmern. Montgomery hielt meinen Ellbogen so fest, daß alles Gefühl aus meinen Fingern wich und Schmerz meinen Arm hinaufzog. Nachdem wir das zweitemal um eine Ecke gebogen waren, kannte ich mich nicht mehr aus, aber Montgomery zögerte nicht ein einziges Mal, im Gegenteil, seine Schritte wurden immer schneller, als er mich eine unbeleuchtete Treppe hinaufzog, dann durch einen Flur zu dem erleuchteten Zimmer an seinem Ende.

Es war ein luxuriöses Appartement in Waldgrün mit französischen, rustikalen Antiquitäten, die ich unter anderen Umständen sehr bewundert hätte. Aber ich war zornig. Ich war so zornig, daß ich zitterte.

Unsere Koffer waren ausgepackt, unsere Nachtwäsche auf dem Bett zurechtgelegt, und Montgomery knallte die Tür hinter uns zu. Er ließ meinen Arm fallen, als hätte er sich daran verbrannt, und ging schnurstracks ins Badezimmer. Ich folgte ihm wütend.

»Was hast du dir dabei gedacht? Was hast du dir dabei gedacht, ihnen nichts zu sagen? Was hast du dir dabei gedacht, mich nicht vorzuwarnen?«

Er drückte bedächtig Zahnpasta aus der Tube auf seine Bürste.

»Du hast sie überhaupt nicht zur Hochzeit eingeladen, nicht wahr? Montgomery? Antworte mir!« Ich riß an seinem Handgelenk, daß ihm die Zahnbürste aus der Hand fiel, und zog ihn herum, so daß er mir ins Gesicht sehen mußte.

Seine Augen funkelten zornig. Aber noch etwas anderes spiegelte sich in ihnen. Furcht? Ich wandte mich hastig ab. Er schloß von hinten die Arme um mich und lachte. Es klang hysterisch. Er quetschte mich in seinen Armen zusammen, zerrte mich ins Schlafzimmer zurück, aufs Bett, um mich mit brutaler Gewalt zu nehmen. Voller Angst ließ ich ihn tun, was er wollte, und protestierte nicht einmal, als er mir wehtat, indem er in mich eindrang, obwohl ich völlig unvorbereitet war.

In den Büchern, die ich zu lesen pflegte, diesen romantischen Romanen von immerwährender Liebe, waren die Männer nach dem Sex stets zugänglich und gutgelaunt, voller Zuneigung und zur Versöhnung bereit. Montgomery jedoch verfiel in düsteres Schweigen und einen unruhigen Schlaf. Ich wagte nicht, mich zu rühren und tat bis nach Mitternacht kein Auge zu.

In der Nacht erwachte ich, vielleicht weil ich ein Geräusch gehört hatte, ein Echo, den Hauch eines Atems oder einer Bewegung, die nicht an diesen Ort gehörten, und sah zwei Gestalten am Fußende des Betts. Ich stieß einen unterdrückten Schrei aus und grapschte nach der Decke, die irgendwie zu meinen Füßen hinuntergerutscht war, und zog sie mir bis zum Hals hinauf. Richard und Marcus standen dort in der Dunkelheit und beobachteten mich, und ich wurde blutrot, weil ich nackt eingeschlafen war, von Montgomerys Arm niedergehalten nach der brutalen Intimität unserer Umarmung.

Marcus streckte mir seine Hand entgegen und schien verwundert, als ich vor ihm zurückschreckte. Einen Augenblick später wandten sich beide ab und gingen. Lautlos schlossen sie die Tür hinter sich. Die Augen Montgomerys, der neben mir lag, glitzerten in der Nacht, und ich hatte das unheimliche Gefühl, er gebe mir die Schuld am Erscheinen seiner Brüder in unserem Zimmer. Ohne ein Wort drehte er sich auf die Seite und kehrte mir den Rücken. Ich schlüpfte in das Nachthemd und fiel wieder in einen unruhigen Schlaf.

Montgomery beantwortete meine Fragen nicht. Als ich am folgenden Morgen die Rede auf seine Familie brachte, ging er einfach zur Tür hinaus und schloß sie hinter sich ab. Warum hatte er nicht am Abend zuvor seine Brüder ausgesperrt?

Durch das Schlafzimmerfenster sah ich zu, wie die Familie sich auf der Terrasse zum Frühstück versammelte. Sie wirkten ernst und feierlich, aber ich konnte ihre Stimmen nicht hören. Die Grande Dame saß an dem Tisch, der den Fenstertüren am nächsten stand. Montgomery gesellte sich zu der Gruppe, schob sich geschmeidig durch das Gedränge am Buffet und bediente sich. Er setzte sich zu einer Gruppe Frauen, später kam noch Miles Justin dazu, der unbekümmert ein Bein über die Lehne seines Stuhls schwang. Sein Jeanshemd und die Cowboystiefel stachen von der lässigen Eleganz der anderen deutlich ab.

Mir knurrte der Magen, während ich hinunterblickte und zusah, wie die Gruppe erst wuchs, dann wieder schrumpfte. Ich sah, wie die Grande Dame Montgomery und Miles zu sich zitierte. Ich sah, wie Marcus sich näherte und die Männer zornig zu werden schienen. Ihre Bewegungen wurden plötzlich steif und gespannt, und ich glaubte, sie würden gleich aufeinander losgehen. Dann entfernte sich die ganze Familie und verschwand hinter einer Hausecke, während ein kleines Heer von Dienstboten auf die Terrasse eilte, um wieder Ordnung zu machen. Ich ließ mich in einen Sessel sinken. In mir gärte es. Ich fragte mich, ob diese ganze Episode etwas mit dem nächtlichen Besuch in unserem Schlafzimmer zu tun hatte.

Später kam Montgomery zurück, in der einen Hand ein Tablett, in der anderen ein blutiges, mit Spitzen besetztes Leinentuch, das er sich an den Hals drückte. Er stieß die Tür mit dem Fuß zu und schloß mit der linken Hand ab, wobei er einen Blutfleck auf dem lackierten Holz hinterließ. Lächelnd näherte er sich mir mit jener pantherhaften Geschmeidigkeit, die allen De-Lande-Männern eigen zu sein schien.

Ich starrte auf das Blut, das durch das Spitzentüchlein sickerte und auf sein Hemd tropfte. »Montgomery?« Aller Zorn und alle Wut über den einsamen Morgen verflogen beim Anblick seines Bluts, das sich auf seinem Kragen sammelte.

»Ja, Milady?« Sein Ton klang übermütig, voller Leben und Gelächter wie in unserer Verlobungszeit. Seine Augen blitzten heiter. »Ist meine Herrin hungrig?«

Ich nahm das Tablett und stellte es auf den Tisch am Fenster. Dann wartete ich unsicher.

»Und? Willst du mich nicht verbinden? Oder mußte ich vielleicht ganz umsonst warten, bis du mit der Schwesternschule fertig warst, ehe ich dich heiraten durfte?« Mit dem rechten Arm umschloß er meine Taille und wirbelte mich durch das Zimmer, während das Blut in sein Hemd rann und durch unsere Kleider hindurch meine Haut rötete. Es war hellrot und klebrig, und ich konnte meinen Blick nicht davon wenden.

»Komm, mein schönes Weib. Tu deine Pflicht, und verarzte deinen verwundeten Gatten.« Er küßte mich mit weichen Lippen.

»Was ist denn passiert?« Meine Stimme war heiser, und ich räusperte mich.

»Ich habe mich beim Rasieren geschnitten.«

Beinahe hätte ich gelacht. Das war der DeLande-Charme. Ich hätte ihm dafür am liebsten den Hals umgedreht. Doch er tanzte mit mir ins Badezimmer und murmelte, die Lippen an meinen Hals gepreßt, etwas von Pflaster und Wasserstoffsuperoxyd.

Er taumelte beinahe, als er mich endlich an das kühle Waschbecken drückte. Ich wappnete mich innerlich und zog das Taschentuch weg.

Es war eine Schnittwunde von einem Messer, ungefähr sieben Zentimeter lang und tief. Sie war nur deshalb nicht noch tiefer gegangen, weil die Klinge auf sein Schlüsselbein gestoßen war. Hätte die Klinge ihn nur ein paar Millimeter weiter oben getroffen, so wäre sie an dem schützenden Knochen vorbei tief in seinen Hals geglitten und hätte sich in die große Schlagader gebohrt, deren Pulsen ich unter der blutverschmierten Haut fühlen konnte.

Ich drückte mit zitternden Fingern die Ader zu, während ich im Apothekerschränkchen nach den Dingen suchte, von denen er gesprochen hatte. Die ganze Zeit wanderten seine Hände, die er nun nicht mehr dazu brauchte, die Verletzung zuzudrücken, über meinen Körper, schmierten mir das Blut in die Kleider, in die Haare und auf die Haut. Wie betrunken lallend lehnte er sich an mich und erschwerte mir dadurch die Arbeit, aber es gelang mir schließlich, die Wunde zu säubern und das Wasserstoffsuperoxyd darauf zu träufeln. Montgomery schnappte nach Luft, biß mich in den Hals und schlug mir die Gaze, die ich hielt, beinahe aus der Hand.

»Laß das. Ich muß das saubermachen und verbinden und die Blutungen ...«

»Und ich brauche dich.«

»Das sieht man.« Er lachte über den bissigen Spott in meinem Ton. »Wann reisen wir ab?«

»Am Montag«, murmelte er, während er mich aus dem Badezimmer zum immer noch ungemachten Bett schob. »Zieh dich aus.«

»Sag mir, was passiert ist.« Ich wollte mit ihm handeln. Montgomery ging nicht darauf ein. Er zog die feuchte, blutrote Gaze weg und riß mir mit blutigen Händen die Kleider vom Leib. Dann stieß er mich aufs Bett. Ich sah in seine Augen, und das unheimliche Licht in ihnen ließ mich in meinen Bemühungen, die Blutungen zu stillen, innehalten. Sein Atem ging in röchelnden Stößen, und wieder biß er mich, diesmal in die Brust, brutal. Ich gab alle Gegenwehr auf.

Montgomery bemerkte die Veränderung in meinem Verhalten sofort und wurde sanft und zärtlich. Er sah mir in die Augen, während ich passiv unter ihm lag und sein Blut auf meine Brust, meinen Hals und mein Haar tropfte.

Ich begann schnell und heftig zu atmen, nicht aus Leidenschaft, sondern aus Furcht; meine Haut war kalt und klamm, in meinen Händen und Füßen begann es zu kribbeln.

Hyperventilation, flüsterte eine sachliche, vernünftige Stimme in mir. In Montgomerys Augen glitzerten Wahnsinn und funkelndes Gelächter.

Hinterher ließ er mich auf dem Bett liegen und ging ins Bad. Ich hörte das Rauschen der Dusche, das Klatschen des Wassers, als es auf die Fliesen und auf Montgomerys Körper schlug. Ohne mich zu rühren, sah ich zur Decke hinauf, zählte die Rosetten der Stuckverzierung, während sein Blut auf mir trocknete. Ich bemühte mich, nichts zu denken.

Ich hatte einmal einen tollwütigen Hund gesehen. Ein verwirrter Junge hatte ihn gebracht, der nicht wußte, was der Wahnsinn bedeutete, und keine Ahnung hatte, was die Bißwunden in seinen Armen ihn und seine Familie an Schmerz und Angst kosten würden. Der Hund hatte sich, sobald der Junge ihn aus den Armen gelassen hatte, auf dem Boden gewunden, hatte geschnappt und um sich geschlagen und gestrampelt. Ich hatte den Jungen ins Wartezimmer geführt, und Daddy hatte sein Gewehr geholt und den Hund erschossen. Und dieser Hund hatte Montgomerys Augen gehabt.

Trocken und sauber, die Wunde verbunden, ein Badetuch um die Taille, kam er wieder und brachte das Tablett ans Bett. Er schüttelte die Kissen auf, zog mich hoch und setzte mich zurecht wie eine Puppe. Und ohne sich von dem Blut und dem Geruch des Spermas irritieren zu lassen, fütterte er mich.

Ich aß, weil ich Angst hatte abzulehnen. Danach kleidete Montgomery sich an und ging, ohne mir eine Erklärung zu geben. Der Schlüssel drehte sich von außen im Schloß.

Ich blieb das ganze Wochenende in dem Zimmer eingesperrt. Zu meinem Schutz, behauptete Montgomery später. Weil ich zu unschuldig, zu schön, eine allzu starke Versuchung für seine Brüder sei, und er niemals teilen würde, was er für sich gewählt hatte. Teilen mit seinen Brüdern? Mich teilen?

Ich schwankte das ganze Wochenende zwischen Wut und Furcht, Verzweiflung und Niedergeschlagenheit. Ich war sicher in dem Zimmer, solange kein Feuer aus- oder einer der Brüder einbrach. Aber ich langweilte mich und fühlte mich einsam und verlassen und verzehrte mich vor Neugier. Diese Familie konnte doch keine Gefahr für mich sein. Ich mußte die Situation und Montgomerys rätselhafte Bemerkungen mißverstanden haben. Und den Blick des tollwütigen Hundes in seinen Augen ... ganz bestimmt. Und doch ...

Als der Montag kam, reisten wir ab, ohne uns zu verabschieden. In Miles Justins klassischem alten Kabriolett fuhren wir mit offenem Verdeck die gewundene Auffahrt hinaus, und ein heißer Wind spielte in meinem Haar. Ich war tief erleichtert, als wir das alte Haus hinter uns ließen, dessen dunkle Fenster, als ich zurückblickte, wie schwarze Augenhöhlen in einem Totenschädel aussahen, in die sich die Ranken der gewundenen, vielverzweigten Glyzinie wie arthritische Finger hineinstreckten.

Plötzlich erschien Miles Justin auf der vorderen Veranda. Eine Hüfte leicht an das Geländer gelehnt, blickte er uns nach. Selbst über die wachsende Entfernung hinweg trafen sich unsere Blicke, und er lächelte. Mit der ganzen raubtierhaften Anmut der De-Landes hob er die linke Hand, umfaßte die Krone seines Cowboyhuts und drückte einen Finger in die Vertiefung in der Mitte. Er lüftete den Hut ein klein wenig. Es war Galanterie und Scherz zugleich, und ich lachte, als die Auffahrt eine Biegung machte, und die Glyzinie meinen rätselhaften jungen Schwager, der immer noch seinen Hut hochhielt, meinem Blick entzog.

Ich hätte es wissen müssen. Ich hätte es verstehen müssen.

2

Der Wind war heiß und trocken. Sengend fegte er um die Windschutzscheibe herum, sog mir bald alle Feuchtigkeit aus der Haut, belegte sie mit einem glitschigen Film aus Öl und Salz. Selbst

Miles Justins fein getuntes rostrotes Cord L-29 Kabriolett, Baujahr 1930, zeigte nach so vielen Stunden ununterbrochener Fahrt Ermüdungserscheinungen. Ich hatte mich mit einem Sonnenschutzmittel eingerieben, sobald ich das offene Verdeck des schnittigen Wagens mit dem Gepäckständer am Heck und dem altmodischen Klappsitz zu Gesicht bekommen hatte. Doch da stand die Sonne schon hoch, und es dauerte eine Weile, ehe das Mittel wirkte. Die Sonne hatte mein Gesicht und meine Schultern gerötet, der Wind hatte mein Haar so lange zerzaust, bis der Zopf, den ich am Morgen geflochten hatte, sich löste, und ich fühlte mich so elend, daß ich am liebsten losgeheult hätte.

Montgomery, finster und einen kaum verhohlenen Zorn beherrschend, hatte alle meine zaghaften Versuche, Konversation zu machen, ignoriert und kein Wort mit mir gesprochen, seit er sich von dem französischen Bett im Haus seiner Familie erhoben hatte. Als ich einmal wagte, ihn zu berühren, zuckte er zurück und legte den Arm in seinen Schoß. Ich war zwar nicht mehr in einem Zimmer eingesperrt, aber ich war immer noch eine Gefangene.

Mein anfänglicher Zorn über die Inhaftierung hatte sich im Lauf der einsamen Stunden in dem fremden Zimmer gelegt, war von Unverständnis für das unberechenbare Verhalten des Mannes, den ich geheiratet hatte, verdrängt worden. Die romantischen Tage von Paris waren von diesem neuen Montgomery, diesem distanzierten, nicht einzuschätzenden Mann, zum trügerischen Traum, zur Lüge degradiert worden. Selbst seine Art, sich zu bewegen, hatte sich während unseres Aufenthalts auf dem Familiensitz der DeLandes verändert; die geschmeidige Grazie war den ruckhaften Bewegungen eines rastlosen, eingesperrten Tiers gewichen. Die warme Leidenschaft der vorangegangenen Wochen war verschwunden, verdrängt von einem kalten, gewaltsamen Brand, an dem ich keinen Anteil hatte.

Ich hatte gehofft, mit der wachsenden Entfernung von der Familie werde sich langsam die unbeschwerte, liebevolle Beziehung wieder einstellen, die vorher zwischen uns bestanden hatte.

Doch die Stunden vergingen, und Montgomery schien nur immer tiefer in das schwarze Loch zu fallen, das er sich selbst gegraben hatte, und die Last seines Schweigens legte sich über mich wie ein düsterer Schleier.

Die Landschaft vermochte nicht, meine Stimmung aufzuhellen. Im allgemeinen liebe ich die flache, vom Wasser beherrschte Landschaft des Atchafalaya-Beckens, heute jedoch schienen mir der Verfall und die Fäulnis, die es im sumpfigen Marschland immer gibt, einen Blick in Montgomerys Seele zu erschließen, auf geheime Orte, die ich eben erst entdeckt hatte, und ich fröstelte trotz der sengenden Hitze.

Seit mehr als sechstausend Jahren, seitdem die Wasser der letzten Eiszeit zurückgewichen waren, tobte zwischen dem Golf von Mexiko mit seinen salzhaltigen Gezeitengewässern und den Flüssen Mississippi und Atchafalaya ein Kampf auf Leben und Tod. Ein endloser Krieg zwischen Salzwasser und Süßwasser, bei dem jede Sturmbö, jedes tropische Gewitter und jeder Hurrikan das Meer landwärts trugen, wo es das zarte Leben der Küstengebiete vernichtete und verstümmelte. Der Mississippi wehrte sich und brachte Süßwasser, Humus und Nährstoffe nach Süden, die den Salzgehalt in der Erde und dem Marschland neutralisierten, so daß in dem geschädigten Land neues Leben entstehen konnte.

Es konnte also vorkommen, daß wir, soweit das Auge reichte, nur tote und sterbende Bäume sahen, kaum mehr als moosverkleidete dürre Stämme, die wie anklagende skeletthafte Finger zum wolkenlosen Himmel zeigten. Und dann konnte die Straße urplötzlich eine Biegung machen und mitten in die sumpfigen Marschen eines lebendigen Stücks Land führen, mit moosverhangenem Grün, dunkel gefiederten Zypressen und den noch dunkleren, schwarzen Walnußbäumen, mit Hickorybäumen, knorrigen, alten Eichen, die man hier *cheniers* nannte, Pekannuß- und Amberbäumen, Weiden, wildwachsenden Ranken- und Kletterpflanzen und Blumen wie Lotus und purpurrote Wasserhyazinthe. Angesichts dieser üppigen Vegetation wurde mein Verlangen zu weinen beinahe übermächtig.

Zweimal verloren sich die gewundenen, nur teilweise asphaltierten Straßen, auf denen wir fuhren, im Sumpf. Die Natur hatte sich zurückgeholt, was ihr gestohlen worden war, und der Mensch hatte es nicht der Mühe wert gehalten, darauf zu reagieren. Einige dieser Straßen waren selbst in den neuesten Karten nicht eingezeichnet. Beide Male hielt Montgomery an, wendete den Wagen vorsichtig und fuhr wieder zurück.

Die Straßen, die uns trugen, würden eines Tages verschwunden sein, in die Tiefe gezogen und verschlungen von dem Schlamm, der schon jetzt an den Straßenrändern leckte. Wir schreckten Rotwild auf und bremsten vor Geiern ab, die auf der Straße hockend an grauen Fleischbrocken nagten. Wir kamen an toten Gewässern vorüber, an alten Friedhöfen mit Mauern aus schneeweißem Marmor, an verlassenen Häusern, verlassenen Geschäften und Eisenbahndepots. Alligatoren lagen in der Sonne, ein Silberreihernest im Röhricht war um diese Tageszeit fast leer. Wir begegneten wenigen Autos. Wenigen Menschen.

Ich wußte nie, wo wir uns befanden, aber Montgomery zögerte an keiner Kreuzung oder Umleitung, sondern durchmaß das Land so rastlos, als jage er etwas nach, das nicht zu greifen war. Unablässig schweifte der Blick seiner blauen Augen umher, bald musterte er in schweigender Konzentration ein Stück Land, ein Zuckerrohrfeld oder ein verlassenes Industriegelände. Irgendwann an diesem endlosen Tag begriff ich, daß Montgomery nicht versuchte, mit mir in die Irre zu fahren oder mich auf grausame Weise, unter sengender Sonne mit dem Flußbecken vertraut zu machen. Er war in Geschäften der Familie DeLande unterwegs.

Mehrmals drosselte er das Tempo, als wir an kleinen Lichtungen in den Sumpfwäldern vorüberkamen, die durch verrostete, nicht mehr gebrauchte Öl- und Erdgasleitungen oder Brunnen gekennzeichnet waren. Unternehmen, die jetzt bankrott waren oder lukrativere Ölvorkommen gefunden hatten, hatten diese Leitungen, die einst unter Wasser oder Erdablagerungen versteckt gewesen waren, als Schrott zurückgelassen. An mehreren dieser Orte sah ich Schilder, von Kletterpflanzen überwuchert oder im hohen Unkraut liegend, auf denen das ausgebleichte Wappen der DeLandes zu erkennen war, der Raubvogel mit den blutigen Klauen.

Beinahe hätte ich Montgomery nach dem Namen des Vogels, dem Symbol seiner Familie, gefragt, aber dann hielt ich doch lieber den Mund. Wenn ich wieder bei meinen Büchern und Lexika war, konnte ich nachschlagen und den Vogel selbst identifizieren. Ich brauchte ihn überhaupt nichts zu fragen.

Eigensinnig preßte ich die Lippen zusammen und genoß das Gefühl von Stärke, das dem Trotz entsprang. Eigensinn ist eine Charaktereigenschaft der Dazincourts. Die Hälfte dessen, was ich von meinem Vater gelernt hatte, war Heimatkunde und Tiermedizin. Die andere Hälfte war reiner Eigensinn.

Er hatte mich gelehrt, mit Schlangen umzugehen und die Rückenflossen frisch gefangener Katzenfische nicht anzurühren. Er hatte mich gelehrt, statt nutzlosen Mitleids Charakterstärke zu zeigen, wenn es darum ging, ein leidendes Tier von seinen Schmerzen zu erlösen. Er hatte mich gelehrt, meinen Standpunkt zu behaupten, wenn es um eine Sache ging, die es wert war, verteidigt zu werden. Er hatte mich den Wert von Prinzipien, Integrität und Ehrlichkeit gelehrt; und wann diese Werte im Vergleich mit den höheren Werten elementarer Menschenrechte und zum Schutze von Unschuldigen ihren Sinn verloren. Aber den Umgang mit meinem Ehemann hatte er mich nicht gelehrt.

Wir kamen an einem weiteren menschenverlassenen Ort vorüber, den nichts kennzeichnete als die Spuren vergangener Habgier: ein Baumfriedhof unter einer Decke von Wasserlinsen und stillem Wasser, das sich nur manchmal teilte, um einen Nutria oder eine Bisamratte mit feuchtglänzendem Körper an die Oberfläche zu lassen. Baumstümpfe wie Grabsteine, für die Holzverarbeitung nicht zu gebrauchen, waren von den Holzfällern zurückgelassen worden, um Zeugnis abzulegen von der Raffsucht früherer Generationen jener Familie, in die ich eingeheiratet hatte.

Seit sieben Generationen waren die DeLandes damit beschäftigt, ein Vermögen zurückzugewinnen, das nach dem Bürgerkrieg verlorengegangen war, und mit diesem Ziel hatten sie das Marschland zerstört und mit skrupelloser Effizienz den Profit eingestrichen. Der Grande Dame und den Geschwistern DeLande gehörte gemeinsam mehr Land in der südlichen Hälfte des Staates als jeder anderen Familie. Mehr als den meisten Konsortien. Es war einst ein reiches Erbe gewesen; Natur und Mensch hatten zusammengewirkt, es zu zerstören. Die Natur mit salzigen Überschwemmungen und schweren Regenfällen, Überflutungen und Orkanen. Der Mensch mit der Pest seiner Selbstsucht und Profitgier. Keiner hätte freiwillig das Wasser getrunken, das durch das Flußbecken strömte. Bakterien und Mikroben von Exkrementen und Abfällen, Hunderte von Karzinogenen und anderen Schadstoffen machten es ungenießbar und gefährlich.

Generationen von Trappern, Jägern, Moospflückern, Holzarbeitern und Fischern hatte dieser südliche Teil des Staates mit seinen Tieren, seinem Holz und seinen anderen natürlichen Reichtümern ernährt, und in den letzten zwei Generationen auch die wachsende Öl- und Gasindustrie. Aber alle, die sich von den Schätzen dieses Landes nahmen, hatten ihm in irgendeiner Weise Gewalt angetan und Spuren ihres Verbrechens hinterlassen. Und auch ich gehörte jetzt dazu.

Noch immer würdigte mich Montgomery keines Blicks, keines Worts.

Wir waren den ganzen Tag gefahren, hatten nur gehalten, wenn der Wagen Benzin brauchte, was häufig der Fall war. Der Cord verbrauchte Benzin in Mengen, und die alte Benzinuhr funktionierte nicht richtig. Nicht ein einziges Mal fragte Montgomery mich nach meinem Befinden oder meinen Bedürfnissen, und die beiden Male, als ich in den kleinen Tankstellen, an denen wir hielten, zur Toilette rannte, glaubte ich ernstlich, er würde es fertigbringen, ohne mich weiterzufahren. Aber er wartete, lässig an den Roadster gelehnt, den Blick zum Himmel gerichtet oder auf eine vorbeiziehende Waschbärenfamilie.

Je näher wir Moisson kamen, desto häufiger dachte ich an meinen Daddy und stellte mir vor, was für einen Empfang er mir bereiten würde, wenn ich Montgomery einfach verließ und in mein Elternhaus zurückkehrte. Ich zwinkerte mit geschwollenen Augenlidern, um die Tränen zurückzudrängen, und biß mir auf die Lippen, um nicht zu weinen oder Montgomery anzuflehen, mit mir zu sprechen. Ich wollte getröstet werden, und ich wußte, daß ich Trost im Haus meiner Kindheit finden konnte. Aber dann dachte ich an das neue Dach und Paris und den Montgomery, den ich gekannt hatte, ehe wir die Familie DeLande besucht hatten, und wieder hatte ich Mühe, die Tränen zu unterdrücken.

Gegen Abend, als die Sonne rasch versank, eine gewaltige rotgoldene Kugel, die über den Zypressenhainen und Zuckerrohrfeldern hing und die Welt in zartes Rosarot tauchte, sah ich endlich den ersten vertrauten Orientierungspunkt – Bonnett's Fleischerei und Grillrestaurant. Wir waren etwa zwanzig Meilen vor Moisson, näherten uns auf einer in nördlicher Richtung verlaufenden Straße, die ich selten gefahren war. Wir hatten das ganze Becken umrundet, waren auf kleinen Nebenstraßen kreuz und quer gefahren und hatten auf diese Weise für die Fahrt hierher doppelt so lange gebraucht, wie normal gewesen wäre. Und Montgomery hatte in dieser ganzen Zeit nicht ein einziges Wort mit mir gesprochen.

Seit unserem letzten Halt waren drei Stunden vergangen. Der Zeiger der Benzinuhr stand auf »Leer«, ich war hungrig, durstig, ängstlich, von der Sonne verbrannt und unglücklich. Ich haßte diesen neuen Montgomery und verwünschte mich dafür, daß ich ihn geheiratet hatte. Immer wieder wallte auch Furcht in mir auf. Die Erinnerung an den wilden Wahnsinnsblick Montgomerys, als er blutend auf mir gelegen hatte, suchte mich in den seltsamsten Augenblicken heim, wie eine Warnung, die mir nicht aus dem Kopf gehen wollte.

Bonnett's hatte in Moisson Tradition, sowohl als Fleischerei, in der die Hausfrauen ihren Braten kauften, wie auch als Eßlokal und Bar, wo man sich abends traf. Es gab hier weit und breit das beste Essen, das war nicht nur den Einheimischen bekannt, sondern auch den Touristen, die zum Fischen in diese Gegend kamen.

Eine wirksamere Reklame als die appetitlichen Düfte, die aus dem Restaurant und der Küche von Bonnett's ins Freie wehten, gab es nicht. Das Lokal selbst war nichts Besonderes, eigentlich nur eine Baracke, an die immer wieder angebaut worden war, so daß eine Reihe kleiner, dunkler, ineinander übergehender Räume entstanden war. Vor der ungestrichenen Baracke mit dem eingesunkenen Dach aus rostendem Wellblech gab es eine Zapfsäule und hinter dem Haus eine öffentliche Toilette.

Montgomery hielt den Wagen vor der Zapfsäule an und schaltete den Motor aus. Ohne ein Wort zu sagen, öffnete ich die Tür auf meiner Seite, nahm meine Handtasche und stieg aus. Ich ging nach hinten, zur Toilette, in der es zwar weder Papier noch Seife gab, die aber dennoch sauberer war als die meisten.

Ich mußte warten und nutzte die Zeit, um mir das vom Wind zerzauste Haar zu bürsten. Als ich zurückging, das Gesicht gewaschen, das Haar glänzend von der Bürste, die Lippen frisch gemalt, beschloß ich, nicht gleich wieder in die bedrückende Enge des Wagens zurückzukehren. Statt dessen ging ich mit einer Fünf-Dollar-Note in der einen Hand und meiner Handtasche in der anderen in das Lokal. Montgomery mochte es aushalten, einen ganzen Tag lang nichts zu essen, aber ich war völlig ausgehungert und mein ungeborenes Kind ebenfalls. Jetzt würde ich endlich etwas essen.

Ich trat durch die schmale Tür ins Haus. Schon von den Gerüchen, die mich empfingen, lief mir das Wasser im Mund zusammen. Obwohl es ein Montag war, war ziemlich viel Betrieb. In einem der kleinen Räume feierte eine Gruppe Sportangler einen erfolgreichen Tag, in einem anderen fand eine Zusammenkunft eines dieser komischen Klubs statt – die Lions oder Tigers oder Bears ... Du lieber Gott ... Zum erstenmal an diesem Tag mußte ich lächeln.

Bei Billy Bonnett, Koch/Metzger/Wirt, gab es die besten warmen Mahlzeiten und das beste Fleisch in der ganzen Gegend – in

Marinade eingelegten Braten; gefüllten Kalbsmagen; mehrere Arten von Blutwurst, Knoblauchwurst, Schweinskopfkäse, ein Gumbo, das wirklich Leib und Seele zusammenhielt, gedünstete Langusten, Schweinegrieben, luftgetrocknetes Rindfleisch, Froschschenkel, gegrilltes Gemüse aus den Gärten der Umgebung und drei Arten Reis.

Und kaltes Bier. Ja, das kalte Bier floß in Strömen. Hinten, so hieß es, habe Bonnett sogar in nicht bezeichneten Fässern einige der einheimischen Biere auf Lager, darunter zum Beispiel ein dunkles, das so stark sei, daß es einem die Zunge aufstelle. Natürlich war der Ausschank solcher privat gebrauter Biere vom Gesetz verboten, aber das Gerücht, daß er sie dennoch verkaufe, hielt sich hartnäckig.

Aus dem Musikautomaten auf der anderen Seite des Raums plärrte ein Popsänger in Konkurrenz mit der Musik aus dem Cajun-Tanzpalast von drüben auf der anderen Straßenseite. Bei Levi's gab es die beste Cajun-Musik in der ganzen Gegend. Ich ging in den Hauptraum des Lokals, in dem die Bar war und das Essen serviert wurde. Kaum hatte ich ihn betreten, blieb ich wie angewurzelt stehen.

Mit einem Bierglas in der Hand stand Montgomery am Tresen, einer dicken Holzplatte, die bei Tag als Verkaufstisch diente und abends als Bar. Und er redete, befand sich in einer angeregten Unterhaltung mit einem Angler im Overall, einem jungen Mann in Jeans und hochgeschnürten Jagdstiefeln und dem alten Bascomb, einem Langustenzüchter. Sie unterhielten sich in Cajun, einem indianischen Dialekt, dem ich kaum folgen konnte, aber unverkennbar hatte Montgomery soeben einen Witz erzählt, denn die Männer lachten wiehernd, als ich kam.

Ich war zornig und gekränkt zugleich. Daß er mit diesen Leuten plötzlich umgänglich und gesprächig wurde ... Ehe ich reagieren konnte, gab Bascomb, ein Cajun mit sieben Söhnen und einem so starken Dialekt, daß es beinahe lächerlich klang, Montgomery einen Puff, und mein Mann drehte sich um.

Das Lächeln, mit dem er mich ansah, war offen und gewinnend

und beinahe unanständig verführerisch nach den langen Stunden des Schweigens. »*Me sha*«, rief er durch das Getöse in der Gaststube. Behende wie ein Tänzer kam er mir entgegen, nahm meine Hand, zog sie an seine Lippen und küßte meine Fingerspitzen. Dann gab er mir einen schnellen Kuß auf den Mund, legte mir einen Arm um die Taille und zog mich mit sich in eine Nische, von wo er Bonnett rief, uns zu bedienen.

Im breitesten Cajun orderte er ein umfangreiches Menü. Es gab eine Platte mit gedünsteten Langusten, die stark mit Cayenne gewürzt waren, ein halbes Dutzend Blutwürste mit Schweinefleischstücken, klebrigen weißen Reis, wie er in dieser Gegend bevorzugt gegessen wird, gegrillte Kürbisscheiben und Zwiebelringe, gebratene Froschschenkel.

Ich konnte diesen plötzlichen Wandel nicht mit der Gelassenheit hinnehmen, die er offenbar erwartete. Die Tränen schossen mir in die Augen, rannen mir über das Gesicht und tropften in mein Essen.

Verblüfft hielt er inne. Bestürzung, Schrecken, Schuldbewußtsein und Beschämung flogen in rascher Folge über sein Gesicht. Augenblicklich nahm er mich in die Arme und zog mich auf seinen Schoß. Ohne auf die belustigten Blicke und Pfiffe zu achten, drückte er meinen Kopf an seine Brust und wiegte mich sachte hin und her. Während er mir Koseworte ins Ohr flüsterte, besänftigte er mich mit seinen Händen und seiner Stimme, wie er das vielleicht bei einem Fohlen getan hätte, das zugeritten werden mußte. Die Hälfte seiner Worte verstand ich nicht und versuchte auch gar nicht, sie zu verstehen. Ich war einfach froh und glücklich, ihn wiederzuhaben. Und hatte Todesangst davor, ihn erneut zu verlieren.

Schließlich lehnte er sich ein wenig zurück, küßte mich auf die Nasenspitze und wischte mir das Gesicht mit einer der harten Papierservietten ab, die bei Bonnett's immer in Stapeln auf den Tischen liegen. Ohne mich aus seinen Armen zu lassen, griff er nach der Platte mit den Langusten und zog sie näher zu uns heran. Er wählte eines der Tiere aus, entfernte den Kopf und die rote Schale und schob mir dann behutsam das saftige Fleisch in den Mund. Es war ein Moment höchster Erotik, als ich in diesem dämmrigen Raum inmitten gedämpften Stimmengemurmels auf seinem Schoß saß, seine Schenkel unter den meinen fühlte, seine Finger auf meinen Lippen und das würzige Aroma des Fleisches schmeckte.

Unsere Blicke trafen sich. Er lächelte nicht mehr, sondern sah mir mit brennendem Blick in die Augen. Ein Funke sprang zwischen uns über, als er sich den Saft des dampfenden Fleisches von den Fingern leckte. Er hob den Kopf der Languste an seinen Mund, sog ihn aus und warf die Schale weg.

Eine Stunde lang fütterte mich Montgomery so und erlaubte mir nicht, ein gleiches für ihn zu tun. Er selbst nahm nur hin und wieder einen Bissen. Den Löwenanteil des Mahls schob er mir in den Mund und ließ mich seine Finger sauberlecken. Und dabei ließ er mich keinen Moment aus den Augen, die heller brannten als der Mittagshimmel und in denen eine Begierde loderte, die diese Mahlzeit nicht stillen konnte.

Es war, als wäre das Wochenende auf dem DeLande-Familiensitz nie gewesen. Es war wieder wie in Paris und New Orleans, nur beherrschte mich jetzt ein ganz neues eigenes Verlangen, das aus den Tagen des Mangels, der Furcht und der Isolation geboren war.

Bonnett, mit dem Instinkt des Franzosen für solche Dinge, hielt sich fern, während wir aßen, und störte uns nur, um uns zu trinken zu bringen: ein dunkles Bier für Montgomery und Tee für mich. Und der massige, grobknochige Wirt sorgte auch dafür, daß keiner seiner Gäste uns bei unserem Mahl störte.

Als die Platten fast leer waren, Bier und Tee getrunken, hob Montgomery mich hoch und trug mich aus dem Lokal, wobei er den Gästen zurief, er sei noch in den Flitterwochen und habe Besseres zu tun, als seine Zeit mit ihnen zu vergeuden. Gelächter und grobe Scherze folgten uns in den Abend hinaus, wo Montgomery mich über die Tür des Cord hob und sanft in den Ledersitz hinunterließ, ehe er in den Wagen sprang und den Motor startete.

Schweigend fuhr er mich durch die kühle Abendluft, die in meinem Haar spielte und die Hitze des Tages linderte, nach Hause. Eine Hitze anderer Art hüllte uns jetzt ein, fiebrig und schwül war sie, eine träge Hitze, die keine Eile duldete. Wir sprachen nichts, waren es vielleicht beide zufrieden, die Hitze in der glühenden Stille wachsen zu lassen, oder fürchteten vielleicht, die immer intensiver werdenden Empfindungen durch Worte der Anklage oder Verurteilung zu vertreiben.

Es war ein magischer Abend, als wären wir beide verzaubert. Die Luft, die sengend heiß gewesen war und so feucht, daß sie auf unserer Haut geklebt hatte, war jetzt lieblich und mild, durchzogen vom feinen Duft abendlich blühender Blumen und von dem süßen Parfum des Eau de Colognes, das Montgomery immer benutzte. Der Mond war eine schmale silberne Sichel am samtblauen Himmel, und das Schweigen zwischen uns, das bitter und scharf gewesen war, war jetzt von ganz anderen Empfindungen erfüllt.

Das Haus, zu dem Montgomery mich brachte, war ein renoviertes Landhaus, das früher vielleicht zu einer Ranch gehört hatte. Es stand auf einem Hügel in einer geschützten Sackgasse nicht weit außerhalb der Ortsgrenze von Moisson. Es war von alten Eichen umgeben, und rundherum blühten Gardenien, deren starker Duft die Nachtluft schwängerte.

Wir stellten den Wagen auf dem überdachten Parkplatz rechts vom Hauseingang ab, und als Montgomery den Motor ausschaltete, schrie in der plötzlichen Stille irgendwo eine Eule. Grillen hielten zirpend Zwiesprache, und ein leichter Wind trug die Auspuffdämpfe davon.

Montgomery sah mich an und lächelte beinahe zaghaft. »Ich wußte, du würdest in der Nähe deiner Eltern sein wollen, darum habe ich ... Das Haus gehörte zu einer kleinen Ranch, die wir im letzten Jahr gekauft haben. Die DeLandes, meine ich. Das Haus und fünf Morgen Land dahinter habe ich für uns genommen. Ein Stück weiter hinten ist ein Bayou und ein neuer Anlegeplatz. Wenn es dir gefällt ... wenn – möchtest du dir das Haus ansehen?«

Ein zaghafter Montgomery war etwas Neues. Sonst war er stets der Selbstsichere, beinahe Arrogante. Mir war klar, daß dies seine Art war, sich zu entschuldigen. Das war das erste, was ich wahrnahm. Dann verstand ich: Er hatte mir ein Haus gekauft.

Ich richtete mich auf und versuchte, die Umrisse zu erkennen, aber dazu war es zu dunkel, und Montgomery lachte.

»Na, komm. Wenn es dir gefällt, laß ich eine Sicherheitsbeleuchtung legen, die sich immer sofort einschaltet, wenn jemand ans Haus herankommt. Dann können wir wenigstens etwas sehen, wenn wir nachts heimkommen.«

Er sprang aus dem Wagen und kam, noch immer von dem Haus und den Dingen sprechend, die er extra für mich hatte ändern lassen, zu mir herüber, um mir herauszuhelfen.

Das Licht war eingeschaltet, und es machte nichts aus, daß ich es von außen nicht gesehen hatte; innen war es einfach umwerfend. Fast zweihundert Quadratmeter Wohnraum, frisch renoviert. Der Seiteneingang führte in einen Waschraum mit Waschmaschine und Trockner, Haken an den Wänden für Regenmäntel oder Schirme, Borde darüber, auf denen schon Wasch- und Putzmittel standen, die gleichen übrigens, die Mama immer benutzte. Ich lächelte, und als er sah, in welche Richtung mein Blick ging, sagte er: »Ich hoffe, du hast nichts dagegen, aber deine Mutter sagte, das seien die besten Mittel.«

»Aber nein«, sagte ich leise. »Das ist wunderbar so.«

»Gut.« Aus einem kleinen Wandschrank zog er ein Bügelbrett herunter. Das Essen stand in der Nische darüber. »Du brauchst natürlich deine Wäsche nicht selbst zu bügeln. Wir können es uns auch leisten, die Wäsche wegzugeben, wenn dir das lieber ist, aber ich weiß doch, wie gern ihr Frauen manchmal rasch noch ein Fältchen glatt bügelt.« Er lächelte, und ich errötete, ganz verliebt in den Mann, der selbst an so ein Detail gedacht hatte.

Dann führte er mich weiter ins Haus.

Die Wände waren weiß, beinahe grell in ihrer Helligkeit, aber Montgomery sagte sofort, ich könne sie selbstverständlich anders streichen oder auch tapezieren lassen, wenn ich wolle.

»Ich habe einen Innenarchitekten in Lafayette engagiert, und Möbel kannst du natürlich nach deinem Belieben einkaufen. Ich habe nur das Nötigste besorgt, da ich nicht wußte, was dir gefällt.«

Das Arbeitszimmer war groß, mit einem Fußboden aus Holzdielen, spärlich möbliert mit einem Schreibtisch und dazugehörigem Sessel in der einen Ecke, einem abgesperrten Gewehrschrank in der anderen, einem bequemen Ledersessel vor dem Fenster. Die Küche folgte anschließend, auch sie mit Holzdielen, was mir sehr gefiel. Die Schränke reichten bis zur Decke hinauf, waren weiß, hatten teilweise Glastüren. Auch die Küchengeräte waren weiß, und als ich den Kühlschrank öffnete, sah ich mehrere Flaschen von dem Wein darin liegen, der Montgomery in Paris so gut geschmeckt hatte. Auch Vorräte waren schon da, lauter Sachen, wie meine Mama sie eingekauft hätte.

Montgomery bestätigte meine Vermutung. »Ich habe deine Mutter gebeten, ein paar Dinge für uns einzukaufen, aber wir haben ein Konto bei Therriot.« Therriot war das größte Lebensmittelgeschäft in Moisson.

Ich schloß die Tür, und wieder war ich den Tränen nahe, wenn auch aus anderen Gründen als zuvor bei Bonnett's. Meine Hände zitterten. Montgomery schien meine Reaktion zu spüren und nahm mich in die Arme, um mich kurz an sich zu drücken. Dann legte er mir einen Arm um die Taille und zog mich mit sich ins Frühstückszimmer.

»Ich habe die Möbel gesehen, und sie haben mir auf Anhieb gefallen, deshalb habe ich sie gleich liefern lassen. Aber wenn du sie nicht magst, können wir sie zurückgeben.« Es waren vier weißlackierte Stühle, die um einen runden Tisch standen. Darüber hing eine sehr einfache, moderne Lampe. Die Möbel standen in einer Nische mit hohen Fenstertüren, deren Scheiben nicht unterteilt waren, so daß das Licht ungehindert einfallen konnte.

»Es ist perfekt«, sagte ich, doch ehe ich noch etwas hinzufügen konnte, zog Montgomery mich weiter, nach vorn, in den Salon. Für ein richtiges Wohnzimmer war der Raum zu klein, aber er war sehr elegant mit altmodischen, in viele kleine Scheiben unterteilten Fenstern, breiten Fensterbänken und einer schön verzierten Deckenleiste. Ich konnte mir den Raum schon vorstellen, ganz in Grau, Grün und Lachs gehalten, mit langen Vorhängen, die sich auf dem Boden bauschten.

Oder vielleicht konnten wir hier auch ein Klavier aufstellen. Unwillkürlich legte ich meine Hand auf meinen noch flachen Leib. Es konnte ein Musikzimmer für die Kinder werden.

Das Eßzimmer befand sich auf der anderen Seite der Eingangstür. Auf dem Orientteppich, der fast den ganzen Boden bedeckte, stand ein schwerer Glastisch auf zwei breiten Betonsäulen. Ich erinnerte mich, daß ich den Tisch in einem Schaufenster in New Orleans bewundert hatte.

Schon wieder liefen mir die Tränen über das Gesicht. Ich drückte Montgomery an mich. Er hatte den Tisch extra für mich gekauft. Um ihn herum standen streng geformte Stühle mit hohen Lehnen, einem Design Frank Lloyd Wrights nachempfunden. Es war eine sehr schöne Zusammenstellung.

Die Schlafzimmer waren im rückwärtigen Teil des Hauses, zwei Räume mit einem gemeinsamen Badezimmer dazwischen, und ein Gästezimmer mit eigenem Bad. Ich revidierte meine erste Schätzung von etwa zweihundert Quadratmetern; dreihundert kam eher hin.

Unser großes Schlafzimmer war ganz hinten. Es hatte zwei große Einbauschränke und ein Bad mit einer Whirlpool-Wanne für zwei. Selbst in der Dusche gab es zwei Brausen, und es war soviel Platz, daß zwei Personen zu gleicher Zeit duschen konnten.

Ein Bett hatte Montgomery schon gekauft, ein Riesending, dessen vier Pfosten mit geschnitzten Darstellungen von Reishalmen verziert waren, wie das einst die Plantagenbesitzer populär gemacht hatten. Zwei Sessel standen sich an einem kleinen Spieltisch vor den Fenstern gegenüber. Diese Fenster hatten Jalousien.

Ich schüttelte nur wortlos den Kopf. Meine Tränen waren jetzt versiegt.

»Gefällt es dir?« Es war eigentlich keine Frage. Montgomery konnte mir ansehen, daß ich von dem Haus begeistert war.

»Es ist wunderschön«, sagte ich leise. »Danke.«

Er sah mich mit dem gleichen Lächeln an, das mir bei Bonnett's den Atem geraubt hatte, und wandte sich ab. »Laß dir ein Bad einlaufen oder nimm eine Dusche«, sagte er. »Ich hole inzwischen das Gepäck.« Und damit war er schon verschwunden.

Ich ging langsam in das prachtvolle Bad, setzte mich auf den Wannenrand und drehte den Messinghahn auf. Und während ich dem Rauschen des Wassers zuhörte, starrte ich im Spiegel über dem Waschbecken mein Gesicht an und dachte über den Mann nach, den ich geheiratet hatte.

Er war weit komplizierter, als ich geahnt hatte. Vielleicht sogar ein wenig – grausam. Ich war stets ehrlich mit mir selbst. Selbst dann, wenn es einfacher gewesen wäre zu lügen. Aber die Grausamkeit war nur zum Vorschein gekommen, als er mit seiner Familie konfrontiert gewesen war, dieser bizarren, unberechenbaren, unharmonischen Gruppe von Menschen. Und war wieder verschwunden, als genug Zeit und Raum ihn von ihr trennten.

Ich dachte an die Gerüchte, die über die DeLandes in Umlauf waren, und beschloß, Montgomery lieber nicht danach zu fragen. Ich hatte Angst, wieder diesen wilden Blick des tollwütigen Hundes in seinen Augen zu sehen. Ja, den fürchtete ich bei Montgomery. Ich zog mein verschwitztes Kleid aus und warf es zusammen mit meiner Unterwäsche in eine Ecke, ehe ich mich ins rasch ansteigende Wasser in der Wanne gleiten ließ. Ich drehte das heiße Wasser noch etwas stärker auf und legte meinen Kopf an das kleine Polster am Ende der Wanne.

Ich dachte über den Mann nach, als der sich Montgomery in den letzten drei Tagen gezeigt hatte, und fröstelte bei der Erinnerung an das Wochenende. Montgomery, wie er blutend auf mir gelegen hatte; wie er mich im Bett zurechtgesetzt hatte wie eine Puppe, meine Glieder, jeden einzelnen meiner Finger so lange hin- und hergeschoben hatte, bis es ihm gefiel. Ich dachte an den

Montgomery, der mich gefüttert hatte, als wäre ich ein Kind, und mir verboten hatte, das Besteck auch nur anzurühren; der mich in dieses Zimmer eingesperrt und stundenlang allein gelassen hatte; der sich geweigert hatte, mit mir zu sprechen, die seelische Not und den Horror, den er in diesem Haus mit diesen Menschen erneut erlebte, mit mir zu teilen.

Ich wußte instinktiv, daß er in den drei Tagen, die wir bei den DeLandes verbracht hatten, gelitten hatte. Doch er hatte den Schmerz in sich eingeschlossen. Er war wie ein verletztes Kind, das von seiner Familie mißhandelt worden war und sie dennoch liebte. Die Gerüchte fielen mir wieder ein. Aber ich widerstand der Versuchung. Ich würde nicht fragen. Wenn Montgomery die Seelenqual einfach ausblenden wollte, dann sollte er das tun. Wenn er je mit mir darüber sprechen wollte, würde ich ihm zuhören.

Im Augenblick war ich mit meinen eigenen Erinnerungen konfrontiert, und die taten weh. Wie wunde Stellen in meiner Seele, von Montgomerys Schmerz aufgerissen. Ich sah sie mir alle an und studierte sie genau, während das Wasser bis zu meiner Taille, meinen Rippen, meinem Busen stieg. Und ich sammelte sie alle sorgfältig ein, mied die scharfen, verletzenden Stellen und legte sie wie Glasscherben in eine Serviette. Ich hielt sie, wog sie, unschlüssig, was ich mit ihnen tun sollte.

Ich hörte Montgomery ins Bad kommen, hörte ihn die Schuhe ausziehen und zu meinen Kleidern werfen.

Doch ich hielt meine Augen weiter geschlossen, mein inneres Auge auf das Bündel Verletzungen gerichtet, das ich immer noch unschlüssig hielt. Die Verletzungen waren so real, daß ich sie sehen konnte, so frisch, daß sie noch bluteten. Ich wußte, daß ich etwas Gefährliches und Beängstigendes in Händen hielt, etwas, mit dem ich mich irgendwann würde auseinandersetzen müssen, das ich nicht einfach wegwerfen konnte wie die Glasscherben, die ich als Bild dafür gewählt hatte.

Dampfwolken stiegen um mich herum auf. Das Wasser wurde ausgedreht. Montgomery ließ sich mir gegenüber in die Wanne gleiten, und das Wasser stieg mir fast bis zum Hals. Ich hörte ihn seufzen und fühlte, wie er sich entspannte, als er seine Beine rechts und links von meinem Körper ausstreckte. Er hob meine Füße in seinen Schoß und begann sie sanft zu massieren.

Und da legte ich sehr sorgsam und überlegt die Scherben, die Dinge, die mich verletzt hatten, die Dinge, die zu dem neuen Montgomery gehörten, in einen Kasten und schlug den Deckel zu. Es erschien mir so real, daß ich die Holzmaserung des Kastens unter meinen Fingern fühlen konnte. Ich konnte es hören, als der Deckel zufiel. Und ich ging fort von dem Ort, an dem der Kasten aufbewahrt wurde.

Ich würde mir die Dinge in diesem Kasten erst ansehen, wenn Montgomery es wünschte. Ich würde keine Erklärung von ihm fordern. Ich würde vergessen. Ich würde meine Augen verschließen.

Etwas in mir fragte, ob auch meine Mutter so angefangen hatte, indem sie etwas, das sie verletzte, einfach weggepackt, den Schmerz begraben hatte. Bis es ihr zur Lebensgewohnheit wurde, sich ganz auf Daddy einzustellen und sich ein eigenes Leben zu verwehren. Aber auch von diesem Gedanken wandte ich mich ab. Und es war lächerlich einfach, das zu tun, während ich da im wohlig warmen Wasser lag und Montgomerys Hände langsam meine Beine hinaufwanderten. Ich lächelte und wußte, ohne die Augen zu öffnen, daß er ebenfalls lächelte.

Wir besuchten die Grande Dame DeLande nie wieder, hörten niemals außer zu Weihnachten und Geburtstagen von ihr. Doch ab und zu pflegte einer der Brüder in einem perfekt hergerichteten antiken Automobil angebraust zu kommen und sich für ein paar Tage oder Wochen häuslich in unserem Gästezimmer niederzulassen, je nachdem, wieviel Zeit die Geschäfte in Anspruch nahmen, die er zu erledigen hatte.

Tatsache ist, daß ich überhaupt keinen Gedanken mehr an die Grande Dame verschwendet hätte, wären nicht die sporadischen Veränderungen auf meinem Bankkonto gewesen: Jedesmal, wenn ich ein Kind gebar, wurde eine große Geldsumme auf mein persönliches Konto eingezahlt. Und ein Konto auf den Namen des jeweiligen Kindes eröffnet. »Für ihre Erziehung«, sagte Montgomery. Und »gib es aus«, als ich ihn fragte, was ich mit dem Geld tun sollte. Aber ich legte es mit Hilfe eines kompetenten Wirtschaftsberaters und meines Bruders Logan lieber an. Nach De-Lande-Maßstäben war es nicht viel, aber es gab mir ein Gefühl der Sicherheit.

Die Jahre vergingen. Montgomery und ich lebten zusammen wie viele andere Ehepaare. Es gab gute und es gab weniger gute Zeiten. Aber ich beklagte mich nicht. Klagen bringen nichts ein, wie meine Mama immer sagte.

Sie und ich waren einander nie sehr nahe gewesen. Das lag zum Teil an den markigen kleinen Sprüchen, die sie stets parat hatte, wenn ich mit einem Problem zu ihr kam. Gleich als ich das erstemal Mutter wurde, nahm ich mir vor, es anders zu machen und mir die Sorgen und Schwierigkeiten meiner Kinder nicht mit irgendeinem gescheiten kleinen Sprüchlein vom Leibe zu halten.

Montgomery und ich suchten uns eine Kirche aus und besuchten regelmäßig die Messe. Montgomery trat in mehrere dieser albernen Klubs ein, in die Männer immer eintreten, wurde Republikaner und fing an, Golf zu spielen. Ich machte Töpferkurse und stellte im Lauf der Zeit fest, daß ich ein Talent dafür besaß, die Farben auf Porzellan zur Geltung zu bringen. Und ich machte viel im Garten. Montgomery, der meinte, ich wolle wie meine Mama in frischer Erde wühlen und den Pflanzen beim Wachsen zusehen, baute mir hinten im Garten ein Gewächshaus. Ich sagte ihm nicht, daß das gar nicht mein Herzenswunsch war.

Sieben Monate nach unserer Trauung bekam ich das erste Kind, Desma Collette. Es war eine leichte Geburt. Nie zuvor hatte ich mich so unglaublich lebendig gefühlt; die Macht, der Schmerz, die unbeschreibliche Freude, als mir der Arzt das blutige, glitschige kleine Mädchen auf den Bauch legte, vereinigten sich zu einem euphorischen Moment höchster Seligkeit.

Und als Dessie ihre Augen öffnete und mich ansah ... Es ist

mir egal, was die Fachleute und die Forscher über die Entwicklung eines Kindes sagen, meine kleine Tochter sah mich an, sie richtete ihren Blick auf mich und erkannte mich in diesem ersten Moment. Die Bindung, deren Stabilisierung angeblich Wochen oder gar Monate braucht, war in Sekunden hergestellt, und ich hatte meine Berufung gefunden. Von dem Moment an, als unsere Blicke sich trafen, wußte ich, daß ich niemals als Krankenschwester arbeiten würde. Wenigstens nicht, solange meine Kinder noch klein waren. Ich war zuerst und vor allem anderen Mutter.

Mein Gynäkologe zog die Augenbrauen hoch, als ich zwei Monate nach Dessies Geburt bereits wieder schwanger war. Ich las sämtliche Bücher, die auf dem Markt waren, um zu erfahren, was eine gute Mutter war; dann verwarf ich sämtliche Theorien und verließ mich auf mein Gefühl.

Dessie war kahlköpfig und hellhäutig und hatte Montgomerys blaue Augen. Sie lachte früh, sprach früh und lief früh, alles lange vor ihrem ersten Geburtstag. Sie war ein aufgewecktes und sanftmütiges Kind, liebte mit Hingabe, zog die Menschen ihren Spielsachen vor.

Dora Shalene war von ganz anderer Art. Sie war dunkel wie unsere Mütter. Das kreolische Erbe der Ferronaires und der Sarvaunts schlug in ihren schwarzen Augen, ihrem seidigen schwarzen Haar, ihrer olivbraunen Haut und den hohen Wangenknochen durch. Sie war ein anspruchsvolles und stark auf sich selbst bezogenes Kind, das gern aß und gern spielte.

Aber die ersten fünf Monate von Shalenes Leben erlebte ich nicht mit; die rasche Bindung wie zwischen mir und meinem ersten Kind, Dessie, erfolgte hier nicht. Mein Körper, der nicht gesund werden wollte, und meine Seele, die von heftigen Gefühlsschwankungen geschüttelt wurde, verrieten mich, und als es mir endlich wieder so gut ging, daß ich Shalene kennenlernen konnte, schien sie bereits eine komplette kleine Persönlichkeit zu sein.

Mit diesem dunkeläugigen kleinen Mädchen eine Beziehung aufzubauen, war harte Arbeit, schwieriger als die Wiederherstellung meiner früheren Vertrautheit mit Dessie. Aber ich gab mir alle Mühe, griff sogar auf die Bücher zurück, die ich zuvor so selbstsicher zur Seite gelegt hatte.

Ich erfand Spiele und entwarf Puzzles, ich spielte mit ihnen mit ihren Puppen und mit dem Kaufladen. Wir zimmerten uns ein eigenes Leben, wir drei Frauen, mit festen Ritualen und Gewohnheiten, unseren ganz eigenen Amüsements und Belohnungen. Vielleicht kann jede Mutter, die nur Mutter ist, das gleiche von sich sagen, aber ich hatte das Gefühl, die Mädchen und ich hätten eine ganz besondere Beziehung zueinander entwickelt, das perfekte Modell einer heilen Familie.

Montgomery schloß sich uns nur selten an. Er zog es vor, das lebhafte Treiben in unserem Haus mit unergründlichen Blicken zu beobachten. Selbst das Strafen überließ er mir, wenn es denn einmal nötig war, stärkte mir, wenn ich wirklich einmal drohte, höchstens mit strenger Miene und ernstem Blick, in dem der Funke der Erheiterung fehlte, der sonst meist in der Tiefe seiner Augen lauerte, den Rücken.

Als Morgan Justin zur Welt kam, waren die Mädchen schon aus dem Gröbsten heraus. Er war ein ruhiges, friedliches Kind, das von dem Tag an, als wir ihn aus der Klinik nach Hause brachten, jede Nacht durchschlief. Er liebte es, die Welt um sich herum zu beobachten, war fasziniert von seinem Mobile, seinem Plüschbären, dem Essen, das er in einer bunten Plastikschale bekam. Er pflegte es sehr sorgfältig zu betrachten, ehe er mit seinen kleinen Fingern hineinstach und die taktilen Empfindungen mit gleicher Ernsthaftigkeit prüfte. Besonders mochte er die körnige Beschaffenheit von Birnen und die Farbe von Erdbeereis. Ich dachte oft, er wäre wahrscheinlich wunschlos glücklich, wenn er nur Erdbeereis mit der Beschaffenheit von pürierten Birnen finden könnte.

Mein Leben schien sicher und beständig. Montgomery war im allgemeinen ein großzügiger, liebevoller Ehemann, wenn auch ein distanzierter, schwieriger Vater. Er kaufte mir Faustfeuerwaffen, weil er wußte, daß ich mich gern im Schießen übte, und legte weit hinter dem Haus einen Schießplatz für uns an. Es war ein ausgetrockneter Kanal, auf dem früher Bohrinseln zu den Ölfeldern und wieder zurück befördert wurden, der jedoch gesperrt worden war, als der Staat nach der Überschwemmung neunzehnhundertdreiundsiebzig den Damm bei Moisson befestigen ließ. Im Lauf der Jahre war er an vielen Stellen ausgetrocknet, so daß wir nun hinten, am Ende unseres Grundstücks, einen trockenen Graben von etwa anderthalb Meter Tiefe hatten.

Er kaufte mir Schmuck und Kleider. Wir reisten viel, meistens in Geschäften der DeLandes, manchmal aber auch nur zu unserem Vergnügen. In einem Jahr unternahmen wir im Frühjahr und im Herbst Rundreisen zu den besten Winzern des Landes. Ich war besonders angetan von den Weinanbaugebieten im Norden Kaliforniens, Montgomery war ganz begeistert von einem Gebiet in South Carolina. Er meinte, der Boden sei dem Südfrankreichs so ähnlich, daß man meinen könnte, die Weine seien Importe.

Nach den ersten Jahren unserer Ehe begann Montgomery mehr zu reisen, und ich blieb mit Rosalita und den Mädchen zu Hause, während er zunehmend größere geschäftliche Verantwortung im Familienunternehmen übernahm. Seine eigenen Gelder steckte er in Grundbesitz und neue Industrieunternehmen am Golf und der Ostküste. Auch ich unternahm ab und zu eine Reise – nach New Orleans, um Sonja zu besuchen. Aber ich tat das nur ein- oder zweimal im Jahr. Ich wollte keine längeren Trennungen von meinen Töchtern.

Montgomery war mir gegenüber selten grob oder kalt; das geschah eigentlich immer nur, wenn einer der DeLandes zu Besuch war. Immer wenn einer der Brüder bei uns aufkreuzte, bekam ich feuchte Hände, und eine schreckliche Beklommenheit überfiel mich.

Dann flackerte wieder dieses unheimliche Licht in Montgomerys Augen, ein harter, kalter Glanz, und er verschloß sich vor mir. Bald sah er mich mit völlig leeren Blicken an, bald sprühte in seinen Augen das Feuer eines wilden, mühsam unterdrückten Zorns, und er veränderte sich so sehr, daß von dem Montgomery, den ich geheiratet hatte, nur noch die Hülle übrig war. Er wurde zu einem reizbaren, jähzornigen Menschen. Bis zu dem Tag, an dem der Bruder endlich wieder abreiste.

Und dann bestrafte er mich. Manchmal begann er damit, noch ehe der Wagen, der den Bruder gebracht hatte, aus unserem Blickfeld verschwunden war. Es war, als gäbe er mir die Schuld an seinen Reaktionen auf seine Brüder. Er bestrafte mich für tausend Verstöße gegen Regeln, die ich nie gelernt und auf die er mich niemals aufmerksam gemacht hatte.

Die Strafen, die er mir zudachte, ob nun ausgefallen oder alltäglich, grausam oder gemein, waren unterschiedlicher Art und durchaus einfallsreich. Sie reichten von Liebesentzug wie beim erstenmal auf unserer Hochzeitsreise bis zu extravaganteren körperlichen Strafen. Ich ließ sie über mich ergehen und hielt durch, bis er die Dämonen, die ihn quälten, vertrieben hatte. Wenn es soweit war, wurde er wieder zu dem sanften, liebevollen Mann, den ich geheiratet hatte. Als wäre er verhext gewesen, und als sei der Bann nun gebrochen.

Nur wenn Miles Justin kam, veränderte sich Montgomery nicht. Er konnte ein ganzes dutzendmal im Jahr kommen, und tat das auch, und Montgomery blieb unverändert. Die Bezeichnung, die Miles sich am Tag unserer ersten Begegnung gegeben hatte, schien zu stimmen: Friedensstifter. Es gab Zeiten, da betete ich darum, daß er kommen möge, vor allem bei Besuchen von Richard oder Andreu, wenn Montgomery besonders verletzend und grausam zu werden pflegte. Aber es geschah selten, daß er dann erschien; er zog es vor, allein an Wochenenden zu kommen, wenn er schuldfrei hatte, häufiger im Sommer und immer zu Weihnachten.

Er hatte eine Begabung dafür, die richtigen Geschenke für die Kinder auszusuchen, sei es zum Geburtstag oder zu Weihnachten oder auch ohne besonderen Anlaß. Einmal brachte er Dessie Plüschtiere mit und Shalene eine Eisenbahn. Beide Mädchen waren hingerissen, und er schaffte es sogar, daß sie mit ihren Spielsachen miteinander spielten, daß sie teilten, während ich im allgemeinen Schwierigkeiten damit hatte, sie wenigstens soweit zu bringen, daß sie nicht ständig stritten.

Als er die ersten Male in dem Cord, den er uns für unsere Heimfahrt geliehen hatte, bei uns aufkreuzte, war er zum Autofahren eigentlich noch zu jung. In Louisiana mußte man für den Führerschein mindestens fünfzehn Jahre alt sein. Aber ich verlor kein Wort darüber. Ich lernte sehr schnell, daß die DeLandes in diesem Staat ihre eigenen Gesetze machten. Außerdem mochte ich Miles Justin.

Im Lauf der Jahre begann Montgomery mich auch zu anderen Zeiten zu bestrafen. Wenn ich irgend etwas tat, das ihm mißfiel, wenn ich nicht seiner Meinung war, wenn ich ihn enttäuschte. Ich lernte, daß ich niemals nein sagen durfte. Niemals, ganz gleich, worum es ging. Doch diese Momente waren kurz und flüchtig und sie wanderten in den Kasten zu all den anderen Verletzungen.

Es war nicht so, daß ich aufhörte, ich zu sein. Es war nicht so, daß ich den Kampf darum aufgab, meinen Kindern und mir Geborgenheit und ein sicheres Zuhause zu schaffen. Und es war beileibe nicht so, daß alles schlimm und furchtbar war. Im Gegenteil, die meiste Zeit war Montgomery ein wunderbarer Ehemann. Aber es gab eben Zeiten, dunkle Momente, da entfernte sich Montgomery, und der Fremde, der seinen Körper und seinen Geist in diesen Momenten bewohnte, war der Feind, den ich fürchtete und haßte. Diese Zeiten stand ich durch. Stumm, fügsam, ohne zu klagen, wartete ich geduldig auf die Rückkehr jenes Montgomery, den ich liebte.

Er gab mir niemals eine Erklärung für diese seltsamen Wesensveränderungen. Er bat mich nie um Verzeihung. Und ich verstand nichts. Ich stopfte die Erinnerungen einfach in den Kasten, der sich im Lauf der Jahre füllte. Selten warf ich einen Blick hinein. Selten dachte ich über das nach, was der Kasten enthielt. Es war das einfachste, Schmerz und Demütigung einfach hineinzupacken, den Deckel zuzuschlagen und dem Ganzen den Rücken zu kehren.

3

Ich fand New Orleans gerade um diese Zeit des Jahres herrlich. Wenn der Mardi Gras vorbei ist und die Touristenhorden abgereist sind, wenn die glühende Sommerhitze mit den Mückenschwärmen noch fern ist – in dieser kurzen Zeitspanne im März ist New Orleans am schönsten. Das ist die Zeit, wenn die Einwohner selbst durch die Straßen des French Quarter flanieren, an den Straßencafés zu einem Beignet und einem Café au lait halt machen oder bei Johnny's auf ein Sandwich mit gebratenen Austern oder Krebsen.

Das ist die Zeit, wenn tägliche Regenschauer die offenen Abflußkanäle ausspülen und den Gestank menschlicher und chemischer Abfälle vertreiben; wenn die bittere Kälte der Winterwinde, die von Kanada die Mississippi-Ebene herunterfegen, nur noch unangenehme Erinnerung ist; wenn der Ponchartrain-See blitzt und funkelt, als sei er noch ein lebendiges Gewässer und nicht in Wirklichkeit ein totes Meer. Das ist die Zeit, wenn die sanften Winde den milden Duft knospender Blumen, frischen Kaffees, heißer Beignets, das Aroma gebratener Meeresfrüchte und den immer strengen Geruch des Hafens zu dem wunderbaren Parfum vermengen, das New Orleans im Frühling atmet.

Seit mehreren Jahren verbrachte ich jedes Jahr den März in New Orleans bei Sonja. Wir gingen einkaufen, besuchten Restaurants, trafen uns mit Freunden, nahmen an zahllosen kulturellen und politischen Veranstaltungen teil, die von der Familie Rousseau gesponsert wurden. Ich gab vieles auf, um den Mann, den ich geheiratet hatte, bei Laune zu halten, aber Sonja gab ich niemals auf. Ich mußte leiden um dieser Jugendfreundschaft willen, aber ich war nicht bereit, auf sie zu verzichten. Sonja war mein Schutzengel.

Meine Reisen zu Sonja waren Oasen der Freiheit. Sie schenkten mir Tage heiterer Unbeschwertheit, in denen kein Kind an meinem Rockzipfel hing, keine häuslichen Pflichten mich in Anspruch nahmen – kein Ehemann Unterwerfung von mir verlangte. Montgomery erlaubte mir diesen alljährlichen Urlaub, weil ich stets erfrischt zurückkehrte, mit neuer Gelassenheit und Bereitschaft, meine Rolle als seine Ehefrau zu erfüllen. Aber er sah ihn nicht gern.

Wir standen im Sonnenschein des späten Vormittags vor dem *Petunias* in der St. Louis Street, gesättigt von dem opulenten Brunch, den wir mit zwei Freundinnen Sonjas von NOW, der Nationalen Frauenorganisation, eingenommen hatten. Wir hatten Unmengen *pain perdu* vertilgt, den mit Ei panierten Toast, der mit Zuckerrohrsirup bestrichen und Puderzucker bestreut wird. Wir hatten Eier Melanza gegessen und ein Wurstfrühstück nach Cajun-Art mit geräucherter *andouille* und Blutwurst und Eiern St. Louis. Mein Cholesterinspiegel war bestimmt in Wahnsinnshöhen hinaufgeschnellt, aber das war mir egal.

Ohne auf meine Umgebung zu achten, trottete ich mit halbgeschlossenen Augen hinter Sonja her, den Blick auf ihre lavendelfarbenen Pumps gerichtet. Ich genoß die Wärme der Sonne auf meiner Haut und war mit mir und der Welt zufrieden. Die Freude der letzten beiden Tage wallte in mir auf, so klar und hell wie frisches Grundwasser in einem Sumpf, das allen Schlamm und allen Moder fortspült. Ich freute mich, daß ich meine Seidenbluse nicht bekleckert hatte; daß ich zwei Wochen in New Orleans vor mir hatte; daß Montgomery ausnahmsweise einmal nicht versucht hatte, mir die Reise auszureden; daß ich satt und faul und möglicherweise wieder einmal schwanger war. Ich war zwar nur zwei Tage zu spät dran, aber ich fühlte mich so schläfrig und friedlich, wie ich das immer wurde, wenn ich »guter Hoffnung« war.

Das war Sonjas Ausdruck. Sie achtete dieser Tage sehr darauf, sich so zu benehmen, wie der gute Ton es verlangte. Diese neue, seit ihrer Einheirat in die einflußreiche Familie Rousseau um ein korrektes öffentliches Image bemühte Sonja war mit der rebellischen Wildkatze, die ich aus unserer Schulzeit kannte, zu einer kultivierten, politisch interessierten jungen Frau und Mutter verschmolzen. Eine Rebellin war Sonja immer noch, bereit, für eine Sache, von der sie überzeugt war, Kopf und Kragen zu riskieren, aber sie wählte die Sachen, für die sie sich einsetzte, jetzt mit kritischerem Verstand. Hatte sie früher elterliche Mißbilligung riskiert, indem sie mit Montgomery und mir im offenen Wagen, mit einem Kasten Bier auf dem Rücksitz durch die Gegend kutschiert war, so riskierte sie heute täglich die Exkommunikation mit ihren liberalen politischen Ansichten und ihrer Unverblümtheit.

Nur dank Geld und Einfluß der Familie Rousseau blieb ihr öffentlicher Tadel seitens der gesetzteren und konservativeren Mitglieder der vornehmen Gesellschaft, in der sie jetzt verkehrte, erspart. Sie entrüstete die guten Leute, aber bis jetzt hatte niemand es gewagt, sie in die Schranken zu weisen. Sicher taten da auch ihre natürliche Anmut und Wohlerzogenheit einiges dazu. Selbst bei einer Demonstration wäre Sonja gelassen und selbstsicher geblieben und vom eleganten Strohhut bis zu den Gucci-Schuhen vorbildlich gekleidet erschienen.

Bei dem Gedanken lächelte ich leicht vor mich hin.

»Dein Wachhund ist wieder da.«

»Hm?« Ich sah auf und kniff die Augen zusammen, geblendet von der grellen Helligkeit der weißen Bürgersteige.

Sonja sperrte gerade ihren weißen Volvo auf. »Dein Wachhund. Spürst du die Leine?«

Ich seufzte. »Dein Bild ist ziemlich schief. Ich bin nicht an der Leine. Du weißt, das ist nur zu meinem Schutz. Montgomery engagiert diese Leute nur, damit – damit uns auf der Straße nichts passiert. Ihm ist nicht wohl bei den Verbrechen und den Autodiebstählen und ...«

»Montgomery engagiert sie, damit sie dich überwachen, das weißt du ganz genau. Aber laß nur, ich habe mich inzwischen schon daran gewöhnt und finde es affengeil, auf Schritt und Tritt von zwei miesen kleinen Detektiven in einem alten Falcon beschattet zu werden.«

Der Tag schien sich plötzlich zu verdüstern, aber ich war entschlossen, mir nichts anmerken zu lassen. »›Affengeil‹? Die alte

Schwester Louey würde der Schlag treffen, wenn sie das hören könnte.«

Sonja lachte. »Okay, weich mir nur aus. Wie geht's denn Schwester Louey eigentlich?«

Schwester Louey hieß eigentlich Schwester Mary Agnes, aber sie sah Louis Armstrong zum Verwechseln ähnlich und war den Spitznamen nie wieder losgeworden. »Es geht ihr gut. Sie ist ein bißchen zerbrechlich geworden und verirrt sich manchmal im Rosengarten, aber sie ist noch gut beieinander, wenn man bedenkt, daß sie fast achtzig ist. Ich weiche übrigens nicht aus.«

Montgomerys Detektive waren seit Jahren ein Streitpunkt zwischen Sonja und mir, und obwohl Sonja behauptete, sie zu hassen, war es ein Spiel zwischen uns geworden, zu sehen, wer sie zuerst entdeckte.

»Dann geh doch hin und stell dich ihnen vor. Und gib ihnen auch gleich einen Plan unserer heutigen Route. Das wird ihnen die Arbeit erleichtern.«

»Laß sie sich nur ruhig ihr Geld verdienen.« Ich stieg in den Wagen und knallte die Tür zu.

Sonja folgte. Ich wußte, daß es ihr auf die Nerven ging, diese Männer ständig auf den Fersen zu haben, immer in Sichtweite, zwei Autos zurück oder gegenüber vom Haus geparkt, aber mehr als einmal waren sie uns auch zu Hilfe gekommen.

Wie damals zum Beispiel, als sie den Burschen aufgehalten hatten, der uns die Handtaschen entrissen hatte und mit ihnen verschwinden wollte. Oder als sie die Straße freimachten, nachdem ein betrunkener Weißer ein fünfjähriges schwarzes Kind überfahren hatte, und die Menge ungemütlich zu werden begann. Aber natürlich war es nicht immer ein angenehmes Gefühl, sie um sich zu haben.

Es war befremdlich und irritierend, sich ständig beobachtet, überwacht und bei allem, was man tat, fotografiert zu wissen. Einmal, als ich auf glitschigem Pflaster ausrutschte und mir bei dem Versuch, den Sturz abzufangen, das Handgelenk brach, erschien Montgomery prompt höchst besorgt in der Notaufnahme des Krankenhauses, obwohl Sonja ihn noch gar nicht angerufen hatte. Und dabei hätte er um diese Zeit eigentlich gar nicht in New Orleans sein sollen.

Es kam mehrmals vor, daß ich Montgomery irgendwo in der Menge sah oder zu sehen glaubte, und er sich rasch abwandte.

Wenn ich dann aus New Orleans zurückkehrte, pflegte er mich so fest an sich zu drücken, daß mir die Luft wegblieb, Ermahnung daran, daß ich einzig ihm gehörte. Nur ihm allein. Niemals würde er teilen, was seins war. Gott, ich haßte schon den Klang dieser Worte. Er war in solchen Zeiten schroff und gewaltsam bei der Liebe, benutzte gewissermaßen meinen Körper, um seine Eigentumsrechte zu besiegeln. Um mich an mein Eheversprechen zu erinnern.

»Du solltest dich von diesem mißtrauischen Schwein scheiden lassen. Ich finde schon einen guten Mann für dich«, sagte Sonja.

Ich lachte, und es klang beinahe normal. »Und Montgomery käme mit sämtlichen Brüdern zur Hochzeit, um meinen frischgebackenen Ehemann mit Böllerschüssen zu durchlöchern.«

Seufzend lenkte Sonja den Wagen in den Verkehr hinaus. »Es gibt genug andere Männer. Nette Männer.«

Ich lächelte angespannt. »Ein Mann im Leben reicht mir, besten Dank. Außerdem habe ich mit irgendeinem ausgehungerten Burschen, der sich beweisen muß, daß er noch kann, nun wirklich nichts am Hut.«

Sonja warf mir einen Blick zu, aber ich tat so, als bemerkte ich ihn nicht, während ich im Spiegel in der Sonnenblende den Wagen beobachtete, den Sonja heute schon zweimal registriert hatte. Ja, er folgte uns. Kein alter Falcon, sondern ein neuerer erbsengrüner Buick.

»Hm. Kein Falcon. Dieses Jahr hat Montgomery sich meinen Schutz richtig was kosten lassen. Da werde ich mich besonders dankbar zeigen müssen, wenn ich heimkomme.« Ich hörte den ironischen Unterton in meiner Stimme und ärgerte mich über den Ausrutscher. Wut und Zorn überfielen mich. Ich vergaß zu denken. »Fahr an den Bürgersteig!« sagte ich.

Ohne Kommentar lenkte Sonja den Wagen in eine kleine Einbahnstraße. Es war eigentlich nur eine Gasse, höchstens vier Meter breit, aber sie ging zur Parallelstraße durch. Ich kritzelte rasch etwas auf einen Zettel, faltete ihn und öffnete die Wagentür. Ich hatte gerade so viel Platz, daß ich mich hinauszwängen konnte, ohne den Lack des Wagens an der Mauer zu zerkratzen.

»Wohin willst du?« Sonjas Stimme klang beunruhigt, und ich lächelte. Es war offenbar ein häßliches Lächeln, denn sie wollte ihren Gurt öffnen.

»Ich gebe den Kerlen unseren heutigen Fahrplan. Das hast du doch selbst vorgeschlagen.«

Sonja starrte mich mit aufgerissenen Augen an, und ich lachte, laut und ärgerlich, ehe ich mit dem Zettel in der Hand losrannte.

»Mach bloß Montgomery nicht wütend!« Die Worte prallten von den Backsteinmauern ab, die den Wagen einschlossen.

Ich hielt nach dem Buick Ausschau. Er stand mitten auf der Straße und blockierte den Verkehr. Ich lächelte wieder und richtete meine Aufmerksamkeit auf den Mann auf der Beifahrerseite, während ich zwischen zwei geparkten Autos hindurchschoß. Sein Fenster war offen.

Ich neigte mich hinunter und stützte einen Ellbogen auf die Fensterumrandung, als hinter uns die Leute zu hupen begannen. Der Mann auf dem Beifahrersitz, dessen Gesicht kaum eine Handbreit von mir entfernt war, war ein grünäugiger Mulatte mit einem Spitzbärtchen und schokoladenbrauner Haut. Er wich vor mir zurück. Der Fahrer war ein Weißer mit dunklen Augen und einem runden Gesicht. Zwischen seinen Lippen hing eine Zigarette. Beide hatten sie Jeans und T-Shirts an, und zwischen ihnen auf dem Sitz lag ein ganzes Waffenarsenal: ein Schlagring, ein Gummiknüppel, eine kurze Stahlkette, eine 35-mm-Kamera mit Teleobjektiv und eine Pistole.

»Wieviel bekommen Sie bezahlt?« fragte ich, überrascht über mich selbst.

Der Spitzbärtige wandte sich mit zitternden Barthaaren dem Fahrer zu. Der nahm die Zigarette aus dem Mund.

»Lady, Sie halten den Verkehr auf.«

Ich lachte, wieder dieses mir so fremde, hysterisch anmutende Lachen, bei dem mich fröstelte. »Nein, *Sie* halten ihn auf. Und wir können den Verkehr weiter aufhalten, bis unsere Freunde und Helfer erscheinen, um die Straße freizumachen und Ihre Spielzeuge hier finden«, ich wies auf die Kollektion auf dem Sitz, »oder Sie können meine Frage beantworten. Also, wieviel?«

Das Hupkonzert hinter uns wurde lauter. Einige Fahrer schimpften wütend zu den Fenstern hinaus.

»Wieviel?«

In der Ferne erklang Sirenengeheul.

»Fünfundsiebzig pro Tag plus Spesen«, murmelte der Spitzbärtige.

Ich warf ihm den zusammengeknüllten Zettel in den Schoß. »Ich habe ihnen soeben Ihre Arbeit erleichtert.« Damit machte ich kehrt und rannte zum Volvo zurück.

»Was hast du getan?« Es war eine Anklage.

Ich wurde unsicher bei ihrem Ton. Ich holte tief Luft und sagte: »Ich habe ihnen unseren Fahrplan für heute gegeben. Wie schnell kannst du fahren?«

»Warum?« Sie bog rasch nach links ab, dann wieder nach rechts und fuhr auf eine breite Straße hinaus. Ich hatte schon die Orientierung verloren. Dies war Sonjas Stadt. Ich drehte mich um und hielt nach dem erbsengrünen Buick Ausschau, aber der war weit und breit nirgends zu sehen.

»Einen falschen Plan natürlich.«

»Scheiße!« Der Kraftausdruck erstaunte mich, und ich sah Sonja an. Ihre vollen Lippen waren schmal, die Nasenflügel gebläht. Ich hatte das Gefühl, sie wäre zu den Kerlen zurückgefahren, wenn es nicht schon zu spät gewesen wäre.

»Was ...«

Aber Sonja achtete nicht auf mich. Sie fuhr auf dem kürzesten Weg nach Hause, obwohl wir vorgehabt hatten, noch einen Einkaufsbummel im French Quarter zu machen und später an einer Sitzung des National Political Congress of Black Women teilzunehmen, ebenfalls im *Petunias*, Sonjas Lieblingsrestaurant für Geschäftsessen und politische Zusammenkünfte.

Meine gute Laune war mit einem Schlag dahin. Wir sprachen nichts während der Fahrt, und ich dachte in der bedrückenden Stille des Wagens nüchtern über Sonjas widersprüchliche Einstellungen nach. Seit Jahren stachelte sie mich auf und versuchte, mich dazu zu bringen, Montgomery Paroli zu bieten, mich gegen die Einschränkungen aufzulehnen und gegen diese Überwachung zu wehren. Und nun, da ich ein wenig eigenen Willen gezeigt und aufgemuckt hatte, war sie in Panik geraten. Dabei geriet Sonja niemals in Panik. Niemals.

Und ich lehnte mich niemals auf. Jedenfalls nicht gegen Montgomery. Das wäre ja gefährlich gewesen, und ich war zu klug, um das zu riskieren. Im allgemeinen. Natürlich sagte und tat ich Dinge, die Montgomery mißfielen. Wie damals, als ich ihm klipp und klar erklärt hatte, daß ich seine Brüder nicht mochte – von Miles, dem jüngsten und sanftesten DeLande abgesehen – und ihre Besuche nicht wünschte. Und wie vor ein paar Wochen, als ich von ihm verlangt hatte, er solle einen Psychologen für Dessie besorgen, weil sie nicht mehr essen wollte und sich von allen zurückzog.

Auch auf andere Weise hatte ich mir schon seinen Unmut zugezogen. Als ich beispielsweise nach Shalnes Geburt nicht schnell genug wieder gesund wurde, oder wenn ich, gerade wenn er mit mir schlafen wollte, meine Tage hatte und nicht verfügbar war. Dann pflegte ich den Kopf zu schütteln, weil ich seine Einstellung zu Frauen während ihrer Menses kannte, und er zog sich verärgert zurück und brummte: »Du blutest und bist nicht verfügbar?« Worauf ich mit einem kleinen Lächeln zu nicken pflegte.

Während dieser wenigen Tage pflegte er im Haus herumzustreichen wie ein Tiger im Käfig, oder aber er verreiste plötzlich, schützte dringende Geschäfte vor, um von mir wegzukommen. So hatte er es zumindest in den frühen Jahren gehalten. In letzter Zeit zog er sich nur ins Gästezimmer zurück, und ich hatte dann unser Schlafzimmer für mich allein und genoß dieses egoistische Vergnügen.

Ich beobachtete Sonja, die ihre Aufmerksamkeit auf den Verkehr gerichtet hielt. Sie wirkte kühl und ruhig, vielleicht war sie also gar nicht in Panik. Nur ... beunruhigt. Und ärgerlich. Sie blickte immer wieder in den Rückspiegel. Kein Buick.

Wir überquerten die St. Charles Avenue und bogen in die Straße im Garden District ein, in der sie und Philippe wohnten, eine jener breiten Alleen mit renovierten Herrenhäusern, die unter mächtigen alten Eichen in großen, üppig blühenden Gärten standen.

New Orleans ist eine alte Stadt mit Enklaven von Geld und Wohlstand mitten in einem Meer von Sozialwohnungen und Slums. Und alle diese Häuser der Reichen werden rund um die Uhr von Wachgesellschaften und privaten Leibwächtern bewacht. Ich war mir nicht sicher, ob mir das Ambiente alter Südstaaten-Herrlichkeit diesen Aufwand wert gewesen wäre.

Anstatt den Wagen in die Garage zu fahren, die einmal Remise und Dienstbotenhaus gewesen war, parkte Sonja auf der Straße vor dem Anwesen. Nachdem sie den Motor ausgeschaltet hatte, blieb sie sitzen und trommelte mit ihren manikürten Fingernägeln auf das Lenkrad. Ein Sonnenstrahl blitzte auf dem Chrom der Windschutzscheibe, ehe er hinter einer Wolke verschwand. Der Wind frischte auf und legte sich wieder.

Ich sagte nichts. Ich wartete. Ich hatte den Eindruck, daß ich dieser Tage eigentlich ständig auf jemanden oder etwas wartete.

»Wenn du Montgomery verlassen willst, helfe ich dir. Aber keine solchen albernen Spielchen mehr, bitte.«

Ich reagierte nicht auf den Befehlston. Ich hatte mir angewöhnt, meine Reaktionen auf Befehle zu verbergen. Ruhig sagte ich: »Seit Jahren drängst du mich, mich zu wehren. Und wenn ich's tue, sagst du, ich soll's lassen.«

Ich starrte zum Fenster hinaus. Ich sah Sonja nicht an, aber ich spürte ihren Blick. In der Ferne pfiff ein Vogel. Ein anderer antwortete. Sonja lehnte sich in ihrem Sitz zurück und seufzte.

»Ich habe versucht, dir zu zeigen, daß du in einem Käfig sitzt, damit du etwas dagegen unternehmen kannst.«

»Damit ich Montgomery verlasse«, sagte ich ruhig. Ich drehte meinen Kopf, so daß ich ihr Profil sehen konnte. Ich war zornig, aber ich unterdrückte das Gefühl.

Sonja nickte, während sie die Straße hinter uns im Auge behielt. »Aber damit habe ich nicht gemeint, daß du Spielchen machen sollst. Bei Montgomery gibt es nur alles oder nichts. Entweder du gibst klein bei und führst ein Leben der Unterwerfung oder du nimmst deine ganze Kraft zusammen und kämpfst. Laß dich scheiden. Ein Mittelding gibt es nicht.«

Ich wußte, wie wahr ihre Worte waren, doch es überraschte mich, daß sie so genau Bescheid wußte. »Das klingt ja, als hättest du dich sehr gründlich mit dieser Sache beschäftigt«, sagte ich langsam.

Einen Moment blieb es still. Die Luft im geschlossenen Wagen begann stickig zu werden, aber keine von uns kurbelte das Fenster herunter. Wir saßen da, atmeten die schale Luft und sahen einander nicht an.

»Vor vier, fünf Jahren. Nach Shalenes Geburt. Da warst du doch so krank.«

Ich nickte. Ich hatte über ein Jahr gebraucht, um mich von der Entbindung zu erholen. Der Kaiserschnitt war kompliziert gewesen, und ich hatte eine Menge Blut verloren. Doch Montgomery erlaubte keine Transfusionen aus der Blutbank. Die Angst vor Aids und Gelbsucht war damals groß in Moisson, da kurz zuvor ein junger Mann, der nach einem Unfall eine Transfusion bekommen hatte, aidskrank geworden war.

Montgomery sagte also nein. Kein Blut. Ich war zu schwach, um mich aufzuregen. Nach zwei Wochen verließ ich das Krankenhaus mit einem Hämoglobinwert von 4,4 – 12,6 war er gewesen, als ich eingeliefert worden war. Ich war so schwach, daß ich mich um mein Kind nicht kümmern konnte. Ich schaffte es nicht einmal bis zum Badezimmer, ohne ohnmächtig zu werden.

Montgomery engagierte Rosalita, eine junge spanische Frau,

die keine Aufenthaltsgenehmigung hatte, als Haushälterin und Kindermädchen. Nach zwei Monaten war ich immer noch so schwach, daß ich mich kaum auf den Beinen halten konnte, und versank in tiefer Depression. Ich lag tagelang nur im Bett und weinte und bemitleidete mich selbst. Ich versank immer tiefer in meinem Elend.

Montgomery verabreichte mir Valium und alle möglichen Tranquilizer, und ich konnte nicht mehr schlafen. Essen ebensowenig. Ich sah aus wie der wandelnde Tod, und es war mir egal.

In seiner Verzweiflung rief Montgomery Sonja an. Sie kam, packte mich in ihr Auto und nahm mich für zwei Monate mit nach New Orleans. Das war der Anfang meiner alljährlichen Ausflüge nach New Orleans.

»Montgomery hat mich in Wirklichkeit gar nicht angerufen«, sagte Sonja. Ich starrte sie an, aus meinen Erinnerungen gerissen, die plötzlich falsch und trügerisch waren. »Er stand eines Morgens um sechs betrunken bei uns vor der Tür. Er sah grauenvoll aus. Er war verzweifelt und aggressiv und, offen gestanden, völlig aus dem Gleichgewicht.« Sie machte eine Pause und starrte zum Fenster hinaus. »Er war gekommen, um zu bitten, aber am Ende drohte er. Er verfügte einfach, könnte man sagen.« Sie sah mich flüchtig an und lächelte.

»Er erzählte Philippe und mir, wie krank du seist und wie dringend du Hilfe brauchtest. Daraufhin sagte ich, ich würde kommen und dich und die Kinder holen. Aber das paßte ihm nicht. Er sagte, ich könne dich mitnehmen, aber die Kinder müßten bei ihm bleiben. Als Garantie, vermute ich, um sicher zu sein, daß du zurückkommen würdest. Aber du hättest die Kinder in diesem Moment sowieso nicht versorgen können, wie sich zeigte. Du brauchtest vor allem Ruhe.« Sonjas Hände, die auf dem Lenkrad lagen, ballten sich unwillkürlich zu Fäusten. »Bevor er wieder abfuhr, sagte er mir, was er mir antun würde, wenn ich je zulassen sollte, daß du ihn verläßt. Er machte praktisch mich für den Fortbestand seiner Ehe mit dir verantwortlich.«

Ich warf Sonja einen hastigen Blick zu. Sie starrte mit gerunzelter Stirn zum Fenster hinaus, und ich sah rasch wieder weg, ohne zu begreifen, wohin dieses Gespräch führen sollte. Aber ich wußte, daß Sonja selten etwas ohne Grund sagte. Nur war ich mir nicht sicher, ob ich in diesem Fall den Grund wissen wollte.

»Bevor er abfuhr, brach er Philippe die Finger.«

Ich zuckte erschrocken zusammen. Ich erinnerte mich Philippes geschienter Finger und der Schmerzen, die er während der ersten Wochen meines Aufenthalts hatte. Ich schloß die Augen.

Sie schwieg einen Moment, dann sagte sie: »Er sagte, wenn du ihn je verlassen solltest, würde er dafür sorgen, daß Philippe es bedauert. Und daß ich einen Mann nie wieder mit denselben Augen sehen würde.«

Ich merkte, daß ich die ganze Zeit den Atem angehalten hatte, und atmete tief aus. Einen Mann nie wieder mit denselben Augen ansehen. Ich wußte, was diese Worte bedeuteten. Sonja glaubte es ebenfalls zu wissen.

Und die DeLandes konnten so etwas ungestraft tun. Sie konnten die Rousseaus unter Druck setzen, sie finanziell und politisch angreifen. Gedungene Schläger schicken, die nicht schützen, sondern Schaden anrichten würden. Männer, die sich ohne Skrupel an einer Frau vergreifen und sie mißbrauchen würden, bis sie ihren eigenen Anblick und jede Berührung eines Mannes haßte. Für solche Maßnahmen brauchte man nur Geld und Geduld und Gewissenlosigkeit.

Sonja holte tief Atem. »Ich bin zu jedem Risiko bereit, wenn es dir hilft, von dem Schwein loszukommen. Aber keine Spiele. Es muß dir ernst sein. Du mußt es wirklich wollen und bei deinem Entschluß bleiben.«

»Warum hast du mir nichts davon erzählt?«

Sonja sah mich an und lächelte. »Ich hab's doch eben getan.«

Sie öffnete die Tür und stieg aus. Im Stehen beugte sie sich nach vorn und sah in den Wagen hinein. »Ich lasse das Auto hier, damit sie die Motorhaube prüfen können, wenn sie kommen. Allzu lange wird es nicht dauern. Daran, wie kühl der Motor ist, werden sie sehen, daß wir direkt nach Hause gefahren sind. Und wenn sie dann einfach wieder Posten beziehen, können wir annehmen, daß sie Montgomery nicht informiert haben und es auch nicht tun werden. Komm jetzt.« Sie schloß die Tür und ging zum Haus.

Ich drückte meine Tür auf und rief ihr hinterher: »Warum hat Philippe Montgomery nicht wegen der Finger verklagt?«

Sie drehte sich herum, während sie den Schlüssel ins Schloß schob. »Weil du meine Freundin bist«, rief sie zurück. »Und weil wir die ganze Sache mit der Überwachungskamera auf Band aufgenommen haben, damit du es benutzen kannst, wenn es einmal nötig werden sollte. Ich habe eine Kopie im Tresor.«

Sie verschwand im dunklen Vestibül. Die Wolken hatten sich dichter zusammengezogen, und die Stadt lag in einem falschen Zwielicht. Ich wußte, daß Sonja mir noch nicht alles gesagt hatte. Immer hielt sie ein kleines Detail für später zurück. Der Wirkung halber. Deshalb würde sie jetzt, wenn ich sie drängte, nur lächeln und eine Unschuldsmiene aufsetzen. Darin war Sonja Expertin.

Ich erkannte, was sie in den vergangenen Jahren für mich getan hatte. Die Sticheleien sollten mich wenigstens einen Teil der Wahrheit über Montgomery erkennen lassen. Das Schweigen sollte mich vor irgend etwas schützen. Das hieß, daß ich zu einem von Sonjas Anliegen geworden war, zu einer Sache, für die sie zu kämpfen bereit war wie für das Überleben des beinahe schon ausgestorbenen braunen Louisiana-Pelikans, für schwarze Frauenpolitik durch schwarze Frauen, für das Frauenhaus und das Pflegeheimprogramm.

Ein plötzlicher Windstoß fegte die ersten Regentropfen an die Windschutzscheibe und riß an meinem Rock, als wollte er mich aus dem Wagen ziehen, ehe das Unwetter losbrach. Was würde mein kleiner Scherz Montgomery über mich verraten, über meine Gefühle – jene, die ich niemals näher betrachtete, die ich ignorierte und totzuschweigen versuchte? Ich fröstelte im plötzlich kalten Wind. Und was würde ihm meine kleine Eskapade über Sonja sagen? Würde er sie mir nun nehmen?

Ich lief zur Haustür und trat ein. Drinnen war es still. Sonja stand im Dunkeln am Fenster und beobachtete durch die Ritzen der Jalousie die Straße. Sie sagte nichts, als ich zu ihr trat, und ich wußte sowieso nicht, was ich sagen sollte.

Reifen quietschten, als ein Wagen um die Ecke bog, ein Motor heulte auf, dann hielt der erbsengrüne Buick mit kreischenden Bremsen wie in einem *drag race* Film der fünfziger Jahre neben dem Volvo. Im plötzlichen Regenguß, der durch die Bäume herunterprasselte, beugte sich der Spitzbart aus dem Wagen, legte kurz seine Hand auf die Motorhaube des Volvo und zog seinen klatschnassen Arm rasch wieder zurück. Sie wendeten, natürlich wieder mit quietschenden Reifen, und brausten durch den Regen zur Hauptstraße zurück.

Sonja lehnte seufzend ihren Kopf an den Fensterrahmen. »Sieht nicht gut aus. Sie haben Montgomery informiert.«

Ich drehte mich um und ging auf Strümpfen, meine nassen Pumps in der Hand, langsam die Treppe hinauf zum Gästezimmer. Sonja hatte Angst. Es war das erstemal, daß ich das bei ihr erlebte. Sie war der einzige furchtlose Mensch, den ich kannte. Sie konnte sich vor einem Orkan aufbauen und ihn durch das Feuer in ihren Augen zum Stillstand bringen. Natürlich würde sie sich dann mit einem höflichen Lächeln bedanken.

Ich trat in mein Zimmer. Sonja hatte es mir nie gesagt, aber ich wußte, daß sie an mich gedacht hatte, als sie es eingerichtet hatte. Die Wände waren mit glyzinienblauer Seide bespannt. Auf der Steppdecke, auf dem Sofa beim Fenster wucherten Glyzinien, glyzinienblaue Streifen durchzogen den Stoff der Vorhänge und der Sofakissen.

Sonja hatte Angst. Ich hatte immer geglaubt, niemand außer mir fürchte Montgomery. Ich starrte auf das Telefon. Nie wieder einen Mann mit denselben Augen sehen.

Vor ungefähr zwei Jahren hatte eine Frau Marcus, Montgomerys Bruder, angeschossen. In einem Hotelzimmer, ganz in der Nähe des French Quarter, hatte sie mehrmals auf ihn geschossen. Sie war eine kleine Nutte, die er in der Bourbon Street aufgegabelt und mit der er ein paar Monate lang ein Verhältnis gehabt hatte. Es hatte Streit zwischen ihnen gegeben, er hatte sie geschlagen und sie hatte auf ihn geschossen. Ich hatte die Geschichte von Montgomery, der sie mir abends im Dunkeln im Bett flüsternd erzählt hatte. Ich hatte die Lüge schon erkannt, als er noch gesprochen hatte, aber ich wußte nicht, was an der Geschichte gelogen war und was nicht. Ich wußte es immer noch nicht, obwohl ich auf eigene Faust ein wenig geforscht hatte.

Die Frau hieß Eve Tramonte. Mit dem ersten Schuß hatte sie Marcus' Rückenmark durchtrennt, mit den anderen seinen Unterleib zerfetzt. Marcus war von der Taille abwärts gelähmt, und es bestand keine Hoffnung, daß er je wieder würde gehen können. Er konnte froh sein, daß er überhaupt noch am Leben war.

Die Brüder DeLande hatten sich der Sache angenommen. Gegen die Frau war zwar niemals Anklage erhoben worden, aber man hatte sie sich »vorgenommen«. Das waren Montgomerys Worte. Er hatte diese nächtliche Erzählung mit der Bemerkung geschlossen, daß Eve Tramonte nie wieder einen Mann mit denselben Augen ansehen würde.

Ein paar Tage später hatte er beim Zeitunglesen leise gelacht, vor sich einen Bericht über drei schwarze Jugendliche aus Chicago, die im Quarter eine junge Frau mehrfach vergewaltigt und, im Glauben, sie wäre tot, liegengelassen hatten. Nachdem er zur Arbeit gefahren war, hatte ich mir die zusammengefaltete Zeitung geholt, die noch auf dem Sofa lag, und den Artikel über die Vergewaltigung herausgesucht. Ich hatte ihn gelesen.

Wahrscheinlich wußte ich sofort, was dieser Bericht zu bedeuten hatte. Tagelang war mir danach ständig kalt. Ich pflegte mich in eine Decke einzuwickeln und mit meinen Händen auf meinem angeschwollenen Leib, dem Kind, das ich trug, dazusitzen. Ich hatte begriffen. Und ich hatte nichts unternommen.

Langsam griff ich jetzt zum Telefon und dem schmalen Adreßbuch, das neben dem Apparat lag. Es war in pfirsichfarbene Seide gebunden, ein Geschenk von Montgomery. Tränen schossen mir in die Augen. Am liebsten hätte ich mich unter die Steppdecke gekuschelt und einen Monat lang nur geweint. Aber wenn ich auch manchmal Vogel-Strauß-Politik betrieb, so war ich doch in meinem Leben nie vor etwas oder jemandem davongelaufen. Nicht einmal vor Montgomery. Und ich würde jetzt nicht damit anfangen.

Ich hatte eine Freundin aus der Schwesternschule, Ruth Derouen, die jetzt beim Krisendienst für vergewaltigte Frauen arbeitete. Schnell, ehe ich es mir anders überlegen konnte, sah ich ihre Nummer nach und wählte. Und ich hatte Glück, ich erreichte sie sofort, und sie hatte auch Zeit, mit mir zu sprechen. Sie schwatzte gern und war, so wie ich sie kannte, unfähig, ein Geheimnis zu bewahren.

Ich gab mich unbekümmert und ein bißchen albern, sagte, ich wolle nur mal hören, was unsere Mitschülerinnen von damals in den letzten Jahren so getrieben hätten, wer wen geheiratet hätte und wie viele Kinder da seien und so weiter und so fort. Irgendwann brachte ich die Rede dann auf Eve Tramonte und fragte, wie es ihr jetzt ginge. Ruth erzählte mir voller Empörung die Geschichte dieser Frau, mit welcher Kraft sie sich jetzt gegen die Krankheit wehre und so weiter. Irgendwie beendete ich das Gespräch, oder vielleicht beendete auch Ruth es, und dann stand ich einen Moment lang nur da und starrte den Telefonhörer an. Schließlich legte ich ihn langsam auf und ließ mich im dunklen Zimmer auf den Boden nieder. Draußen blitzte es, und Regen prasselte an die Fensterscheiben.

Eve Tramonte, eine hübsche junge Frau von zweiundzwanzig Jahren, halb Cajun und halb Indianerin, war auf ihrem Heimweg von *Jax Brewery*, wo sie als Cocktailkellnerin arbeitete, überfallen worden. Drei junge Schwarze waren aus der dunklen Türnische eines ehemaligen Restaurants, das pleite gemacht hatte, herausgesprungen, hatten sie hineingezogen und mehrmals vergewaltigt. Bevor sie von ihr abließen, hatten sie ein Messer mit fünfzehn Zentimeter langer, beidseitig geschliffener Klinge herausgezogen und sie auch damit noch vergewaltigt.

Während sie geschrien, geweint und gefleht hatte, hatten zwei Weiße mit Dreieckstüchern vor den Gesichtern wie altmodische Eisenbahnbanditen tatenlos dabeigesessen und alles mitangesehen. Der eine hatte durch einen Schlitz in seinem Tuch geraucht. Der andere hatte getrunken. Der Trinker hatte Cowboyhut und Cowboystiefel getragen. Und als die beiden mit den schwarzen Gangstern gegangen waren, hatte der Trinker seinen Hut gelüftet wie ein wohlerzogener Rinderbaron, der auf der Straße der Frau Lehrerin begegnet.

Die schwarzen Jugendlichen hatten sich mit ihrer Tat gebrüstet und damit angegeben, daß ihnen die zwei Weißen eine Menge Geld dafür bezahlt hatten, zusehen zu dürfen. Sie saßen jetzt im Zuchthaus. Einer von ihnen war inzwischen an Aids gestorben. Eve Tramonte hatte ebenfalls Aids und würde bald sterben.

Im dunklen Zimmer griff ich noch einmal zum Telefon und wählte die Nummer von Montgomerys Büro. Meine Hand zitterte leicht, während ich wartete.

Ich zog die Steppdecke vom Bett und wickelte die Ranken der Glyzinie um mich herum, als wüchsen sie dort und erstickten mich in ihrer Umarmung. Mir war so kalt, so schrecklich kalt.

Beim vierten Läuten meldete sich LadyLia, gewandt und kultiviert wie immer. LadyLia, ein Viertel italienisches Blut, ein Viertel irisches, zwei Viertel schwarzes Blut mit einem Schuß Choctaw, war Montgomerys rechte Hand. Sie war vierundfünfzig, gebildet, gewandt und tüchtig, Juristin mit zehn Jahren Berufserfahrung bei Matthesion, Dumont und Svoboda, den führenden Investmentbrokern von New Orleans. In den fünf Jahren ihrer Tätigkeit bei Montgomery hatte sie ihm mit ihren Tips eine Stange Geld eingebracht. Sie bat mich zu warten.

Es klickte und knackte mehrmals. Montgomery war offensichtlich nicht in seinem Büro. Ungefähr zehn Minuten später meldete er sich. Ich hatte lange genug Zeit gehabt, mich zu beruhigen und nachzudenken.

»Nicole.«

»Oh, Montgomery. Entschuldige, es tut mir so leid. Ich habe eine Riesendummheit gemacht.« Nun begannen die Tränen doch zu fließen, und ich suchte unter der Decke in meiner Rocktasche nach einem Papiertaschentuch, um mich zu schneuzen. »Sonja hat mir eben gründlich die Leviten gelesen, und ... und ...« Ich schluchzte und putzte mir geräuschvoll die Nase.

Nie wieder einen Mann mit denselben Augen sehen.
Montgomery sagte nichts.

»Ich habe mich unglaublich blöd benommen, und du wirst dir sicher Sorgen machen, wenn du davon hörst.« Immer wenn ich erregt bin, wird mein weicher Südstaatenakzent noch ausgeprägter. Die Worte ziehen sich dann wie Sirup. Ich fand es gräßlich. Montgomery fand es hinreißend.

Er schwieg immer noch, und ich begann, noch heftiger zu weinen. Ich zitterte vor Kälte und Angst, gleichzeitig aber empfand ich etwas wie Respekt vor mir selbst. Ich hatte Montgomery nie zuvor belogen, denn schweigen ist ja nicht dasselbe wie lügen. Und das war normalerweise meine Taktik.

»Du weißt ja, du sagst mir ja selbst dauernd, daß ich voreilig bin und nicht nachdenke. Heute habe ich dafür wieder ein Paradebeispiel geliefert. Sonja hat mich richtig fertiggemacht deswegen, und ich fühle mich total ...« Mein Atmen war das einzige, was zu hören war. Ich schneuzte mich wieder, um nur irgendein Geräusch zu vernehmen. »Montgomery?«

Endlich seufzte er. »Was hast du diesmal angestellt?« Es war ein Hoffnungsschimmer. Ich gab mich keineswegs der Illusion hin, daß er von meiner Eskapade noch nichts wisse, aber wenn er noch mit mir sprach ...

Ich erzählte von dem Zettel, den ich geschrieben hatte, stellte es als albern und kindisch hin – was es ja auch gewesen war – und als gefährlich – was es ja auch sein konnte. Gefährlich für mich. Gefährlich für Sonja. »Ich weiß, daß sie zu unserem Schutz da sind. Sonja fand es gemein von mir, sie zu hänseln. Es war nicht meine Absicht, sie zu beunruhigen. Oder dich, wenn sie es dir erzählen sollten.« Ich babbelte angstvoll darauf los.

Nie wieder ein Mann mit denselben Augen sehen.

»Montgomery?« sagte ich schließlich. »Bist du mir böse? Ich weiß, es war ein dummer Streich.«

»Nicole, du weißt, daß ich mir Sorgen mache, wenn du von zu

Hause weg bist. Das weißt du. Aber ich bin froh, daß wenigstens Sonja vernünftig ist. Hat sie dir gesagt, du sollst mich anrufen?«

Ich witterte eine Falle und zögerte. Um das kurze Schweigen zu vertuschen, sagte ich mit kleiner Stimme: »Nein. Ich hab' nur gedacht ...«

»Du hast richtig gehandelt. Es ist gut, daß du angerufen hast. Und du solltest in Zukunft mehr auf Sonja hören.«

Ich atmete auf. »Ich weiß, Montgomery. Wirklich, es tut mir von Herzen leid.«

»Ich würde ja kommen und dich holen, aber Richard ist hier«, er sprach den Namen nach Cajun-Art »Reschar« aus, »und wir sind mit dem Fausse-Pointe-Projekt beschäftigt. Ich kann jetzt nicht weg.«

Ich war froh darüber. Ich haßte Richard, und Montgomery wußte das. Richard war ein aufgeblasener, kaltäugiger, bigotter Mensch. Wenn er mich ansah, fühlte ich mich nackt und schmutzig. Aber jetzt verschaffte seine Anwesenheit mir etwas Spielraum.

»Also, wirst du in Zukunft auf Sonja hören und keine Dummheiten mehr machen?«

»Ja, Montgomery. Du kannst dich darauf verlassen. Und wenn die ...«, beinahe hätte ich Gorillas gesagt wie Sonja, »Leibwächter sich melden, würdest du sie dann für mich um Entschuldigung bitten? Ich wollte ihnen ihre Arbeit wirklich nicht noch schwerer machen.«

Montgomery lachte. Es klang so wie damals in der unbeschwerten Zeit, als er um mich geworben hatte. Tief drinnen fühlte ich einen messerscharfen Schmerz. Ich schloß die Augen und setzte mich langsam auf.

»Darüber haben sie sich nicht beschwert. Aber sie haben dir ein paar Namen gegeben, die du wahrscheinlich verdient hast.« Jetzt kam bei Montgomery der Südstaatenakzent durch, und das bedeutete, daß er nicht mehr ärgerlich war. Ich sank wieder zu Boden und zog mir die Steppdecke über den Kopf. »Sie haben einen Strafzettel wegen Verkehrsbehinderung bekommen. Ich hab' ihnen gesagt, ich bezahl' ihn nicht, weil sie sich so dämlich be-

nommen und euch verloren haben. Keine Sorge, Baby. Sie werden's überleben. Ich muß Schluß machen. Ich liebe dich.«
»Ich ... liebe dich auch, Schatz.«
Er legte auf, und ich ließ langsam den Hörer sinken. Ich war gerade noch einmal davongekommen, das wußte ich. Natürlich würde ich bezahlen müssen. Für meine Besuche bei Sonja mußte ich immer bezahlen.
Ich fröstelte, als ich an den Preis dachte, den er von mir verlangen würde. Diesmal würde er höher sein. Höher vielleicht als ich bezahlen konnte. Nicht daß Montgomery mich je geschlagen hätte. Niemals hätte ein DeLande zu derart primitiven Methoden gegriffen. Die DeLandes hatten Phantasie, und ich hatte diese Phantasie in den Jahren meiner Ehe schon mehrmals zu spüren bekommen.

Leises, aber beharrliches Klopfen weckte mich. Ich kroch tiefer unter die Steppdecke. Rosalita würde schon wieder verschwinden, wenn ich mich nicht rührte. Sie hatte ihre Anweisungen. Aber das Klopfen hörte nicht auf, und schließlich hob ich den Kopf, um ihr zu sagen, sie solle mich in Frieden lassen. Da fiel mir auf, daß ich auf dem Boden lag.
Mit einem Schlag erinnerte ich mich an alles. Die Dummheit mit den Gorillas. Sonjas kurze Enthüllung. Eve Tramonte. Montgomery. Ich war auf dem Boden eingeschlafen.
Wieder klopfte es, und diesmal wurde die Tür einen Spalt geöffnet.
»Collie?«
Ich lächelte. Als wir Kinder gewesen waren, hatte Sonja Wolfie geheißen – eine Abkürzung für russischer Wolfshund wegen ihres russisch klingenden Namens. Und ich hatte Collie geheißen, kurz für Nicolette.
»Komm rein.« Meine Stimme war heiser vom Schlaf. »Ich bin hier auf dem Boden eingeschlafen.«
Die Tür ging ein wenig weiter auf, aber draußen im Korridor war es dunkel, noch dunkler als im Glyzinienzimmer.

»Der Strom ist ausgefallen. Wir haben draußen auf der Terrasse auf dem Gasgrill was gekocht. Es gibt Maiskolben, gebratene Zwiebeln und Paprika. Bratkartoffeln, Shrimps und etwas angekohlte Forellen. Wenn du Lust hast, kannst du runterkommen. Es ist alles fertig.«

Ich hatte den Eindruck, daß Sonja immer noch Angst hatte. Vielleicht würde Montgomery plötzlich auftauchen und wieder jemandem die Finger brechen. Mir vielleicht. Oder ihr.

Stöhnend rappelte ich mich auf und schälte mich aus der Steppdecke. »Ich hab' Montgomery angerufen. Es ist alles okay. Ich putz' mir nur noch die Zähne, dann komme ich runter.«

Sonja kam ins Zimmer und zündete mit einem Streichholz die Sturmlaterne auf der Kommode an. Ich hatte sie noch nie gebraucht, doch es gab in jedem Zimmer eine. Dazu Öl, Kerzen, Batterien und ein mit Batterien betriebenes Radio. Die Standardausrüstung für einen Hurrikan.

»Vielleicht möchtest du dich umziehen. Es sind ein paar Verwandte gekommen. Da es keinen Strom gibt, hat jeder etwas zu essen mitgebracht.« Sie war immer noch nervös, sah sich im Zimmer um, als befürchte sie, irgendwo in den zuckenden Schatten hielte sich Montgomery versteckt, um plötzlich herauszuspringen und sie zu erschrecken. »Wir essen bei Kerzenlicht und von Papptellern. Es ist kühl geworden. Du solltest dir etwas Warmes überziehen.«

Ich sah an mir hinunter, während sie sprach. Bluse und Rock waren zerknittert vom Schlaf auf dem Boden, und die Bluse hatte außerdem Flecken von dem Gemisch aus Tränen und Wimperntusche, das auf sie getropft war.

Sonja schloß die Tür und blieb, während ich das Seidenensemble gegen einen grauen Kaschmirpulli und eine dunkelgraue lange Hose vertauschte, mir das Gesicht wusch und mich ein wenig schminkte.

Ich sprach, während ich mich zurechtmachte, und Sonja hörte mir still und aufmerksam zu wie immer. Nur einmal reagierte sie heftig, als ich ihr von Eve Tramonte erzählte. Sie sah mich aus tiefliegenden dunklen Augen an und schüttelte den Kopf. Ihr Gesicht war gerötet.

»Du mußt dich entscheiden«, sagte sie, als ich endete.

»Nein.« Ich schüttelte abwehrend den Kopf, während ich mein Haar bürstete. »Montgomery war in der Nacht zu Hause. Außerdem habe ich überhaupt keine Beweise.«

Sie sah mich mit seltsamem Blick an. »Es hört sich an, als seien die beiden Weißen Miles Justin und Richard gewesen. Richard ist außer Marcus der einzige DeLande, der raucht.«

»Ich brauche Beweise. Aber ich habe keine. Und Verdächtigungen reichen nicht.«

»Du weißt, wer es getan hat.« Rote Flecken brannten auf Sonjas Wangen. »Du weißt es.« Sie hatte plötzlich ihre Kämpfermiene auf – die, welche sie aufzusetzen pflegte, wenn sie zu den Versammlungen der Organisation zur Rettung unserer Marschen ging; oder in eine Suppenküche. Unerbittlich. Sonja war die Langmut in Person, aber Kompromisse kamen für sie nicht in Frage.

Ich nickte langsam. »Vielleicht.«

»Nichts da vielleicht! Du kannst nicht einfach ...«

»Du wirst nie wieder einen Mann mit denselben Augen sehen. Das hat Montgomery doch zu dir gesagt, nicht? Was glaubst du wohl, was er zu mir sagen würde, wenn ich das, was ich vermute – oder befürchte, um genau zu sein – der Polizei erzählen würde? Was glaubst du wohl, was seine Brüder mit mir anstellen würden? Wenn sie fähig waren, ruhig zuzusehen, wie Eve Tramonte vergewaltigt wurde, dann sind sie zu allem fähig.«

Sonja starrte mich mit großen Augen an, die im ungewissen Licht wie dunkle Höhlen wirkten.

»Und auch wenn Montgomery mich schützen könnte – ich weiß nicht, ob er es täte.« Die Worte blieben mir beinahe im Hals stecken. »Ich weiß wirklich nicht, was Montgomery tun würde.« Schon wieder kamen mir die Tränen. Dabei hatte ich geglaubt, ich hätte mich leergeweint.

»Das Essen ist fertig«, sagte Sonja nur und wandte sich mit einer schnellen Bewegung ab. Ein schwaches Licht flackerte am Fuß der Treppe, als ich langsam folgte.

Das Abendessen war langweilig, die Stimmung zwischen Sonja und mir gespannt. Sie warf mir immer wieder anklagende Blicke zu und fuhr mehrmals bei irgendwelchen Geräuschen schreckhaft zusammen. Ich sah, wie sehr Zorn und Furcht von ihr Besitz ergriffen hatten. Zorn darüber, daß ich nicht bereit war, die DeLandes wegen Eve Tramontes Vergewaltigung anzuzeigen. Furcht vor Montgomery.

Und ich spürte genau, daß da noch etwas mit Montgomery war. Sie wußte etwas, das sie mir nicht sagen wollte, das sie mir verschwieg. Etwas, das Montgomery getan hatte.

Als ich sie später an diesem Abend damit konfrontierte, erklärte sie, ich solle mich gefälligst um meine eigenen Angelegenheiten kümmern, verdammt noch mal. Und sie knallte mir die Tür vor der Nase zu.

Ich fand keinen Schlaf in dieser Nacht, und das hatte nichts damit zu tun, daß ich ein wenig betrunken war, als ich zu Bett ging; und auch nicht damit, daß um zehn vor vier im ganzen Haus die Lichter wieder angingen und alle weckten; und auch nicht damit, daß ich am Nachmittag sechs Stunden geschlafen hatte. Es hatte einzig mit Sonjas Vorwürfen gegen die DeLandes zu tun. Und das nahm ich ihr äußerst übel.

Jedesmal, wenn ich die Augen schloß, konnte ich die Szene vor mir sehen. Das schäbige, kleine, verlassene Restaurant, das Mädchen, das von den Männern festgehalten wurde, während sie ihr Gewalt antaten.

Am nächsten Morgen fuhr ich nach Hause.

4

Zwei Wochen vergingen. Ich schaffte es, Sonjas Befürchtungen und meine Tränen im Kasten zu verstauen, in dem alle meine unschönen Erinnerungen aufbewahrt wurden; zusammen mit Rebellion, Zorn und dem Verlangen, nein zu sagen. Der Kasten war jetzt größer als damals, als ich ihn schuf. Und er war voll. So voll, daß er aus den Nähten zu platzen drohte und ächzte und knarrte, wenn ich wieder einmal etwas Schlimmes darin versteckte, das ich vorläufig nicht – oder vielleicht auch nie – ansehen wollte.

Aber im Moment brauchte ich den Kasten nicht. Weil ich schwanger war – schwanger und glücklich. Und absolut sicher, daß es wieder ein Junge werden würde. Ich hatte meine Eltern schon angerufen, um ihnen die freudige Nachricht mitzuteilen, und hatte eine ganze Weile mit Logan telefoniert, meinem schlauen Bruder, um mit ihm zu bereden, wie ich das Geld zur Geburt anlegen sollte.

In der Welt der DeLandes waren Jungen mehr wert als Mädchen. Ganz buchstäblich. Morgan hatte mir einhunderttausend Dollar eingebracht, und ich rechnete mit der gleichen Großzügigkeit bei Sohn Nummer zwei. Mein Erspartes war ein Spielzeug, das ich niemals anrührte, mit dem ich aber dennoch gern spielte. Es hatte etwas Irreales, wie Poker mit Spielgeld.

Ich stand in der hellen Küche und wusch Salat und Petersilie für das Essen. Das kalte Wasser plätscherte mir über die Hände, die Klimaanlage lief wegen der plötzlichen Hitzewelle auf vollen Touren, im Radio jodelte Garth Brooks.

Montgomery mochte Jazz und Blues. Country Music war in seinen Augen nur ein armseliger Abklatsch von richtiger Musik. Aber Country Music war mein geheimes Laster, und ich hielt an dieser Vorliebe fest wie an einem Talisman, Symbol dafür, daß ich immer noch ich war. Es war noch zu früh, aber ich hätte schwören können, daß das Kind in meinem Bauch im Takt der Musik strampelte.

Es war Freitag, Rosalita war schon nach Hause gegangen. Ich fühlte mich völlig frei. Sie war ausgezogen, als sie endlich im vergangenen Jahr eingebürgert worden war und geheiratet hatte, aber sie arbeitete weiterhin ganztags für uns, um sich ihr Studium zu bezahlen, und wenn wir zusätzliche Hilfe brauchten, blieb sie auch über Nacht. Wir waren also, wie gesagt, ganz für uns, die Mädchen und Morgan und ich, das ganze Wochenende lang. Ich konnte tun und lassen, was ich wollte. Ich konnte bis in die frühen Morgenstunden vor der Glotze hängen, ich konnte, solange ich wollte, mit Mama und meinen Freundinnen telefonieren und im Bett essen und soviel Garth Brooks hören, wie ich wollte. Ich stellte das Radio noch lauter und sang aus vollem Halse mit.

Es war mir gelungen, den kurzen Aufenthalt bei Sonja zu vergessen; die Auseinandersetzung, die ich kurz vor meiner Abreise mit ihr gehabt hatte; die Tür, die mir vor der Nase zugeschlagen worden war; Eve Tramonte; alles hatte ich einfach vergessen. Zumindest solange ich wach und das Gefühl dunkler Vorahnung tief in meinem Unterbewußtsein eingesperrt war, genau wie die merkwürdigen Träume, die ich hatte.

Und weil ich früher als geplant nach Hause gekommen war, noch dazu mit der Nachricht meiner Schwangerschaft, hatte Montgomery nicht hinter der verschlossenen Tür unseres Schlafzimmers den gewohnten Tribut gefordert. Im Gegenteil, er war liebevoll und sanft, und ich konnte das leise Unbehagen ignorieren, die Stimme, die mir sagte, daß doch nicht alles in Ordnung war.

Ich hob meine linke Hand und berührte den großen Brillanten in meinem Ohr. Die Ohrringe hatten Montgomery zwanzigtausend Dollar gekostet. In seinem Arbeitszimmer hatte er einen Ring versteckt, einen zweieinhalbkarätigen Brillanten, der wahrscheinlich noch einiges mehr gekostet hatte als die Ohrringe. Er ahnte nicht, daß ich davon wußte. Ich entwickelte mich allmählich zu einem richtiggehend geldgierigen Ding.

Auch den Mädchen gegenüber hatte Montgomery sich nicht lumpen lassen. Sie hatten bei dem Einkaufsbummel, den er mit uns gemacht hatte, als er mich aus New Orleans abholte, neue Kleider und Puppen bekommen.

Er war glänzender Stimmung gewesen. Gerade hatte er das Schreiben bekommen, das ihn als Diakon der St. Gabriel's-Kirche bestätigte, der größten katholischen Kirche in der Gemeinde Moisson, und das hieß, daß er nun endlich ganz real mit der Verwirklichung seiner langgehegten politischen Ambitionen rechnen konnte. Wenn alles nach Plan lief, würde er in wenigen Jahren zum Senator von Louisiana gewählt werden, und wir würden dann als eine der mächtigsten Familien des Staates in Washington leben. Mehr als zwei Jahrzehnte waren vergangen, seit das letztemal ein DeLande im Kongreß gesessen hatte, und Montgomery hatte den Ehrgeiz, die Vorherrschaft der Familie im Staat Louisiana auch auf politischer Ebene wiederherzustellen. Ich hatte die Geschichte von Eve Tramonte aus meinem Kopf verbannt und meine Ängste weggepackt.

Ich liebte diesen Montgomery. Wenn ich dauernd schwanger bleiben könnte, wäre das Leben herrlich.

Ich wurde aus meinen Gedanken gerissen, als jemand an meinem Rock zupfte. Ich sah hinunter und blickte in die Augen meiner beiden Töchter. Groß und ernst sahen sie mich an, leuchtend blau das eine Paar, tiefbraun das andere. Einen Moment stockte mir der Atem, und ich wandte mich ab, drehte das Wasser aus und starrte in den sonnigen Garten hinaus. Es ist nichts, sagte ich mir. Es ist nichts. Und doch fühlte ich mich plötzlich in die Enge getrieben, in der Falle. Der Tag verdunkelte sich plötzlich. Vielleicht verschwand die Sonne nur vorübergehend hinter einer Wolke; vielleicht hatte der Blick ihrer Augen soeben alles Licht aus meiner Welt gesogen.

Ein kalter Schauder überrann mich. Ich griff zum Radio und machte Garth mitten im Ton den Garaus. Ich trocknete meine Hände ab und ging in die Hocke, umfaßte meine beiden Kleinen, jede mit einem Arm, und drückte sie an mich. Aber ihre Körper blieben steif, und Shalene wich zurück. Dessie ließ sich die Umarmung gefallen, starr, aber widerstandslos wie immer.

Ich war froh, daß Montgomery endlich versprochen hatte, sich nach einem Therapeuten für Dessie umzusehen. Sie war so dünn geworden, daß ich Angst hatte, sie würde verhungern. Aber der Gedanke an Montgomerys Versprechen konnte das plötzliche Grauen, das mich überfallen hatte, nicht vertreiben.

»Was ist denn?«

Es dauerte einen Moment, ehe Shalene den Kopf hob und mich mit entschlossenem Blick ansah. »Wir haben geredet.«

Ich lächelte und atmete auf. Mit eben diesen Worten pflegte sie ein Gespräch einzuleiten, wenn sie vorhatte, mich zu etwas zu überreden. Wollten sie vielleicht ein Eis? Eine Fahrt zur Stadt, um irgend etwas Besonderes zu kaufen?

»Ja-ha?« sagte ich, das Wort vielsagend in die Länge ziehend.

Die Mädchen tauschten einen Blick, verständigten sich, wie nur Kinder das können, mit Blicken und Körpersprache.

»Blutest du, Mama?«

Ich streckte meine Hände vor und drehte sie. »Nein. Ich blute nicht. Seht ihr?« Ich lachte, aber das Lachen blieb mir in der Kehle stecken, als ich die Leere in ihren Blicken sah.

»Letztes Jahr, als du von Tante Sonja wiedergekommen bist, hat Daddy gesagt, daß du blutest und nicht fügbar bist.«

Letztes Jahr?

»Verfügbar«, flüsterte Dessie. »Du hast geblutet und warst nicht verfügbar. Und wir mußten spielen.«

Die Falle schnappte über mir zu, und eiserne Zähne schlugen sich durch Fleisch und Knochen bis ins Mark.

Du hast geblutet und warst nicht verfügbar. Und wir mußten spielen.

Ich wußte es. Augenblicklich begriff ich, was sie sagten.

Du hast geblutet und warst nicht verfügbar. Und wir mußten spielen.

Ein Teil von mir begann kalt und präzise, einzelne Teile zusammenzufügen. Aber ... aber. Ich schüttelte den Kopf, und die Teile flogen wieder auseinander.

»Ihr mußtet mit Daddy spielen?« fragte ich.

Sie nickten beide.

»Und das machte euch keinen Spaß? Mit Daddy zu spielen?«

Zwei Augenpaare beobachteten mich, das eine unverwandt und entschlossen, das andere unverwandt und angstvoll. *Du hast geblutet und warst nicht verfügbar ...* Montgomerys Worte. Montgomerys Ausdrucksweise.

»Was ...« Ich mußte schlucken, so trocken war mir plötzlich die Kehle. »Was tut Daddy denn, wenn er ... wenn er mit euch spielt? Tut er etwas, was ihr nicht mögt?«

»Er faßt uns an. In der Muschi. Und er leckt uns da ab.«

Ich sank zu Boden, als meine Beine mir den Dienst versagten, und meine Hände zitterten wie im Schüttelfrost. Immer wieder huschten die Worte flüsternd durch meinen Kopf, und die Eisenzähne der Falle bissen sich bis in meine Seele hinein. Shalene kroch auf meinen Schoß und zupfte an den Knöpfen meiner Bluse. Dessie setzte sich neben sie auf den Boden und starrte auf ihre Finger. Nicht einmal hob sie den Blick, um mir in die Augen zu sehen.

Du hast geblutet und warst nicht verfügbar. Und wir mußten spielen.

»Und er tut Dessie sein Ding in den Mund, daß sie gar keine Luft mehr kriegt.«

Ich konnte kaum noch atmen. In meinem Mund hatte ich plötzlich den erinnerten Geschmack von Samen, scharf und sauer.

Es gibt wahrscheinlich Frauen, die so etwas nicht glauben können, wenn sie es hören. Die einfach die beiden Bilder nicht zusammenbringen können – das des generösen Ehemanns, der Diamanten und Spielsachen schenkt, und das des gemeinen Manns, der ... der sich an seinen Kindern vergeht. Aber ich konnte es.

In die Stille meiner eben noch so sonnigen Küche hinein sagte ich: »Wie ... Was tut er sonst noch? Oder was müßt ihr für ihn tun?«

»Er hat uns mit Lippenstift angeschmiert, als du bei Tante

Sonja in New Orleans warst. Und dann mußten wir deine Nachthemden anziehen.«

»Die guten«, fügte Dessie flüsternd hinzu. Sie hielt den Kopf gesenkt, und ihr blondes Haar verbarg die tiefe Scham in ihren Augen.

Ich strich ihr über das Haar, fühlte die zarten Knochen des Kopfes und der Stirn, des Kiefers und der Wirbelsäule. Sie war so dünn.

Ich erinnerte mich, wie ich vor zwei Wochen aus New Orleans nach Hause gekommen und völlig ausgerastet war, weil die Mädchen mit meinen Nachthemden »feine Dame« gespielt hatten. Mit meiner gehüteten Seidenwäsche. Ich hatte sie beide verhauen und sie tagelang meinen Zorn über ihren Ungehorsam fühlen lassen.

Montgomery hatte ganz unerwartet – und gar nicht typisch – eingegriffen und behauptet, sie hätten ihn gefragt, ob sie mit meinen Sachen spielen dürften. Er habe es ihnen erlaubt, da er nicht gewußt habe, daß gewisse Dinge tabu seien. Er hatte sich entschuldigt und mich besänftigt, nachdem er seine bestraften Töchter zum Spielen hinausgeschickt hatte.

Shalene nickte, als spürte sie meine Reaktion. Dann sah sie erst Dessie an, danach wieder mich und holte tief Atem.

»Wie du diesmal weg warst, ist Onkel Richard zu Besuch gekommen.« Sie sagte »Reschar«, wie Montgomery und die Grande Dame. »Und Daddy hat ihm Dessie zum Spielen gegeben.«

»O Gott!« flüsterte ich. Die Stille in der Küche war so aufgeladen wie die Atmosphäre vor einem Gewitter. Und ich hatte immer noch den widerlich sauren Geschmack von Samen auf der Zunge.

»Er hat ihr ganz schlimm wehgetan.«

»Dessie? Ist das wahr? Daddy ... Daddy hat dich Onkel Richard gegeben?«

Sie zog ihren Finger durch die Ritzen zwischen den Bodenfliesen. »Ich hasse ihn«, sagte sie leise, ohne zwischen ihrem Onkel und ihrem Vater zu unterscheiden.

Die Stille wurde immer drückender, so schwer und tief wie die Stille in den Sümpfen um Mitternacht. Shalene sah zu mir auf und stieß mit ihrem Kopf an die Unterseite meines Kinns.

»Daddy hat gesagt, du blutest. Mußt du sterben, Mama?«

»Nein«, antwortete ich, und meine Stimme schien mir aus weiter Ferne zu kommen. »Nein. Ich muß nicht sterben.« Ich sah ihnen in die großen Kinderaugen, so voller Vertrauen und voller Angst, und sagte: »Hört mir jetzt mal genau zu, ihr beiden. Hört ihr mir zu?«

Sie sahen mich beide an. Die Leere, die ich in ihren Augen gesehen hatte, entsprang einem tiefen Quell der Abhängigkeit von mir. »Daddy wird euch nie wieder weh tun. Hört ihr? Nie wieder.« Ich erinnerte mich an Sonjas Worte am Abend des Gewitters. *Du mußt dich entscheiden.*

»Siehst du? Ich hab' gleich gesagt, daß Mama uns beschützt«, sagte Shalene beinahe triumphierend.

»Er hat gesagt, er bringt dich um, wenn wir was sagen.« Dessies blaue Augen schwammen in Tränen. »Und dann würde er mich wieder Onkel Richard geben.« Die Worte kamen ihr stoßweise über die Lippen wie einer Gebärenden das Stöhnen. Sie fröstelte in der Hitze. »Ich will aber nicht, daß er dich umbringt, Mama. Lieber gehe ich zu Onkel Richard.«

Ich zog meine Tochter an mich und drückte sie, und selbst jetzt wurde ihr Körper steif und abwehrend. Aber ich verstand die Reaktion. Diesmal ließ ich sie nicht gleich wieder los, sondern hielt sie weiter fest, ohne mich zu bewegen, ohne sie zu streicheln. Ich tat nichts, was sie an den Mann hätte erinnern können, der mit ihr »spielen« wollte. Sie zitterte immer stärker. Und plötzlich begann sie, in meinen Armen zu schluchzen, heftig und voller Qual, und schlang ihre dünnen Ärmchen um meinen Hals.

»Du mußt nie wieder zu Onkel Richard«, sagte ich heiser. »Nie wieder. Auch nicht, wenn ich wirklich sterben müßte. Aber mich wird niemand töten. Niemand, hörst du?« Ich wiegte sie sachte hin und her. »Ich beschütze euch. Ich verspreche es. Ihr könnt euch darauf verlassen.« Ich wiegte sie hin und her und gab mein Versprechen mit ausgedörrtem Mund, mit einer Stimme, die rauh und heiser war von unvergossenen Tränen. Meine Tochter weinte, und ich hielt sie fest, während Shalene zusah, und die Sonne hinter den Wolken verschwand und wieder zum Vorschein kam.

Nach einer Weile löste sich Dessie ein wenig von mir und sah mir in die Augen. Ihr Gesicht war rot und geschwollen und ... Wann war meine Kleine so dünn und zart geworden?

Sie sah mich an und lächelte. Sie hatte mein Versprechen gehört, und sie glaubte mir. Sie glaubte an mich. Die Tränen, die ich bisher zurückgehalten hatte, sammelten sich in meinen Augen und drohten überzulaufen. Dessie nahm meine Hand. Die ihre war kalt, die Knochen so zart wie die eines Vogels.

Die beiden Mädchen blieben an mich gekuschelt mit mir auf dem Küchenboden sitzen. Ich konnte das Ticken der Uhr im Vestibül hören; sie schlug die Viertelstunde.

»Ich möchte, daß ihr mir etwas versprecht, *mes bébés.*« Dessie fuhr erschrocken zurück, und ich erkannte, daß dies eine der Wendungen war, die Montgomery gebrauchte. *Ihr müßt mir etwas versprechen.* »Nein, nichts Schlimmes«, sagte ich beruhigend. »Nichts, was ihr für euch behalten müßt. Etwas Gutes.«

Dessie wartete. Sie atmete rasch.

»Keine schlimmen Geheimnisse mehr, okay? Überhaupt keine Geheimnisse mehr. Ihr sagt mir alles. Auch wenn ihr glaubt, es sei etwas Schlimmes. Auch wenn ihr Angst habt, daß ich böse werden könnte«, fügte ich an meine seidenen Nachthemden denkend hinzu. »Alles. Habt ihr das verstanden? Und ich verspreche euch, daß ich zuhöre. Und daß ich euch nichts tue, ganz gleich, was ihr mir erzählt. Habt ihr gehört, Kinder? Ich werde euch nie wieder weh tun.«

Wieder kam die Sonne ein Stück hinter den Wolken hervor und tauchte die Küche in ein unruhiges Licht, das von den Schatten windbewegter Blätter gesprenkelt war. Dessie nickte bedächtig, und auch Shalene.

»*Me sha?* Könnt ihr beiden jetzt ein bißchen ...«, das Wort blieb mir in der Kehle stecken, »spielen gehen? Ich muß eine Weile nachdenken, wißt ihr. Und planen. Könnt ihr ein bißchen in den Garten gehen, ja? Aber bleibt in der Nähe. Vielleicht fahren wir nachher weg. Zu Nana«, sagte ich und meinte meine Mutter damit, »oder vielleicht auch woandershin. Okay?«

»Für immer?« fragte Dessie mit völlig verändertem Gesicht, und die verzweifelte Hoffnung, die sich in dem kleinen, mageren Gesicht spiegelte, erschütterte mich bis ins Innerste. Meine Erstgeborene war wunderschön in diesem Moment, ihr Gesicht wie von einem inneren Licht erhellt.

»Ich ... ich weiß es nicht. Doch. Ich glaube schon. Ich ...« Die Erinnerung an Montgomery, an sein strahlendes Lachen, als er von meiner Schwangerschaft hörte, an sein offenes, glückliches Gesicht durchzuckte mich wie ein heftiger Schmerz. »Vielleicht.«

Die freudige Erleichterung in Dessies Augen erlosch, als hätte sie nie imErnst gewagt, daran zu glauben, daß ich sie beschützen und ihre bescheidenen Erwartungen nicht enttäuschen würde.

Ich zwang mich zu einem Lächeln. »Doch«, sagte ich noch einmal. »Ich glaube, wir gehen von hier fort. Vielleicht für immer.«

Dessie sah mir wieder in die Augen und nickte langsam. Sie hörte das Zögern, aber sie glaubte dem Versprechen. Sie brauchte das Versprechen. Sie stand auf, zog Shalene hoch und ging mit ihr zusammen zur Hintertür. Hand in Hand blieben sie, von der Tür umrahmt, im blendenden Sonnenlicht stehen.

»Dessie?« Sie drehten sich beide um. Ihre Gesichter waren im Schatten und nicht zu erkennen. »Wie lange ... wie lange hat Daddy dich gezwungen, diese ... diese Dinge zu tun? Wie lange hat er ...« Die Worte verklangen.

Sie zuckte die Achseln. Durch das dünne T-Shirt waren die spitzen Schulterknochen zu sehen. »Ewig.«

Ich schauderte, als die Tür hinter ihnen zufiel. Wie ein Fötus zusammengerollt, die Arme um meine angezogenen Beine geschlungen, versuchte ich, die Erinnerung an die letzte Viertelstunde abzuwehren, während dieses eine Wort wie das Läuten einer Totenglocke durch mein Hirn klang. *Ewig.*

Ich weiß nicht, wieviel Zeit verging, ehe ich wieder normal atmen konnte, aber ich konnte die Mädchen draußen beim Spiel hören, Shalenes lautes, fröhliches Geschrei, Dessies viel leisere und zaghaftere Stimme. Das Gelächter der Kinder war ein bizarrer Kontrapunkt zu meinem Schluchzen. Das Sonnenlicht lag weiter flirrend auf dem Küchenboden, die Uhr im Vestibül schlug weiter regelmäßig die Viertelstunden, und im Geist hörte ich immer wieder und wieder die Stimmen meiner Töchter, die die schrecklichen Worte aussprachen.

Wieso hatte ich nichts gemerkt? Wie hatte ich nur so blind sein können? Meine Gedanken flitzten hin und her wie blinde Ratten in einem Käfig, während ich in meiner Erinnerung nach Hinweisen suchte.

Die Mädchen hatten mich oft angebettelt, nicht zu Sonja zu fahren. Sie hatten geweint, wenn ich abreiste, und waren mir kaum noch von der Seite gewichen, wenn ich zurückgekommen war. Aber waren nicht alle Kinder so? Manchmal war ich nachts aufgestanden, um nach dem Baby zu sehen. Ich konnte in der Erinnerung das Quietschen unserer Schlafzimmertür hören. Und Montgomery hat die Tür nie geölt, flüsterte es in mir. Ein-, zweimal hatte ich Montgomery im Zimmer der Mädchen angetroffen, wo er ihnen, auf dem großen Bett sitzend, das sie sich teilten, eine Geschichte erzählt hatte. Aber was war da schon dabei? Viele Väter erzählen ihren Kindern Geschichten, wenn sie nicht schlafen können oder schlechte Träume haben.

Aber Dessie, meine geliebte kleine Dessie, hatte aufgehört zu essen. Sie hungerte, um sich der Qual ihres Lebens zu entziehen. Sie hatte sich in sich selbst zurückgezogen und hielt sich das Leben vom Leib. Wieso hatte ich nichts gemerkt? Wo waren die Hinweise? Diese kleinen Dinge, auf die eine Mutter, wie einem die Kinderpsychologen sagen, achten muß?

Nach einer langen Zeit stand ich auf und wusch mir die Hände unter dem heißen Wasser, um sie zu wärmen. Ich machte mir eine Kanne starken Kaffee, obwohl der Arzt mir Coffein während der Schwangerschaft verboten hatte. Ich brauchte etwas Anregendes.

Damit ich denken konnte. Planen. Die grauenvolle Wahrheit aufnehmen konnte, die ich von meinen Kindern gehört hatte. Mit zitternder Hand trug ich die Kaffeetasse zum Frühstückstisch, setzte mich und starrte blind in den Garten hinaus.

Die Glyzinie, die Montgomery mir zur Hochzeit geschenkt und neben eine jungen Zypresse gepflanzt hatte, stand in voller Blüte. Sie war längst so hoch wie der junge Baum und hielt ihn mit ihren feinen Ranken umschlungen, während sie nach Luft und Sonne strebte. Zerstreut fragte ich mich, wie lange es noch dauern würde, bis sie ihren Wirtsbaum völlig erstickte, während ich zum Telefon griff und die erste Nummer wählte, die mir in den Sinn kam.

»Hallo?«

Ich hatte meine Mutter angerufen. Beim Klang ihrer Stimme schossen mir wieder die Tränen in die Augen, und ich konnte kaum sprechen. Ich hatte in letzter Zeit viel geweint, aber in der Schwangerschaft war ich immer sehr emotional.

»Mama, kann ich mal mit dir reden? Ich muß dir etwas erzählen.«

Ich stand auf und ging zur Spüle, um den kalten Kaffee auszugießen und mir eine frische Tasse einzuschenken. Ich gab Zucker und Sahne dazu, tat das alles ganz mechanisch, während ich ihr berichtete, was die Mädchen mir gesagt hatten.

Ich sprach unsicher und stockend und verbrannte mir den Mund am heißen Kaffee, als ich trinken wollte. Während ich durch das Fenster zu meiner Glyzinie hinaussah, bekannte ich ihr offen meine Verletzung, meine Ängste, meine Unsicherheit, während sie mir schweigend zuhörte und nur hin und wieder eine Frage stellte, wenn ich über ein Wort stolperte oder mich nicht klar ausdrückte. Als ich zum Ende der schmutzigen Geschichte gekommen war, fragte ich verzweifelt: »Was soll ich tun, Mama? Was soll ich nur tun? Ich muß ... Kann ich eine Weile nach Hause kommen, zu euch, Mama? Kann ich mit den Mädchen und Morgan nach Hause kommen? Ich brauche Zeit, um mir zu überlegen, was ich tun soll. Ich brauche ein bißchen Spielraum.«

Dreimal schnalzte sie mahnend mit der Zunge, wie sie das immer getan hatte, wenn ich als Kind über die Stränge geschlagen hatte. »Ich glaube, du machst da aus einer Mücke einen Elefanten.«

Ihre Stimme war besänftigend, sie sprach langsam und gedehnt, und ich konnte das Klappern von Geschirr im Spülbecken hören und im Hintergrund den Fernsehapparat.

Mit einem ungläubigen Lachen wischte ich mir die Augen. Mama konnte aus einem Erdbeben eine Kleinigkeit machen. Probleme gab es nicht, höchstens Unbequemlichkeiten.

»Montgomery ist doch ein guter Ehemann, nicht wahr?«

Ich blieb ganz still, unsicher, worauf sie mit diesen Worten hinaus wollte.

»Paß auf, du beruhigst dich jetzt erst einmal und überdenkst das alles. Du willst doch deinen Mann nicht verärgern. Und du solltest dich schämen, an Montgomery zu zweifeln. Er ist doch wirklich der beste Mensch. Weißt du, daß er deinem Vater im letzten Monat ein neues Boot geschenkt hat?«

Draußen sah ich die Kinder vorbeilaufen und auf die Schaukel klettern. »Mama, beide Mädchen haben gesagt ...«

»Kinder! Du weißt doch, daß Kinder sich immer Geschichten ausdenken. Du hast von mir immer ein paar hinten drauf bekommen, wenn du mit irgendeiner wilden Geschichte nach Hause gekommen bist. Sie werden diesen Unsinn bald wieder vergessen haben. Du solltest dich von so was nicht beunruhigen lassen. Es liegt bestimmt an der Schwangerschaft, daß du dich gleich so aufregst.«

Ich stellte meine Tasse auf den Tisch, verfehlte die Untertasse, Kaffee ergoß sich über den Tisch. »Meine Kinder ...«

»Die Ehe ist kein Kinderspiel, Herzchen. Du solltest dich mehr bemühen, es Montgomery recht zu machen. Du weißt doch, daß er eines Tages Senator werden wird. Dann wirst du in Washington leben und auf große Feste mit Botschaftern und dem Präsidenten gehen. Ich hoffe nur, daß dann ein guter Republikaner im Amt ist. Es wäre doch schade, wenn dann gerade ein Demokrat im Weißen Haus säße.« Sie seufzte.

Während sie sprach, sah ich zu, wie die Kaffeepfütze auf dem Tisch sich langsam zum Rand hin ausbreitete. »Meine Kinder ...«
»Ach, wie ich dich um dieses Leben beneide. Niemals würde ich zulassen, daß du deine Ehe gefährdest, indem ich dir erlaube, einfach davonzulaufen und nach Hause zu kommen. Kannst du dir vorstellen, wie wütend Montgomery auf uns wäre! Also, vergiß diesen Unsinn und entschließ dich, dem Mann zu vertrauen, den du geheiratet hast, dann wird auch alles gut.«

Meine Tränen waren versiegt. »Mama, hast du eigentlich irgend etwas von dem gehört, was ich gesagt habe?« Meine Stimme klang atemlos und ungläubig, mit dem Unterton eines hysterischen Lachens. Ich stand langsam auf und stieß mich vom Tisch ab. »Ich habe gesagt, daß Montgomery meine Kinder mißbraucht hat!« schrie ich.

»Untersteh dich, mich anzuschreien, junge Dame. Du bist noch nicht zu alt, um Respekt zu zeigen. Natürlich habe ich gehört, was du gesagt hast. Aber was ist schon dabei? So was kommt dauernd vor. Das ist kein Grund zum Davonlaufen. Männer tun so was manchmal. Das ist ihre Natur.« Ihre Stimme zitterte, schwoll an. »Wir Frauen müssen die Starken sein. Wir müssen diese Dinge ertragen.«

Wie betäubt setzte ich mich wieder hin. »Mußtest du diese Dinge ertragen?« flüsterte ich.

Bestürztes Schweigen antwortete mir. Ich hörte, wie sie Atem holte, als wollte sie sprechen, und die Luft dann ausstieß. »Natürlich nicht.« Es klang beleidigt. »Aber es wird schon alles gut werden. Du wirst sehen. Sie werden es vergessen. Du mußt nur Geduld haben. So, und jetzt muß ich los.« Ihre Stimme hellte sich auf. »Dein Vater kommt gerade, und wir fahren jetzt mit seinem neuen Boot zum Angeln. Dank Montgomery noch einmal für uns, ja? Das Boot ist eine Pracht, und dein Daddy ist sehr stolz darauf. Bye, bye.« Damit legte sie auf, zufrieden damit, wie sie mein kleines Problemchen gelöst hatte.

Ich saß lange reglos da. Schließlich holte ich einen Lappen aus dem Spülbecken und wischte den verschütteten Kaffee auf. Ich spülte ihn aus, wrang ihn aus und hängte ihn sorgfältig über die Trennwand zwischen den zwei Becken. *Männer tun so was manchmal. Das ist ihre Natur.* »Aber meinen Kindern tun sie das nicht an!« Ich goß mir noch einmal Kaffee ein und trank ihn schwarz, obwohl ich ihn mit Zucker und Sahne vorziehe.

Dann rief ich Sonja an.

Ich mischte das halb verfaulte Gemüse, die Haferflocken und die Eierschalen in den Kompost, teilte den schwarzen Lehm und vermengte ihn mit Sand. Ich hatte zwei Komposthaufen. Der eine war alt. Zwei Jahre, und ich nahm ihn, wenn ich neue Azaleen pflanzte. Der andere war frischer, bestand aus den Abfällen von gestern, letzter Woche, letztem Jahr und stank fürchterlich nach Methan, wenn ich die schwarze Plastikhülle hob, die die Tiere fernhalten sollte.

Die Mädchen saßen zu meinen Füßen auf der Erde und spielten, recht gedämpft, mit ihren Spielzeugautos. Sie bauten Straßen und Schlösser und Tunnels, unter denen die Fahrzeuge durchfahren mußten. Dessies Tunnel waren stets vorbildlich. Sie packte den Sand fest über die Wölbung ihres Fußes, kratzte mit einem Stock die losen Ränder weg und zog ihren Fuß dann sehr vorsichtig heraus. Shalene war für so gewissenhafte Arbeit nicht geduldig genug. Ihre Tunnel stürzten im allgemeinen gleich wieder ein. Dafür schmückte sie ihre Straßen an den Seiten mit Bäumen, legte kleine Steingärten an und errichtete aus Stöckchen kleine Brücken.

Ich stand auf und spürte das Ziehen im Kreuz, sehr früh diesmal. Oder vielleicht lag es auch an meinem fortgeschrittenen Alter. »Sie ist tot. Jetzt kann sie euch nichts mehr tun. Ihr könnt wieder ruhig weiterspielen.«

Beide Mädchen beäugten die tote Klapperschlange auf dem Deckel der Mülltonne. Sie war in zwei Teile zertrennt, Kopf und vielleicht sieben bis acht Zentimeter Hals auf der einen Seite, der Rest ihres fünfunddreißig Zentimeter langen Körpers, der sich immer noch auf dem sonnenheißen Metall wand, auf der anderen Seite.

Die Schreie der Kinder hatten mich alarmiert. Ich hatte die Hacke an der Hintertür gepackt und war auf nackten Füßen hinausgelaufen, um die Schlange zu töten. Sie hatte auf einem kahlen Fleckchen in der Sonne gelegen, nicht besonders groß, aber je kleiner die Schlange, desto giftiger, so hatte ich es jedenfalls gehört.

Ich habe nichts gegen Schlangen, solange sie nicht giftig sind, aber Klapperschlangen, Mokassinschlangen und Korallenschlangen töte ich, ganz gleich, was die Umweltschützer sagen. Der Biß einer Giftschlange kann für ein Kind tödlich sein. Im Durchschnitt tötete ich zwei Schlangen pro Jahr. Die größte hatte ich in dem Jahr meiner Schwangerschaft mit Morgan erwischt, eine einen Meter achtzig lange Klapperschlange, die in den Garten gekrochen war, um einen Ochsenfrosch zu verdauen. Ich hatte vor Schlangen überhaupt keine Angst; mit Ratten und Spinnen war das eine andere Sache; aber die Kinder hatten Todesangst.

»Sie rührt sich noch«, sagte Shalene.

»Die wird sich noch Stunden rühren«, meinte ich. »Wollt ihr lieber bei mir bleiben? Ich gehe jetzt gleich ins Gewächshaus. Möchtet ihr ein Glas Eistee?«

Sie fanden die Idee gut, und ich ging ins Haus, sah nach Morgan, der in seinem Ställchen in unserem Gemeinschaftszimmer schlief, und füllte drei Plastikbecher mit Pfefferminztee.

Ich ging wieder hinaus, zog die Tür hinter mir zu und trug das Tablett mit den Teebechern und einem Teller Ingwerplätzchen zu dem Gewächshaus, das Montgomery im Jahr unserer Heirat aufgestellt hatte. Die Kräuter, die Rosalita und ich zum Kochen verwendeten, wuchsen dort drinnen, außerdem grüner Salat und Tomaten, einjährige Azaleen und die Blumenzwiebeln wurden hier aufbewahrt, die im Frühjahr in die Erde gesteckt wurden. Ich war nicht, wie Montgomery glaubte, eine leidenschaftliche Gärtnerin, aber es war doch so, daß die Arbeit im Garten mich erfrischte und am Ende des Tages ein Gefühl der Befriedigung hinterließ.

Nachdem wir eine Stunde lang gedüngt, gejätet, gegossen und die Pflanzen ausgedünnt hatten, die in den Garten gesetzt werden sollten, kehrten die Kinder und ich wieder zur Schaukel im Garten zurück. Dort waren wir immer noch, ein bißchen müde und sehr verdreckt, aber guter Stimmung, als Sonja kam. Die Mädchen rannten ihr jauchzend entgegen, und Sonja breitete die Arme aus und fing sie auf, ohne Rücksicht darauf, daß ihre frische weiße Leinenjacke ganz schmutzig wurde. Ich folgte langsamer mit Morgan auf dem Arm. Als ich bei ihr war, sah sie langsam auf, so als müßte sie sich wappnen, um mir in die Augen blicken zu können.

Ich war zornig aus New Orleans abgefahren. Aber obwohl unsere letzten Worte bitter gewesen waren, hatte ich gewußt, daß sie mich nicht abweisen würde, wenn ich jetzt ihre Hilfe brauchte. Sonja war nicht nachtragend, und sie war jemand, der klaren Kopf behalten konnte. Sie hätte selbst Juristin werden sollen, anstatt einen Juristen zu heiraten. Sie konnte jedes Argument bis zu seiner logischen Schlußfolgerung durchdenken, und dennoch konnte sie auch immer beide Seiten einer Geschichte sehen. Ich brauchte ihre Fähigkeit, klar und logisch zu denken, gerade jetzt, da ich mich wie betäubt fühlte.

»Danke, daß du gekommen bist.«

Sie nickte, richtete sich auf und holte ihren Koffer vom Rücksitz ihres Wagens. »Ich mußte in der Stadt noch etwas besorgen und …« Sie brach ab. Sie versuchte zu lächeln, aber es gelang ihr nicht. »Ich hätte wohl am besten auch gleich ein gutes Waschmittel besorgen sollen. Wie habt ihr euch nur so schmutzig gemacht?«

»Mama hat eine Klapperschlange getötet.«

»Komm, ich zeig's dir«, fügte Dessie hinzu. »Vorhin hat sie sich noch bewegt.« Sie nahm Sonja bei der Hand. Shalene schlug an den Koffer. Sonja stellte ihn nieder und nahm auch Shalene bei der Hand. Zusammen zogen die beiden Mädchen sie zur Mülltonne hinten bei den Komposthaufen. Die Schlange, die schon seit Stunden tot war, lag still. Ihr Leib war von roten Ameisen bedeckt. Sonja schauderte.

»Für mich hat eure Mama auch immer Schlangen getötet.

Früher, als wir noch klein waren und miteinander gespielt haben.« Stolz klang in ihrer Stimme, und ich lächelte. »Sie hat vor nichts Angst. Nicht einmal vor Dreck«, sagte sie, während sie uns musterte.

»Ab in die Badewanne, Kinder«, sagte ich.

»Dürfen wir in deine Wanne?« fragte Shalene. »Mit Schaum?« Das war ein besonderes Vergnügen für sie. Wenn Montgomery auf Reisen war, erlaubte ich den Mädchen immer, in der großen Wanne zu baden. Vom Whirlpool aufgerührt, stieg der Schaum dort bis zu einem Meter hoch. Das Saubermachen hinterher war mühsam, aber es machte ihnen soviel Spaß.

»Ja, gut, wenn ihr mir versprecht, daß ihr hinterher brav zu Bett geht. Abgemacht?«

Wir besiegelten die Abmachung mit Handschlag, und die Mädchen rannten schreiend und lachend voraus ins Haus. In der nachfolgenden Stille sah Sonja mich über Morgans Kopf hinweg an. »Alles in Ordnung?«

»Jetzt, ja.« Ich drängte die Tränen der Erleichterung zurück und brachte ein Lächeln zustande.

Sonja nahm mir Morgan ab. »Ich bade den Kleinen, und du duschst. Reden können wir heute abend.«

Sonja war Jungen gewöhnt. Sie war mit Brüdern aufgewachsen und hatte selbst drei kleine Söhne, vierjährige Zwillinge und einen zweijährigen. Sie hielt Morgan hoch und inspizierte auf dem Weg zum Haus seine Windel.

Ich krauste die Nase. »Er muß gewickelt werden.«

»Du sagst es.« Sie schnitt eine Grimasse. »Was habt ihr eigentlich alle getrieben? Euch im Schlamm gewälzt?« Ohne auf eine Antwort zu warten, fuhr sie fort: »Also, junger Mann, erst wird gebadet, dann geht's ins Bett. Ist er gefüttert?«

Ich nickte. »Wir haben im Garten ein Picknick gemacht. Er wird wohl noch Reste von seinem Brei in den Ohren haben.«

Sonja lachte. »Na, dann gib mir mal gleich einen Schaber mit, damit ich das Zeug abkratzen kann.«

Im Flur trennten wir uns. Ich trug ihren Koffer ins Gästezimmer, hob ihn aufs Bett und öffnete ihn. Sonja hatte zum Kofferpacken kein Talent. Ehe ich zu den Mädchen ging, hängte ich ihre Blusen und Kleider auf, damit sie nicht noch mehr verknitterten. Sie pflegte das gleiche für mich zu tun, wenn ich zu ihr zu Besuch kam. Aber ich hatte nie eine Pistole im Koffer. In ihre Jeans gewickelt fand ich eine kurzläufige .38er und einen Karton Munition. Sonja haßte Schußwaffen. Aber in mein Haus hatte sie eine mitgenommen ... Wovor hatte sie Angst? Montgomery? Ich wickelte die .38er wieder ein und ging ins Bad, um zu duschen.

Wir sprachen bis nach Mitternacht miteinander. Über Montgomery und die Kinder, über die unglaubliche Reaktion meiner Mutter und über die Möglichkeiten, die ich hatte. Darauf lief alles hinaus – was für Möglichkeiten ich hatte und welche Entscheidung ich treffen mußte. Daß ich weggehen mußte, hatte ich am Nachmittag in der Küche mit meinen beiden Töchtern in den Armen schon halb akzeptiert. Sonja war so nett, nichts von Eve Tramonte zu sagen und meiner Entscheidung, nichts gegen die DeLandes zu unternehmen, aber die Sache lag unausgesprochen zwischen uns in der Luft.

»Wäre Therapie nicht ein Weg? Ich meine, gibt es nicht eine Möglichkeit, daß Montgomery zur Therapie geht und wir zusammenbleiben können?«

Sonja nickte. »Eine Therapie würde vielleicht helfen, ja. Aber er müßte selbst den Wunsch danach haben. Er müßte selbst den Wunsch haben, sich zu ändern. Kindesmißbrauch ist nicht etwas, wofür ein Mann sich jedesmal neu entscheidet, wenn er nach einem Kind greift. Es ist eine Sucht, eine Obsession, die sein ganzes Leben anhält. Von dem Moment an, wo er dem Verlangen das erstemal nachgibt, ist er abhängig. Wie ein Alkoholiker mit einer genetischen Veranlagung zum Alkoholismus. Aber für Kinderschänder gibt es keine Entziehungskuren. Montgomery müßte mehr als alles in der Welt wünschen, sich zu ändern. Du mußt wissen, ob er dich stark genug liebt, um diese Veränderungen herbeizuführen. Einzugestehen, daß er ein Problem hat. Und du mußt dir überlegen, wie du in der Zwischenzeit leben willst.«

»Montgomery würde niemals hier ausziehen.«

»Laß neue Schlösser machen. Erwirk eine gesetzliche Trennung.«

Ich schauderte, als ich mir Montgomerys Reaktion auf einen solchen Schritt vorstellte. Ich erinnerte mich seiner Reaktion, als ich mich das erstemal geweigert hatte, mit ihm zu schlafen. Ich hatte das nie wieder getan.

»Schau mal, du hast verschiedene Möglichkeiten.« Sie zählte sie noch einmal an ihren Fingern auf. »Trennung und Therapie; entweder er zieht aus oder du tust es und nimmst die Kinder mit. Scheidung. Oder du gehst vor Gericht und lieferst Montgomery den Behörden aus. Dann wandert er in den Knast, und da werden ihm die anderen Insassen schon zeigen, wie es ist, wenn man mißbraucht und mißhandelt wird.«

»Er käme doch nie ins Gefängnis. Die DeLandes haben zuviel Einfluß und zuviel Geld. Sie würden Mittel und Wege finden, mir irgendein Verbrechen anzuhängen, und dann würden sie mir die Kinder wegnehmen. Das weißt du doch.«

»Und er zieht nicht aus, meinst du?«

Ich schüttelte den Kopf, den Blick in mein Weinglas gerichtet. Ich hatte einen herzhaften französischen Merlot aufgemacht. Er war so voll und erdig, daß man bei jedem Schluck beinahe die Erde schmecken konnte, in der er gewachsen war.

Ich hätte den Wein nicht öffnen sollen. Er tat meinem ungeborenen Kind bestimmt nicht gut, zumal ich an diesem Tag schon soviel Kaffee getrunken hatte. Ich hielt das Glas ans Licht und beobachtete die funkelnden Reflexe in der Flüssigkeit.

»Dann komm zu uns.« Ich sah sie überrascht an. »Mit den Kindern. Wir haben doch das Gästehaus. Es ist klein, aber ihr hättet alle Platz. Du könntest so lange bleiben, wie du willst. Bis du dir überlegt hast, was du tun willst. Es ist nicht möbliert. Du müßtest also Möbel mitbringen, aber du kannst jederzeit einziehen, wenn du das möchtest.«

Sonja hatte immer langsamer gesprochen, als erwartete sie, daß ich sie an irgendeiner Stelle unterbrechen und ablehnen würde, daß ich sie beschuldigen würde, meine Ehe und meine Familie auseinanderbringen zu wollen, wie ich das am Tag meiner Abreise aus New Orleans getan hatte. Bei diesem schrecklichen Streit.

»Ich habe jedenfalls Lois Jean gesagt, sie soll mit ihrer Schwester das Häuschen saubermachen. In zwei Tagen wird es bewohnbar sein.«

»Ich dachte, Montgomery hätte dir die Verantwortung für seine Ehe übergeben. Ich dachte, er hätte dir gedroht.«

»Und ich dachte, ich hätte dir gesagt, daß ich dir auf alle Fälle helfen würde, solange du keine Spielchen spielst. Ich werde dir helfen, eine einstweilige Verfügung zu erwirken, die ihm verbietet, in die Nähe des Grundstücks zu kommen, und Philippe engagiert einen Wächter, um sicherzugehen, daß uns niemand belästigen kann. Und Adrian Paul, mein Schwager, kann dich als Scheidungsanwalt vertreten ... Und dann suche ich dir einen neuen Ehemann.«

Ich lachte. »Das mußtest du noch dazusagen, hm?«

Sonja lächelte überhaupt nicht reuig und prostete mir zu, ehe sie ihren letzten Schluck Wein trank. »Keine Kuppelei, das verspreche ich dir.« Es war ihr ernst. Sie würde sich nicht einmischen.

»Ich habe schon Probleme genug, da brauche ich nicht noch einen neuen Mann.« Die Uhr schlug halb eins. »Können wir die Entscheidung vertagen? Ich bin todmüde.« Ich stellte mein Glas neben die fast leere Flasche. »Ich bin so müde, daß ich mich am liebsten irgendwo zusammenrollen und nie wieder aufwachen würde.«

»Weißt du noch, wie wir damals im Wald gespielt haben und ich in das Schlangennest getreten bin?« sagte Sonja.

Ich nickte. Wir waren zwölf oder dreizehn gewesen, abenteuerlustig und leichtsinnig. Wenn wir Besuche machen wollten, waren wir immer die etwa drei Meilen durch den Wald gelaufen oder hatten das flache Boot genommen, um auf dem kürzeren Weg über das Wasser zu fahren. An Land ging Sonja immer mit einem Stock voraus, mit dem sie die Spinnweben herunterholte. Ich folgte mit einer stumpfen Machete mit kurzer Klinge, die Daddy mir gegeben hatte, um Schlangen zu töten. An diesem Tag, an dem Sonja in das Schlangennest trat, hatten wir einen neuen Weg am alten Bayou entlang erforscht, weit entfernt von zu Hause in einer Gegend, die uns fremd war.

Sonja hatte den Weg verlassen, war in ein vom Laub verdecktes Loch gefallen und laut schreiend herausgesprungen. Ihr Fuß schwoll beinahe augenblicklich an, und schon Sekunden später, als ich ihr den Weg entlang half, bekam sie Atembeschwerden und Schüttelfrost. Ich wußte, wenn sie nicht schnellstens Hilfe bekam, würde sie sterben.

»Du hattest Todesangst vor dem alten Frieu. Er konnte kaum richtig Englisch, und jedesmal, wenn er uns auf seinem Grundstück sah, ballerte er mit seiner Büchse in die Luft. Und er hatte die vielen Hunde umgebracht, weißt du noch?«

Eine Zeitlang waren bei uns in der Gegend mehrere Hunde an Gift gestorben, und alle Leute hatten behauptet, der alte Frieu hätte sie vergiftet. Wenn er einen Hund auf seinem Grundstück sah, wurde er fuchsteufelswild. Er hatte immer Eimer mit Antifrostmittel in seinem Hof stehen. Hunde lieben das Zeug, weil es so einen süßen Geschmack hat. Und wenn sie davon getrunken hatten, starben sie einen grausamen Tod. Aber niemand konnte beweisen, daß die Hunde tatsächlich beim alten Frieu Frostschutzmittel getrunken hatten. Außerdem war es nicht verboten, das Zeug im Hof stehenzulassen.

»Aber du bist einfach zu ihm hingegangen, obwohl er mit seiner Büchse losgeballert hatte. Du hast ihn gezwungen, mir zu helfen. Und damit hast du mir das Leben gerettet.«

»Nein, der alte Frieu hat dir das Leben gerettet, als er uns in sein Boot setzte und direkt zu meinem Daddy fuhr.« Ich sah das Bild wieder vor mir: Sonja leblos in den Armen des alten Frieu, während das flache Boot durch das Sumpfwasser schnitt. Sonja, die in eine schmutzige Decke gewickelt war, rang bereits um Atem. Ihr Gesicht färbte sich blau, ihre Augen wurden glasig, und ihre Beine schwollen immer dicker an. »Atme!« hatte der alte

Frieu sie angeschrien. »Verdammt noch mal, du sollst atmen!« Und dabei hatte er ihr die Stirn gestreichelt, während ich am Ruder saß und zusah.

Daddy hatte nur einen Blick auf sie geworfen und sich sofort an die Arbeit gemacht. Sauerstoff und die Mittel, die er bei Tieren einsetzte, die von einer Schlange gebissen worden waren, hatten sie am Leben gehalten, bis der Rettungswagen eingetroffen war.

»Du warst sogar so gescheit, eine von den Klapperschlangen zu töten und mitzunehmen, damit die Ärzte sofort das richtige Serum gegenspritzen konnten. Tja.« Sie streckte sich und rollte ihre Schultern, um sie nach dem langen Sitzen zu entspannen. »Und jetzt kann ich mich bei dir revanchieren. Ich habe Todesangst vor Montgomery. Vor allen DeLandes. Aber ich laß dich das nicht allein durchstehen.« Sie stand auf und drückte sich beide Hände ins Kreuz. »Bis morgen früh«, sagte sie stöhnend.

Ich starrte in die dunkle Fensterscheibe, aus der mir bleich und schwach und überhaupt nicht heldenhaft mein Spiegelbild entgegenblickte. »Sonja«, rief ich.

Sie kam noch einmal aus dem dunklen Vestibül zurück.

»Ich bin schwanger.«

Ich dachte, sie würde schimpfen. Statt dessen folgte erst einmal eine lange Pause, dann sagte sie: »Tante Sonja sorgt für vier Fratzen von dir und fünf Rousseaus. Ha! Meinen Glückwunsch.« Danach verschwand sie.

Im Grund hatte ich überhaupt keine Wahl. Bis zum Wochenende war alles gepackt, der Möbelwagen stand vor dem Haus. Ich war mit meinen drei Kindern auf dem Weg nach New Orleans. Die Mädchen waren aufgeregt; sogar Morgan witterte Abenteuer. Ich war halbtot vor Angst.

Ich ließ das Haus fast leer zurück. Ich nahm die meisten Möbel, die Unterlagen über unsere Finanzen und alle Kleider außer Montgomerys mit. Montgomery ließ ich das Sofa und den Fernsehapparat, seinen Ledersessel, sein Videogerät und seinen Gewehrschrank, die Kommode und unser Ehebett. Ich konnte mir nicht vorstellen, je wieder darin zu schlafen. Auch das Bett der Mädchen ließ ich zurück. Ich hatte während der letzten Tage genug von ihnen gehört, um zu wissen, daß sie einen neuen Anfang brauchten. Ich würde in New Orleans mit ihnen zusammen ein neues Bett kaufen.

Sonja verfrachtete uns alle in das Gästehaus der Rousseaus, ein Sechs-Zimmer-Haus, das wir mit Sonjas grauer Perserkatze Snaps teilten. Ich habe nicht viel für Katzen übrig, aber Snaps adoptierte uns einfach, und die Mädchen liebten sie.

Das Häuschen war ein Holzschindelbau mit Holzböden und hohen Decken, von Efeu, Geißblatt und Kletterrosen bewachsen. Es stand an einer geschützten Stelle auf dem Grundstück und war von der Straße aus nicht sichtbar. Es hatte einen Autostellplatz, und für die Kinder war eine Schaukel da, die aus dem Geäst einer hohen Platane herabhing. Auf der hinteren Veranda gab es einen Anschluß für Waschmaschine und Wäschetrockner. Das Haus stand schattig und kühl, und durch die offenen Fenster wehte der Duft von Gardenien und Glyzinien herein. Die Glyzinie sah ich nie. Aber ich roch sie gleich an jenem ersten Tag. Ihr Duft war schwer und sinnlich, unschuldig und intim wie die romantischen Träume eines jungen Mädchens.

5

Du hast geblutet und warst nicht verfügbar. Und wir mußten spielen.

Überall begleiteten mich diese Worte, mit dem Klang und dem Rhythmus einer schrecklichen Verwünschung, die mir Licht und Leben entzog. Ich konnte nicht essen, weil ich dauernd an Montgomery und meine beiden kleinen Töchter denken mußte. Ich konnte nicht schlafen. Und wenn ich schließlich in den frühen Morgenstunden doch in einen Schlaf der Erschöpfung sank, fiel der Traum über mich her. Ich hatte den Traum bis zum Tag unseres Umzugs jede Nacht und danach sehr häufig. Er war so real, daß mein ganzer Körper brannte, wenn ich erwachte. In diesem Traum war ich die Klapperschlange, die ich getötet hatte, und lag nun mich windend auf dem glühend heißen Metall des Mülltonnendeckels, schwach und ohnmächtig, während Feuerameisen in Scharen über mich herfielen und mich folterten. Halb wahnsinnig vor Angst und mich am ganzen Körper kratzend, pflegte ich zu erwachen.

Du hast geblutet und warst nicht verfügbar. Und wir mußten spielen.

Ich war wie gelähmt, zu nichts zu gebrauchen, ständig den Tränen nahe. Bald war ich wie betäubt und für nichts empfänglich, bald nahm ich jede Kleinigkeit – ob es nun eine Glasscherbe war oder ein Minzeblatt im Gewächshaus – mit unglaublicher Intensität wahr. Dann stand ich da und starrte sie an und hatte nichts als Leere im Kopf. Ich denke, es war eine Art der Trauer. Und es war Sonja, die mich daraus erlöste.

Ich fühlte mich wie eine Marionette, wie ein Holzpüppchen mit bemaltem Gesicht und beweglichen Gelenken, das besinnungslos tanzte, während Sonja die Fäden zog. Wenn ich gesagt habe, sie wäre eine gute Juristin geworden, so stimmt das nicht. Aber sie wäre ein hervorragender General geworden.

Am Tag eins, an dem Tag, an dem wir nach New Orleans übersiedelten, verfrachtete sie uns, wie gesagt, ins Gästehaus, sorgte dafür, daß die Möbel, die wir nicht gebrauchen konnten, ordentlich gelagert wurden, gab die finanziellen Unterlagen bei einem Wirtschaftsprüfer ab, engagierte über die Wachgesellschaft, die das Grundstück der Rousseaus mit elektronischen Geräten und Fernsehkameras überwachte, einen Wächter für uns, holte einen Kostenvoranschlag für eine Alarmanlage für das Gästehaus ein und sprach mit zwei Rechtsanwälten.

Sie machte für mich und die Mädchen einen Termin bei einer Therapeutin aus, die auf sexuellen Mißbrauch von Kindern durch Familienangehörige spezialisiert war. Ich konnte es noch immer nicht beim Namen nennen. Inzest gab es nur bei anderen. Bei alkoholabhängigen, drogensüchtigen ledigen Müttern der Unterklasse, die mit verkommenen Kerlen in zerrissenen, dreckigen Jeans zusammenlebten, die fettiges Haar hatten und ... O Gott. Aber doch nicht in unserer Familie! Bei mir und Montgomery doch nicht ...

Du hast geblutet und warst nicht verfügbar. Und wir mußten spielen.

Ich konnte den Worten nicht entkommen, nicht im Wachen und nicht im Schlafen, und plötzlich wollte ich es auch gar nicht mehr. Ich wollte mir diese Worte ansehen, ich wollte sie mir vor Augen führen, ich wollte sie im Geist drehen und wenden, bis sie keine Macht mehr über mich haben würden. Und über meine Töchter. Und in jener ersten Nacht im Gästehaus der Rousseaus, als ich in dem fremden Bett lag und zu dem sich träge drehenden Ventilator an der Decke hinaufstarrte, glaubte ich endlich, daß es mir gelingen würde. In jener Nacht schlief ich zum erstenmal durch. Ich schlief lang und traumlos, und als ich erwachte, wußte ich, wo ich war und was ich getan hatte, und lächelte im dämmrigen Licht des frühen Morgens vor mich hin. Ich holte tief Atem, das erstemal seit Tagen. Ich war frei.

Der Schmerz und der Schock waren natürlich noch da, so schwer wie die Glieder einer Eisenkette, aber sie machten mich nicht mehr bewegungsunfähig.

Auch am zweiten Tag unseres Umzugs nach New Orleans folgte ich noch Sonjas Anweisungen, aber nun folgte ich ihnen klaren Blicks und mit Entschlossenheit, aus eigenem Antrieb und mit vernünftiger Überlegung. In der Frage, wo die Mädchen zur Schule gehen sollten, widersprach ich Sonja sogar und sah, wie ein feines Lächeln über ihre Züge flog, als ich ihr diese Entscheidung abnahm und die Schule selbst wählte. Wird langsam Zeit, sagte dieses Lächeln.

Ich beschloß, die Mädchen auf eine katholische Schule zu schicken, und meldete sie in der Sankt-Anna-Schule für Mädchen an. Sie war ein ganzes Stück außerhalb der Stadt, von einem großen, gepflegten Park mit alten Magnolien und Eichen umgeben und von einer hohen Backsteinmauer umschlossen. Dort, dachte ich, würden meine Kinder sicher sein, auch wenn die tägliche Fahrt zur Schule und zurück lang war. Nachdem ich sie am Freitag, dem zweiten Tag unseres Aufenthalts, dort angemeldet hatte, suchte ich einen Anwalt auf.

Ich kleidete mich an diesem Morgen für die Gespräche mit den Nonnen und meinem neuen Anwalt mit besonderer Sorgfalt an, wählte ein pfirsichfarbenes Ensemble aus Seide mit einem blaugrauen Blazer und gleichfarbigen, hochhackigen Schuhen. Ich fand, ich sah gut aus, jedenfalls so gut, wie man aussehen kann, wenn man eine Woche lang nicht geschlafen und ständig unter Alpträumen gelitten hat.

Die Mädchen ließ ich bei Lois Jean, Sonjas Haushälterin, und einem jungen Mädchen aus der Nachbarschaft, die öfter auf Sonjas Söhne aufpaßte, um sich etwas zu verdienen. Cheri ging auf die Abendschule der Universität von New Orleans. Es fiel mir nicht leicht, die Mädchen und Morgan zu Hause lassen zu müssen, aber ich hatte das beruhigende Gefühl, daß sie bei Lois Jean und Cheri in guten Händen waren.

Montgomery hatte mich nie selbst nach New Orleans fahren lassen. Er hatte immer behauptet, in dem dichten städtischen Verkehr käme ich nicht zurecht. Aber ich hatte mit dem Toyota Camry, den ich in Moisson immer fuhr, wenn er mir die Schlüssel daließ, überhaupt keine Schwierigkeiten. Der Wagen war auf mich zugelassen. Er war bezahlt. Er gehörte mir.

Die Schwestern der Sankt-Anna-Schule gefielen mir gut, ebenso der Lehrplan, in dem viel Wert auf Sprachen und Literatur gelegt wurde. Die Schwestern waren größtenteils junge Frauen, die gut mit Menschen umgehen konnten, auch mit denen anderer Kulturen und ethnischer Abstammung. Ich war von allem sehr angetan, aber das Beste an der Schule war in meinen Augen die hohe Mauer rund um den Park. Ich wußte, daß meine Töchter in dieser Schule während der letzten Wochen des Schuljahrs sicher sein würden.

Die Kanzlei Rousseau hatte ihre Räume in einem alten Gebäude einige Meilen von der Tulane-Universität entfernt, einem ehemaligen Lager oder Fabrikgebäude. Man hatte die alte Backsteinfassade renoviert, hohe Fenster und breite Türen mit schmiedeeisernen Gittern einsetzen lassen und das Grundstück mit immergrünen Gewächsen bepflanzt.

Ich parkte in der Nähe des Haupteingangs, prüfte noch einmal mein Make-up und stieg aus dem Wagen. Erst als ich die schwere Haustür aufstieß, kam mir mit einem Schlag die ganze Tragweite dessen zu Bewußtsein, was ich zu tun im Begriff war. Ich mußte stehenbleiben. Mein Atem war flach und gehetzt, und ich kämpfte um meine Beherrschung, als in meinen Fingerspitzen ein beunruhigendes Kribbeln begann. Langsam öffnete ich schließlich die Tür und trat aus der schwülen Hitze in die angenehm kühle klimatisierte Luft.

Meine Hände waren feucht. Die schwere Tür fiel lautlos hinter mir zu und schloß mich von der Außenwelt ab.

Ich befand mich in einem kleinen, geschmackvoll eingerichteten Vorzimmer, in dem eine Empfangsdame an einem Schreibtisch saß. Ich holte einmal tief Atem, um wieder ruhig zu werden. Adrian Paul kam mir in der Mitte des Raums entgegen, als hätte er nach mir Ausschau gehalten.

Ich musterte ihn mit einem raschen Blick und war ein wenig erstaunt. Er war ein gutaussehender Mann, dunkel wie alle Männer der Familie Rousseau, mit klarem, durchdringendem Blick und sehr selbstsicher. Ich fragte mich, ob einem diese Haltung in der juristischen Fakultät beigebracht wurde. Die Anwaltshaltung 101, gefolgt von der Richterhaltung 102.

Doch sein Haar war zu lang für einen konventionellen Anwalt, und er trug kein Jackett, sondern nur ein weißes Hemd mit offenem Kragen und lose sitzender Krawatte zu einer dunklen Hose.

Nachdem er mich mit Händedruck begrüßt hatte, führte er mich zu der Empfangsdame. »Nicole DeLande, das ist unsere Bürovorsteherin, Bonnie Lamansky. Sie hat hier alles im Griff.«

»Guten Tag.« Meine Stimme klang beinahe normal, nicht atemlos oder schwach, und das tröstete mich, obwohl ich merkte, daß ich immer noch hastig atmete und innerlich unglaublich angespannt war.

»Guten Tag, Mrs. DeLande. Es freut mich, Sie kennenzulernen.« Die Begrüßung war nichts als Floskel, doch Bonnie schien ihre Worte ernst zu meinen, während ich überall lieber gewesen wäre als hier an diesem Ort.

Sie war eine kleine, stämmige Person, ungefähr fünfzig, mit grauem Haar und blitzenden Augen, eine Frau, die auf die Menschen zuging. Ich bewundere diese Eigenschaft, die mir selbst fehlt. Während Bonnie zweifellos mit jedem, der ihr begegnet, in aller Unbefangenheit ein Gespräch anfangen kann, pflege ich mich aus Schüchternheit Fremden gegenüber hinter Form und Konvention zu verstecken.

»Bonnie, wenn Mrs. DeLande anruft, verbinden Sie sie bitte immer sofort. Lassen Sie sie auf keinen Fall warten, wenn sie Ihnen sagt, daß es dringend ist.«

Ich lächelte beinahe und fühlte mich gleich etwas entspannter. »Ich sehe, Sonja hat schon mit Ihnen gesprochen.«

Er schüttelte den Kopf und führte mich durch einen Korridor, in dem ein dicker Teppich unsere Schritte dämpfte, zu seinem Büro. Neben den Besprechungsräumen und der Bibliothek gab es vier Büros. Die Kanzlei war ein Familienunternehmen, dessen Oberhaupt Rupert Rousseau war, der in vierter Generation in New Orleans die Jurisprudenz praktizierte. Alle seine Söhne waren ebenfalls Anwälte geworden. Gabriel Alain war der Strafrechtler der Familie; Sonjas Mann Philippe war der Fachmann für Zivilrecht; und Adrian Paul vertrat Leute wie mich.

»Meine Schwägerin ist eine ... bemerkenswerte Frau.«

Ich brauchte einen Moment, um zu begreifen, daß er von Sonja sprach. »Das ist freundlich von Ihnen«, murmelte ich hinter seinem Rücken.

Er warf mir einen Blick zu, als er die Tür zu seinem Büro öffnete und zur Seite trat. Es war ein verständnisinniger Blick, erheitert und ein wenig ironisch, als wüßten wir beide genau, woran wir bei Sonja waren.

»Diplomatisch. Nicht freundlich.«

»Ach so.« Ich erwiderte das Lächeln. »Lassen Sie mich raten. Sie hat Ihnen gesagt, Sie sollten mich sofort empfangen. Persönlich. Hat sie Ihnen auch vorgeschrieben, was Sie sagen und wie Sie sich kleiden sollen?«

Adrian Paul lachte. Es war ein angenehm wohltönendes, volles Lachen. Ich hatte den Eindruck, daß er nicht oft lachte. Aber dieses Lachen gab für mich den Ausschlag: Ich würde ihn zum Anwalt nehmen.

Als ich an ihm vorbei in sein Büro trat, fiel mir sein Duft auf, ein kräftiger, männlicher Duft. Zuverlässig. Nicht süßlich. Kein Eau de Cologne. Nicht Montgomery.

Sein Büro entsprach überhaupt nicht meinen Erwartungen. Da gab es keinen Power-Schreibtisch mit imposantem Ledersessel dahinter und zwei kleineren, recht mickrig wirkenden Sesseln für die Mandanten oder Hilfesuchenden davor. Da gab es auch keine bis zur Decke reichenden Regale voller juristischer Fachliteratur und an den Wänden keine gerahmten Urkunden. Nichts in Adrian Pauls Büro war typisch.

Sein Schreibtisch war ein alter, spanischer Tisch, massives dunkles Holz mit Perlmutt eingelegt, dessen stämmige Beine mit Schnitzereien verziert waren. Er stand schräg zur Tür mit Blick auf die hohen Fenster und einen kleinen Innenhof. Die Sessel waren alle gleich, bequem aussehend, mit niedrigen Rückenlehnen, dunkelgrau bezogen. Drei von ihnen standen in einer Gruppe vor dem Schreibtisch, und daneben befand sich ein kleiner Beistelltisch mit Gläsern und einem Karton Papiertaschentücher.

Keine Bücherregale. Keine Urkunden. Nur ein abgenütztes altes Ledersofa, ein Fernsehapparat und eine Stereoanlage. Und auf dem schönen alten Schreibtisch ein Bonsai-Baum neben der Fotografie einer sehr schönen Frau. Ich vermutete, daß das seine Frau war, die er im vergangenen Jahr verloren hatte. Sie hatte Leukämie gehabt. Camilla. Von ihr hatte er einen Sohn, Jonpaul. Sonja hatte mir das alles erzählt in ihrem Bemühen, mich davon zu überzeugen, daß er der richtige Anwalt für mich sei.

Er wartete geduldig, während ich mich umsah, als sei ihm klar, daß ich mir in diesem Raum ein Urteil über ihn bilden würde. Er war offensichtlich bereit, mir Zeit zu lassen. Ich jedoch nutzte den Moment, um mich innerlich zu beruhigen, und richtete meine Aufmerksamkeit auf das Bäumchen.

»Wie lange haben Sie ihn schon?« fragte ich. Es war kein alter, knorriger, verschlungener Baum, aber er war wunderschön gewachsen. Gott und Menschen hatten hier zusammengewirkt, um etwas Herrliches zu schaffen.

Adrian Paul, der hinter mir ins Zimmer getreten war, zog eine Augenbraue hoch. »Sie verstehen etwas von Bonsais.« Es war keine Frage.

Nach Bonsai-Etikette fragte man niemals »Haben Sie ihn gezogen?« Niemals unterstellte man, daß der Eigentümer ihn nicht gezogen haben könnte. Man fragte aber auch nicht »Wie alt ist er?«, da man mit dieser Frage den Eigentümer möglicherweise gezwungen hätte zuzugeben, daß er nicht von Anfang an das Wachstum des Baums bestimmt hatte. Nein, man fragte »Wie lange haben Sie ihn schon?« und gestattete dem Eigentümer damit, soviel von der Geschichte des Baums zu erzählen, wie ihm behagte. Meine Frage verriet, daß ich mit dem Protokoll vertraut war.

»Nur ein bißchen. Meine Mutter hat einmal an einem Kurs teilgenommen, und wir hatten Dutzende. Oder besser gesagt, sie hatten uns. Sie hat sie zweimal im Jahr an eine Gartengestaltungsfirma in Mobile verkauft.« Ich erinnerte mich, mit welcher Sorgfalt sie sich um die Bäumchen gekümmert hatte. Stundenlang war sie im Gewächshaus gewesen, oft bis nach Einbruch der Dunkelheit. Aber ich wollte jetzt nicht an Mama denken. Zu schmerzhaft war die Zurückweisung, die sie mir und meinen Kindern erteilt hatte.

Mir wurde unvermittelt klar, wie wenig ich über meine Mutter wußte. Wir hatten nie miteinander gesprochen, schon gar nicht über unsere Gefühle. Ich war immer Daddys Tochter gewesen, hatte ihm in der Praxis geholfen, ihn begleitet, wenn er auf einen entfernten Hof gerufen wurde, oder in der Praxis und der Klinik nach dem Rechten gesehen, wenn er weg mußte. Meine Mutter und ihre klugen Sprüche hatte ich möglichst gemieden.

Hatte Mama Daddy von Montgomery erzählt? Ich hätte ihn in der Praxis anrufen und an seiner Schulter weinen können, ohne mich überhaupt erst an Mama zu wenden. Aber ich hatte es nicht getan. Ich hatte Daddy nicht ein einziges Mal angerufen. Vielleicht hatte es mit dem neuen Dach zu tun, das Montgomery bei unserer Verlobung für das Haus spendiert hatte; und mit der finanziellen Vereinbarung, die die beiden Männer getroffen hatten. Ein wenig archaisch, diese finanzielle Vereinbarung anläßlich der Verheiratung einer Tochter. Und auch ein wenig unheimlich. Bedeutete sie, daß ich niemals würde nach Hause zurückkehren können?

Wieder begann ich, hastiger zu atmen, und das Kribbeln kehrte zurück. Ich hätte mir gern die Hände an meiner Jacke abgewischt. Ich hörte Adrian Paul sprechen.

»Diesen hier habe ich seit zehn Jahren. Meine Frau hat ihn gekauft, kurz nachdem wir uns kennengelernt hatten. Von Irv Eisenberg im French Quarter. Aber der dort im Hof«, er wies zu den Fenstern, die, wie ich jetzt sah, Fenstertüren hinter verschnörkeltem schwarzen Schmiedeeisen waren, »ist über fünfundsiebzig Jahre alt.«

Ich trat zu einer der Türen und sah hinaus. Der kleine Baum stand etwas seitlich in einem entzückenden kleinen Ziergarten. Die Backsteinmauern rund um den kleinen Innenhof waren fast zwei Meter hoch, und es gab keine Tür nach außen. Sie waren von wildem Wein und Efeu überwachsen. Irgendwie erinnerte mich der kleine Garten an mein Leben, klein und beengend.

Das Bäumchen stand so, daß die Nachmittagssonne es nicht direkt erreichte. Die Mauern und das Laub eines jungen Baums spendeten ihm Schatten. Mit knorrigen, alten Wurzeln, die durch Moos und fruchtbare dunkle Erde stießen, stand es in seiner edlen Keramikschale, ein traditionelles Bonsai-Bäumchen, in seinem Wachstum gehemmt, gekrümmt und gewunden vom Alter und von den Händen seines Schöpfers und nachfolgender Gärtner. Seine winzigen Blättchen waren dunkelgrün, jedes einzelne so placiert, daß es zum kraftvollen Gesamtbild beitrug.

»Eine japanische Schwarzkiefer«, sagte ich, um noch ein wenig bei dem Thema zu verweilen und nicht auf den eigentlichen Grund meines Besuchs kommen zu müssen.

Adrian Paul stand hinter mir, so nahe, daß ich den herben Geruch seiner Haut riechen konnte, leicht und erdig. »Er wurde von Kensei Yamata angefangen, einem Hausdiener, den einer der St. Diziers nach der Zeit des Goldrauschs aus Kalifornien mitbrachte. Es war sein letzter. Er hat ihn nur wenige Jahre vor seinem Tod angefangen.

Möchten Sie vielleicht etwas trinken? Kaffee? Oder Tee?«

Es durchzuckte mich, beinahe so wie zuvor, als ich das Gebäude betreten hatte. Meine Hände waren wieder feucht, und das Zimmer schien sich zu verdunkeln. Das Kribbeln in meinen Händen breitete sich aus.

»Nein, danke.« Ich sprach, ohne nachzudenken. »Ich habe es geschafft, gerade rechtzeitig schwanger zu werden, um zu erfahren, daß mein Mann seine Töchter mißbraucht.« Der ganze Zorn, der in mir war, steckte in den hart und scharf hervorgestoßenen Worten. Ich schluckte den Zorn hinunter und atmete tief durch. Ich wollte mich beherrschen, ich wollte klar und logisch denken und handeln.

Aber bei dem Gedanken, daß ich hierhergekommen war, weil mein Mann unsere Kinder mißbraucht hatte, quoll hysterisches Lachen in mir auf, und ich mußte mich zwingen, langsam zu atmen. Alles um mich herum schien zu schwanken, und einen Moment lang glaubte ich, ich würde ohnmächtig werden.

Adrian Paul wies hastig und mit besorgter Miene auf einen Sessel. »Sie müssen sich setzen.«

Beinahe hätte ich gelacht. Seine Reaktion war so typisch männlich. Aber gleichzeitig tat seine Fürsorglichkeit mir gut. Er konnte sehen, daß ich völlig durcheinander war, und bemühte sich, mir alles ein wenig leichter zu machen. Ich versuchte ein Lächeln.

»So schwanger bin ich nun auch wieder nicht«, sagte ich gewollt komisch. »Aber haben Sie vielleicht koffeinfreien Kaffee? Das wäre schön.«

Er nickte, und ich sagte: »Mit Zucker und Sahne«, als er über seine Sprechanlage die Bestellung an Bonnie durchgab.

Nachdem wir uns beide in den Sesseln vor seinem Schreibtisch niedergelassen hatten, sagte er: »Sonja hat mir ein wenig über Ihre Situation erzählt, aber erzählen Sie es mir doch noch einmal persönlich.«

Furcht überspülte mich wie eine riesige Flutwelle, schien mich niederzudrücken und mir alle Luft aus der Lunge zu pressen. Ich fühlte mich wie gelähmt von dieser plötzlichen Angst und mußte an den Traum mit der Schlange denken.

»So wie ich Sonja kenne, hat sie Ihnen um einiges mehr als ein wenig erzählt. Sie hat Ihnen bestimmt jede Einzelheit erzählt und Ihnen dann gesagt, was Sie mir raten sollen«, sagte ich leise, während ich um Atem rang. Aber ich sah anscheinend völlig ruhig und gelassen aus, denn Adrian Paul lachte wieder. Nachdem Bonnie uns den Kaffee gebracht hatte, trank er einen Schluck und wartete darauf, daß ich beginnen würde.

Irgendwo, irgendwie fand ich die Worte. Ich öffnete meinen Mund, und die Worte und Sätze stolperten heraus, ohne Zusammenhang und ohne Ordnung. Die Worte waren verkümmert, wie der Baum, den ich unverwandt im Auge behielt, während ich sprach. Es war unglaublich schmerzhaft, über die vergangene Woche zu sprechen. Laut zu sagen, was ich über den Mann, mit dem ich verheiratet war, den ich zu kennen geglaubt hatte, erfahren hatte. Laut zu sagen, daß unser Zusammenleben eine Lüge gewesen war. Ich atmete wieder viel zu hastig, mein Hals war wie zugeschnürt, und das Kribbeln in meinen Händen breitete sich in meine Arme aus.

Irgendwie schaffte ich es zu erzählen, ohne zu den Tüchern Zuflucht nehmen zu müssen, die auf dem Tisch standen. Ich hielt nur inne, wenn er eine Frage stellte, oder wenn ich einen Moment verschnaufen mußte, weil ich keine Luft mehr bekam. Ich hatte von Panikattacken gehört und tröstete mich mit dieser Diagnose. Aber sie half mir nicht, mich wieder in die Hand zu bekommen.

Ich schöpfte Kraft aus dem Anblick des jungen Bonsai-Bäumchens auf dem Tisch. Der Baum war mißhandelt worden, weil man etwas Schönes schaffen wollte. Ich dachte an meine beiden kleinen Töchter und die Mißhandlungen, die ihnen widerfahren waren, und hätte vor Schmerz am liebsten geweint. Um meine Töchter. Ganz plötzlich stieg der Gedanke in mir auf. Für meine Töchter konnte ich dies tun.

Als mir die Worte ausgingen, und ich mit meiner häßlichen Geschichte stammelnd zum Ende kam, war in dem schlichten Zimmer nichts zu hören als das Kratzen von Stift auf Papier. Mein Atem ging jetzt leichter. Das Kribbeln, durch Hyperventilation und Panik ausgelöst, ließ nach. Ich stellte meine leere Kaffeetasse auf den Beistelltisch. Ich war erschöpft. Völlig ausgehöhlt. Ich sah auf meine Uhr, die Uhr mit den Rubinen und Brillanten, die Montgomery mir geschenkt hatte, als ich Morgan erwartete. Im künstlichen Licht des Büros erinnerten mich die Steine an Blut.

Wir hatten länger als eine halbe Stunde gesprochen, genauer gesagt, ich hatte gesprochen. Adrian Paul hatte auf einem gelben Kanzleiblock mitgeschrieben. Ich fühlte mich leer. Alle Emotionen waren fortgespült wie der Eiter und der Schmutz aus einer gereinigten Wunde.

Schließlich legte Adrian Paul seinen Kugelschreiber nieder und sah auf. »Sie hatten keine Ahnung, daß Ihr Mann die Kinder mißbrauchte?«

Ich errötete tief und blickte rasch wieder auf das Bonsai-Bäumchen. Die Tränen, die ich besiegt geglaubt hatte, drohten überzufließen. Die Schuldgefühle einer Mutter lassen sich nicht so leicht verdrängen wie andere Gefühle. Ich zwinkerte die Tränenschleier weg, und Adrian Paul drückte mir ein Papiertaschentuch in die Hand.

»Seit ich es weiß, frage ich mich ... wie es möglich ist, daß ich nichts gemerkt habe. Ich gehe immer wieder alles durch, versuche mich zu erinnern, die Hinweise zu sehen, die man als Mutter angeblich sehen muß ... Die Sexualisierung beim Spiel ... die Stimmungsschwankungen ... die Furcht ...« Schon wieder ging mir der Atem aus, und der Bonsai schwankte. Seine verkrüppelten Äste schienen hinter Schleiern zu wabern. »Es gab nichts.« Meine Stimme versagte.

»Es gab nichts«, wiederholte ich, »außer daß Dessie auf einmal nicht mehr essen wollte. Und Montgomery – er versprach mir ...« Das Wort, die Lüge, die es gewesen sein mußte, wollte mir nicht über die Lippen. »Er versprach mir, sich nach einer Therapeutin für sie umzusehen«, flüsterte ich. Meine Tränen trockneten plötzlich, und ich sah ganz klar. »Er versprach mir, sich nach einer Therapeutin für sie umzusehen.« Ich hörte den bitteren Hohn in meiner Stimme.

»Hätte er das wirklich getan?«

Ich schüttelte den Kopf. »Wahrscheinlich nicht.« Wie von selbst schien meine Hand sich zur Faust zu ballen.

»Nein, das kann ich mir auch nicht vorstellen. Da wäre er zu leicht entdeckt worden.« Adrian Paul sah mich an und lächelte auf merkwürdige Art, so zornig und traurig und verletzt, wie ich mich fühlte.

»Werden sie je darüber hinwegkommen?« Jetzt endlich flossen die Tränen, und ich drückte mir das Papiertuch an die Augen.

Adrian Paul lächelte, während ich schniefte. »Sie haben Ihren Kindern geglaubt. Sie haben sie fortgebracht. Das ist ein erster Schritt.«

Wir wußten beide, daß er meine Frage nicht beantwortet hatte. Daß niemand das konnte.

»Und was soll ich jetzt tun?«

»Was wollen Sie denn tun?«

»Ich weiß es nicht. Sonja glaubt nicht, daß eine Therapie bei ihm helfen wird.«

»Tja, daran glaube ich auch nicht. Es sei denn, er wünscht die Therapie selbst. Hat Montgomery Sie je in irgendeiner Weise verletzt? Hat er Sie geschlagen?«

Ich lachte schrill. »Die DeLande-Männer schlagen niemals

eine Frau. Solche primitiven Mittel haben sie nicht nötig«, erklärte ich. »Sie haben andere Methoden, um ihren Willen durchzusetzen.«

»Zum Beispiel?« Seine Stimme war gedämpft und ruhig, wirkte beinahe uninteressiert.

Ich konzentrierte meinen Blick wieder auf den kleinen Bonsai. Es war eine tropische Mimose, ein zartes Bäumchen mit gefiederten Blättern, die sich abends fest schlossen und bei Morgengrauen wieder öffneten. An den Ästen waren schon winzige, harte Knospen zu sehen. Die Blüten würden sich zum Beginn des Sommers öffnen.

Ich stand so abrupt auf, daß ich mit den Knien gegen den kleinen Beistelltisch stieß, und die Tassen in den Untertassen klirrten. Ich öffnete die Fenstertür, und der morgendliche Geruch der Stadt schlug mir ins Gesicht, ein Gestank nach Fisch und Verschmutzung, aber irgendwie war er beruhigend.

Ich trat einen Schritt ins Freie. Die Sonne schien mir direkt ins Gesicht, als ich, eine Hand an den Türrahmen gestützt, stehenblieb. »Ein DeLande benutzt seine *Phantasie*, um ... um eine eigenwillige Frau kirre zu machen.« Ein Vogel hüpfte tschilpend auf der Mauer hin und her und blickte auf sein Revier hinunter. »Einmal nahm er mir alle meine Kleider weg, weil ich ihm in der Kirche vor dem Priester widersprach. Ich mußte eine ganze Woche lang in Shorts und T-Shirt herumlaufen.« Meine Stimme war völlig emotionslos, so tot, als läse ich irgend etwas völlig Nichtssagendes vor.

»Ich lernte, ohne Auto zu leben, weil er mir so oft die Schlüssel weggenommen hat. Ich bestelle die Lebensmittel telefonisch und lasse sie liefern. Kleider kaufe ich bei Versandhäusern.«

Ich machte eine Pause, während ein leichter Wind mir ins Gesicht wehte und die Blätter des jungen Baums neben dem Bonsai bewegte. Es wunderte mich, daß über die hohe Mauer überhaupt ein Windstoß eindringen konnte.

»Einmal nahm er mir die Kinder weg.« Ich hielt inne, weil ich so stark zitterte, daß ich kaum sprechen konnte. »Er schickte die

Mädchen mehrere Tage zu Rosalita. Ich hatte keine Ahnung, wo sie waren. Ich dachte allen Ernstes, er könnte ... er könnte ihnen etwas ... etwas angetan haben. Und Montgomery ließ mich in dem Glauben – um mich durch Angst gefügig zu machen, vermute ich.« Ich holte tief Luft.

Ich erkannte plötzlich, daß Montgomery mit mir das gleiche gemacht hatte wie mit den Mädchen. Er hatte sie dazu gebracht, seine Geheimnisse zu bewahren, über seine Mißhandlungen zu schweigen, sie aus Furcht und Entsetzen jahrelang zu verbergen. Auch mich hatte er dazu gebracht.

»Und wehe, ich hätte nein gesagt, wenn er mit mir schlafen wollte, oder hätte ihn im Bett nicht zufriedengestellt.« Ich umklammerte den Türrahmen so krampfhaft, daß meine Fingernägel sich in die Lackschicht bohrten. Ich sah in die Sonne hinauf und zwinkerte geblendet. Adrian Paul stand ganz nahe hinter mir. Ich spürte seine Wärme, aber er berührte mich nicht.

»Sie haben ja keine Ahnung, wie schmerzhaft Sex sein kann, wenn der andere es darauf anlegt, einem wehzutun. Wenn man gekniffen und gebissen wird und einem Haut und Fleisch verdreht werden.« Ich lachte wieder, rauh und bitter. Nicht mehr hysterisch. Nicht mehr schwach.

»Überall hat er mich geliebt ... Nein! Mit Liebe hatte das nichts zu tun. Er hat mich vergewaltigt.« Ich brach einen Moment ab, als ich dieses schreckliche Wort ausgesprochen hatte, das so fremd und hart klang.

»Er hat mich an den Türrahmen gedrückt und vergewaltigt, bis ich auf dem ganzen Rücken blaue Flecke hatte und mir alles so wehtat, daß ich drei Tage lang krank im Bett lag.« Ich schloß die Augen vor der allzu hellen Sonne und konzentrierte mich auf die orangefarbenen und roten Kreise, die auf meinen Lidern tanzten. »Er hat mich am Küchenherd vergewaltigt, während das Gas brannte, bis meine Hüfte voller Brandblasen war. Ich habe heute noch die Narben.«

Wieder lachte ich, und es gefiel mir, wie ich lachte, so hart und brutal. »Er hat mich in der Badewanne vergewaltigt und mir dabei den Kopf unter Wasser gedrückt, bis er fertig war – und ich beinahe ertrunken wäre.«

Ich atmete keuchend. Es klang wie das Schnaufen eines Blasebalgs. Aber ich fühlte mich besser, ich fühlte mich – frei. Endlich frei. Es war ein wildes, herrliches Gefühl der Freiheit. Und ich konnte denken. Ich konnte mich entscheiden. Es war mein Leben. Meines.

»Warum sind Sie bei ihm geblieben?« Adrian Pauls Stimme war immer noch ohne Emotion.

Ich lächelte und wußte, daß es ein häßliches Lächeln war. Mit gefletschten Zähnen.

»Meistens war er gut zu mir. Er hat mich verwöhnt, wie man als Frau gern verwöhnt werden möchte. Als wäre ich sein kostbarster Besitz und so zerbrechlich wie das feinste Kristall«, sagte ich langsam, und meine Stimme troff vor Hohn. »Er war großzügig und gut. Er wurde nur gemein zu mir, wenn einer seiner Brüder uns besucht hatte. Er fing zu trinken an, wenn sie da waren ..., und er wurde wie sie. Hinterher brauchte er Tage, um dem Einfluß, den sie auf ihn ausgeübt hatten, wieder zu entkommen. Und er war auch ein guter Vater – glaubte ich jedenfalls. Er war nicht sonderlich liebevoll zu den Mädchen, aber er sorgte gut für sie. Besser als ich allein es hätte tun können.

Nein. Montgomery hat mich nie geschlagen. Das hatte er gar nicht nötig.«

Ich weinte nicht. Meine Augen waren wie ausgetrocknet. Und mir war so kalt, daß ich fröstelte, als Adrian Paul mich bei den Schultern nahm und wieder ins Zimmer führte. Die Tür fiel hinter uns zu. Ich konnte ihn nicht ansehen. Ich wollte sein Gesicht nicht sehen.

Er ließ nochmals Kaffee kommen und legte meine kalten Hände um die warme Tasse. Irgendwoher holte er eine gehäkelte Decke und legte sie mir um die Schultern. Er war still und aufmerksam, bis der Schock allmählich nachließ. Ich hatte nie einem Menschen über die dunkle Seite meines Lebens mit Montgomery erzählt, die Dinge, die ich im Kasten aufbewahrte. Ich hatte sie mir selbst kaum angesehen. Aber jetzt hatte ich sie mir nicht nur angesehen, sondern sogar meine ganze schmutzige Wäsche aufgehängt, damit die Nachbarn sie angaffen konnten, wie Mama gesagt hätte.

Wie hatte ich bei ihm bleiben können? Immer wieder kehrten meine Gedanken zu dieser Frage zurück.

»Sprechen wir jetzt einmal davon, was für Möglichkeiten Sie haben.« Sein Ton war kühl und professionell, seine Stimme distanziert und ruhig, als er mir die verschiedenen Möglichkeiten erklärte, darlegte, was Montgomery dagegen unternehmen konnte, und mir seine persönlichen Empfehlungen gab. Nur einmal sah ich ihn direkt an. Die Anspannung seiner Züge verriet, daß er nicht so gelassen war, wie er sich gab.

Adrian Paul war zornig. Er war zornig in meinem und in meiner Kinder Namen. Zornig über den Mißbrauch. Es tat mir gut, jemanden auf meiner Seite zu wissen.

Er redete mir zu, das Verfahren unverzüglich einzuleiten, war sicher, er würde es schaffen, alle gerichtlichen Formalitäten bis Montag morgen zu erledigen. Es sei zu meinem Schutz, sagte er. Aber ich war einfach zu leer und zu erschöpft, um ihm die Worte zu sagen, die er gern hören wollte. Ich mußte eine Entscheidung treffen. Und ich wollte einen klaren Kopf haben, wenn ich das tat.

»Ich rufe Sie heute abend an«, sagte ich und stand auf. »Ich danke Ihnen, daß Sie sich die Zeit genommen haben.«

»Nicole. Geben Sie nicht klein bei. Lassen Sie sich von ihm nicht ...«

»Danke.« Ich war schon auf dem Weg zur Tür. »Und mein Name ist Collie. Nur mein Mann und meine Mutter nennen mich Nicole.«

Ich ging hinaus und schloß die Tür hinter mir. Ich ging durch den Korridor, an Bonnie vorbei, die am Telefon war. Blind fand ich meinen Wagen und hoffte, in dem von der Sonne aufgeheizten Innenraum wieder warm zu werden. Hoffte, langsam wieder zu fühlen. Es war vergeblich.

Irgendwann später schob ich den Schlüssel ins Zündschloß und fuhr los, erstaunt, daß meine Hände ruhig genug waren, um den Wagen unter Kontrolle zu halten. Ich zitterte nicht mehr. Ich fuhr zurück zu Sonjas Gästehaus.

Den Rest des Tages verschlief ich. Die Mädchen spielten mit den Rousseau-Zwillingen, Mallory und Marshall, im Garten, und ihr Geschrei klang laut und unschuldig durch die offenen Fenster. Auf dem Sofa ausgestreckt, ein Kissen unter meinem Kopf, träumte ich wieder von der Schlange und erwachte mit einem stummen Schrei auf den Lippen, weinend und um Atem ringend. Meine Fingernägel hatten rote Striemen in meine Arme gezogen.

Am Abend erinnerte ich mich des letzten Teils meines Gesprächs mit Adrian Paul. Meiner Handlungsmöglichkeiten.

Ich saß auf der Vorderveranda des Häuschens auf der hölzernen Schaukel, die der Gärtner irgendwann im Lauf dieses Tages aufgehängt hatte.

Der Duft der Zitronellakerzen, die ich auf dem Geländer aufgestellt hatte, hielt die Moskitos ein wenig auf Abstand, und eine Spottdrossel unterhielt mich mit ihren heiseren Rufen. Drinnen badeten die Mädchen in der altmodischen Wanne mit den Klauenfüßen. Ich konnte ihre hellen Stimmen und ihr Gelächter beim Spiel im Wasser hören.

Morgan spielte auf einer Decke zu meinen Füßen. Er war ein ruhiges Kind, das noch nicht lief und zum Krabbeln keine Lust hatte. Er zog es vor, einfach dazuliegen, an seinem Daumen zu lutschen und zu den Dachbalken hoch oben über seinem Kopf hinaufzusehen. Ich stellte mir vor, er würde eines Tages ein kluger, besinnlicher und gütiger Mann werden. Ungewöhnlich für einen DeLande. Ich konnte ihn als Priester sehen. Oder als Juristen ...

Du mußt dich entscheiden.

Sonjas Worte, die Adrian Paul am Ende unseres Gesprächs wiederholt hatte, gingen mir durch den Kopf. Sie hatten beide recht. Ich konnte nicht einfach die Augen vor dem verschließen, was Montgomery getan hatte. Vor dem, was Montgomery war. Ich mußte auf das, was er den Mädchen angetan hatte, reagieren. Und auf das, was er mir angetan hatte.

Es gab verschiedene Möglichkeiten, die Sache anzupacken, aber Adrian Paul hatte mir zu einem bestimmten Vorgehen vor allen anderen geraten. Aufgrund des Mißbrauchs sollte ich die Scheidung einreichen. Gleichzeitig sollte ich das Sorgerecht für alle Kinder beantragen. Dadurch würde ich automatisch eine einstweilige Verfügung erwirken, die Montgomery den Verkehr mit den Kindern verbot und mir das vorübergehende Sorgerecht zugestand. Eine solche Verfügung hatte zehn Tage Gültigkeit und konnte ohne Verhandlung vor Ablauf erneuert werden.

Ich bezweifelte allerdings, daß ein DeLande sich durch eine richterliche Verfügung gebunden fühlen würde.

Danach würde ich natürlich beweisen müssen, daß Montgomery ein untauglicher Vater war, um ihm den Umgang mit den Kindern verbieten zu lassen. Schließlich konnte ich auch noch bei der Staatsanwaltschaft Anzeige wegen Kindesmißbrauchs erstatten – und wegen Vergewaltigung, wenn ich das wollte.

Ich war unschlüssig, wußte nicht, ob Adrian Pauls Weg der beste war. Ich wußte, welchen Einfluß und welche Macht die DeLandes im Staat besaßen, was für Mittel sie zur Verfügung hatten, um gegen mich vorzugehen, wenn ich etwas gegen Montgomery unternehmen sollte.

Hinzu kam, daß ich nie mit einem Menschen über meine Ehe gesprochen hatte; über Montgomerys Strafen und seine Gewalttätigkeit. Ich hatte damit leben gelernt. Um des Lebensstils willen, den er uns bieten konnte. Die eigentliche Schuld trug ich selbst mit meinen Träumen und Wünschen. Ich hatte mir gewünscht, Montgomery möge mich lieben. Wie alle törichten Frauen hatte ich mir eingebildet, ihn durch meine Liebe verändern zu können.

Ich hatte Zeit, um meinen Entschluß zu fassen. Erst in fünf Tagen würde Montgomery zurückkehren. Fünf Tage, um für meine Kinder und mich eine lebenswichtige Entscheidung zu treffen.

Montgomery war in Frankreich. Wenn er in Übersee war, rief er niemals an. Er konnte nicht wissen, daß ich ihn verlassen hatte – es sei denn, er ließ das Haus beobachten. Das stand aber kaum zu befürchten. Ich war sicher, daß Montgomery mir zu Hause traute.

Ich lehnte meinen Kopf zurück und sah zusammen mit Morgan zur Decke hinauf, fragte mich, was er dort oben in den Balken und Schindeln der Veranda sah, und ließ mich von der gleichmäßigen Bewegung der Schaukel trösten und einlullen. Es ging mir besser. Ich war ruhiger. Ich hatte diesen grausigen Tag überlebt.

Auch der morgige Tag würde hart werden. Am liebsten wäre ich ihm einfach ausgewichen. Ich fürchtete die Veränderungen in meinem Leben. Aber andererseits wollte ich mir nicht Ruhe auf Kosten der Kinder verschaffen. Ich wußte, daß ich Adrian Pauls Rat befolgen und die Scheidung beantragen würde. Aber noch konnte ich ihn nicht anrufen.

Ich schloß die Augen und ließ die Schaukel ausschwingen. Ich hörte Morgan gähnen, hörte die Mädchen aus der Wanne steigen und in ihr Zimmer laufen. Sie wußten, daß sie morgen zur Ärztin mußten. Sonja hatte den Termin gemacht, um die Mädchen gründlich untersuchen und feststellen zu lassen, ob sie an einer Geschlechtskrankheit litten und ob körperliche Male des Mißbrauchs vorhanden waren.

Sie gingen gern zu ihrem Kinderarzt in Moisson, Dr. Ben, der auf seine alten Tage nach Moisson gezogen war, um dort nach Herzenslust zu jagen und zu fischen. Aber für diese Untersuchung hatte ich eine Ärztin gewollt, und Sonja war meiner Meinung gewesen. Die Untersuchung würde auf Video aufgenommen werden, und die Ärztin würde einen genauen Befund schreiben. Sie hatte sich schon bereit erklärt, wenn nötig, vor Gericht zu erscheinen.

Danach wollten wir uns mit Sonja und den Zwillingen bei Van's in der St. Peter's Street zum Mittagessen treffen. Wir würden die Stärkung nötig haben, denn gleich danach ging es zu einer Therapeutin, die versuchen sollte, den Mädchen zu helfen, das zu verarbeiten, was Montgomery ihnen angetan hatte. Sie sollte ihnen helfen, dem Schmerz ins Auge zu blicken und mit ihm zu leben und ihn zu besiegen, anstatt all das, was sie durchgemacht hatten, in die hintersten Winkel ihres Bewußtseins zu verbannen. Diese Art des Vergessens war gefährlich.

Diese Therapeutin sollte uns aber auch das Material für den Prozeß gegen Montgomery liefern. Sie würde die Sitzungen mit uns, sowohl die Einzelsitzungen mit den Mädchen als auch die Familiensitzungen, auf Video aufnehmen, und ein Beobachter hinter einem Einwegspiegel würde ein Protokoll mitschreiben. Diese Protokolle und Videoaufnahmen sollten dann vor Gericht als Beweise vorgelegt werden.

Sowohl die Ärztin als auch die Therapeutin waren am Gericht zugelassene Sachverständige. Wenn es wirklich zu einem Prozeß kommen sollte, würden sie gegen Montgomery aussagen.

Die Mädchen kamen lachend auf die Veranda heraus, warfen sich rechts und links von Morgan nieder und begannen, ihn zu kitzeln und in Babysprache auf ihn einzuschwatzen. Der Kleine lachte, dann sah er mich an und lächelte sein weises Altmännerlächeln, milde erheitert von soviel kindlichem Geplapper und Temperament.

»Mama, du mußt uns noch eine Geschichte erzählen, bevor Morgan einschläft«, sagte Dessie und sah lachend zu mir auf. Unglaublich, wie sie sich in den letzten vierundzwanzig Stunden verändert hatte, als wäre sie endlich wieder zum Leben erwacht. Sie hatte sogar beim Abendbrot etwas gegessen.

Im dämmrigen Abendlicht sah ich sie mit einem zärtlichen Lächeln an. »Dann brauche ich aber die Taschenlampe. Weißt du, wo sie ist, Schatz?«

»Ich hol' die Taschenlampe. Du holst das Buch«, sagte Shalene, und beide Mädchen flitzten davon.

Ich beugte mich hinunter und hob Morgan auf meine Knie. Als ich ihn bequem im Arm hielt, kam Shalene und setzte sich mit der Taschenlampe links von mir. Dessie ließ sich rechts von mir nieder, reichte mir das Buch und begann, mit Morgans Zehen zu spielen.

Über eine Stunde las ich den Kindern im schwankenden Schein der Taschenlampe, die Shalene mir hielt, die Geschichte von David und Goliath vor. Das war neben den Geschichten von Robin Hood und Dornröschen Dessies Lieblingsgeschichte, und ich wollte meine beiden Mädchen daran erinnern, daß der Kleine siegen konnte.

Es war nach neun, als sie sich auf dem alten Bett aus unserem Gästezimmer in Moisson zusammenrollten, nachdem sie ihr Nachtgebet gesagt hatten. Das war auch etwas, das ich unbedingt dieses Wochenende erledigen mußte – mit den Kindern neue Möbel kaufen. Ich konnte es mir leisten. Ich hatte das Geld. Ich hatte beinahe vierzigtausend Dollar nach dem Verkauf der Brillantohrringe, die Montgomery mir geschenkt, und des Rings, der in seinem Arbeitszimmer versteckt gewesen war, auf einem Konto bei der First National Bank of Commerce.

»Nacht, Mama«, sagte Shalene. »Singst du uns noch was vor?«

Ich neigte den Kopf zur Seite, während ich überlegte. »Hm. Wie wär's mit ›Jesus liebt die Kindelein‹?« Ich begann zu singen.

Sie schlossen ihre Augen – das gehörte zu unserer lang bestehenden Abmachung –, und meine Stimme erfüllte den kleinen Raum und wurde durch die offenen Fenster ins Freie hinausgetragen. Etwas entfernt konnte ich weibliche Stimmen vernehmen, die näherkamen und verstummten, als ich zum Ende meines Liedes kam. Wahrscheinlich Frauen aus der Nachbarschaft, die ihren Abendspaziergang machten. Leise sang ich den letzten Ton und schlüpfte aus dem Zimmer.

Ich ging in das kleine Wohnzimmer zurück und wollte gerade eine Lampe anzünden, als es an der Haustür leise klopfte. Montgomery! Die Tür war dem Abendwind geöffnet, die Fliegengittertür war überhaupt kein Schutz.

Ich wußte noch, was Adrian Paul mir über das Sorgerecht für die Kinder erklärt hatte. Es spielte überhaupt keine Rolle, was Montgomery den Kindern angetan hatte; wenn ihm die Papiere nicht persönlich zugestellt worden waren, konnte er sie jederzeit wieder holen. Lautlos huschte ich ins Schlafzimmer und griff nach der Pistole, die ich mitgenommen hatte.

6

»Collie?«

Ich hätte weinen können vor Erleichterung. Oder Sonja dafür umbringen, daß sie mich so erschreckt hatte. »Das nächstemal ruf vorher an«, zischte ich. »Ich hätte dich beinahe abgeknallt.«

Sie lachte, dieses volle dunkle Lachen, das ich aus unserer Mädchenzeit in Erinnerung hatte, ausgelassen und sinnlich. »Du hast kein Telefon, falls du das vergessen haben solltest. Mach auf. Ich hab' Besuch mitgebracht.«

Ich ging zur Tür, hob den nutzlosen Metallriegel und ließ die beiden herein, Sonja und ihren Gast. Ich knipste das Licht an und holte einen Küchenstuhl, ehe ich mich umdrehte, um die Gäste zu begrüßen.

»Collie?« Sonjas Stimme klang nervös, und ich wurde sofort mißtrauisch. »Das ist Ann Nezio-Angerstein, ehemalige Polizeibeamtin von New Orleans.«

Ich zog die Brauen hoch. Ich hatte schon so eine Ahnung, was als nächstes kommen würde, und ich war es ein bißchen leid, Sonja über mein Leben bestimmen zu lassen. Ich sah Ann an und wartete auf die nächste Überraschung.

Die ehemalige Polizeibeamtin war ungefähr mittelgroß, mit kastanienbraunem Haar und rötlichen Sommersprossen im hellhäutigen Gesicht. Sie trug einen schmal geschnittenen Hosenanzug, sehr korrekt, und dazu flache Schuhe. Ich schätzte sie auf Ende dreißig.

»Sie ist Privatdetektivin.«

Obwohl ich etwas dergleichen erwartet hatte, war ich im ersten Moment bestürzt und unterzog Ann einer zweiten Musterung, diesmal in ihrer Eigenschaft als Detektivin. Sie war sehr dezent geschminkt, wirkte athletisch und gut durchtrainiert und trug ihr Haar kurz geschnitten, ähnlich wie Prinzessin Di vor ihrer Verheiratung. Sie war älter, als ich zunächst geglaubt hatte; ich tippte jetzt eher auf Anfang vierzig. Sie brauchte neue Schuhe; die, die sie anhatte, hatten schiefe Absätze. Sie strahlte eine ruhige Selbstsicherheit aus, die bestimmt nicht so leicht zu erschüttern war.

Sie lächelte mich an. »Nun, habe ich die Prüfung bestanden?«

Ich spürte, wie mir die Röte der Verlegenheit ins Gesicht schoß. »Oh, entschuldigen Sie. Bitte kommen Sie herein. Setzen Sie sich. Ich wollte nicht unhöflich sein.« Tatsächlich war ich einmal um sie herumgegangen, um mir ein Bild machen zu können. Meine Mutter wäre in den Boden versunken und hätte geschworen, daß sie mir das gewiß nicht beigebracht habe. »Möchten Sie etwas Kaltes zu trinken oder lieber eine Tasse Tee?«

Sie setzte sich auf den harten Küchenstuhl, stellte ihre Aktentasche neben sich auf den Boden, faltete die Hände im Schoß und lächelte freundlich. Sie wirkte völlig gelassen, aufmerksam und ungezwungen.

Mit hochgezogenen Brauen sah ich Sonja an, als ich selbst mich im Polstersessel niederließ. Sonja blieb damit das Sofa neben der Stehlampe, und sie setzte sich ein wenig zaghaft und zupfte verlegen an einem ihrer langen, künstlichen Fingernägel.

Ich begriff plötzlich. »Du hast sie engagiert, stimmt's?« Mein Ton war grob und unhöflich, und eigentlich hätte ich mich schämen müssen. Aber ich hatte mein Leben sowieso nicht mehr unter Kontrolle, warum dann nicht einfach heraus mit der Sprache und zum Teufel mit der Etikette. »Stimmt's?« wiederholte ich.

Sonja zuckte zusammen bei meinem Ton. Sie machte ein Gesicht, als wollte sie gleich zu weinen anfangen.

»Sie wußten nichts davon?« Alle möglichen Emotionen spiegelten sich auf Anns Gesicht, ehe sie Sonja unwillig ansah, mit einem Blick, als wollte sie sagen, hey, Sie haben meine Zeit verschwendet, Lady.

»Nein. Natürlich wußte ich nichts. Sonja, die große Führerin und Besserwisserin, hat mein Leben in die Hand genommen und macht nur noch, was sie für richtig hält.«

Ich schloß meine Augen, um Sonjas Gesicht nicht sehen zu müssen. Sie sah bekümmert aus und auch ein wenig ängstlich, als wüßte sie, daß sie diesmal zu weit gegangen war.

»O Gott!« seufzte ich, den Blick zur Zimmerdecke gerichtet. »Ich wollte, ich wäre nicht schwanger. Ich brauche ein Glas Wein. Nein, eine ganze Flasche. Würdest du mir freundlicherweise verraten, Sonja, was du sonst noch unternommen hast?«

»Letzte Woche hast du Wein getrunken«, gab Sonja anklagend zurück, ohne meine Frage zu beantworten.

»Letzte Woche war ich eine Rebellin. Heute bin ich ein gutes Kind. Und weil wir gerade von gut sprechen«, wandte ich mich an Ann. »Sind Sie gut?« Es war unhöflich, so zu fragen, aber das war mir egal.

»Ich habe ausgezeichnete Referenzen, die ich mitgebracht hätte, wenn ich gewußt hätte, daß dies ein Einstellungsgespräch ist. Es tut mir wirklich leid«, sagte sie. »Wenn Sie daran interessiert sind, daß ich Ihren Gatten weiterhin beobachte, bringe ich sie Ihnen selbstverständlich gern vorbei.«

Ich antwortete nicht, sondern richtete meinen zornigen Blick auf Sonja. »Daß sie weiterhin meinen Gatten beobachtet? *Weiterhin?*« Sonja erwiderte trotzig meinen Blick. »Wann hast du diese Frau eigentlich engagiert?«

Sonja senkte den Blick auf ihre Hände und sagte nichts. Gespanntes Schweigen machte sich breit.

Dann stand Ann Nezio-Angerstein auf. »Ich kann Mrs. Rousseau eine Rechnung für meine Dienste bis heute schicken.« Immer noch hielt Sonja ihren Blick gesenkt, die Lippen zusammengepreßt. »Und wenn ich Ihnen irgendwie ...«

»Ach, setzen Sie sich wieder.« Ich seufzte. »Und achten Sie nicht auf mich. Ich bestrafe nur meine Lieblingsdiktatorin dafür, daß sie ihre Nase in meine Angelegenheiten steckt, nicht Sie. Es ist ja schließlich Ihr Job, Ihre Nase in anderer Leute Angelegenheiten zu stecken. Sind Sie denn erschwinglich?«

»Zweihundertfünfzig pro Tag plus Spesen«, antwortete Ann prompt und setzte sich wieder.

»Und was schulde ich Ihnen bis heute?«

»Es war selbstverständlich meine Absicht, Mrs. Nezio-Angersteins Honorar zu bezahlen, wenn du nicht zufrieden ...«

»Ach, halt die Klappe, Wolfie. Also, was schulde ich Ihnen? Und wie lange arbeiten Sie schon für mich?«

»Ich habe eine detaillierte Rechnung ...«

Ann reichte mir eine mit Maschine geschriebene Rechnung. Mich interessierte nur die letzte Zeile. Zweitausendneunhundert Dollar und ein paar zerquetschte.

»Sie sind offensichtlich schon eine ganze Weile an der Arbeit. Sie nehmen doch einen Scheck.«

Ich stand auf und holte das Scheckbuch für mein neu eröffnetes Konto. Dabei mußte ich hinten an dem Sofa vorbei, auf dem Sonja saß. Sie machte sich wieder an ihren eleganten, langen Fingernägeln zu schaffen und ignorierte mich.

Ich war plötzlich wie berauscht, auch ohne Wein. Berauscht, beschwipst, high und frei, frei! Das Gefühl von Freiheit war den ganzen Tag gewachsen und stand jetzt in voller Blüte. Ich holte tief Atem und lachte lauthals. Es war ein unbekümmertes Lachen. Und es hatte einen zornigen Unterton. Ich würde mich von Montgomery scheiden lassen.

Ich nahm meine Handtasche mit ins Wohnzimmer und zog mein neues Scheckbuch heraus. »Also ...«

»Mrs. DeLande.« Auch Ann verstand sich darauf, anderen ins Wort zu fallen.

»Ja?«

»Mrs. Rousseau hat mir eine Anzahlung von zweitausend Dollar gegeben.«

»Na, ist das nicht echt großzügig von meiner neunmalklugen Freundin. Aber Sie werden ihr das Geld zurückgeben müssen, meine Beste. Ich zahle nämlich meine Rechnungen immer selbst.«

Sonja warf sich plötzlich im Sofa zurück und lachte leise. »Du bist überhaupt nicht böse, oder?«

Ich überlegte eine Sekunde. Ich hätte böse sein sollen. Ich wäre gern böse gewesen. Jeder andere wäre böse gewesen. Aber ...
»Nein.« Ich reichte Ann den Scheck. »Aber lösen Sie ihn bitte erst nach zwei Uhr ein. Ich möchte sicher sein, daß er durchgeht. Also, was haben Ihre Nachforschungen ergeben?«

Anns Blick flog zu Sonja und wieder zu mir zurück. Ihr Gesicht war nachdenklich. Sie schüttelte kurz den Kopf und faltete den Scheck. Dann hob sie die Aktentasche vom Boden auf und legte sie auf den Couchtisch. Die Schlösser knackten.

»Mrs. Rousseau beauftragte mich, Ihren Mann zu beobachten – er ist doch Ihr Mann, nicht wahr?« fragte Ann zweifelnd. Als ich nickte, fuhr sie fort: »Mister Montgomery B. DeLande?« Ich nickte wieder. »Sie beauftragte mich festzustellen, wohin er geht, was er tut, mit was für Leuten er sich trifft und so weiter. Möchten Sie, daß ich diese Beobachtung weiterführe?«

»Aber ja. Warum nicht? Nur nicht bis in alle Ewigkeit. Ich erwarte regelmäßige Berichte und Abrechnungen ...«

Mitten in meinem Satz stand Sonja auf, streckte sich und ging zur Küche. »Gott, ist das langweilig. Wo ist der Wein, den du nicht trinken darfst, Collie?«

»Unten im Schrank, links von der Spüle. Montgomerys South-Carolina-Vorräte. Ein paar Flaschen hab' ich ihm allerdings gelassen.« Ich wandte mich wieder der Detektivin zu. »Also, was haben Sie für mich?«

Ann schob in aller Ruhe den gefalteten Scheck ins oberste Fach ihrer Aktentasche und reichte mir einen braunen Hefter, auf dem oben »DeLande, M. B.« stand und daneben das Datum, an dem sie mit ihren Nachforschungen begonnen hatte. Immer noch aufgedreht und wie beschwipst, schlug ich den Hefter auf und traute meinen Augen nicht.

Das Gefühl moussierender Beschwingtheit starb. Der Zorn, das Gelächter, das berauschende Gefühl von Freiheit – alles versickerte. Mein Blick ruhte auf einem Stapel von Fotografien, deren oberste zwei Personen zeigte. Eine davon war Montgomery.

Ich ging den Stapel Fotos systematisch durch, sah mir jede

Aufnahme genau an, ehe ich zur nächsten griff. In Wirklichkeit brauchte ich die Zeit gar nicht, die ich mir für jedes einzelne Bild nahm. Es war so, als prägten sich mir sämtliche Einzelheiten augenblicklich ein. Aber meine Hände waren schlaff und ungeschickt, und ich benutzte die Zeit des Schauens dazu, meine Muskeln soweit unter Kontrolle zu bringen, daß ich mit ruhiger Bewegung das nächste Bild ergreifen konnte.

Sonja kam an die Küchentür und reckte den Hals, um einen Blick auf die Fotos zu werfen.

Montgomery ging fremd. Und diese Fremde hatte es vor mir gewußt. Wie albern, sich darüber Gedanken zu machen, daß eine Privatdetektivin den Seitensprung Montgomerys aufgedeckt und Sonja es veranlaßt hatte. Noch einmal sah ich mir die Fotografien sorgfältig an und legte zwei beiseite, die das Gesicht der Frau am deutlichsten zeigten. Aufnahmen mit dem Zoom. Sie war bildschön.

Sonja trat hinter mich und starrte auf die Fotos. Ich achtete nicht auf sie. Sie hätte das nicht tun dürfen; sie hätte nicht eine Detektivin anheuern dürfen, die sich in mein Leben drängte. Montgomery hätte das nicht tun dürfen. Er hätte mich nicht betrügen dürfen. Ich schloß meine Augen.

»Wer ist sie?« fragte ich. Ruhig und emotionslos. Eisig, beinahe gleichgültig.

»Glorianna DesOrmeaux. Halb Cajun, halb Schwarze, neunzehn Jahre alt.« Ann reichte mir ein Blatt mit den Einzelheiten. »Sie wohnt in einem Doppelhaus in New Orleans, das Ihr Mann ihr vor vier Jahren gekauft hat, als er sie ihrer Mutter abkaufte.«

Schweigen folgte Anns letzten Worten. Eine Stille wie nach einem Donnerschlag an einem wolkenlosen Tag. Der Detektivin schien bewußt zu sein, daß sie mit bemerkenswerter Präzision eine Bombe nach der anderen platzen ließ, und sie gab mir Zeit, mit den Erschütterungen fertigzuwerden.

Katzen haben ein untrügliches Gespür für große Auftritte, und Sonjas grauhaarige Perserkatze war da keine Ausnahme. Durch die Katzenklappe in der Fliegengittertür kam sie ins Haus und stolzierte hocherhobenen Hauptes in die Stille im Wohnzimmer. Wie schwerelos sprang sie auf den Couchtisch, marschierte in aller Gelassenheit zu mir herüber und legte vor mir eine tote Maus auf den Tisch.

Ich holte tief Atem, das erstemal seit mehreren Minuten. Unter anderen Umständen wäre ich schreiend davongelaufen, aber meine Beine waren wie gelähmt und hätten mich nicht getragen. Darum sah ich nur Sonja an und flüsterte: »Mit Ratten hab' ich nichts am Hut.«

Sonja nickte. Ihr Gesicht war bleich, ihre Augen wirkten übergroß. Da war mir klar, daß auch sie Anns Bericht soeben zum erstenmal gehört hatte; daß sie die Fotos vorher nicht gesehen hatte. Sie war so entsetzt wie ich – und hatte vielleicht auch ein schlechtes Gewissen. Ich drückte beide Augen zu, um das tote Tier nicht sehen zu müssen. Sonja nahm die Maus beim Schwanz und trug sie hinaus.

In der Küche rauschte Wasser und wurde abgedreht. Ein gedämpftes Quietschen folgte und dann ein »Plop«, als der Korken aus der Flasche gezogen wurde. Dann ein Glucksen. Ich hätte schwören können, Sonja trank aus der Flasche, aber gleich darauf trat sie mit einem Tablett, auf dem die Flasche, drei Gläser und ein Krug mit Tee standen, ins Zimmer.

Sie schob Snap, die immer noch auf dem Tisch herumstrich, auf die Seite, stellte das Tablett ab, verteilte die Gläser und setzte sich wieder auf das Sofa.

»Was soll das heißen, ›als er sie ihrer Mutter abkaufte‹?« fragte ich. Ich war erstaunt über meine eigene Gelassenheit.

»Haben Sie noch nie von dem Brauch der *plaçage* gehört?«

Der Begriff kam mir bekannt vor. Ich überlegte. Aus dem Französischen übersetzt hieß es etwa »Placierung«. Aber ich sah in meiner Erinnerung nicht Schwester Mary, bei der wir Französischunterricht gehabt hatten, sondern Schwester Ruth, die uns in Geschichte unterrichtet hatte.

»Ich kann nichts damit anfangen.« Ich schüttelte den Kopf und sah Sonja an.

Ihr Blick war starr auf Ann gerichtet, ihre vollen Lippen waren fest geschlossen, ihre Augen sehr groß. Als ihr langsam alle Farbe aus dem Gesicht wich, begann sie heftig zu zittern. Sie hob ihr Glas an die Lippen und leerte es mit einem einzigen krampfhaften Zug. Dann stellte sie es sehr hart auf den Tisch.

»*Plaçage*«, sagte Sonja, und ihre Stimme war leise, beinahe ein Flüstern. »Ein Brauch kreolischer und angloamerikanischer Sklavenhalter vor dem Bürgerkrieg. Sie machten eine schöne Schwarze oder Mulattin zu ihrer Geliebten, und um das ... das Feingefühl der Weißen, mit der sie verheiratet waren, nicht zu beleidigen, pflegten sie dann diese Sklavin zu befreien, kauften ihr ein Haus, ließen ihr und ihren Kindern eine Erziehung angedeihen, bezahlten ihre Rechnungen, trafen Vorsorge für ihre Zukunft und die ihrer Kinder ...« Sonja fuhr sich mit der Zunge über die Lippen, und mir fiel plötzlich der Abend ein, als Sonja mir zum erstenmal die Geschichte ihrer Herkunft erzählt hatte.

Es war das Jahr gewesen, in dem wir achtzehn geworden waren, der letzte Juli, den sie, meine Mutter und ich gemeinsam in New Orleans verbrachten, um uns Kultur, erlesenes Essen und, zum erstenmal, edle Weine zu Gemüte zu führen. Sonja war nicht mit uns gefahren, sondern später mit dem Greyhound-Bus nachgekommen.

An unserem zweiten gemeinsamen Abend hatten wir drei uns in einem neuen Restaurant mit Bar in der Nähe der Tulane-Universität richtiggehend betrunken, während draußen ein tropisches Unwetter niederging. Das Prasseln des Regens und der Hagelkörner an den Fenstern mischte sich mit den Jazzklängen der Kapelle auf der Bühne. Und ich erinnerte mich meiner Bestürzung, als sie zu sprechen anfing.

»Meine Ur-ur ... urgroßmutter war eine schwarze Sklavin. Sie wurde aus Afrika herübergebracht, als sie ungefähr zwölf war.«

Ich erinnerte mich des Getuschels und der Gerüchte in der Schule, als meine Klassenkameradinnen mich vor dem hübschen dunkelhäutigen Mädchen warnen wollten, das zu uns gekommen war. *High yellow* und *coon-ass*, hatten sie geflüstert, Schimpfwörter für Weiße schwarzer Abstammung. »Na und?« hatte ich zurückgeflüstert. Sonja hatte so getan, als merkte sie nichts davon, aber sie muß es gemerkt haben. Sie wurde meine Freundin.

Ich hatte Sonja an jenem Abend in der Bar beobachtet. Ihr Mund bewegte sich, als formte ein anderer die Worte für sie, zögernd, doch wohlüberlegt, mit langen Pausen.

»Sie wurde ... von einem Plantagenbesitzer namens St. Croix gekauft und vier Jahre später im Rahmen der ... *plaçage* befreit.«

Sonja blickte geistesabwesend in die Menge, eine schwarzäugige Schönheit, die, ohne es darauf anzulegen, jeden Mann in dem Lokal in ihren Bann zog. Obwohl meine Mutter dabei war – eine strengblickende Anstandsdame, auch wenn sie selbst längst nicht mehr nüchtern war –, hatten mehrere Männer ihr in der Hoffnung, ihre Bekanntschaft zu machen, Drinks bringen lassen. Sonja nahm die Drinks an, aber nicht die Angebote, ihr Gesellschaft zu leisten.

»Ihre halbweiße Tochter wurde vierzehn Jahre später beim Terzeronenball vorgestellt und ... und erregte ziemliches Aufsehen.« Sonja lachte leise. »Sie hieß Antoinette. Ich habe irgendwo in meinen Sachen ein Bild von ihr, eine Daguerrotypie, die zum Ende ihres Lebens hin gemacht wurde. Sogar da war Antoinette noch eine schöne Frau. Stolz. Weiße Züge in einem schwarzen Gesicht.« Sonjas Stimme war weich, und ihre Worte flossen ineinander, als hätte der Alkohol seine magische Wirkung getan und sie sanft und heiter gestimmt.

»Sie hatte langes, lockiges Haar, das sie in lauter kleinen Löckchen hochgesteckt trug.« Sonjas Hände stellten uns eine Hochfrisur mit unzähligen Ringellöckchen dar, die wie achtlos das Gesicht umrahmten. Und sie lächelte dabei, als könnte sie die steifen Locken unter ihren Händen fühlen.

Mama und ich beobachteten sie fasziniert.

»Antoinettes Tochter wurde nicht lange vor dem Ausbruch des Bürgerkriegs auf dem Ball präsentiert. Ich glaube, es war 1857. Ihr zweiter ...« Sonja runzelte nachdenklich die Stirn, und ich fragte mich, warum sie das alles im Beisein meiner Mutter erzählte, wo sie es doch vorher noch nie erwähnt hatte. Und dann ging mir plötzlich auf, daß sie es überhaupt nur erzählte, weil Mama dabei war. Mama war eine Schranke zwischen uns, ein Schutz, falls ich schlecht reagieren sollte.

»... nein, ich glaube, es war ihr Vetter dritten Grades, der das höchste Gebot machte. Ihr Name war Amorette. Amorette Le-Bleu, weil sie so dunkle Haut und blaue Augen hatte.«

»Ich dachte, du hättest gesagt, sie war frei.« Ich hätte Mama am liebsten einen Tritt gegeben für die Unterbrechung.

Sonja sah sie leicht überrascht an, als hätte sie vergessen, daß wir da waren. Sie wirkte ein wenig wie ein Kind, das aus einem Tagtraum erwacht.

Mama erkannte sofort ihren Fehler. »Ich ... ich dachte, Antoinettes Mutter wäre frei gewesen. Wie kann da ...«

In diesem Moment kam der Kellner. Sonja nahm lächelnd das Geschenk eines weiteren Bewunderers entgegen, einen hübschen, gelben Eiscocktail mit einem aufgespannten rosaroten Schirmchen und einem kleinen, roten Plastikschwert, auf dem verschiedene Citrusfrüchtestückchen aufgespießt waren. Während sie davon trank, beobachtete sie das Spiel von Licht und Qualm auf dem billigen Kristall.

»Sie war frei«, sagte ich, mich der kurzen Geschichtsstunde erinnernd, die Schwester Ruth uns im Jahr zuvor gegeben hatte. »Sie waren alle frei. Sie wurden *gens de couleur libres* genannt, freie Farbige. Zu Beginn des Krieges lebten um die achtzehntausend von ihnen in New Orleans. ›Sie besaßen eine unvergleichliche Kultur, eine Kultur wie niemand sonst vor oder nach ihnen‹«, zitierte ich Schwester Ruth, in der Hoffnung, Sonja werde fortfahren. Beinahe hätte ich gesagt: »Kneif jetzt nicht, Wolfie«, aber ich tat es nicht.

Sonja lächelte, als hätte ich es gesagt, und fuhr nach einer kleinen Pause in ihrer Geschichte fort. »Die Söhne ›farbiger‹ Frauen mit weißen Beschützern wurden in Paris erzogen und machten die ›grand tour‹ durch Europa. Einige ... viele«, verbesserte sie sich und klang selbst ein wenig wie eine Lehrerin, »blieben in

Frankreich, wo die Hautfarbe weniger Bedeutung besaß, heirateten weiße Frauen und wurden Ärzte und Dichter, Schriftsteller und Juristen, Künstler ... Die Töchter wurden, wenn sie eine Ausbildung bekamen, meist bei den Nonnen erzogen, wie wir.« Sie lächelte flüchtig und trank einen Schluck aus ihrem Glas.

»Die richtige Erziehung erhielten sie von ihrer Mutter. Die brachte ihnen bei, wie man einen kleinen Haushalt führt. Wie man einem Mann gefällt, sowohl im Bett als auch außerhalb. Durch die *plaçage* kehrte eine Frau nicht in die Sklaverei zurück. Sie behielt ihre Papiere, die bescheinigten, daß sie eine freie Bürgerin war. Aber ihre ... ›Dienste‹ wurden von einem weißen Gönner gekauft, und dieses Geschäft wurde mit einer finanziellen Vereinbarung zwischen ihrer Mutter und anderen weiblichen Verwandten auf der einen Seite und dem Vater des Weißen und seinem Anwalt auf der anderen besiegelt. Ganz ähnlich wie eine Heiratsvereinbarung zu jener Zeit und beinahe ebenso bindend.«

Sonja richtete sich an Mama, nicht an mich, als sie die Geschichte der »farbigen« Gesellschaft von New Orleans vor dem Bürgerkrieg erzählte. Vielleicht war das auch ein Mittel für sie, das Gespräch mit mir zu meiden. Ich erinnerte mich, wie Sonja im Pausenhof gehänselt worden war. Und ich erinnerte mich auch, wie ich damals für sie eingetreten war. Glaubte Sonja etwa, ich würde nun wegen ihrer Enthüllungen unsere Freundschaft kündigen? Sonja hätte pechschwarz oder ein lila Marsmädchen mit rosaroten Tupfen sein können, ich hätte sie so oder so geliebt.

»Wenn der weiße Gönner die Beziehung beenden wollte, mußte er eine gewisse Geldsumme für ihren Unterhalt zur Verfügung stellen, bis sie einen neuen Gönner gefunden hatte. Er war außerdem gesetzlich verpflichtet, für alle Kinder zu sorgen, die er mit ihr im Rahmen der Vereinbarung gezeugt hatte.«

Sonja zuckte die Achseln. »Auf jeden Fall ...« Sie trank den letzten Schluck, nahm sich ein neues Glas und behielt es in der Hand, während sie sprach. »Auf jeden Fall war Amorette schwanger, als der Krieg ausbrach, und St. Croix schickte sie und ihren zweijährigen Sohn für die Dauer des Konflikts nach Paris.

Aber der Krieg dauerte länger, als die stolzen Südstaatler erwartet hatten, und Amorette war gezwungen, selbst ihren Lebensunterhalt zu verdienen. Sie machte ein Modegeschäft auf und war sehr erfolgreich, aber das ist eine andere Geschichte.«

Sonja trank auch dieses Glas aus. Ich hatte sie selten betrunken gesehen. Sie gehörte zu denen, die unter Alkoholeinfluß das heulende Elend bekamen und denen irgendwann so übel wurde, daß sie den Abend nur noch mit dem Kopf in der Toilettenschüssel verbringen konnten, anstatt mit ihren Freunden zu feiern. Jetzt war sie offensichtlich auf dem Weg dorthin.

»Kurz und gut ... 1867 kam sie nach New Orleans zurück. Als wohlhabende Frau. Mit zwei ... hinreißenden Kindern. St. Croix war tot. Ebenso seine weiße Familie. Und ebenso der Brauch der *plaçage*.« Sonja verzog den Mund. »Das Mädchen, Ava Juliet, heiratete einen weißen Yankee Colonel und zog mit ihm in den Norden. *Passer blanc*. Der Junge war Armand LeBleu. Mein Großvater.«

Vorsichtig und ängstlich sah Sonja mich an. Ihr Blick war schon ein wenig glasig vom Alkohol. »Die Gerüchte in der Schule haben alle gestimmt. Mein Großvater war ein schwarzer Mischling mit einem Achtel Negerblut.«

Ich zuckte die Achseln. »Und?«

In der Bar wurde es plötzlich still, als die Band ihre Instrumente niederlegte, um eine Pause zu machen. Und Sonja lachte, dieses warme, dunkle Lachen, lockend und verführerisch, das sie von Generationen von Frauen geerbt hatte, die man gelehrt hatte, Männern gefällig zu sein. Sie griff nach ihrem vierten Cocktail, aber Mama nahm ihr das Glas weg. Mit routinierter mütterlicher Autorität. Sonja schien es gar nicht zu bemerken. Sie ließ ihre Hand einfach wieder schlaff in ihren Schoß fallen.

Über den Tisch hinweg hatte Sonja mich durch die Rauchschwaden angesehen, mit einem brennenden, intensiven Blick. »Und ... ich bin achtzehn. Reif für die *plaçage*. Vor hundert Jahren wäre es für mich die einzige Möglichkeit gewesen, ein anständiges Leben zu führen. Der einzige Weg, der mir mit meinem

Mischlingsblut offen gewesen wäre ...« Sonja schien die Luft anzuhalten, auf etwas ganz Bestimmtes von mir zu warten, und das verwirrte mich.

»Ich war immer stolz auf dich, Wolfie.«

Sonja schien enttäuscht. Ich hatte sie irgendwie enttäuscht. Sie hatte ihre Geschichte für mich erzählt, und ich hatte nicht begriffen, worum es ihr ging. Sie hatte mich nie aufgeklärt. Es war mir nie gelungen, von ihr den Sinn ihrer Enthüllungen gerade an jenem Abend zu erfahren. Sie hatte seither nie wieder darüber gesprochen, vielmehr beharrlich so getan, als hätte dieser Abend niemals stattgefunden.

Ich sah Sonja an, die beinahe so betrunken schien wie an jenem Abend vor vielen Jahren. Immer noch wich sie meinem Blick aus. Mit einer Bewegung, die ihr Unbehagen verriet, zog sie die Beine aufs Sofa und winkelte sie ab, um sie dicht an ihren Körper zu ziehen. Sie trank einen großen Schluck, goß sich noch ein Glas ein und trank es aus. Ich wußte, daß sie sich des Abends in der chrom- und spiegelblitzenden Yuppie-Bar erinnerte, als sie mir ihre Seele bloßgelegt und ich sie enttäuscht hatte.

Ich sah, daß ihre Lippen leicht zitterten, genau wie damals. Ich hatte damals nicht gewußt, warum sie so aufgewühlt war, und ich wußte es heute nicht. Aber ich glaubte nicht, daß es mit Montgomerys Geliebter oder dem Brauch der *plaçage* oder selbst ihrer Familiengeschichte zu tun hatte. Nein, sie wußte etwas, das mich anging.

Ann räusperte sich. Sonja und ich fuhren zusammen, und die Detektivin lächelte amüsiert. Sie hatte offenbar gesprochen und erst jetzt bemerkt, daß wir beide überhaupt nicht zugehört hatten. »Also«, sagte sie. »Möchten Sie den Rest auch noch hören oder nicht? Es ist Ihr Geld.«

Ich hätte beinahe gelacht, so froh war ich über die Ablenkung. »Schießen Sie los. Und nehmen Sie Sonja die Flasche weg. Sie ist ...«, beinahe hätte ich gesagt, nicht erfreulich, wenn sie betrunken ist, aber ich ersetzte es durch: »Sie hat genug getrunken.«

Ann nahm die Flasche und stellte sie zu mir. »Tja, die DeLandes jedenfalls haben vor zwei Generationen ihre eigene Art der *plaçage* wiedereingeführt. Wenn sie sie je verworfen hatten. Royal DeLande hatte eine Geliebte, die ein Halbblut war, und hatte vier Kinder mit ihr. Zwei seiner Söhne, unter ihnen Montgomerys Vater Nevin, hatten Halbblutgeliebte und Kinder von ihnen. Und soweit ich weiß, haben Montgomery und mindestens einer seiner Brüder die Tradition fortgesetzt. Andreus äh ... Freundin wohnt in der anderen Hälfte des Doppelhauses, neben Glorianna.«

Ann sah mich an, wartete vermutlich auf eine Reaktion von Kränkung oder Bitterkeit. Aber mir tat diese neue Gemeinheit, dieser neue Verrat nicht einmal weh; jedenfalls nicht im Vergleich mit der Tatsache, daß Montgomery unsere kleinen Mädchen mißbraucht hatte.

Für den Bruchteil einer Sekunde sah ich Dessies Augen am Tag ihrer Geburt, als der Arzt sie mir nackt und blutig auf den Bauch gelegt hatte. Sie war immer noch so hilflos wie in diesem Moment. Montgomery hilflos ausgeliefert.

Sonjas Aufmerksamkeit war scheinbar auf das Glas in ihrer Hand gerichtet, und ihre Lippen bewegten sich, als wiederhole sie eine einstudierte Rede.

»Können Sie es beweisen?« fragte ich sehr sachlich. »Können Sie beweisen, daß sie seine Geliebte ist? So stichhaltig, daß es einen Richter überzeugt?«

Ann nickte. »Und bei Auftritten vor Gericht verlange ich ein ermäßigtes Honorar. Die meisten Scheidungen sind schnell durch, wenn dem Richter Beweise vorgelegt werden wie die, die Sie da gerade bearbeiten.«

Ich begriff nicht gleich. Aber dann sah ich auf meine Hände hinunter. Ich hatte den Hefter mit den Fotografien so oft zu Trichtern und Röhren zusammengedreht, daß er überhaupt nicht mehr zu glätten war.

»Tut mir leid«, sagte ich zerstreut. »Wären unsere finanziellen Unterlagen eine Hilfe?«

Ann hob ruckartig den Kopf. »Sie haben finanzielle Unterlagen zur Hand?«

»Nein.« Ich schüttelte den Kopf. »Der Wirtschaftsprüfer, den Sonja engagiert hat, hat sie. Außerdem Fotokopien seiner Bücher.«

Ich beugte mich vor, schrieb Namen und Telefonnummer des Wirtschaftsprüfers auf einen Zettel und gab ihn Ann zusammen mit ihrem Hefter.

»Würden Sie die Fotos für mich aufbewahren? Ich möchte auf keinen Fall, daß die Kinder sie zu sehen bekommen.«

»Ich kann sie Ihrem Anwalt geben, wenn Ihnen das recht ist.«

Ich nickte, den Blick auf Sonja gerichtet. Ann stand auf, schloß mit einer Hand ihre Aktentasche und strich sich mit der anderen glättend über ihre lange Hose.

»Ich brauche einen neuen Vertrag, mit Ihnen als Klientin«, sagte Ann. Ich nickte. »Da Sie noch kein Telefon haben, ist es vielleicht am besten, wenn ich mich regelmäßig bei Mrs. Rousseau melde. Paßt Ihnen das? Normalerweise melde ich mich jeden dritten Tag, es sei denn, es passiert etwas Interessantes.«

Wieder nickte ich, meinen Blick immer noch auf Sonja gerichtet.

»Wann haben Sie die Fotos eigentlich gemacht? Montgomery ist angeblich geschäftlich in Paris.«

»Das kann schon sein. Ich habe in den letzten zweiundsiebzig Stunden keinen von beiden gesehen, und das Haus scheint leer zu stehen. Jedenfalls wirkt es so wie die Häuser von Leuten, die im Urlaub sind. Zu bestimmten Zeiten gehen die Lichter an, kommen die Jalousien runter und so. Ich hatte eigentlich vor, mir die Wohnung einmal ... äh ... anzusehen, aber Miss DesOrmeaux hat ein ziemlich raffiniertes Alarmsystem. Ich konnte nicht mehr tun, als einen Blick durch die Fenster werfen, solange die Nachbarin nicht zu Hause war.

Die Fotos habe ich am Tag ihrer Abreise gemacht. Sie luden haufenweise Gepäck in den Wagen, und dann ging's los. Leider war der Verkehr sehr dünn, so daß ich ihnen nicht weit folgen konnte. Im Moment versuche ich gerade herauszubekommen, ob sie ihre Pässe gebraucht und was für einen Flug sie genommen haben.« Ann wies auf den braunen Hefter. »Das steht alles da drin.«

Und wieder nickte ich.

»Gut dann.« Anns Blick wanderte zwischen mir und Sonja hin und her. »Ich melde mich. Mrs. Rousseau hat meine Telefonnummer, falls Sie mich erreichen wollen. Ich finde allein hinaus.«

Die Fliegengittertür fiel hinter ihr zu. Sie wechselte ein Wort mit dem Wächter, den Philippe zur Bewachung des Grundstücks engagiert hatte. Ich hatte den Mann einige Male silhouettenhaft gesehen, wenn er im Dunkeln seine Runde gemacht hatte. Hauptsächlich Bauch und O-Beine.

Sonja führte keine Selbstgespräche mehr, drehte aber dafür unablässig das leere Weinglas in ihren Händen.

»Willst du mir nicht den Rest erzählen?« fragte ich.

»Nein.«

Es gab also einen Rest ... »Als du damals von der *plaçage* gesprochen hast, an dem Abend in der Bar ..., als wir achtzehn waren ... Als du von deiner Herkunft erzählt hast ...« Ich wählte meine Worte mit Bedacht. »Das klang wie einstudiert. Als ob du von einem Manuskript ablesen würdest.«

Sonja blickte nicht auf. »Ich nehme an, ich hatte dir das alles im Geist so oft gesagt, daß ich es praktisch auswendig gelernt hatte.«

»Glaubst du, daß du je das Vertrauen aufbringen wirst, mir den Rest zu erzählen?« fragte ich leise.

Sie stand auf. »Bis morgen, Collie.« Ohne mir eine Antwort zu geben, ging sie, obwohl sie mich genau gehört hatte, das wußte ich.

Ich blieb mit Snaps auf dem Schoß sitzen und lauschte ihren Schritten, als sie unsicher durch die Dunkelheit die paar Meter zum großen Haus ging. Danach lauschte ich der Stille.

Ich habe für Musik, abgesehen von Country Music, nie viel übrig gehabt. Ich ziehe die Stille vor. Snaps hatte ihren eigenen Rhythmus. Sie schnurrte wie aufgezogen, während ich sie streichelte und dabei an nichts dachte. Vielleicht hätte ich über Anns

Enthüllungen bestürzt sein müssen. In gewisser Weise war ich das ja auch. Aber es war die Art Bestürzung, wie jemand sie empfinden mag, wenn er einen schrecklichen Verdacht bestätigt sieht. Etwas, das er die ganze Zeit schon intuitiv gewußt hat. Das er erwartet hat, obwohl er hoffte, es würde nicht wahr sein.

Irgendwann nach Mitternacht hob ich Snaps von meinem Schoß und setzte sie zu Boden. Sie streckte sich mit einer genüßlichen, langen Bewegung, wobei sie ihre Krallen diesmal in den chinesischen Teppich unter dem Couchtisch schlug. Selbst steif und verkrampft vom langen Sitzen, folgte ich dem guten Beispiel der Katze und streckte meine Glieder nach allen Richtungen.

Bevor ich zu Bett ging, sah ich noch nach der Fliegengittertür. Morgen würde ich ein schmiedeeisernes Gitter und ein solides Schloß anbringen lassen, damit ich nachts die Haustür offenlassen konnte. Und ich würde die Fliegengittertür wenden lassen, so daß die Angeln sich auf der Innenseite befanden und nicht heimlich abmontiert werden konnten. Ich schloß die Tür und schob den Riegel vor. Vielleicht war ich hysterisch. Aber vielleicht würde es auch helfen. Vielleicht würde es dazu beitragen, daß meine kleinen Mädchen sicher waren, bis ... bis was? Ich wußte keine Antwort, und auch der Schlaf brachte mir keine.

Dr. Tacoma Talley war Mitte fünfzig, klein, schlank und zu mir so barsch wie ein Feldwebel. Zu den Kindern sanft und einfühlsam. Am Wartezimmer vorbei, das voll schniefender, hustender, quengelnder Kinder mit ihren gereizten Müttern war, ließ sie uns ins relativ ruhige Spielzimmer führen, einen großen Raum voll bunter Plastikspielsachen, die leicht abzuwaschen waren. Für uns war es das ideale Wartezimmer. Die Mädchen konnten sich beim Spiel ablenken, und ich konnte ihnen zusehen, ohne daß meine eigene Angst sich ihnen mitteilte und auf sie abfärbte.

Dr. Talley hatte eine ganze Stunde für uns eingeplant, aber der plötzliche Ausbruch einer Grippe-Epidemie hatte ihre Zeiteinteilung über den Haufen geworfen. Wir mußten warten. Shalene saß in einem hölzernen Ruderboot und schunkelte das schwere

Ding kraftvoll und entschlossen hin und her. Dessie wurde von Minute zu Minute ängstlicher. Ihre Hände waren eiskalt und zitterten, und sie hob kaum die Füße, während sie eine Runde nach der anderen drehte. Zuletzt kroch sie auf meinen Schoß und vergrub ihren Kopf an meiner Schulter. Ich streichelte sie sanft, während ich versuchte, die Tränen zurückzudrängen. Keinesfalls durften die beiden merken, wie schlimm ich mir diese Untersuchung für sie vorstellte.

Als Dr. Talley endlich kam, blieb sie einen Moment an der Tür stehen und musterte jede von uns. Es war, als versuchte sie zu erspüren, welcher Art die Verletzungen waren, die jede von uns davongetragen hatte. Sie drehte sich einmal kurz nach draußen um, sagte etwas zu ihrer Sprechstundenhilfe, und kam dann ins Zimmer. Shalene hörte auf, in ihrem Ruderboot zu schunkeln. Dessie erstarrte auf meinem Schoß.

Dr. Talley zog sich einen der Kinderstühle heran und setzte sich, wartete ruhig ab, während Shalene einen großen Bogen um sie schlug, zu mir kam und in meinen Arm kroch. Sie nahm meine Hand und zog meinen Arm um sich, als schlüpfe sie unter einen Mantel.

»Hallo, ihr beiden«, sagte Dr. Talley. »Ich heiße Tacoma Talley, aber fast alle meine Freunde nennen mich TT.« Shalene kicherte, den Kopf an meinen Hals gedrückt. »Ich bin Ärztin, und ich muß euch beide untersuchen. Ich muß hören, wie euer Herz schlägt, muß ein paar Fotos machen und euch später vielleicht noch ein bißchen Blut aus dem Arm abnehmen. Hat eure Mutter euch erklärt, wie das hier ablaufen wird?«

Dessie nickte und drückte sich noch fester an mich. »Ich will nicht, daß Sie mich da unten anfassen.« Ihre Stimme war leise und verzweifelt.

Die Tränen, die ich bisher mit Mühe zurückgehalten hatte, tropften auf ihren Kopf, und ich drückte sie fest an mich.

»Das kann ich verstehen«, sagte Dr. Talley ruhig. »Ich mag es auch nicht, wenn ich da unten angefaßt werde. Es ist ... peinlich. Aber ich werde dir nicht weh tun. Frag deine Mutter. Es tut nicht weh, wenn ein Arzt dich untersucht. Sie läßt sich mindestens einmal im Jahr untersuchen.«

Dessie rückte ein wenig von mir ab und blickte auf. Ich wischte mir hastig die Tränen ab. »Das ist wahr, *ma belle*. Ich lasse mich wenigstens einmal im Jahr vom Doktor da unten ansehen. Und es tut nicht weh, wenn er mich anfaßt. Er ist ganz vorsichtig.« Ich lächelte mit zitternden Lippen. »Als ich euch erwartet habe, bin ich oft untersucht worden. Genauso wie Dr. TT euch jetzt untersuchen wird.«

Shalene hörte mit gespannter Aufmerksamkeit zu, beobachtete Dr. Talley, während sie sprach und gestikulierte, mit gierigem Blick. »Kriegen wir hinterher ein Bonbon? Dr. Ben gibt uns hinterher immer ein Bonbon.«

Dr. Talley lächelte. »Ich habe keine Bonbons, aber bei mir bekommen die Kinder Gutscheine für einen gefrorenen Joghurt in einem kleinen Laden nebenan. Sie haben Waffeltüten.« Dr. Talley hatte Shalene, das opportunistische kleine Monster, gleich durchschaut. Über Dessies Kopf hinweg lächelte ich ihr zu.

»Zwei«, feilschte Shalene.

Dr. Talley nickte. »Okay. Wenn du dich zuerst untersuchen läßt.«

Shalene streckte ihr die Hand hin, die linke, aber das störte keinen, und sie besiegelten die Abmachung mit Handschlag. Die Sprechstundenhilfe öffnete die Tür und reichte ein Tablett herein.

»Trinkt ihr gern Fruchtsaft? Ich mag Traubensaft am liebsten«, sagte Dr. Talley, als wäre sie selbst ein Kind. Sie reichte die Pappbecher herum. Den in der Ecke des Tabletts ließ sie für Dessie stehen. Unsere Blicke trafen sich, und ich verstand; sie hatte ein Beruhigungsmittel in Dessies Saft gegeben. Meine Erleichterung muß offenkundig gewesen sein; Dr. Talley gönnte mir ihr einziges Lächeln an diesem Tag. Alle anderen Lächeln schenkte sie den Mädchen.

Ich gab Dessie den Becher, der noch auf dem Tablett stand. Es war ein Glück, daß Dr. Talley Traubensaft gewählt hatte; er war Dessies Lieblingsgetränk.

Shalene gab ihren Becher zurück und reichte Dr. Talley gebieterisch die Hand. »Ich bin soweit. Kommen Sie.«

Dr. Talley lächelte. »Mir scheint, du hast Appetit auf den Joghurt.«

»Zwei«, erinnerte Shalene sie.

»Natürlich. Also, dann komm. Durch diese Tür. Da steht mein Arzttisch.« Ich folgte mit Dessie auf dem Arm. Sie hatte zum Frühstück kaum etwas gegessen, und ich hoffte, das Beruhigungsmittel würde rasch wirken.

Das Untersuchungszimmer war ganz anders, als ich erwartet hatte. Es war in kräftigen Primärfarben ausgemalt und auf den Wänden tummelten sich cartoonähnliche Abbilder von Alligatoren, Waschbären, Skunks und vielen Arten von Vögeln. Es war eine richtige Sumpflandschaft. Selbst Dessie war beeindruckt und sah sich ausgiebig um.

Dr. Talley hob Shalene auf den Tisch und bat sie, ihr T-Shirt auszuziehen. Meine jüngste Tochter nahm ihren Geldgürtel ab und bat mich, ihn während der Untersuchung für sie zu halten. Er fühlte sich prallvoll an. Ich fragte mich, ob sie ihn mit Papiertüchern ausgestopft hatte, wie junge Mädchen das manchmal bei ihrem ersten Büstenhalter tun.

Ich setzte mich auf den einzigen Stuhl, der da war, Dessie mit ihren allzu langen, allzu dünnen Beinen auf meinem Schoß.

Der erste Teil der Untersuchung war Routine, Herz und Lunge abhören, Blutdruck messen, Reflexe prüfen, heller Lichtstrahl in Augen und Ohren, Bauch abtasten. Und dann erklärte Dr. Talley die Bügel für die Füße, die am Ende des Tischs angebracht und wie richtige Steigbügel zum Ponyreiten geformt waren. Es waren zwei Paar, ein kleines und ein noch kleineres. Zwischen ihnen befand sich neben einer schwenkbaren Lampe eine Videokamera. Außerdem war ein Tonaufnahmegerät da, mit einem Kopfhörer, den die Ärztin lose um den Hals hatte. Sie nahm die gesamte Untersuchung auf Band auf.

Nachdem sie Shalene also die Bügel für die Füße gezeigt und ihren Zweck erklärt hatte, bat sie meine kleine Tochter, ihre

Shorts und ihr Höschen auszuziehen und ihre Füße in die Bügel zu legen. Shalene sah mich an, als wollte sie mich um Erlaubnis bitten, und ich brachte mit Mühe ein Lächeln zustande.

Dr. Talley beschrieb, analysierte und erläuterte jeden Teil ihrer Untersuchung in sachlichem Ton, während sie mehrere Abstriche machte. Einmal hob sie den Kopf und sah mich an.

»Hymen ist intakt. Keine Anzeichen einer Infektion oder früherer Verletzungen.« Ich schloß meine Augen und dankte im stillen dem Gott, der meine Gebete erhört hatte.

Dessie sah der Prozedur angespannt zu, aber sie wurde merklich lockerer, als das Beruhigungsmittel zu wirken begann. Was die Ärztin tat, schien sie zu faszinieren, und selbst als ihr die Lider schwer wurden, wehrte sie sich gegen den Schlaf.

»Können Frauen wirklich richtige Ärzte werden, Mama?« fragte sie schließlich.

Ich war verblüfft. »Aber natürlich können Frauen Ärztinnen werden, Liebes. Sie können Ärztinnen oder Krankenschwestern werden oder Rechtsanwälte oder Schreiner oder Fliesenleger, sie können alles werden, was sie wollen. Nur Daddys können sie nicht werden«, sagte ich abschließend und hätte mir am liebsten auf die Zunge gebissen.

Aber Dessie sah lächelnd zu mir auf, als hätte ich etwas Wunderbares gesagt. »Gut. Ich will auch nie ein Daddy sein. Aber Ärztin könnte ich werden. Wie TT.«

Ich lächelte sie an. »Ich finde, das wäre wunderbar, wenn es wirklich dein Wunsch ist. Du hast noch ein paar Jahre Zeit, es dir zu überlegen. Dann sehen wir weiter, okay?«

Shalene war dabei, sich aufzusetzen. Sie griff nach ihrem Höschen. »TT hat mir überhaupt nicht wehgetan«, sagte sie in beinahe geringschätzigem Ton. »Ich glaub' nicht, daß das zwei Joghurttüten wert war, Mama«, flüsterte sie. Um Dr. Talleys Mund zuckte es.

Shalene rutschte vom Tisch, stieg in ihre Shorts und kam zu mir, um sich ihren Geldgürtel wiederzuholen. Sie legte ihn sich um den Bauch, ehe sie ihr T-Shirt überzog.

Dessie glitt von meinem Schoß und ging langsam auf Dr. Talley zu. Unverwandt sah sie die Ärztin an.

»Du brauchst keine Angst zu haben, Dess. Es tut nicht weh. Es ist überhaupt nicht wie bei Daddy, als ...« Shalene brach ab und sah mich voller Entsetzen an. Sie hatte Daddys Geheimnis verraten.

»Es ist okay, Shalene. TT weiß Bescheid«, sagte ich.

Shalene blickte die Ärztin an und dann wieder mich. Ihr Blick schweifte zu dem Tisch mit den Fußbügeln, und ich sah ihr an, daß sie sich ihre eigenen Gedanken machte. Schweigend zog sie sich fertig an und nahm danach Dessies Platz auf meinem Schoß ein.

Dessie starrte die Ärztin immer noch unverwandt an. »Mein Daddy hat mir wehgetan. Aber Onkel Richard hat mir noch mehr wehgetan.«

Ein kaum merklicher Ruck durchzuckte Dr. Talley. Ihre Lippen waren schmal, ihr Gesicht war gequält. Obwohl sie die Geschichte schon von Adrian Paul gehört hatte, ehe sie uns kennengelernt hatte, hatte sie reagiert. Der gequälte Ausdruck auf ihrem Gesicht verschwand so rasch, wie er erschienen war. Sie nickte Dessie zu und lächelte. »Keine Angst, ich tu' dir bestimmt nicht weh.«

Dessie nickte und kletterte auf den hohen Tisch. Dr. Talley half ihr nicht. Sie schien zu spüren, daß Dessie es allein schaffen wollte.

»Hat Ihr Daddy Ihnen auch mal wehgetan?« wollte meine Tochter wissen.

Dr. Talley schien einen Moment zu erstarren. Sie sah Dessie tief in die Augen. Dann sagte sie: »Ja. Er hat mir wehgetan.« Die Kamera lief noch, aber das war Dr. Talley unwichtig. Wieder schossen mir die Tränen in die Augen.

Zufrieden mit der Antwort, schlüpfte Dessie aus ihrem T-Shirt und ließ sich ruhig von Dr. Talley untersuchen. Die Ärztin beendete die Untersuchung mit einem Bericht, der ganz im Fachjargon gehalten war. Doch es war eine deutliche Veränderung in ihrem Ton zu hören, als sie Dessie das winzige Spekulum einführte.

Schweigend machte sie die Abstriche. Dann sagte sie: »Vaginale Untersuchung zeigt angerissenes Hymen. Es gibt Anzeichen dafür, daß die Verletzung vor etwa zwei oder drei Wochen stattfand. Im Augenblick ist noch ein kleiner Riß festzustellen, etwa zwei Zentimeter lang und zwei Millimeter tief. Es besteht eine Infektion, Kulturen und Gramfärbung folgen.«

»Dessie«, sagte sie. »Juckt es dich hier manchmal? Mußt du öfter als sonst auf die Toilette? Ja? Ich geb' dir ein Mittel dagegen, okay? So, jetzt sind wir fertig. Du kannst aufstehen.«

Ich war wie betäubt von Dr. Talleys Worten. Meine Tochter war vergewaltigt worden.

»Nein, nicht vergewaltigt«, sagte Dr. Talley, während sie durch die offene Tür ihres Sprechzimmers zu den Mädchen hinaussah. Shalene schunkelte wieder im Ruderboot, und Dessie döste auf einer Gummimatte in der Ecke. »Ich vermute, die Verletzung wurde durch einen Finger oder irgendeinen Fremdkörper herbeigeführt. Wenn die Infektion nicht gewesen wäre, wäre der Riß inzwischen schon verheilt.«

»Und was für eine Ursache hat die Infektion?« fragte ich. Als sie mich mit einem seltsamen Blick ansah, fügte ich hinzu: »Ist es Gonorrhöe? Ich bin ausgebildete Krankenschwester. Ist es …«

»Nein, es ist nicht Gonorrhöe. Der Gramfärbung zufolge ist es eine Staphylokokkeninfektion. Die Salbe, die ich Ihnen gegeben habe, wird ausreichen, um sie zu beseitigen. Aber ich habe eine Frage. Es geht mich zwar nichts an, aber wie zum Teufel konnten Sie nicht merken, was da vorging? Ich weiß, was Ihr Anwalt sagte, aber im allgemeinen gibt es Hinweise, daß Mißbrauch stattfindet, die für eine Mutter zu erkennen sind.«

Mir war klar, daß ich diese Frage in den kommenden Monaten noch oft hören würde, und bei dem Gedanken breitete sich in meiner Magengrube unter meinen Rippen ein dumpf brennender Schmerz aus. Ich konnte nicht sprechen. Ich legte meine

Hand auf meinen Leib und dachte an mein ungeborenes Kind. Ich fragte mich, wie dieser schreckliche Druck sich auf dieses Kind auswirken würde.

»Mein ... Mann. Er hat die ... die Mädchen nur belästigt, wenn ich meine Tage hatte. Da schlief er immer im Gästezimmer ... Die Mädchen haben mir nie etwas gesagt. Und ich habe es nie gemerkt. Ich habe es nicht geahnt.« Ich stand auf und ging zur Tür und beobachtete die wild schaukelnde Shalene.

Ein eiskalter Zorn stieg in mir auf. »Ich hätte ihn umgebracht ... Ich hätte jeden umgebracht, wenn ich gemerkt hätte, daß er meinen Kindern was tut.« Ich drehte mich herum und sah die Ärztin an, deren Gesicht klinisches Interesse zeigte, deren Blick jedoch tief verwundet war. »*Jeden!*«

Dr. Talley nickte. »Gut.« Auch sie stand auf. »Ich schicke meinen endgültigen Bericht an Ihren Anwalt. Haben Sie die Absicht, Anzeige zu erstatten?«

»Das muß der Anwalt entscheiden.« Es war ein Ausweichen, aber das war mir in dem Moment gleichgültig. Mir saß immer noch der Zorn in der Kehle. »Shalene, *ma souk,* komm«, sagte ich, »du bekommst jetzt deinen Joghurt.«

Ich beugte mich zu Dessie hinunter und versuchte, sie zu wecken. Schlaftrunken sah sie zu mir auf und rieb sich mit dem Handrücken die Augen.

»Joghurt?« wiederholte sie hoffnungsvoll.

Ich lachte. Meine Kleine wollte essen.

7

Nach dem Joghurt fuhr ich mit ihnen zu einem Möbelgeschäft, um ihnen, wie versprochen, Betten zu kaufen. Sie entschieden sich nach einigem Hin und Her für zwei Himmelbetten, die zusammengeschraubt werden konnten. Aber wenn jede für sich sein wollte, konnte man die Betten ganz einfach trennen.

Ich schauderte bei der Vorstellung, wie eng es in dem kleinen

Zimmer in Sonjas Gästehaus mit diesen gewaltigen Himmelbetten samt ihren wallenden Gazevorhängen werden würde. Aber wenn die Mädchen sie unbedingt haben wollten ... Ich bezahlte sogar einen Aufpreis, um das Bett noch vor dem Abend geliefert zu bekommen.

Wir trafen mit etwas Verspätung bei Van's ein. Das Restaurant befand sich in einem Eckhaus und war durch mehrere hohe Fenstertüren zu betreten. Es war sowohl bei den Einheimischen als auch bei den Touristen äußerst beliebt, ein typisches Familienrestaurant mit grau-rosa gemasertem Marmorboden, einfachen Holztischen und -stühlen und, die ganze Wand entlang, einer gepolsterten Bank. Die Atmosphäre war locker und ungezwungen, und es war immer viel los.

Hinten an der Sitzbank, wo man zwei Tische zusammengeschoben hatte, saß Sonja, ruhig und kühl und sehr elegant. Rechts und links von ihr saßen die Zwillinge, Marshall und Mallory, und baumelten unruhig mit den Beinen. Am anderen Ende des langen Tisches saßen Adrian Paul und ein schöner kleiner Junge, der Adrian Paul wie aus dem Gesicht geschnitten war.

Das Mittagessen bei Van's war ursprünglich als Erholung gedacht gewesen, eine Gelegenheit, abzuschalten und zu entspannen. Aber ich hatte Sonjas Neigung vergessen, sich in mein Leben einzumischen, Entscheidungen für mich zu treffen. Vielleicht würde ich Philippe doch noch zum Witwer machen. Sie hatte Adrian Paul zum Mittagessen eingeladen, wieder einmal ihre Nase in meine Angelegenheiten gesteckt. Es hätte mich interessiert, ob sie mit ihm, genau wie mit Ann Nezio-Angerstein, einen Vertrag in meinem Namen abgeschlossen hatte.

Wütend starrte ich Sonja an und wünschte, sie würde endlich aufblicken, damit ich sie mit einem giftigen Blick niederstrecken könnte. Aber sie tat mir den Gefallen nicht, obwohl sie wußte, daß ich sie ansah. Tiefe Röte breitete sich von ihrem Hals nach oben aus.

Die Mädchen saßen bereits und plapperten darauf los. Ich blieb stehen und betrachtete das Bild. Adrian Paul begrüßte meine beiden Töchter und stellte sich ihnen vor, ehe er sich an mich wandte. Und ein langes Gesicht machte. Laut stöhnend schloß er die Augen und lehnte sich auf der Bank zurück.

»Da hast du wohl wieder mal kräftig manipuliert, liebe Schwägerin.« Seine Stimme war verdrossen, und mir ging es gleich besser, als ich sah, daß außer mir noch jemand unter Sonjas Arrangements litt. »Sagtest du nicht, sie wolle mich dabei haben?«

»Natürlich will sie das. Ich bin nur nicht dazu gekommen, ihr Bescheid zu sagen, bevor sie heute morgen aus dem Haus ging.« Sonja war überhaupt nicht zerknirscht. Im Gegenteil, ein vergnügtes Lächeln lag auf ihren Zügen, als sie unsere Gesichter beobachtete. »Du hast gestern abend vergessen, ihn anzurufen«, sagte sie zu mir.

Adrian Paul strich sich seufzend über die Stirn. Ich glaubte zu hören, daß er brummte: »Mein Bruder ist wahrlich ein tapferer Mann.«

Ich setzte mich und stützte die Ellbogen auf den Tisch. »Ich war gestern abend ziemlich beschäftigt, falls du dich erinnern kannst.«

»Du hättest ihn heute morgen anrufen können.«

»Sonja. Halt dich raus.«

Ihr Lächeln wurde breiter. Wir wußten beide, daß ich geschlagen war, aber ich war noch nicht bereit, die Waffen zu strecken.

Obwohl ich mich bereits am Tisch niedergelassen hatte, wandte ich mich jetzt Adrian Paul zu und fragte förmlich, wie die Nonnen es uns gelehrt hatten: »Adrian Paul, dürfen wir Ihnen und Ihrem Sohn – JonPaul?« fragte ich und fuhr fort, als er nickte, »zum Mittagessen Gesellschaft leisten? Wir sind völlig ausgehungert«, erklärte ich und sprach die Worte so breit, wie das die Schönen des tiefen Südens in Hollywoodfilmen immer tun. »Ich jedenfalls. Ach«, fügte ich wie beiläufig hinzu, »und würden Sie mir die Ehre erweisen, mich zu vertreten, wenn ...« Ich brach ab. Shalene verfolgte dieses Erwachsenengespräch mit viel zu intensivem Interesse. Hastig änderte ich meinen Satz. »Würden Sie mir die Ehre erweisen, mich im Staat Louisiana zu vertreten?«

Adrian Paul sah von mir zu Sonja, die mit Unschuldsmiene die Augenbrauen hochzog. Ich ignorierte sie vollkommen, und Adrian Paul lächelte über meine Vorstellung.

»Selbstverständlich ist es uns ein Vergnügen, Sie bei uns am Tisch zu haben«, antwortete er, auf mein Spiel eingehend. »Meinem Sohn und mir schmeckt das Essen in netter Gesellschaft immer viel besser.« Er nickte mit dem Kopf, als dächte er nach. »Und es wäre mir eine Ehre, Sie zu vertreten, Mrs. DeLande.« Er sah zum anderen Tischende hinunter, wo Sonja saß, und sagte pointiert: »Möchten Sie den Termin wahrnehmen, den Sonja für Montag morgen um zehn für Sie ausgemacht hat, oder wäre Ihnen eine andere Zeit lieber?«

Während er mich lächelnd ansah, sandte ich einen entrüsteten Blick zu Sonja und fragte mich, wie hoch Philippe ihr Leben versichert hatte. Und ob sie ihm fehlen würde, wenn sie tot war. Doch dies war ein Spiel, Adrian Paul und ich gegen Sonja ... Wir standen auf verlorenem Posten.

Mit einem zuckersüßen Lächeln sagte ich: »Montag morgen um zehn paßt mir gut, Mr. Rousseau, aber sollte diese alles niederwalzende Diktatorin noch andere Termine für mich vereinbart haben, so bitte ich, sie zu streichen. In Zukunft werde ich alle meine geschäftlichen Angelegenheiten selbst wahrnehmen. Besten Dank, meine Liebe«, sagte ich zu Sonja gewandt, die so zufrieden lächelte wie eine Katze, wenn sie die Milchkanne ausgeschleckt hat. Ich ignorierte sie wieder, nickte meinem Anwalt zu und widmete mich meinen Töchtern.

Ich lehnte mich erst nach links, dann nach rechts und zog ihre Stühle näher an den Tisch. Ich legte den Mädchen die Servietten auf die Knie und stellte ihnen die Gläser mit dem Eiswasser in Reichweite, ehe ich es mir bequem machte.

Dessie und Shalene beobachteten Adrian Pauls hübschen Sohn mit schamloser Neugier. JonPaul – ich beschloß, ihn JP zu nennen wie Sonja, da es in dieser Familie viel zu viele Paul gab – war ein Junge mit sehr dunklen Augen und olivbrauner Haut, einer sehr französisch wirkenden Nase und dichten, dunklen Augenbrauen. Er war in der Tat ein Abklatsch seines Vaters, nur die Bartstoppeln fehlten. Sein Vater hatte sich an diesem Morgen nicht rasiert. Shalene lehnte ihren Kopf an meinen Arm, und ich legte ihr den Arm um die Schultern. Es war eine ganz instinktive mütterliche Reaktion. Eine scheue Shalene war eine Seltenheit.

JP beobachtete die Geste mit dem Ausdruck eines ausgehungerten, kleinen Tiers. Es war erschreckend. Und ebenso erschreckend war die unverhohlene Qual im Gesicht Adrian Pauls, der seinerseits seinen Sohn beobachtete. Unser Kellner trat dazwischen, ehe ich so verlegen werden konnte, daß ich meinen Arm von Shalenes Schulter nahm.

Wie ein Slalomläufer schlängelte er sich zwischen den Tischen hindurch und rief Sonja zu: »Wollen Sie jetzt bestellen, Mrs. Rousseau? Oder erwarten Sie noch jemanden?«

Sonja bestellte für uns alle, übernahm das Kommando wie immer, erinnerte sich wie immer ganz genau, was für Lieblingsspeisen jeder hatte. Wie sie sich in diesem Moment verhielt, wie sie dem Kellner die gepflegten Finger auf den Arm legte, wie sie ihn anlächelte, das war typisch für die Frauen des Südens. Adrian Paul beobachtete sie mit einem Blick trostloser Leere. Es war klar, daß er sich an seine Frau erinnerte, und sein Schmerz war so frisch, so deutlich zu sehen, daß ich meinen Blick senkte.

Ein Straßenmusikant in der St. Peter's Street begann auf einem alten, beschlagenen Saxophon zu spielen. Seltsamerweise stimmte er eine bluesartige Wiedergabe von »Love Me Tender« an. Dessie sang schläfrig mit, während unser Kellner mit seinem kleinen Block in der Hand in die Küche eilte.

»Meine Mama ist gestorben.«

Die Mädchen sahen JP an, dessen Augen groß und ernst waren. An unserem Tisch wurde es still. Am Tisch hinter uns auch. »Sie hatte Leukämie und ist kurz vor Weihnachten gestorben.« Seine Stimme trug weit, und auch der übernächste Tisch verfiel in Schweigen. Wie eine ansteckende Krankheit verbreitete sich die Stille im Raum. JPs Gesicht war gespannt, während er auf unsere Reaktion wartete.

Der Saxophonist draußen auf dem Bürgersteig lockte eine kleine Menschenmenge an.

Adrian Pauls Gesicht war starr. Ich hatte den Eindruck, er habe aufgehört zu atmen. JPs Blick lag auf mir und meinem Arm, der Shalene umschlungen hielt. Plötzlich fühlte ich mich schuldig – und schämte mich. Meine dunkeläugige Tochter drehte den Kopf und sah kurz zu mir auf, als wollte sie mich um Erlaubnis bitten. Dann glitt sie von ihrem Stuhl und kroch zwischen unseren Beinen hindurch zum anderen Ende der Polsterbank, wo sie wieder auftauchte.

Aller Augen ruhten auf meiner Tochter, als sie mit beiden Händen Adrian Paul auf der freien Bank einen Platz weiterschob und selbst auf den Sitz hinaufkletterte, den er frei gemacht hatte. Sie rutschte nach hinten, bis sie mit dem Rücken das dunkelgrüne Polster an der Wand berührte. Sie war sich bewußt, daß sie alle Aufmerksamkeit auf sich gezogen hatte, und genoß es – und ich schwitzte Blut vor Angst, womit sie jetzt wohl herausplatzen würde. Von Natur aus impulsiv, konnte sie unmöglich sein, wenn sie im Mittelpunkt der Aufmerksamkeit stand.

In der Stille neigte sich Shalene zu JP und nahm seine Hand. Die Blicke der beiden dunklen Augenpaare trafen sich. Sie machte den Hals ein wenig lang, um JP besser ins Gesicht sehen zu können und fragte: »Tut dein Daddy dir weh?«

»Nein.« JP machte ein verdutztes Gesicht.

»Dann ist es gut. Unser Daddy hat uns wehgetan, aber wir haben unsere Mama. Hauptsache, man hat *einen*, dann ist es okay. Außerdem«, sie machte eine Pause und neigte den Kopf zur Seite, »können wir deine Mama sein. Dessie?« fragte sie, Bestätigung suchend.

Nach einem kleinen Moment nickte Dessie. »Okay. Wir können seine Mama sein. Aber *wir* brauchen keinen neuen Daddy«, sagte sie mit Nachdruck, den Blick auf Adrian Paul gerichtet.

»Seine Ersatzmama. Bis sein Daddy ihm eine neue Mama heiratet«, erläuterte Shalene.

Die Leute am Nachbartisch lachten amüsiert und wandten sich

wieder ihrem Mittagessen zu. Die normalen Restaurantgeräusche setzten wieder ein, Gläserklirren, Geschirrklappern, gedämpfte Gespräche. Adrian Paul und ich atmeten auf.

JP sah mich an, und langsam breitete sich ein Lächeln auf seinem Gesicht aus. Adrian Paul sah auf die beiden Kinder, die sich an den Händen gefaßt hielten, und nickte. Ich blickte rasch zu Sonja hinüber, stolz auf Shalene und sehr erleichtert, daß sie mich nicht blamiert hatte. Andererseits tat der kleine Junge mir leid. Shalene als Ersatzmutter, das war schon ein Kreuz, das getragen werden wollte. Sie kommandierte beinahe genauso gern wie Sonja.

Adrian Paul lächelte wieder. »Damit sind wir wohl eine Familie«, sagte er. »Ich vermute, Sonja wird darauf bestehen, daß ich Ihnen einen Familienrabatt gewähre.«

»*Pro bono*«, sagte Sonja. Kostenlos.

»Sonja. Nein.« Ich spürte, wie ich rot wurde. »Adrian Paul, bitte. Ich möchte meine Rechnungen bezahlen. Ich will keine Privilegien, nur weil wir beide vor Sonja Angst haben.« Sonja lachte, und erst als ich dieses Lachen hörte, wurde mir bewußt, was ich gesagt hatte. Aber ich nahm es nicht zurück.

Adrian Paul lachte mit ihr, dieses wohlklingende, sympathische Lachen, das mir schon beim erstenmal so gut gefallen hatte. »Für den unwahrscheinlichen Fall, daß ... der Ex nicht alle Gebühren bezahlt, *pro bono*. Ich denke, das ist die Sache wert.«

Ich lächelte etwas mühsam. Sonja hatte mich wieder einmal ausmanövriert.

»Darf er bei uns schlafen, Mama? Weil heute doch unser neues Bett kommt.« Shalene legte JP den Arm um die schmalen Schultern, ähnlich wie ich es zuvor bei ihr getan hatte. Sie sah ihn allerdings eher wie einen streunenden Hund an, den sie auf der Straße gefunden hatte und gern mit nach Hause nehmen wollte.

»Wenn sein Daddy es erlaubt«, antwortete ich zerstreut. »Er kann morgen früh mit uns zur Messe gehen.«

Shalene war eine richtige kleine Hexe, die ohne die geringsten Skrupel andere manipulierte. Shalene in Aktion zu sehen, war ein wenig, als sähe man eine fünfjährige Sonja.

Ich sah zu Dessie hinunter, die mit halb geschlossenen Augen auf ihrem Stuhl hing. Das Medikament, das Dr. Talley ihr gegeben hatte, wirkte immer noch. Sie sah müde und schläfrig aus. Auf ihrem Gesicht konnte ich erste Anzeichen kommender Schönheit erkennen.

Würden meine Töchter Männer von nun an mit anderen Augen sehen, unter dem Verlust ihres Vaters leiden, der sie nur Schlimmes über die Liebe gelehrt hatte? Würden sie auf den ersten Mann fliegen, der ihnen über den Weg lief, und ihn auf die einzige Weise für sich zu gewinnen suchen, die sie kannten – mit ihrem Körper? Oder würden sie vielleicht Männern aus dem Weg gehen und vor allen körperlichen Aspekten einer normalen Mann-Frau-Beziehung zurückschrecken? Oder würden sie ihr Leben lang einen blinden Zorn gegen alle Männer mit sich herumschleppen?

Nach dem Mittagessen hatten wir unseren Termin bei der Kinder- und Familientherapeutin. Dr. Hebert war eine sympathische ältere Frau mit einem angenehmen Lächeln und runden Wangen. Sie trug ein T-Shirt, einen geschlitzten roten Rock und Tennisschuhe. Das lange graue Haar war nach hinten gekämmt und wurde von einem blauen Gummiband zusammengehalten. Sie sah aus wie eine richtige Großmutter. Die Mädchen waren gleich von ihr angetan.

In ihrem Therapieraum hingen Bilder von Winnie Puh an den Wänden, überall lagen Kissen und Stofftiere herum, und es gab zwei riesige Giraffen, bestimmt zwei Meter hoch, an denen man hochklettern konnte. Diesen Spaß ließen sich meine beiden natürlich nicht entgehen. Sie richteten sich auf den Giraffen häuslich ein und unterhielten sich von dort oben mit Dr. Hebert.

Während der Sitzung blickte ich immer wieder über meine Schulter zu dem Einwegspiegel, hinter dem die Videokamera und die Assistentin, die alles mitschrieb, versteckt waren. Doch mein Unbehagen verlor sich allmählich, als ich sah, daß die Ärztin den Kindern würde helfen können. Sie beantworteten ihre Fragen ohne Scheu und erzählten viel von ihrem Vater. Nur die guten Dinge diesmal. Dr. Hebert hielt es für wichtig, daß sie nicht vergaßen, daß sie trotz der schlimmen auch schöne Zeiten mit ihrem Vater verlebt hatten.

Auch ich wollte das nicht vergessen. Montgomery war häufig sehr gut zu mir gewesen. Blumen. Schmuck. Parfum. Reisen. Und er wußte, wie er mich berühren mußte – und wie er meine kleinen Mädchen verletzen konnte.

Mein Blick fiel auf die Puppen in dem Glasschrank auf der anderen Seite des Zimmers. Anatomisch korrekte Puppen in unterschiedlichen Hautfarben. Mich schauderte. Ich wußte, daß die kommenden Gespräche und Sitzungen um so heikler werden würden, je mehr wir uns bei Dr. Hebert zu Hause fühlten. Von den einfachen Dingen würde sie zu den schwierigen Dingen übergehen. Von Gesprächen über den Unterschied zwischen Lüge und Wahrheit – wie sie sie jetzt mit den Mädchen führte –, würde sie dazu übergehen, die Mädchen zu bitten, ihr an den Puppen zu zeigen, was ihr Vater und ihr Onkel ihnen getan hatten.

Es war schrecklich, mir vorzustellen, was die beiden in diesem Zimmer alles noch einmal würden durchmachen müssen. Aber diese Aufnahmen würden es ihnen vielleicht ersparen, vor einem Gericht aussagen zu müssen.

JP war vom Restaurant aus mit Sonja nach Hause gefahren und hatte die ersten zwei Stunden seines Besuchs mit Mallory und Marshall gespielt. Als wir ankamen, begrüßten sie uns aus dem Geäst der Magnolie, das sich unter ihrem Gewicht gefährlich bog.

Die Mädchen stürzten sofort aus dem Auto und kletterten wie kleine Schimpansen lachend und schreiend zu den Jungen auf den Baum. »Bleibt aber dicht beim Stamm«, rief ich ihnen nach. »Die Äste können euch außen nicht tragen.« Die Jungen lachten nur und schüttelten statt einer Antwort die Zweige.

Snaps sprang auf das Dach meines Wagens und beobachtete mit zuckendem Schweif die Eskapaden der Kinder. Wahrscheinlich amüsierte sie sich über die Tolpatschigkeit der Menschen, die sich da im Reich der Katzen versuchten.

Sonja und Cheri waren gerade dabei, Morgan und Louis nach ihrem Mittagsschlaf aus ihren Bettchen zu holen. Mit dem Daumen im Mund brummelte Morgan zufrieden vor sich hin, als ich ihn zum Gästehaus zurücktrug.

Als wir ins Häuschen kamen, sah ich gleich, daß das neue Bett bereits geliefert worden war. Irgend jemand hatte es bezogen, am Himmel ein Moskitonetz angebracht und zur Zierde zwei hübsche, bunte Kissen darauf gelegt. Das konnte nur Sonja gewesen sein.

Ich stellte das Ställchen auf der Vorderveranda auf und setzte Morgan hinein, so daß er den anderen Kindern beim Tarzanspiel zusehen konnte. Ich zog mich um, nahm dann das Mückenspray mit und ging zu Morgan auf die Veranda. Ich setzte mich auf die Schaukel, und während ich mir mit den Zehen sanften Schwung gab, sah ich den Kindern zu und versuchte, mich zu entspannen. Ich überdachte meine finanzielle Lage. Ich hatte an die dreihunderttausend Dollar in Wertpapieren angelegt. Das hörte sich an wie eine Menge Geld, aber mir war klar, daß es nicht weit reichen würde, wenn ich davon vier Kinder großziehen und auf anständige Schulen schicken mußte.

Adrian Paul hatte mir erklärt, daß Montgomery gesetzlich verpflichtet war, für den Unterhalt der Kinder zu sorgen, auch wenn die Gerichte ihm nicht gestatteten, sie je wiederzusehen. Auch die Kosten für Ärzte, Therapeuten und die Erziehung der Kinder mußte er von Rechts wegen übernehmen. Aber ich kannte die DeLandes. Ich war oft genug dabeigewesen, wenn Montgomery und dieser oder jener Bruder abends beim Essen darüber gesprochen hatten, wie sie es vermeiden konnten, Rechnungen zu bezahlen, die sie nicht bezahlen wollten.

Vor zwei Jahren erst hatten sie den Staat Louisiana um Hunderttausende an Strafen und Gebühren für die Beseitigung chemischer Verunreinigungen durch den DeLande-Konzern geprellt. Wenn sie es schafften, den Staat mit Hilfe rechtlicher

Winkelzüge zu betrügen, würden sie mit mir bestimmt keine Probleme haben.

Mir war plötzlich kalt. Montgomery wußte, wo ich mein Geld angelegt hatte. Konnte er mir das Geld wegnehmen? Die Schaukel schwang langsam aus. Gleich am Montag vor meinem Termin bei Adrian Paul würde ich den Makler wechseln, alle meine Papiere verkaufen, und den Erlös in andere Anlagen stecken. Am besten in längerfristige Papiere, an die war nicht so leicht ranzukommen.

Für die Ausbildung der Kinder war durch die Geldgeschenke zu ihrer Geburt gesorgt. Dank der DeLande-Tradition. Ich war die Treuhänderin dieser Mittel. Bei meinem Tod allerdings würde die Verfügungsgewalt an Montgomery übergehen. Und an Andreu, den Ältesten, wenn Montgomery sterben sollte. Das mußte ich sofort ändern und meine Mutter ... Nein. Nicht meine Mutter. Sonja. Sonja sollte für meine Kinder sorgen und ihnen eine gute Erziehung ermöglichen, wenn ich dazu selbst nicht in der Lage sein sollte. Auf Sonja konnte ich mich verlassen.

Das hieß, daß ich auch ein neues Testament machen mußte. Und ich würde einen Vormund für die Kinder bestimmen müssen, damit sie bei meinem Tod nicht wieder Montgomery in die Hände fielen. Wieder Sonja.

Ich rieb mir mit beiden Händen den Kopf. Soviel zu tun. Wenigstens konnte ich damit rechnen, daß Sonja mir einen Teil der Bürde abnehmen würde. Meine tatkräftige Freundin, die sich so gern um anderer Leute Angelegenheiten kümmerte, würde für den Rest dieses Sommers beschäftigt sein und wahrscheinlich froh und glücklich darüber. Ich stieß mich mit dem Fuß vom Boden ab und setzte die Schaukel wieder in Bewegung.

Wenigstens brauchte ich in nächster Zeit nicht arbeiten zu gehen. Niemals würde ich für mich Unterhalt von Montgomery annehmen, aber selbst ohne Unterhalt würde ich nicht mittellos sein. Wenn ich von den Zinsen meiner Investitionen lebte, konnte ich mit bis zu dreißigtausend Dollar brutto im Jahr rechnen. Dazu kamen Montgomerys Unterhaltszahlungen für die Kinder, die nach seinem Einkommen und Vermögen bemessen werden würden – davon würden wir fünf anständig leben können.

Ich legte meine Hände auf den Bauch und öffnete die Augen. Und hätte beinahe laut gelacht. JP stand draußen vor der Veranda, eine Hand ausgestreckt, und fixierte Morgan mit beschwörenden Blicken. Er flüsterte und schmeichelte, als hätte er ein junges Hündchen vor sich, um Morgan zum Laufen zu animieren.

Morgan zog sich an der Wand seines Ställchens hoch und stieß dabei kleine Grunzlaute aus. Dann stand er und lachte. Er hob seinen linken Fuß, drehte sich, ließ das Geländer des Ställchens los und marschierte mit kleinen Trippelschritten jauchzend vor Wonne zur anderen Seite seines Ställchens.

Ich bekam endlich meinen Mund wieder zu. Dieser kleine Strolch! Es war klar, daß er schon früher gelaufen war; das war kein taumelnder, torkelnder erster Versuch! Ich ging zu ihm, hob ihn aus dem Stall und setzte ihn neben JP auf die nackte Erde. »Wenn er laufen kann, kann er spielen. Wenn nicht, muß er sitzen. Verstanden?«

JP grinste mit schmutzverschmiertem Gesicht, hielt Morgan die Hand hin und half ihm auf die Füße. »Er ist doch schon groß. Er kann laufen. Meine Mama hat mir einen kleinen Bruder versprochen, aber sie ist vorher gestorben.« Er sah zu mir auf. »Ich paß gut auf ihn auf.« Zusammen gingen sie durch den Garten zu den anderen Kindern.

Die Mädchen waren bereits so schmutzig wie die Jungen. Das war Ehrensache. Sie jubilierten, als sie Morgan marschieren sahen, und danach wurde Morgan von einer schmutzigen Hand zur anderen weitergegeben, und jedes Kind führte ihn ein Weilchen durch den Garten.

Ich setzte mich wieder auf die Schaukel und sah zu. Montgomery wäre stolz gewesen.

Sorgfältig packte ich diesen Gedanken weg. Dr. Hebert meinte zwar, daß ich mich an die schönen Seiten unserer Beziehung erinnern sollte. Doch noch war der Schmerz zu frisch. An diesen Dingen konnte ich mich jetzt noch nicht wieder freuen.

Sonja kam aus dem Haus herüber und blieb einen Moment bei den spielenden Kindern stehen. »Du lieber Gott«, sagte sie zu mir, »wie können sich Kinder nur so schmutzig machen?«

Die Kinder sahen tatsächlich aus, als hätten sie alle die gleichen erdbraunen Sachen an. Schuhe und Socken lagen vergessen unter der Magnolie. Hände, Füße und Gesichter starrten vor Dreck.

Sonja setzte sich zu mir auf die Schaukel und half mir, sie in Schwung zu halten. Wir sahen den Kindern zu, wie sie Frösche und Leuchtkäfer jagten, als die Sonne hinter den Baumwipfeln allmählich unterging und die Welt kurze Zeit in schimmerndes, rosiges Licht tauchte. Die Schaukel quietschte leise, und Mücken summten um unsere Köpfe, während das Licht langsam schwand.

Der Sonntag verging mit Regenschauern und böigen Winden. Ein plötzlicher Kälteeinbruch hatte sehr schnell die Illusion von einem vorzeitigen Frühling zerstört. Auf die Messe am Morgen folgten die Kindersendungen im Fernsehen, und auf die Kindersendungen folgten Geschichten. Es war der erste und letzte geruhsame Tag vor der Woche, in der Montgomery zurückkehren würde. Wir verkrochen uns in unserem kleinen Häuschen, kuschelten uns unter die neue Steppdecke, die wir gekauft hatten, ließen das Moskitonetz herunter und genossen das Gefühl sicherer Geborgenheit, auch wenn es trog.

Der Montag und der Dienstag vergingen schnell. Die Mädchen zogen ihre neuen Schuluniformen an, rote Pullis und karierte Röcke, und reihten sich zu ihrem ersten Schultag unter ihre neuen Mitschülerinnen ein. Es war alles sehr fremd für sie, und ich machte mir Sorgen, wie sie nach dem liberalen Ton an ihrer alten öffentlichen Schule mit dem strengen Regiment einer katholischen Privatschule zurechtkommen würden. Wie vorauszusehen, war Dessie begeistert, und Shalene fand es gräßlich. Aber sie würde sich daran gewöhnen. Mit der Zeit.

Ich fand einen neuen Investmentmakler mit Sitz im Rousseau-Gebäude. Er war freundlich, behauptete nicht, die DeLandes zu kennen und war hocherfreut über die Aussicht, eine neue Klientin zu gewinnen. Noch dazu eine mit nahezu dreihunderttausend Dollar Vermögen. Ihm lief schon das Wasser im Mund zusammen, als ich sein Büro betrat, er überschlug sich fast, um mir meine Jacke abzunehmen, mir etwas Kaltes oder Tee oder Kaffee anzubieten. Eigentlich war es mitleiderregend. Aber ich genoß es.

Auch meine Besprechung mit Adrian Paul verlief befriedigend. Ann Nezio-Angerstein hatte sich bereits mit ihm und dem Wirtschaftsprüfer, der ebenfalls im Rousseau-Haus saß, in Verbindung gesetzt. Sie hatten Beweise für Montgomerys Doppelleben gefunden und dafür, daß er Glorianna Unterhalt zahlte. Ebenso ihrem gemeinsamen Kind. Meine Kinder hatten eine Halbschwester. Es bestand kein Zweifel, daß ein Gericht bei all diesem Beweismaterial die Scheidung wegen Ehebruchs aussprechen würde.

Adrian Pauls Rat folgend, klagte ich auf Scheidung wegen Ehebruchs und beantragte das alleinige Sorgerecht für die Kinder wegen Mißbrauchs. Diese Behauptung würde ich vor Gericht beweisen müssen, aber zunächst reichte meine Beschuldigung, um eine einstweilige Verfügung gegen Montgomery zu erwirken.

Ein weiteres Papier verbot Montgomery die Verfügung über die Vermögenswerte. »Damit Sie dann auch bekommen können, was Sie verdienen«, erklärte mir Adrian Paul. Die Worte hatten einen ominösen Klang. Die DeLandes sorgten immer dafür, daß die anderen bekamen, was sie verdienten. Auf diese oder jene Weise.

Am Dienstag wurden die Papiere von einem Richter unterzeichnet.

Als der Mittwoch heranrückte, begann ich nervös zu werden. Die Übelkeit, die mich sonst nicht allzusehr plagte, wurde so schlimm, daß ich nichts mehr essen konnte. Ich konnte Essen nicht einmal riechen, ohne sofort zur Toilette zu stürzen. Tee und trockenes Brot waren das einzige, was ich vertrug. Und dazu mußte ich Sonjas Schadenfreude ertragen.

Am Mittwoch landete Montgomerys Maschine, und Ann beobachtete, wie Montgomery und Glorianna Arm in Arm, lachend und gutgelaunt, in die klimatisierte Kühle der Ankunftshalle kamen. Ein Kollege, den sie mitgenommen hatte, machte ein Dutzend klarer Aufnahmen von dem glücklichen Paar, ehe ein Fremder im korrekten dunklen Anzug erschien. Danach ging alles in die Binsen.

Montgomery ging auf der einen Seite davon, der Fremde und Glorianna, zärtlich umschlungen, als wären sie zusammen angekommen, auf der anderen. Ann nahm das ganze Bäumchenwechsel-dich-Spiel mit einer kleinen Videokamera auf, und ihr Kollege fotografierte Montgomery, dem er auf den Fersen blieb. Er verlor ihn dann jedoch im Gewühl einer Touristengruppe.

Als er und Ann sich später in der Abflughalle wieder trafen, teilte er Ann mit, daß es meinem Mann außerdem gelungen war, dem uniformierten Beamten des Sheriffs, der ihn an seinem Wagen erwartet hatte, um ihm die Trennungs- und Scheidungspapiere persönlich auszuhändigen, aus dem Weg zu gehen. Der Wagen stand noch da. Montgomery ließ sich nicht blicken.

Ich erschrak, als ich mir die Aufnahmen ansah, die die beiden Detektive gemacht hatten. Ich kannte den Mann. Und ich kannte den Ausdruck in Montgomerys Gesicht.

Richard DeLande war zum Flughafen gekommen. Und hatte Montgomery von mir erzählt. Ich wußte es. Irgendwie hatten die DeLandes das mit den Papieren herausgefunden. Montgomery wußte, daß ich mich scheiden lassen und ihm die Kinder nehmen wollte. Und er beabsichtigte, mich dafür zu bestrafen. Ich kannte diesen Ausdruck. O Gott, er würde mich umbringen. Oder schlimmer. Ich erinnerte mich an Eve Tramonte und die Lektion, die man ihr erteilt hatte ... Und ich erinnerte mich an Ammie DeLande.

Der Tag, an dem Ammie Marcus wegen eines anderen verließ, war zu strahlend, zu kalt für den Südosten Louisianas. Normalerweise war der Winter feucht, mit grauen Wolken, ein wenig Regen und durchdringenden kalten Winden. Doch Ammie war bei Sonnenschein verschwunden.

Innerhalb von Stunden hatten sich die fünf DeLande-Brüder versammelt, und da bekannt war, daß Ammie nach Westen wollte, trafen sie sich alle in Moisson. Sie hatten Waffen und Karten und tranken zuviel. Ich verkroch mich mit den Mädchen hinten im Haus, bis die Männer weg waren.

Drei Tage später kehrten sie zurück. Sie trafen in zwei Gruppen ein, mit Stoppelbärten in den Gesichtern, stinkend von Tagen in den Sümpfen, verdreckt und ungewaschen. Sie fielen wie die Heuschrecken über meine Küche her, machten sich in sämtlichen Badezimmern und drei Zimmern breit und fielen, nachdem sie sich gesäubert und gegessen hatten, in kürzester Zeit in tiefen Schlaf.

Ich stahl Montgomery den Schlüssel für den Toyota und schlich mit den Mädchen aus dem Haus. Wir übernachteten bei Mama. Montgomery bestrafte mich natürlich hinterher dafür.

Jahrelang machte ich mir Gedanken über Ammie. Ob sie ihre Bestrafung überlebt hatte.

»Keine Frau verläßt einen DeLande!« Das hatte Richard gesagt, ehe die Brüder zu ihrer Jagd auf Ammie aufgebrochen waren. Und ich hatte es erneut gehört, als die Brüder zurückgekehrt waren – zutiefst befriedigt.

Eine Mutter hat immer einen leichten Schlaf. Sie nimmt das leiseste Geräusch wahr, eine Veränderung des Atemrhythmus' ihrer Kinder, ein Husten, die Unruhe eines ihrer Kinder. Selbst in Moisson schlief ich niemals tief, außer in den Nächten, in denen Montgomery im Gästezimmer zu schlafen pflegte. Da er dann näher bei den Mädchen war, kümmerte er sich um sie ... in jenen Nächten, wenn ich »blutete und nicht verfügbar« war. Aber nachdem ich von Montgomerys Verschwinden am Flughafen gehört hatte, wurde mein Schlaf noch leichter. Häufig stand ich in der Nacht auf, um nach den Kindern zu sehen, nach den Türen und Fenstern, um auf den Nachtwächter zu warten, der seine Runde machte.

Als der Tag von Montgomerys Rückkehr verging, ohne daß ich

von ihm hörte, wurde ich noch unruhiger. Ich konnte kaum noch länger als eine halbe Stunde am Stück schlafen, lauter Nickerchen, die von den Geräuschen imaginärer Eindringlinge unterbrochen wurden. Ich wartete darauf, daß Montgomery rasend vor Wut über uns herfallen würde, weil man ihm die Papiere zugestellt hatte ... oder weil er dank seiner Verbindungen vom Inhalt der Papiere erfahren hatte.

Aber der Tag verging, ohne daß etwas geschah. Und ebenso der folgende Tag. Montgomery rührte sich nicht, ward nicht gesehen. Beamte des Sheriffs hatten mit den Papieren unser Haus und sein Büro aufgesucht. Sie hatten ihr Glück sogar zweimal bei Glorianna versucht, deren Wohnung jedoch leer stand. Montgomery hatten sie nie angetroffen.

In dieser unerträglichen Atmosphäre des gespannten Wartens und der Nervosität holte ich meine Nähmaschine aus dem Lager und fing an, wie eine Wilde zu nähen. Ich machte Vorhänge für das Häuschen, für jedes Mädchen zwei neue Trägerröcke und aus den Resten kleine T-Shirts für Morgan, der mich so wütend ansah, als wüßte er, daß Jungen keine Blümchenmuster tragen.

Ich nähte außerdem Schonbezüge für die Küchenpolster und große, kuschelige Kissen, auf denen sich die Mädchen im Wohnzimmer räkeln konnten. Als ich nichts mehr zu nähen hatte, machte ich das Häuschen sauber, räumte Philippes Geräteschuppen auf und wusch sämtliche Autos. Philippe ertrug das alles mit der für ihn charakteristischen Geduld und stellte die Geräte in aller Stille wieder an ihren herkömmlichen Platz, sobald ich verschwunden war.

Für die Abfassung eines neuen Testaments brauchte ich zwei Stunden; zur Einleitung des Verfahrens, durch das Sonja und Adrian Paul Vormünder meiner Kinder im Fall meines Todes werden sollten, weitere vier Stunden. Ich mußte dazu eidesstattliche Versicherungen abgeben. Aber wenigstens würden meine Kinder sicher sein – *wenn* Adrian Paul und die Kanzlei Rousseau den rechtlichen Winkelzügen der DeLandes wirksam begegnen konnten.

Am Freitag ging es los. Ganz harmlos zuerst. Zwei Anrufe nach zwei Uhr morgens bei den Rousseaus, bei denen sich niemand meldete. Nur keuchendes Atmen war zu vernehmen. Dann wieder zwei Anrufe zum Frühstück. Dummejungenstreiche. Albernheiten. Aber wir wußten alle, daß Montgomery hinter den Anrufen steckte.

Um zehn Uhr hatte Sonja ein Angebot der Wachgesellschaft angenommen, das Gästehäuschen an das Sicherheitssystem des Haupthauses anzuschließen. Mit der Arbeit einer kompletten Crew war es möglich, das noch an diesem Tag zu schaffen. Ann prüfte die Anlage und erklärte, sie sei etwas primitiv, aber akzeptabel. Sie brachte den jungen Vertreter, der behauptet hatte, die Anlage sei »das Beste, was es auf dem Markt derzeit gibt« in ziemliche Verlegenheit. Er hatte augenblicklich dringende Geschäfte anderswo.

Allein das Wissen, daß das Haus nun eine Alarmanlage hatte, gab mir ein gewisses Gefühl der Sicherheit. Die Anlage war so eingerichtet, daß man die Fenster wenigstens teilweise offenlassen konnte. Die Sensoren befanden sich fünfzehn Zentimeter oberhalb der Fensterbank. Statt der Holztür hatte man die mit Schmiedeeisen verstärkte Fliegengittertür in die Anlage einbezogen, so daß ich in das Haus, das keine Klimaanlage hatte, Luft hereinlassen konnte.

Am Nachmittag klarte der Himmel plötzlich auf, es wurde sonnig, auch wenn der Wind, der die Azaleen schüttelte und die letzten Blüten des Hartriegels abriß, kühl blieb.

Ich holte die Mädchen von der Schule ab und fuhr mit ihnen zur Videothek, um ein paar Filme auszuleihen. Danach kauften wir uns im Supermarkt gefrorene Pizza und jede Menge Popcorn für einen gemütlichen Fernsehabend wahrhaft amerikanischer Tradition. Doch als wir zum Auto zurückkamen, blieb ich wie angewurzelt stehen.

Auf dem vorderen Sitz lag ein Strauß Tigerlilien. Tigerlilien, wie ich sie bei uns im Garten in Moisson gepflanzt hatte. In einem satten, tiefen Rot. Nur hatten meine noch nicht geblüht.

Ich hatte den Wagen abgesperrt. Das wußte ich ganz sicher. Und Montgomery hatte keinen Schlüssel. Ich hatte seinen mitgenommen, als ich aus Moisson weggefahren war.

Also, folgerte ich, während ich mit flatternden Haaren fröstelnd im kalten Wind stand, war Montgomery mir von Sonjas Haus zur Schule, dann zur Videothek und zum Supermarkt gefolgt, war in das Auto eingebrochen und hatte die Blumen auf den Sitz gelegt. Blumen, die nur einen Tag lang blühen. Die Wahl der Blume hatte etwas Ominöses und Drohendes.

Ich öffnete die Tür und warf die Blumen hinaus. Ich zitterte von Kopf bis Fuß. Meine Angst war so stark, daß ich kaum den Wagen anlassen konnte. Angst um meine Kinder. Montgomery wußte jetzt, wo sie zur Schule gingen. Er konnte sie sich jederzeit holen. Da ihm die Papiere noch nicht zugestellt waren, war daran auch nichts Gesetzwidriges. Ich konnte ihn nicht davon abhalten.

Beim Wegfahren lenkte ich den Wagen absichtlich über die Blumen. Auch ich konnte Botschaften hinterlassen.

Auf der ganzen Fahrt nach Hause blickte ich ständig in den Rückspiegel. Ich fuhr sogar kleine Nebenstraßen, wo kaum Verkehr war und ich eventuelle Überwacher hätte sehen müssen. Aber ich sah nichts.

Am Abend dieses Tages, es war schon spät, erfolgte Montgomerys zweite Attacke. Ein DeLande schlug niemals nur an einer Front zu.

Ich war angespannt, halb wach, halb im Schlaf, als ich draußen Sand und Kies knirschen hörte. In der Dunkelheit griff ich nach der 9mm-Pistole. Seit Montgomery zurück war, legte ich sie abends auf den Nachttisch neben mich.

Mein später Besucher näherte sich nicht verstohlen, aber er setzte seine Füße vorsichtig in der Dunkelheit. Trotz der Kälte schlief ich bei offener Tür. Die Kinder packte ich abends unter Decken warm ein. Das alles nur, damit ich sofort hören konnte, wenn sich draußen etwas bewegte. Die Schritte in der Dunkelheit waren beinahe laut.

Ich entsicherte die Waffe und warf die Bettdecke zurück. Lautlos ließ ich mich aus dem Bett gleiten und huschte ins vordere Zimmer. Unmittelbar vor der Veranda machten die Schritte halt. Ich stellte mich halb hinter den Türrahmen, wie das die Bullen im Fernsehen immer tun. Dann klopfte es. So laut, daß ich zusammenfuhr.

»Collie?«

Zitternd sicherte ich meine Pistole wieder, ehe ich antwortete und zur Tür ging. Vor der Veranda stand Sonja, außerhalb des Lichtscheins der kreuz und quer wandernden Scheinwerferstrahlen. Sie hatte ihren Morgenrock und Hausschuhe an, diese unförmigen Dinger, die niemals richtig passen und einem bei jedem Schritt von den Füßen zu fallen drohen.

Ich holte einmal tief Luft und stieß den Atem langsam wieder aus. Erst jetzt wurde mir bewußt, wie groß meine Angst gewesen war. »Es ist zwei Uhr morgens. Wenn du das nächstemal um diese Zeit hier aufkreuzt, dann fang schon unterwegs zu reden an.« Mein Herz raste. Ich mußte mich vorbeugen, um den Schmerz in meinen Lungen zu lindern. Lieber Gott, eines Tages würde ich sie doch noch umbringen, absichtlich oder unabsichtlich. Zum zweitenmal innerhalb weniger Tage hätte ich sie versehentlich erschießen können.

»Warum? Schläfst du jetzt mit dieser verdammten Pistole?«

»Du sagst es. Würdest du das vielleicht nicht tun?«

Sonja antwortete nicht. Wir wußten beide, daß sie Waffen jeglicher Art verabscheute. »Telefon für dich. Schalt die Anlage aus und laß mich rein. Ich bleib' solange bei den Kindern. Ist JP bei den Mädchen?«

Bevor ich etwas erwidern konnte, kam sie mir zuvor. »Es ist deine Mutter«, sagte sie leise.

An dem Schaltbrett neben der Tür setzte ich die Anlage außer Betrieb, sperrte auf und ließ Sonja herein.

»Sie klang ziemlich erregt.«

Ich erschrak. »Ist etwas passiert? Mit Vater? Montgomery hat doch nicht ...«

»Mensch, ist das kalt hier, Mädchen. Ich hab' keine Ahnung. Ich hab' nicht gefragt.«

»Schalt die Anlage wieder ein«, sagte ich und legte die Pistole auf den Tisch. Dann rannte ich los.

»Das Telefon ist in der Küche«, rief sie mir mit gesenkter Stimme nach. Ich hörte, wie die Tür geschlossen und abgesperrt wurde.

Wie gejagt rannte ich zum großen Haus, knallte die Hintertür an die Wand, stürzte in die Küche und nahm den Telefonhörer, der auf der Arbeitsplatte lag. »Mama, was ...«

»Du ... du ... Wie konntest du uns das antun?« Sie weinte. Und ich klappte zusammen. Sonjas helle Küche verdunkelte sich, und ich rutschte zu Boden.

»Montgomery hat doch nicht ... Er hat euch doch nichts angetan?« Kalte Luft blies durch die offene Tür und kühlte meinen heißen Körper.

»Du undankbares Ding«, zischte sie, immer noch weinend. »Montgomery würde keiner Fliege was zuleide tun. Aber er ist außer sich über dich und dein Verhalten. Wie konntest du ihm das antun, Nicole? Wie konntest du *uns* das antun? Wie konntest du ihn verlassen?«

»Mama! Moment mal. Ich verstehe nicht. Montgomery hat euch nichts angetan?«

»Natürlich nicht. Mach dich nicht lächerlich.« Ihre Tränen schlugen in Zorn um, und ich war verwirrt.

»Aber er hat euch angerufen.« Ich bemühte mich zu verstehen.

»Er war hier. Er sagte, du hättest das ganze Haus ausgeräumt, während er auf Geschäftsreise war, und seist zu deiner Mischlingsfreundin gezogen.«

»Mama ...«

»Er war völlig niedergeschmettert. Er sieht schrecklich aus. Warum hast du dem armen Mann das angetan? Warum hast du *uns* das angetan?«

»Mama«, sagte ich noch einmal, lauter.

»Er war immer so gut zu dir und den Kindern. Er war immer

gut zu *uns*. Wir hatten eine Vereinbarung, und du hast alles verpfuscht, verdammt noch mal.«

»Mama, würdest du mir vielleicht mal zuhören! Mama! Hol Daddy ans Telefon.«

»Schrei mich ja nicht an! Du solltest dich schämen. Ich bin immer noch deine Mutter! Und dein Vater hat dir nichts zu sagen. Überhaupt nichts.«

Ihre Stimme war plötzlich wütend. Aber so wütend wie ich war, konnte meine Mutter gar nicht sein. Sie hatte mich wahrhaftig zur Weißglut gebracht. »Mama. Hast du das Gespräch vergessen, das wir vor zwei Wochen miteinander geführt haben? Das Gespräch, bei dem ich dir gesagt habe, daß Montgomery ...« meine Lunge dehnte sich. Meine Hand ballte sich zur Faust, »daß Montgomery sich an seinen Töchtern vergriffen hat«, schrie ich.

Schweigen antwortete mir.

»Hast du ihm gesagt, warum ich ihn verlassen habe? Daß dieser gute, liebevolle, christliche Vater und Ehemann sich als *Kinderschänder* entpuppt hat?« Ich schlug mit der Faust an die Wand. »Hast du ihm das gesagt? Oder hast du das kleine Problemchen ganz vergessen?«

»Natürlich habe ich ihm das nicht gesagt. Ich werde ihn doch nicht mit solchem Unsinn beleidigen. Außerdem ist das kein Grund, einen Mann zu verlassen. Das habe ich dir bereits gesagt. Manchmal muß eine Frau stark sein.«

Das hatte ich auch schon einmal von ihr gehört, aber beim zweitenmal hörte es sich noch furchtbarer an. Weil es ihre Überzeugung war. »Mama. Wenn Daddy nachts zu mir ins Bett gekrochen wäre und mich ...«, ich schluckte, gegen Wut und Abscheu kämpfend, »und mich angefaßt hätte, überall ...«, ich begann zu weinen, »wenn er mich zum oralen Geschlechtsverkehr mit ihm gezwungen hätte – wärst du dann bei ihm geblieben? Hättest du zugelassen, daß er mir so etwas antut?«

Wieder schwieg sie. Nur ihr Atmen hörte ich, rauh und stoßweise.

»Ist dir das passiert, Mama?« flüsterte ich. »Hast du darum

den ersten Mann geheiratet, der dich zweimal angesehen hat und dich von allem weggeholt hat, was du in New Orleans hattest? Hast du darum die Schule abgebrochen und bist in ein gottverlassenes Nest irgendwo in den Sümpfen gezogen? Wolltest du fliehen? Wolltest du verschwinden, weil dein Vater *dich* angefaßt hatte?« Meine Stimme war nur noch ein Flüstern. »Und weil deine Mutter nichts dagegen unternommen hat?«

»Ich muß mir doch diese Unverschämtheiten nicht anhören«, sagte sie. Ihre Stimme war leise. Sie klang wie das Knurren eines bissigen Hundes. »Das habe ich wirklich nicht nötig. Ich weiß nicht, mit wem du ein Verhältnis hast. Montgomery sagt, es sei ein Schwarzer.« Ihre Stimme wurde noch leiser, böse und aggressiv. »Wahrscheinlich so ein schöner Freund deiner Mischlingsfreundin. Na, ich kann nur sagen, wer mit einem Nigger schläft, ist nicht mehr meine Tochter.«

Ich war wie vom Donner gerührt. Das Wort klang mir fremd. Nigger. Niemals hatte sie dieses Wort bei uns zu Hause erlaubt. Vor langer Zeit einmal hatte sie Logan verhauen, weil er es gebraucht hatte. Dieses Wort zeigte mir eine Seite meiner Mutter, die ich nie zuvor gesehen hatte. Eine häßliche Seite. Eine Seite, die sie jahrelang hinter einer Fassade von Honigsüße und guten Manieren versteckt hatte.

Leise sagte ich: »Ich schlafe mit niemandem, Mama. Aber ich kann dir sagen, daß deine Enkelkinder eine zweijährige Terzeronenschwester haben. Montgomery hat eine ... Freundin.«

Sie hielt die Luft an.

»Ein sehr hübsches Mädchen, Mama. Ich habe Fotos gesehen.«

Mama sagte nichts. Nur das Geräusch ihres keuchenden Atems erreichte mich.

»Ruf mich hier nicht wieder an, Mama. Jedenfalls nicht nachts. Wenn du mit mir oder den Kindern sprechen willst, kannst du dich an normale Zeiten halten.«

Ich konnte beinahe die Tränen des Zorns in ihren Augen sehen, das erhobene Kinn, den hochnäsigen Zug in ihrem Gesicht, mit dem sie die Zurechtweisung entgegennahm. Langsam stand ich auf. Die Küche verschwamm in meinen Tränen. »Gute Nacht, Mama.«

Ich legte auf und lehnte meinen Kopf an die Wand. Eiskalt lagen die Tränen auf meinem Gesicht, tropften auf Sonjas frischen gelben Boden. Ich schluchzte laut.

»Collie?«

Hastig wischte ich mir mit dem Handrücken über das Gesicht und drehte mich um.

»Komm.« Es war Philippe. Ernsthaft, zuverlässig, durch nichts zu erschüttern. Er stand in seinem Morgenrock an der Küchentür. Ich konnte seine behaarten Beine sehen. Er hielt die Arme ausgebreitet. Ich ließ mich hineinfallen in seine Umarmung, tief verletzt und im Inneren blutend, als hätte meine Mutter mit einem Messer auf mich eingestochen. Und an seiner Brust begann ich von neuem zu schluchzen, verfluchte meine Schwangerschaft, die mich so weinerlich machte. Verfluchte Montgomery. Verfluchte meinen Daddy, daß er meiner Mama nicht das Telefon weggenommen hatte. Und versuchte, auch meine Mama zu verfluchen, die selbst tiefe Verletzungen zu haben schien.

Ich weinte, bis Philippes Morgenrock ganz durchnäßt war. Ich schluchzte, bis ich nicht mehr konnte. Ich weinte, bis ich keine Tränen mehr hatte; bis der Klang einer Stimme mich erreichte, und ich sah, daß wir auf dem Boden saßen – Philippe mit dem Rücken am Küchenschrank, ich auf seinem Schoß. Ich schämte mich.

»*Cesté bon, ma sha ti fum. Cesté beiun, ma petite chou, ma sha ti fe.*«

Ich lachte zitternd und rückte von ihm ab. Ich schneuzte mich mit dem Papiertuch, das er von der Küchenrolle riß, und als ich sprach, war meine Stimme heiser und klang vor lauter Tränen wie verschnupft. »Du sprichst Cajun mit mir? Was ist denn aus dem eleganten Französisch geworden, das ihr Rousseaus sonst immer sprecht?«

Philippe zuckte die Achseln, eine sehr gallische Reaktion. »Geh wieder rüber ins Häuschen, *me sha*. Und verrat meiner Frau nicht, daß wir hier in enger Umarmung auf dem Küchenboden gesessen haben. Sie ist sehr ... temperamentvoll.«

Ich lachte über diese Untertreibung.

8

»Warum?«

Als ich nicht antwortete, stellte Adrian Paul seine Tasse auf den kleinen Tisch zwischen uns und beugte sich, die Ellbogen auf seine Knie gestützt, ein wenig vor. »Warum glauben Sie, daß Ihr Mann Ihnen körperlichen Schaden zufügen würde?«

Ich betrachtete den kleinen Bonsai auf seinem Schreibtisch. Die Blätter waren von einem zarten Grün, und die festen, kleinen Knospen, die ich bei meinem ersten Besuch bemerkt hatte, waren jetzt weicher und größer.

Ich trank einen Schluck Kaffee. Koffeinfrei. Bitter und langweilig. Ich hätte viel für einen richtigen Kaffee gegeben, dunkel geröstet, mit viel Sahne.

»Nicole.«

Ich fuhr zusammen, sah Adrian Paul an, stellte langsam meine Tasse wieder auf den Tisch. »Entschuldigen Sie. Ich habe gerade geträumt. Von Kaffee. Von richtigem Kaffee.« Ich seufzte.

Er lächelte flüchtig, ging aber auf meine Klage nicht ein. »Warum glauben Sie, daß Ihr Mann Ihnen etwas antun würde?«

»Weil ich ihn verlassen habe«, antwortete ich und faßte meine Angst und das Gefühl der Vergeblichkeit, das mich in den frühen Morgenstunden überfallen hatte, in Worte. »›Keine Frau verläßt einen DeLande‹.« Ich warf ihm einen raschen Blick zu und sah dann wieder auf das Bäumchen. »›Keine Frau verläßt einen DeLande‹«, wiederholte ich. »Das ist eine Maxime von ihnen.«

Adrian Paul wartete. Sein Füller und der gelbe Schreibblock lagen auf dem Tisch neben seiner Tasse. Er schrieb nicht mit. Er hörte nur zu.

»Ich sollte Ihnen vielleicht die Geschichte von Ammie erzählen. Sie war Marcus' Freundin. Oder Frau. Ich habe es nie herausbekommen, obwohl ich ihr zweimal begegnet bin – das erstemal, als er sie zu einem Besuch mitbrachte. Sie war mit ihrem zweiten Kind schwanger.

Sie war die schönste Frau, die ich je gesehen hatte. Mit rotem Haar und veilchenblauen Augen und einer wunderschönen hellen Haut mit fast goldenem Schimmer. Ich weiß nicht, wo er sie kennengelernt hat. Sie sprach wie eine Südstaatlerin, aber sie war nicht aus Texas oder Süd-Louisiana. Sie könnte vielleicht aus Alabama gewesen sein. Aus dem Osten des Staats. Oder ...« Ich brach ab. »Was rede ich da für Unsinn!«

Adrian Paul hatte sich nicht gerührt.

Ich faltete meine Hände im Schoß und fuhr zu sprechen fort.

»Ich habe nie mit einem Menschen darüber gesprochen. Ammie hat Marcus eines Tages verlassen. Auf ihrem Weg nach Texas kam sie durch Moisson. Sie war in Begleitung eines Mannes, aber ich habe ihn nicht gesehen; er blieb im Wagen.« Ich hielt inne und sah Adrian Paul an. Wie konnte ich von ihm erwarten, daß er verstehen würde, was ich selbst nie verstanden hatte. »Sie sagte mir, sie habe Marcus verlassen. Sie sei es leid zu teilen – was immer das bedeutete. Sie sagte mir auch, wohin sie wollte – nach Daingerfield in Texas. Ich weiß nicht, warum sie das tat. Wir waren keine Freundinnen. Wir kannten einander kaum.«

Ich machte eine Pause, während ich mich erinnerte. An den stillen, kalten Tag mit der allzu hellen Wintersonne. »Es war der zweite Januar. Im letzten Winter war es zwei Jahre her. Sie sagte, sie wolle einen Vorsatz ausführen, den sie zu Neujahr gefaßt habe, und sie würde nie wieder zurückkommen. Dann fuhr sie ab.

Am nächsten Tag landeten vier DeLande Brüder auf dem Flugfeld vor dem Ort und kamen zu uns. Die DeLandes haben einen Hubschrauber«, fügte ich erklärend hinzu. »Irgend jemand hatte ihnen gesagt, wohin Ammie wollte. Soviel ich weiß, hatte sie es außer mir noch zwei anderen Schwägerinnen gesagt. Und die Männer haben gemeinsam die Verfolgung aufgenommen.« Ich hielt kurz inne. »Montgomery mit ihnen. Drei Tage später kamen sie zurück. Ihre Kleider waren voller Blut – und Ammie kam nicht mit ihnen.« Ich sah Adrian Paul an. Er saß ganz still da, und in seinen Augen zeigte sich keine Gefühlsregung.

»Ich wollte zum Sheriff gehen, aber Terry Bertrand war mit DeLande-Geld und -Einfluß in sein Amt gehoben worden. Montgomery und er steckten dauernd zusammen. Beim Jagen und Fischen, und einmal sind sie sogar zusammen nach Montana ...« Ich brach ab und starrte Adrian Paul in die dunklen, leeren Augen.

»Ich wußte nicht einmal ihren richtigen Namen«, sagte ich leise. »Ich glaube, sie war nicht mit Marcus verheiratet. Ich habe immer in der Zeitung geschaut, ob ich etwas entdecke – irgend etwas. Später fragte ich sogar Richards Frau, ob sie von Ammie gehört habe. Ich wußte nicht, wie ich herausbekommen sollte, was mit ihr geschehen war. Aber eines habe ich dabei gelernt: ›Keine Frau verläßt einen DeLande‹. Jedenfalls nicht durch Flucht.«

Adrian Pauls Miene war verschlossen. Ich richtete meine Aufmerksamkeit wieder auf den Bonsai.

»Ich kann Nachforschungen für Sie anstellen, wenn Sie das möchten. Ganz diskret natürlich. Aber das könnte bedeuten, daß Sie eines Tages aussagen müßten, was Sie gesehen haben.«

Ich nickte zum Zeichen meines Einverständnisses. Ich hatte in letzter Zeit viel an Ammie gedacht und mich gefragt, ob auch ich eines Tages einfach spurlos verschwinden würde.

»Warum sind *Sie* nicht geflohen, anstatt zu Sonja zu ziehen? Sie hätten ja Ammies Fehler, die ganze Familie zu informieren, nicht zu wiederholen brauchen. Sie sind eine intelligente Frau. Sie hätten nach Reno fliegen, sich scheiden lassen, das Land verlassen und verschwinden können. Sie haben Geld, und es gibt genug Orte auf der Welt, wo Sie niemals gefunden worden wären.«

Ich schüttelte den Kopf. »Nein. Nur Menschen, die aus Plastiktüten leben, können verschwinden. Wir anderen haben Sozialversicherungsnummern, Pässe, Führerscheine, Bankkonten. Jeder Computermensch in jedem Amt kann einen ausfindig machen, wenn der Preis stimmt. Die DeLandes haben auf der ganzen Welt geschäftliche Verbindungen. Sie könnten mich finden. Sie *würden* mich finden.

Ich habe tatsächlich daran gedacht, alles zu verkaufen und von dem Erlös zu leben. Nur noch bar zu zahlen. Dann würde ich keine Spuren hinterlassen«, erläuterte ich. »Aber der Staat achtet auf Leute, die alles bar zahlen. Drogenhändler und so, Sie wissen schon. Und ich werde nicht meine Kinder um ein halbwegs normales Leben bringen, wenn es nicht unbedingt sein muß.

Die DeLandes können jeden finden, ganz gleich, wo er sich aufhält«, wiederholte ich. »Die Flucht wäre keine Lösung. Da draußen«, ich umfaßte die Außenwelt mit einer großen Geste, »kenne ich keinen Menschen. Hier habe ich Familie.« Ich lächelte. »Ich habe Sonja. Ich habe ein einigermaßen normales Leben. Und wenn ich an der Oberfläche bleibe, im Licht der Öffentlichkeit, habe ich vielleicht eine Chance, daß mir nichts passiert. Jedenfalls solange ich nicht wieder heirate.

Andreus erste Frau, Priscilla, hat sich tatsächlich von ihm scheiden lassen, aber sie hat nie wieder geheiratet. Sie wohnt außerhalb von Des Allemands, als Laienschwester in einem Kloster, soviel ich weiß. Er läßt sie beobachten, aber er läßt sie in Frieden. Natürlich mußte sie ihm die Kinder lassen.« Ich sah Adrian Paul an und beugte mich vor. »Ich werde ihm meine Kinder niemals lassen. Und ein Leben in klösterlicher Abgeschiedenheit interessiert mich nicht.«

»Sie werden sich gleich diesen Finger abdrehen, wenn Sie nicht vorsichtig sind.«

Ich sah auf meine Hände hinunter. Ich hatte so heftig an meinem Ehering gerissen, daß der Finger darunter völlig blutleer war. Ich schob den Ring vorsichtig von dem gefolterten Finger und starrte ihn an. Dann hielt ich ihn ans Licht, so daß ich die Blätter und Blüten und Ranken erkennen konnte, die in den breiten goldenen Reif graviert waren. Ich hatte mir den Ring in letzter Zeit nie mehr angesehen. Er war ein meisterhaftes Stück, in Paris nach Montgomerys Angaben gearbeitet. Eine Glyzinie, die sich endlos um sich selbst zu ranken schien. Ohne ein Wort schob ich ihn wieder auf meinen Finger.

»Also, Sie glauben, Montgomery würde Sie gehen lassen, wenn Sie auf die Kinder verzichteten. Aber Sie sind nicht bereit, das zu tun. Darum glauben Sie, daß er versuchen wird, Ihnen etwas anzutun«, faßte Adrian Paul das Wesentliche zusammen.

»Ja«, stimmte ich zu. »Früher oder später wird er versuchen, mir etwas anzutun. Aber ich möchte herausfinden, ob er mich nicht vielleicht doch gehen läßt. Das möchte ich auf jeden Fall versuchen, ehe ich an Flucht denke. Denn wenn ich fliehe, werde ich mein Leben lang auf der Flucht sein. Jedenfalls solange meine Kinder leben.« Ich versuchte, mir ein solches Leben vorzustellen. Aber ich konnte mir einfach kein Bild davon machen, wie Menschen leben, die kein Zuhause haben, keine Menschen, die zu ihnen gehören. Und ich glaube, ich hatte mehr Angst davor, mutterseelenallein zu sein, als den Kampf mit Montgomery aufzunehmen. Das Gefühl von Vergeblichkeit, das mich schon den ganzen Tag gequält hatte, kehrte mit doppelter Intensität wieder.

»Priscilla mußte Andreu überzeugen, daß sie die Scheidung wollte. Ich werde Montgomery überzeugen müssen.«

Adrian Paul schüttelte zweifelnd den Kopf. »Wir müssen dafür sorgen, daß Sie ausreichend geschützt sind. Die Bewachung verstärken. Sind die Kinder in Gefahr?«

»Nur wenn Montgomery sie zurückbekommt.«

»Lassen Sie mich mit Philippe sprechen. Wenn bessere Bewachung etwas hilft, werden wir dafür sorgen. Haben Sie eine Schußwaffe?«

»Mehrere«, antwortete ich leicht ironisch.

»Können Sie damit umgehen?«

Die Arroganz seines Tons machte mich ärgerlich. Der große starke Mann, der mit dem hilflosen kleinen Frauchen spricht. »Ja. Ich kann damit umgehen. Sehr gut sogar.«

Adrian Paul lachte. »Verzeihen Sie mir. Ich wollte Sie nicht beleidigen.«

»O doch. Aber es ist schon in Ordnung. Sie können ja nichts dafür. Sie sind nur ein Mann.«

»Touché.« Er lachte wieder, und ich lächelte und schob die Gefühle von Ohnmacht und Vergeblichkeit einfach weg. Fast gleichzeitig standen wir beide auf. Ich nahm meine Handtasche.

»Gibt es eigentlich eine Möglichkeit, einen abgeschlossenen Wagen ohne Schlüssel schnell und mühelos zu öffnen?«

»Ja.« Adrian Paul sah mich ernst an. »Warum?«

Ich erzählte ihm von den Blumen auf dem Beifahrersitz.

»Ja«, sagte er seufzend. »Es gibt da ein sehr geeignetes Instrument, eine flache, dünne Metallplatte, vielleicht vierzig bis fünfundvierzig Zentimeter lang, etwa in der Form eines Lineals, aber mit einer Einkerbung. Wer damit Erfahrung hat, kann eine abgeschlossene Autotür innerhalb von fünf Sekunden öffnen. Aber man kann sich vor solchen Einbrüchen natürlich schützen. Es gibt ja alle möglichen Alarmanlagen. Ich denke, Sie sollten sich eine besorgen.«

»Und ich denke, das wäre nur eine Verschwendung von Zeit und Geld. Montgomery würde Mittel und Wege finden, in den Wagen hineinzukommen, wenn er das wollte.« Ich dachte an die Alarmanlage rund um das Häuschen. Sie diente zur Vorwarnung. Aber schützen würde sie uns letztlich nicht. Jedenfalls nicht vor einem DeLande. »Aber ich werde es mir überlegen. Wenigstens werde ich dann nicht mehr überrascht sein, wenn mir jemand etwas in den Wagen gelegt hat. Dann wird mich die Sirene vorher warnen.«

Wir verabschiedeten uns voneinander, höflich, mit den nichtssagenden, kleinen Floskeln, die man einander sagt, wenn die Beziehung nicht mehr rein geschäftlicher Natur ist, aber auch nicht persönlich. Und dann ging ich.

Beim Hinausgehen sprach ich ein paar Worte mit Bonnie, die heute ganz in Lachs gekleidet war, Ton in Ton mit dem Bürodekor. Ich hätte sie gern einmal in Scharlachrot oder einer anderen knalligen Farbe gesehen, mit einer dicken Sonnenblume hinter dem Ohr. Ich fragte mich, ob sie sich zu Hause auch immer so dezent kleidete, im Badezimmer einen beigebraunen Morgenrock, passend zu den Fliesen vielleicht. Im Eßzimmer Blau, damit es zur Tapete paßte.

Ich mußte lächeln über meine Albernheit, als ich die schwere Tür aufstieß und ins Freie trat. Automatisch sah ich mich auf dem Parkplatz nach Autos um, in denen jemand saß und zu warten schien. Aber der Platz war leer. Mein Wagen stand ganz in der Nähe. Ich sperrte auf und stieg ein.

Auf dem Beifahrersitz lag ein Buch.

Lächerlich vielleicht, aber ich sicherte die Türen, ehe ich das Buch zur Hand nahm. Es war eine abgegriffene Ausgabe, so alt, daß der Titel auf dem speckigen Einband nicht mehr zu lesen war.

Es war ein Buch mit Liebesgedichten, leidenschaftlichen und romantischen Versen und Sonetten von John Donne. Ich blätterte zu der Stelle, die mit einem kleinen Lesezeichen aus angelaufenem Messing gekennzeichnet war. Auch das Lesezeichen war alt. Es hatte die Form eines gebrochenen, wieder geflickten Herzens. Mir traten die Tränen in die Augen, als ich das Gedicht las, das Montgomery mir eines Abends vor langer Zeit nach einer leidenschaftlichen und süßen Umarmung flüsternd vorgetragen hatte. Ich konnte seine leise Stimme hören, die so weich war wie das Wispern des Abendwindes.

> Komm, liebe mich und leb mit mir,
> Und neue Lust genießen wir,
> In Bachkristall und goldenem Sand,
> Mit Silberdorn am seidenen Strang.
>
> Sanft rauscht der Fluß, von deinem Blick
> Mehr als vom Sonnenlicht erquickt;
> Verliebtes Fischvolk strömt herbei,
> Will nur, daß es gefangen sei.
>
> Schwimmst du erst in dem muntren Bad,
> Treibt jeder Fisch auf jedem Pfad

In Liebestaumel zu dir hin,
Eher dich zu fischen als du ihn ...

Einen Moment starrte ich mit Tränen in den Augen vor mich hin. Dann klappte ich das Buch zu und legte es wieder auf den Beifahrersitz. Und fuhr weg. Ich konnte mich diesmal nicht dazu bringen, meinerseits eine Botschaft zu hinterlassen. Vielleicht konnte das der Beginn der »guten Dinge« sein, von denen Dr. Hebert gern wollte, daß ich mich an sie erinnerte.

Am nächsten Morgen, als ich die Mädchen zur Schule fahren wollte, lag auf der Motorhaube des Wagens eine Rose. Mittags fand ich wieder ein kleines Buch mit Gedichten. Diesmal waren es Shakespeares Sonette. Und dazu ein Sträußchen Gardenien, an dem eine goldene Kette hing. Sie paßte genau um meinen Hals.

Montgomery umwarb mich. Mich fröstelte bei dem Gedanken.

Am Abend desselben Tages erzählte ein Beamter des Sheriffs, der im Krankenhaus in der Notaufnahme lag, Adrian Paul und mir seine Geschichte. Es war ein farbloser, bedrückender Raum, in dem es nach Desinfektionsmitteln roch. Ich habe die Notaufnahmeräume immer gehaßt, auch schon zu meiner Zeit als Lernschwester. Ich haßte die Hektik und den Tumult, die Angst auf den Gesichtern der Angehörigen, während sie sich auf das Schlimmste gefaßt machten.

Adrian Paul und ich standen neben einer Trage mich hochgestelltem Kopfteil. Rund um uns herum wimmelte es von Polizeibeamten mit grimmigen Gesichtern. Sie nahmen Protokolle auf, klopften dem Beamten auf die Schultern, sprachen in Funkgeräte, die fauchten wie wütende Katzen.

Montgomery war mit LadyLia an seiner Seite aus dem Geschäftssitz von DeLande Enterprises in New Orleans gekommen, als der Beamte, der ihn nach den Fotos bei den Papieren erkannt hatte, sich ihm näherte. Er blieb vor Montgomery stehen, drückte ihm die Papiere in die Hand, sagte sein kleines Verschen auf und wollte, da er seinen Auftrag erledigt hatte, gehen.

»Er hat keine Miene verzogen«, berichtete der Beamte. »Nicht mal mit der Wimper gezuckt. Keinen Moment zu lächeln aufgehört. Aber als ich das nächstemal guckte, lag ich unter der ganzen Papierpracht, die ich ihm zugestellt hatte, im Rinnstein.« Er reichte die richterlich unterzeichneten Papiere Adrian Paul zurück. Sie waren fein säuberlich in vier Teile zerrissen.

»Dieser Dreckskerl, verzeihen Sie, Madam, hat mich windelweich geprügelt.« Er hielt seine linke Hand hoch, an der vier Finger geschient waren.

Das Gesicht des Mannes trug, abgesehen von einer Beule an der Seite, keine Spuren. Aber er hatte vier gebrochene Rippen, und er bewegte seine Beine mit solcher Vorsicht, als hätte Montgomery ihm in die Genitalien getreten.

»Keine Miene hat er verzogen«, wiederholte er. »Aber ich sag Ihnen, solche Augen hab' ich mein Leben nicht gesehen. Das war, als schaute man dem Teufel selbst ins Gesicht.«

Der Beamte veränderte seine Lage und verzog einen Moment schmerzhaft das Gesicht. Dann sagte er: »Madam, das ist echt ein hundsgemeiner Kerl, den Sie da geheiratet haben, wenn ich das mal sagen darf. Mit dem möcht' ich mich nicht anlegen. Wirklich nicht.«

Den ganzen Weg nach Hause zitterte ich und kämpfte gegen den brennenden Schmerz, der aus meiner Magengrube aufstieg und mich zu überwältigen drohte. Ich weiß nicht, ob Adrian Paul mit mir sprach. Ich hörte nichts. Mag der Sonnenuntergang spektakulär gewesen sein, ich sah ihn nicht. Ich sah nur Montgomerys Gesicht, wie es immer aussah, wenn er mich bestrafte, mit blauen Augen, in denen eine kalte Flamme loderte.

Mein Mann hatte einen Polizeibeamten im Dienst tätlich angegriffen. Man hatte Haftbefehl gegen ihn erlassen.

Als Adrian Paul mir vor dem Gästehaus aus dem Auto half, reichte er mir die Karte eines Bewachungsunternehmens in Metairie. Ich nahm sie mit fühllosen Fingern und folgte ihm zur Gartentür von Sonjas Haus.

Sonja flößte mir heißen Brandy ein, während die Brüder über Sicherheitsmaßnahmen sprachen. Mir war, als befände ich mich unter Wasser, jede Bewegung, die ich wahrnahm, wirkte unendlich langsam und träge, jedes Geräusch schien gedämpft. Schock kann eine solche Wirkung haben, aber daß ich die medizinische Erklärung wußte, half mir nichts. Das Gefühl blieb.

Ich legte meine Hände auf meinen Bauch und dachte an mein ungeborenes Kind, während ich gegen die Übelkeit kämpfte, gegen die der Brandy allein nichts ausrichten konnte. Ich mußte mich entscheiden. Ich mußte mich entscheiden zu gehen. Zu fliehen, wie Adrian Paul vorgeschlagen hatte. Aber gab es denn auf dieser Welt einen Ort, an dem Montgomery mit all seinen Verbindungen mich nicht finden würde?

Andererseits, wenn ich blieb, waren auch die Rousseaus in Gefahr. Würde Montgomery auch sie angreifen?

Ich zerrte an dem Ehering, den ich immer noch trug. Trank Brandy in heißer Milch. Das Gefühl der Ohnmacht, das ich den ganzen Tag ertragen hatte, zog sich um mich zusammen wie eine Schlinge, die alle Kraft aus mir herauspreßte.

Ein wenig betrunken, lautlos weinend, lautlos zu einem Gott betend, der in diesem Moment sehr fern zu sein schien, ließ ich mich von Sonja oben im Glyzinienzimmer ins Bett packen. Die Mädchen schliefen mit den Zwillingen in ihrem großen Kinderzimmer voller Spielsachen, und Morgan schlief bei Louis im Zimmer. Zum erstenmal seit Wochen schlief ich tief und fest.

Am folgenden Morgen bekam ich mein letztes Geschenk von Montgomery. Eine alte Ausgabe des Totenbuchs.

Es lag auf der Motorhaube des Wagens, umgeben von den zierlichen Pfotenabdrücken einer Katze, die im Tau klar zu sehen waren. Montgomery oder seine Handlanger konnten den Nachtwächter nach Belieben ausmanövrieren. Philippe zog sofort die Konsequenzen und engagierte einen zweiten Wächter, der nachts den Raum zwischen den beiden Häusern, die Garage, die Türen zum Gästehaus und die Einfahrt überwachen sollte.

Und eine Woche lang hörten wir nichts mehr von meinem Mann. Ich las das Buch mit Donnes Gedichten, insbesondere die Seiten, die Montgomery mit Seidenbändern markiert hatte. Ich wußte, daß mein Mann mich liebte. Ich begriff, daß er mich nicht gehen lassen wollte. Und als ich alle Gedichte gelesen hatte, die Montgomery gekennzeichnet hatte, begriff ich auch, daß ich ihn niemals würde dazu bewegen können, mich in Frieden gehen zu lassen. Keine Scheidung ohne Aufsehen. Keine Trennung in aller Freundschaft.

Nur das Gesetz konnte mich jetzt noch schützen.

Fast genau eine Woche nachdem Montgomery die Papiere zugestellt worden waren und er den Beamten des Sheriffs tätlich angegriffen hatte, ging es los. Ein unbekannter Mann, dunkelhaarig und trotz der Hitze in Nadelstreifenanzug mit Weste, präsentierte sich in der Sankt-Anna-Schule. Er war höflich und gelassen und überbrachte ein Schreiben von mir mit der Bitte, die Kinder in seinen Schutz zu entlassen.

Der Brief war mit der Hand geschrieben, die Schrift der meinen so ähnlich, daß selbst meine Mutter die Fälschung nicht erkannt hätte. Doch die Mutter Oberin der Sankt-Anna-Schule war äußerst vorsichtig, wenn es um die Sicherheit ihrer Schützlinge ging. Sie ließ sich nicht einmal von dem sprichwörtlichen Charme und dem selbstsicheren Auftreten eines DeLande einwickeln. Sie lehnte es ab, die Mädchen aus ihrer Obhut zu entlassen, solange sie nicht die Echtheit des Schreibens geprüft hatte. Und als ausgerechnet zu diesem Zeitpunkt mysteriöserweise alle Telefonverbindungen der Schule gestört waren, wurden ihre Beschützerinstinkte mit einem Schlag hellwach.

Sie schickte ihre Assistentin mit drei Aufträgen auf den Weg: meine Töchter aus dem Unterricht zu holen und sicherheitshalber zu Schwester Martha ins Krankenzimmer zu bringen; eine öffentliche Telefonzelle aufzusuchen und bei den Rousseaus anzurufen; das Kennzeichen des grauen Mietwagens zu notieren, der draußen vor der Schule stand.

Der Mann, der im Korridor darauf wartete, daß man die Kinder holte, merkte, daß die Dinge nicht so liefen, wie er sich das vorgestellt hatte, und fuhr mit quietschenden Reifen davon.

Sonja und ich rasten zur Schule, während die Mutter Oberin die Polizei benachrichtigte. Sonja fuhr wie eine Wahnsinnige, während ich mich mit einer Hand ans Armaturenbrett und mit der anderen an den Türgriff klammerte. Nicht ein einziges Mal schimpfte ich über die Risiken, die sie einging.

Wir konnten es natürlich nicht beweisen, aber so, wie die Schwestern den Mann beschrieben, mußte es Richard gewesen sein. Die Polizei konnte wenig tun. Nicht einmal mit dem Kennzeichen des Wagens ließ sich etwas anfangen. Er war von einer Frau namens Eloise McGarity gemietet. Wer immer die Dame sein mochte.

Ich hielt nur erleichtert meine beiden Mädchen im Arm, während die Polizeibeamten redeten und die Mutter Oberin zornig herumstapfte. Ihre steifen schwarzen Röcke raschelten voller Empörung, und ihre Augen sprühten Funken.

Mir blieb nichts anderes übrig, als ihr von den Übergriffen, denen die Kinder durch ihren Vater und ihren Onkel ausgesetzt gewesen waren, zu erzählen; durch eben den Mann vielleicht, der sie jetzt hatte abholen wollen.

Ich glaube, wenn die Mutter Oberin allein gewesen wäre, hätte sie sich ein paar drastische Schimpfwörter erlaubt.

Ich nahm die Mädchen mit nach Hause. Das Schuljahr war fast um, nur noch fünf Tage blieben, ich hätte sie leicht ganz aus der Schule nehmen können. Aber ich hatte den alten Dazincourt-Eigensinn in mir wiederentdeckt. Er hatte jahrelang ruhig und friedlich in irgendeinem Winkel geschlummert; aber an dem Tag, an dem ich von dem Überfall auf den Beamten erfahren hatte, war er wiedererwacht.

Ich würde nicht zulassen, daß Montgomery das Leben meiner Töchter zerstörte. Ich würde sie beschützen.

Ich gewöhnte es mir an, die Glock-9mm-Pistole unter meinen Kleidern verborgen stets bei mir zu tragen. Ich besprach das nicht mit meinem Anwalt, der womöglich versucht hätte, es mir auszureden. Ich wußte nicht einmal, ob es in Louisiana ein Gesetz gab, das das Tragen verborgener Waffen verbot. Und es war mir auch gleichgültig. Ich trug immer Jacken bei dem heißen, schwülen Wetter.

Und ich hörte auf zu beten. Ich bin mir nicht sicher, wann ich es aufgab, von Gott Hilfe für meine Kinder zu erwarten. Meine Gebete hatten sich an dem Tag verändert, an dem wir aus Moisson fortgegangen waren. Ich hatte auf einmal nicht mehr »Gott, bitte, beschütze meine Kinder«, gebetet, sondern »Gott, bitte, hilf mir meine Kinder beschützen«. Aber ich glaube, Gott war mit mir. Wartete in der Stille.

Die Mädchen und ich gingen regelmäßig zweimal in der Woche zu Dr. Hebert, manchmal alle zusammen, manchmal einzeln. Es kostete eine Menge Geld, und wochenlang sah ich hilflos zu, wie meine vierzigtausend Dollar schrumpften. Bis Adrian Paul endlich einen verständnisvollen Richter fand und eine richterliche Verfügung erwirkte, die Montgomery dazu verdonnerte, für alle notwendigen Kosten aufzukommen, wenn er nicht wollte, daß ihm der Gerichtsvollzieher auf den Leib rückte. Die Ausgaben für Dr. Talley, Dr. Hebert und die Schule fielen unter die notwendigen Kosten. Die Firma DeLande Enterprises bezahlte, ohne sich zu zieren. Mit einem Scheck, den die Grande Dame DeLande persönlich unterzeichnet hatte.

Ann Nezio-Angersteins Honorare hingegen wurden nicht als notwendige Ausgaben betrachtet. Ich schrieb immer noch jede Woche einen Scheck für sie und den Wirtschaftsprüfer, die beide daran arbeiteten, weitere Beweise für Montgomerys Beziehung zu Glorianna DesOrmeaux und ihrer kleinen Tochter ausfindig zu machen. Ann hatte an dem Tag, an dem Montgomery aus Paris zurückgekommen war, ein Foto von Mutter und Tochter gemacht. Montgomerys Kind war eine kleine Schönheit. Seit jenem Tag jedoch wurden Mutter und Tochter nicht mehr gesehen.

Ich brachte die zweite Schwangerschaftsphase schneller hinter mich als sonst. Obwohl ich erst im dritten Monat war, litt ich nicht mehr unter Übelkeit und Erbrechen. Statt dessen war ich müde, lethargisch, kraftlos, schlief viel und tiefer. Tagsüber war ich schläfrig, konnte einnicken, wo ich ging und stand. Auf dem Sofa, am Küchentisch, auf der Schaukel.

Das gesteigerte Schlafbedürfnis zwang mich, mich auf die Alarmanlage und die Wächter zu verlassen. Der neue Wächter hieß Max. Er kam jeden Abend, bevor er seinen Dienst antrat, mit seiner .38er Police Special im Holster bei mir vorbei. Dennoch hatte ich meine 9mm-Pistole fast immer bei mir.

Am Ende der zweiten Woche nach Montgomerys Zusammenstoß mit dem Beamten verschwand Snaps. Die Kinder merkten es zuerst. Sie beschwerten sich eines Abends, weil sie nicht wie sonst zu ihnen ins Bett kam. Aber da JP wieder einmal bei uns übernachtete und daher entsprechend getobt wurde, nahm ich an, die Katze habe sich gescheiterweise davongemacht, um unter der Veranda zu schlafen. Doch am folgenden Morgen war ihr Futter unberührt. Und ich ahnte, daß Montgomery die Hand im Spiel hatte.

Am Sonntagmorgen gingen wir in aller Frühe zur Messe. Aus dem Auto winkten wir Max zu, der die ganze Nacht auf dem Grundstück patrouilliert war und in dem Bemühen, älter zu wirken – er war gerade einundzwanzig –, eine Zigarette nach der anderen geraucht hatte. Er war ein netter Junge mit Brille und kurzgestutztem Haar und einem recht dünnen Schnurrbärtchen, aber immer voller Enthusiasmus.

Wir hatten noch nicht die richtige Kirche für uns gefunden und gingen deshalb zur Messe in die Saint-Louis-Kathedrale. Die Straßen waren im Zwielicht der Morgendämmerung fast leer, und auch die Kirche, sonst von Touristen überlaufen, war beinahe leer. Einige gutgekleidete ältere Herrschaften, ein paar Familien mit schlaftrunkenen Kindern, ein paar Dutzend Erwachsene, die allein gekommen waren, das war alles.

Im Rahmen der Messe hielt uns der Geistliche eine kleine Predigt über die Seligpreisungen, jenen Teil der Heiligen Schrift, in dem Jesus sagt, daß die Sanftmütigen das Erdreich besitzen werden.

Nach dem Gottesdienst nahm ich Morgan, setzte ihn mir auf

die linke Hüfte und nahm Shalene bei der Hand. Dessie trottete hinter uns her, als wir durch den Mittelgang zum Portal gingen. Die Mädchen besprachen ernsthaft, was man tun könnte, um JP eine neue Mutter zu verschaffen. Eine für immer. Ich mußte lachen, als Shalene meinte, Adrian Paul könne ihm doch eine kaufen.

Und lachte noch, als wir auf dem Weg nach draußen an Richard vorüberkamen. Er lächelte mir zu. Ein erheitertes Lächeln, als wäre ich ein frühreifes Kind, das bei einem Streich ertappt worden war. Er nickte mir zu, als ich vorüberging, und richtete seine Augen dann mit gierigem Blick auf Dessie. Gierig und besitzergreifend. Ich hätte beinahe meine Pistole herausgezogen und ihn hier, mitten in der Kathedrale vor Gott und allen seinen Heiligen, erschossen. Statt dessen tat ich jedoch das einzige, was ich tun konnte. Ich nahm vor der Kirche den Priester beim Arm und zog ihn mit mir.

Er war jung und glaubte sich offensichtlich von einer Frau mit einer Fixierung auf Geistliche überfallen. Stammelnd wollte er sich von mir losreißen, bis ich mich dicht zu ihm neigte und ihm sagte, ich würde ständig von einem ehemaligen Sträfling belästigt, einem Mann, der mehrere Frauen vergewaltigt habe, und ich hätte diesen Kerl in der Kirche herumlungern sehen. Er glaubte mir, nahm Shalene und Dessie auf den Arm und eilte mit uns zu meinem Wagen.

Sobald wir alle sicher im Wagen saßen, fuhr ich los. Richards blauer 1955er Chevy stand zwei Autos weiter. Die Speziallackierung blitzte in der Sonne.

Ich konnte kaum atmen, mein Herz dröhnte. Nicht vor Furcht. Vor Schreck über die Erkenntnis meiner eigenen Gewalttätigkeit. Ich hätte Richard eben ohne weiteres umbringen können. Ich hatte ihn umbringen *wollen*.

Als wir nach Hause kamen, fanden wir Snaps. Sie lag auf der vorderen Veranda unseres Häuschens. Ihre vier Beine und ihr Schwanz waren mit blauer, fluoreszierender Angelschnur zusammengebunden. An beiden Vorderpfoten, wo sie versucht hatte, sich von den Fesseln zu befreien, war ihr Fell mit getrocknetem Blut verklebt. Ihre Augen waren matt und glanzlos, ihr Atem ging flach und schnell, und sie sah schrecklich ausgetrocknet aus.

Die Mädchen folgten mir schweigend, als ich Morgan im Haus absetzte und dann Snaps in die Küche trug. Ich legte sie auf den Küchentisch und begann überall im Haus nach den Dingen zu suchen, die ich brauchte, um die Katze zu behandeln. Im Badezimmer fand ich zwei Scheren, Pflaster, einen Rasierapparat, mit dem ich das Fell abrasieren konnte, einen Nagelknipser, um ihr die Krallen zu beschneiden, damit sie mich nicht kratzen konnte, Wasserstoffsuperoxyd zum Desinfizieren und schließlich noch eine antibiotische Salbe. Ich kehrte in die Küche zurück, legte die Sachen ab und band mir eine Schürze um.

»Geht, zieht euch Shorts an, Kinder«, sagte ich, ohne meinen Blick von der Katze zu wenden. Ich hob das verfilzte Fell ein wenig an, um mir die Verletzungen anzusehen, und die Mädchen rührten sich nicht von der Stelle. »Ich brauche euch beide. Ihr müßt mir helfen, Snaps zu helfen. Dessie, würdest du bitte Morgans Ställchen aufstellen und ihn hineinsetzen? Ich möchte nicht, daß er hier herumkriecht. Shalene, bring mir ein paar Handtücher aus dem Bad, die weißen. Aber saubere«, setzte ich hinzu. »Ach, und Dess, wenn du Morgan in den Laufstall gesetzt hast, dann bring mir doch diese Stoffreste, du weißt schon, das beige dünne Leinen, das so leicht knittert. Dann zieht ihr euch beide um und helft mir hier. Beeilt euch.«

Snaps brauchte zwei Tage, um sich so weit zu erholen, daß sie versuchte, allein zu gehen. Als es soweit war, brachte ich den Mädchen bei, wie man ihren Körper beim Gehen mit einem Handtuch so abstützen konnte, daß auf ihren Pfoten nicht zuviel Gewicht lastete. Wir kauften Unmengen Katzenfutter und Leckereien und verwöhnten sie schrecklich.

Am Montag nachdem wir Snaps gefunden hatten, fand die Verhandlung über eine gesetzliche Trennung zwischen Montgomery und mir statt. Montgomery erschien nicht. Ein zweiter richterlicher Haftbefehl erging gegen ihn.

Vier Tage nachdem wir Snaps auf der Veranda gefunden hatten, wurde Max ermordet.

9

Er lag auf der hinteren Veranda. Das Sonnenlicht, das durch das Weinlaub fiel, malte Kringel auf sein Gesicht. Unter ihm war eine klebrige, dunkle Blutpfütze. An den Füßen, die gegen die Waschmaschine gestemmt waren, hatte er keine Schuhe, eine Socke war halb ausgezogen. Er war schon eine ganze Weile tot. Der Gestank nach Urin und Kot, die seine marineblaue Hose befleckten, war deutlich wahrnehmbar in der Hitze des frühen Morgens.

Die Mädchen, die für den letzten Schultag gekleidet waren, saßen hinter mir in der Küche, aßen Cornflakes und streichelten Snaps, die zwischen ihnen auf dem Tisch lag und auf ihren Anteil wartete – die zuckrige Milch auf dem Grund der Schälchen. Behutsam zog ich die Hintertür zu, schaltete die Alarmanlage für die Tür wieder ein und drückte mein Gesicht schweratmend an den Türpfosten.

Mein Schlafzimmer lag direkt an der hinteren Veranda, und ich hatte ruhig geschlafen, während Max getötet worden war. Ich hatte nichts gehört. Ich holte einmal tief Atem und ging am Küchentisch vorbei zu dem Schaltbrett der Alarmanlage an der Vordertür. Sie war in Betrieb. Das grüne Licht brannte.

Morgan stand in seinem Ställchen vor der Tür, einen Stoffbären in der linken Hand, eine Klapper in der rechten. Mit seinen eigenartigen Altmänneraugen beobachtete er mich, als ich einmal durch das ganze Haus ging, die Fenster prüfte, das übergroße T-Shirt auszog, in dem ich zu schlafen pflegte, und die Pistole anschnallte.

Das lederne Hüftholster lag schwer und rauh auf meiner bloßen Haut, dennoch legte ich es zuerst an, mit zitternden Händen bei dem Gedanken an Eve Tramonte. Ich wußte, daß keiner der De-Landes sich mit dem Mord eines Nachtwächters die Hände beschmutzt hatte. Sie suchten sich ihre Opfer mit großer Sorgfalt aus. Wie Ammie. Max hatte keine Bedeutung für sie; er war lediglich eine Botschaft für mich, die mir höchstwahrscheinlich ein gedungener Killer aus einem anderen Staat vor die Tür gelegt hatte.

Ich zog eine leichte, dunkelblaue, lange Hose an, zog das Holster zurecht, schlüpfte in einen langen, ärmellosen Pulli und schob meine Füße in Leinenslipper. So war ich ordentlich angezogen für die Polizei. Albern vielleicht, aber Mamas Erziehung war nicht totzukriegen. »Eine Dame ist immer ordentlich angezogen«, pflegte sie stets zu sagen.

»Kinder! Kommt, putzt euch die Zähne. Und zieht euch um. Zieht euch was zum Spielen an. Ihr geht heute nicht in die Schule.« Meine Stimme zitterte, aber ich schaffte es zu lächeln, als sie ins Schlafzimmer gerannt kamen.

»Warum nicht, Mama?«

»Pscht. Sonst überlegt sie sich's noch anders«, flüsterte Shalene.

»Ihr dürft heute drüben bei Tante Sonja spielen. Mit Cheri, wenn ich sie so kurzfristig auftreiben kann. Aber geglotzt wird nicht, verstanden?«

»Dürfen wir in den Park gehen?« fragte Shalene.

»Nein.« Furcht schoß in mir hoch und das Bild von Max, wie er auf der hinteren Veranda lag. »Nein. Ihr bleibt heute im Haus. Kommt jetzt. Schnell. Zieht die Schuluniformen aus.«

Ich hängte die Sachen in den Schrank, den wir uns alle teilten, und warf T-Shirts und Shorts auf das ungemachte Bett, während sich die Mädchen die Zähne putzten. Dann klemmte ich mir Morgan unter den Arm, und wir marschierten zusammen zu Sonja hinüber.

Wir kamen an einem Schuh vorbei, einem abgestoßenen, schwarzen Halbschuh. Nicht weit davon war eine Stelle, wo der dunkle Boden aufgewühlt war. Und ich sah zwei Furchen wie von Absätzen aufgeworfen. Die Mädchen bemerkten nichts.

Bei Sonja klopfte ich nicht an. Ich nahm einfach meinen Schlüssel und sperrte auf. Ich schob die Mädchen ins Haus, schlug die Tür zu und schaltete die Alarmanlage aus, um sie sofort wieder einzuschalten, noch ehe ich mich umgedreht hatte.

Sonja und Philippe, die beim Frühstück saßen, starrten uns verblüfft an.

»Sind die Zwillinge schon auf?«

Sonja nickte und stellte ihre Kaffeetasse ab.

»Geht rauf und spielt mit den Zwillingen, Mädchen. Na los!« Sie stürmten durch die Küche und rannten, nach Mallory und Marshall rufend, die Treppe hinauf.

»Was hat das zu bedeuten?« sagte Philippe. Es klang mehr wie ein Befehl als wie eine Frage.

»Philly, ich glaube, sie wird ohnmächtig.«

Ich lächelte, dann wurde alles schwarz. Philly. Einen unpassenderen Namen für den ernsten Philippe Rousseau gab es kaum.

Philippe fing Morgan auf. Sonja fing mich auf.

»Collie?« konnte ich sie rufen hören, als ich wieder zu mir kam. Ich konnte höchstens einen Moment das Bewußtsein verloren haben. »Mein Gott. Du bist doch noch nie ohnmächtig geworden.«

»Soll ich einen Krankenwagen rufen?«

»Nein«, flüsterte ich mit trockenem Mund. »Die Polizei.«

»Warum?« Die kurze Frage war typisch für Philippe.

»Max. Er ist tot.«

Philippe fluchte und entfernte sich. Sonja setzte sich neben mich auf den Boden und hielt meine Hand. Nur Sekunden später, so schien mir, hörte ich in der Ferne eine Sirene.

Ich fuhr mir mit der Zunge über meine trockenen Lippen und sagte mit einem halben Lächeln: »Nimm mir lieber das Holster ab, Sonja. Für den Fall, daß sie mich durchsuchen sollten.« Mit einem Prusten schob Sonja meinen Pulli hoch und riß an der Schließe des Holsters. »Und kann ich vielleicht ein Glas Wasser haben? Und einen richtig starken Kaffee?«

Der Tag verging in einem Wirbel sinnloser, sich ständig wiederholender Fragen und Anspielungen von seiten der Beamten am Tatort, ihrer Vorgesetzten, der Kriminalbeamten vom Morddezernat und des Leiters der Wachgesellschaft. Ich wurde zwar nicht durchsucht, aber ihnen allen schien es schwerzufallen zu glauben, daß Max im Garten getötet und dann zur Veranda geschleift worden war. Sie schienen lieber glauben zu wollen, ich hätte ihn in meinem Bett umgebracht und dann durch die Hintertür hinausbugsiert. Ich war vermutlich eine sehr praktische Verdächtige.

Die Furchen im Garten überzeugten sie schließlich von meiner Unschuld. Um Max zu erdrosseln und dann hinter das Gästehaus zu schleifen, hätte es einer kräftigeren Person bedurft, als ich eine war. Max hatte nicht einmal Zeit gehabt, seine .38er zu ziehen, bevor er starb. Man fand fremde Fußabdrücke im Garten und Dutzende von Max' Zigarettenstummeln.

Einer der Mörder war groß und schwer und hatte Turnschuhe Größe 42 getragen. Der andere war kleiner und leichter und hatte sehr alte Tennisschuhe angehabt. Andere Hinweise fand man nicht.

Die Wachgesellschaft teilte uns unverzüglich einen neuen Wachmann zu. Er trug eine .357er und hatte einen Gang wie ein Footballspieler. Er war groß, kräftig und erfahren. Er kostete eine Stange Geld, aber die Kosten schreckten mich nicht. Keine Anfänger mehr als Wächter. Ich verlangte sogar von der Gesellschaft, Max' Partner auszuwechseln, den hinkenden, o-beinigen Mann. Er war zu alt, um es mit den Leuten aufzunehmen, die die DeLandes zu kaufen pflegten.

Adrian Paul, der von Philippe gerufen worden war, blieb mehrere Stunden, in denen er mit der Polizei sprach und den Leuten von der Spurensicherung bei der Arbeit zusah. Er sagte, er würde Mittel und Wege finden, um Montgomery zu zwingen, die Kosten für die Bewachung zu übernehmen. Wenn auch vielleicht nicht sofort, so doch spätestens im Rahmen der Scheidungsvereinbarung. Ich machte mir nicht die Mühe, darauf etwas zu erwidern.

Ann Nezio-Angerstein kam vorbei, um irgendwelche Papiere

abzugeben, die ich, wie sie meinte, sehen müßte. Auch sie blieb eine Weile und sah sich den Rummel an. Ich hoffte, sie würde die Zeit nicht mir in Rechnung stellen.

Ich blieb auf Sonjas Sofa liegen, schlief mir, soweit das möglich war, den Schrecken über Max' Tod von der Seele und gab der Polizei auf ihre Fragen immer wieder dieselben Antworten. Am späten Nachmittag wollten die Polizeibeamten mich auf ihre Dienststelle mitnehmen, um mir weitere Fragen zu stellen, aber da griff Adrian Paul ein. Er sagte, sie sollten mich entweder offiziell beschuldigen oder gefälligst verschwinden. Es sei doch wohl offensichtlich, daß ich am Rande meiner Kräfte sei. Die Angst vor schlechter Presse, falls publik werden sollte, daß man eine Schwangere zur Vernehmung geschleppt hatte, obwohl sie offensichtlich unschuldig war, veranlaßte die Beamten zum Einlenken. Sie gingen endlich und ließen mich in Ruhe. In Sonjas Fernsehraum döste ich vor mich hin, während flackernde bunte Bilder über den Schirm zogen, von denen ich kaum etwas mitbekam.

Südlich von Kuba im Atlantik zog sich der erste tropische Sturm dieses Sommers zusammen, früh im Jahr. Den TV-Meteorologen zufolge bewegte sich Ada im gemächlichen Tempo eines Nachmittagsspaziergangs in nordwestlicher Richtung. In Wirklichkeit schwenkte sie vor der Südspitze Floridas ab und brauste Chaos und Vernichtung verbreitend heulend in den Golf von Mexiko.

Schläfrig beobachtete ich von meinem Sofa aus, wie die Polizeibeamten endlich abzogen und Max' Leiche zur Obduktion fortschaffen ließen. Die Journalisten, die sich vor der Einfahrt zum Grundstück gesammelt hatten, brachen ebenfalls ihre Zelte wieder ab, nachdem ihnen der Leiter der Wachgesellschaft persönlich eine halbwahre Geschichte erzählt hatte.

Am Abend berichtete man in den Nachrichten von dem tapferen einundzwanzigjährigen Nachtwächter, der sein Leben geopfert hatte, um eine Familie vor Einbrechern zu schützen. Wahrscheinlich Drogenabhängige, die dringend Geld gebraucht hatten, um ihre Sucht zu befriedigen, wenn nicht gar eine einheimische Version des Manson-Clans, deren Mitglieder sich einen perversen Spaß daraus machten, zu verkrüppeln und zu töten. Ich bin überzeugt, der Umsatz der Wachgesellschaft schnellte in nie dagewesene Höhen.

Ich schaltete den Fernsehapparat aus und sah mir die weiteren Berichte nicht an. Max' Tod war mir nicht gleichgültig, ich war einfach wie betäubt. Ich fühlte mich eiskalt und leer. Ich hatte keine Angst mehr. Ich fühlte mich nur noch ausgeliefert und leblos wie die weiten Sumpfgebiete, in denen die Holzfäller alles Leben abgetötet hatten.

Irgendwie gelang es mir, Max' Tod vor den Mädchen zu verbergen. Ich erzählte ihnen, er habe einen neuen Posten übernommen und sei abgelöst worden. Sie akzeptierten die Geschichte ziemlich gleichmütig; sie waren viel zu beschäftigt, um sich Gedanken zu machen.

Nachdem ich mich aus meiner Lethargie endlich hochgerappelt hatte, aßen Adrian Paul, JP und wir vier DeLandes mit den Rousseaus zu Abend. Philippe grillte Hühnchenbrust, Lachs und Krabben auf der Terrasse, die Mädchen und ich steuerten gekochte Maiskolben bei und Reis nach einem alten Rezept von Mama, und abschließend gab es frisches Pekanoeis aus der elektrischen Eismaschine.

Umgeben von den Rousseaus und einer Horde vergnügter Kinder, begann ich langsam wieder lebendig zu werden. Nach dem Abendessen erzählten die Männer »alte Franzosenwitze«, so wie man in anderen Teilen des Landes vielleicht alte Polen- oder Juden- oder Indianerwitze erzählt, und ich lachte über den ziemlich plumpen Humor, bis mir die Tränen kamen und die tiefe Niedergeschlagenheit etwas nachließ.

Sonja wollte zwar unbedingt, daß wir die Nacht über im Haupthaus blieben, aber sobald um zehn Uhr die neuen Nachtwächter kamen, trugen Adrian Paul und ich meine Kinder hinüber ins Gästehaus und brachten sie zu Bett.

Als ich mich an der Tür von Adrian Paul verabschieden wollte, blieb er an den Türpfosten gelehnt noch einmal stehen. Seine dunklen Augen waren ernst wie auch sein Gesicht, und ich bekam einen Schrecken. Einen verliebten Mann konnte ich jetzt in meinem Leben überhaupt nicht gebrauchen.

»Ich muß mich bei Ihnen entschuldigen«, sagte er.

»Weswegen?«

»Ich habe Ihnen nicht geglaubt, als Sie sagten, Sie hätten Angst vor Ihrem Mann. Weil er Sie nie geschlagen hatte. Ich dachte, Sie seien ... äh ...«

»Verrückt?« Ich war erleichtert. Das hörte sich nicht nach der Einleitung zu einer Liebeserklärung an.

»Ich dachte, Sie übertreiben.«

»Hm.« Ich lachte ein wenig.

Er lächelte. »Es tut mir wirklich leid, und ich bitte um Verzeihung. Aber ich denke, Ihre Sorgen sind jetzt vorbei. Diese Burschen scheinen ihr Handwerk tatsächlich zu verstehen.« Er drehte den Kopf, um einen Blick auf die beiden neuen Wachmänner zu werfen, die mit militärischer Präzision das Grundstück abschritten, Routen und Kontrollpunkte markierten, Radiosignale verifizierten und sich mit gesenkten Stimmen besprachen. Sie machten wirklich einen kompetenten Eindruck. Da mußten wir eigentlich sicher sein.

Eigentlich.

Aber ich teilte Adrian Pauls Zuversicht nicht.

»Ich hole Sie morgen um zehn ab. Ziehen Sie was Leichtes an. Es soll heiß werden.«

»Um zehn?«

Adrian Paul sah mich im trüben Schein der Verandalampe mit zugekniffenen Augen an. »Haben die Mädchen Ihnen nichts gesagt?«

»Nein. Was denn?«

»Wir fahren morgen alle zu Betty Louise und hinterher wieder zum Van's zum Mittagessen.«

»Ach, und wer hatte diese grandiose Idee?« fragte ich ätzend. »Sonja?«

Adrian Paul lachte. »Nein. Nicht Sonja. Sonja Junior. Ihnen ist wohl klar, daß Shalene ihr nachschlägt. Sie kann mich schon jetzt um den Finger wickeln. Es ist beängstigend.« Er zuckte halb verlegen die Achseln.

»So, um zehn, hm?« Ich gähnte. »Na ja, bis dahin werde ich mich wohl aus dem Bett quälen und fertigmachen können.«

Er nickte und wandte sich ab, blieb stehen und sah sich mit lachenden Augen noch einmal zu mir um. »Ich glaube, Sie werden eine tolle Schwiegermutter.«

»Wie bitte?«

»Shalene hat beschlossen, JPs Stiefmutter zu werden, und hat mir deshalb befohlen, ihr einen Heiratsantrag zu machen.«

Ich stöhnte nur.

»Wir sind verlobt.«

»Wunderbar. Wie schnell kann sie ausziehen?«

»Nicht so schnell, Gott sei Dank. Das Gesetz von Louisiana bestimmt, daß ich warten muß, bis sie erwachsen ist.«

»Mir wär's lieber, Sie nähmen sie gleich heute abend mit.«

Lächelnd schüttelte er den Kopf. »Bestimmt nicht.«

Nachdem er gegangen war und ich mich vergewissert hatte, daß die Alarmanlage eingeschaltet war, ließ ich mir ein Bad einlaufen.

Ein duftendes Schaumbad, dazu Kerzenlicht und leise Country-Musik aus dem Radio – und die Pistole auf dem Toilettenspülkasten. Ich streckte mich in der großen, altmodischen Wanne aus und ließ den Streß des Tages einfach fortschwimmen.

Gegen Montgomery war Haftbefehl ergangen, weil er den Beamten des Sheriffs angegriffen und zum Gerichtstermin nicht erschienen war, und jetzt wurde er in Zusammenhang mit Max' Ermordung als Zeuge gesucht. Es bestand eine gute Chance, daß die DeLandes sich eine Weile ruhig verhalten würden. Vielleicht hatte Adrian Paul recht. Vielleicht war ich jetzt erst einmal eine Weile sicher.

Ich wollte es gern glauben. Ich bemühte mich, es zu glauben, während das warme Wasser meine innere Spannung löste und die Muskelschmerzen in meinem Rücken linderte.

In dieser Nacht schlief ich tief und fest und erwachte erst, als die Mädchen und Snaps zu mir ins Bett kamen. Snaps konnte schon beinahe wieder normal gehen und hatte nur noch kleine Verbände an den Knöcheln. Aber ihr Schwanz hatte fast am Ende einen Knick, der wohl nie wieder verschwinden würde. Die Katze spazierte meinen Körper hinauf und schob mir ihre Nase ins Gesicht. Ihre Schnurrbarthaare kitzelten mich, und sie schnurrte so laut, daß ich sie und die Kinder nicht länger ignorieren konnte.

Shalene zog mir die Decke weg und nahm mir damit die letzte Möglichkeit, mich zu verkriechen. »Mama«, sagte sie. »Ich heirate. Damit ich JPs Mama sein kann.«

»Ja, das habe ich schon gehört.« Ich richtete mich auf und suchte nach der Uhr. »Wie spät ist es? Ach, du lieber Gott.« Mit der Uhr in der Hand ließ ich mich zurückfallen. »Schon neun. Habt ihr schon gefrühstückt?«

»Ja, Törtchen. Dessie hat Heidelbeere gegessen und ich Erdbeere. Morgan wollte auch eins, da haben wir ihn ins Ställchen gesetzt und ihm eins gegeben. Aber vorher hat Dessie ihn gewickelt. Er hatte groß gemacht«, informierte mich Shalene. »Stehst du auf, Mama? Jetzt kommt nämlich gleich mein Bräutigam und holt uns ab. Wir fahren zu der Puppenfrau.«

»Mama, hier liegt eine Pistole«, rief Dessie aus dem Bad.

Der Nachttisch war leer. Mir fiel mein gemütliches Bad am Abend zuvor ein, mit der Pistole auf dem Spülkasten der Toilette. Ich hatte vergessen, sie mit ins Zimmer zu nehmen. Ich hatte eine geladene Pistole für alle Welt sichtbar herumliegen lassen, an einem Ort, wo jedes der Kinder sie hätte nehmen können.

Ich lief rasch ins Badezimmer, und das falsche Gefühl von Sicherheit, von dem ich mich am Abend hatte einlullen lassen, verpuffte. Ich wurde gejagt. Der Gedanke warf mich fast um. Die Blumen, die Gedichte, das Totenbuch, Snaps ... Max. Ich wurde gejagt.

Ich nahm die Pistole vom Spülkasten und drehte das Badewasser auf, ohne auf die neugierigen Blicke und die Fragen der

Mädchen zu achten. »Marsch, in die Wanne.« Ausnahmsweise einmal kam von Shalene keine Widerrede.

Als sie in der Wanne saßen, ging ich in mein Zimmer, um mich umzuziehen. Und um die Pistole einzusperren.

Ich wurde gejagt. Wie lange würde ich sicher sein?

Es war ein bewölkter, drückender Tag. Im Golf von Mexiko wütete der Wirbelsturm Ada. Er lauerte vor der Küste, brachte Schiffe in Seenot, rüttelte an den Inseln im Golf und machte der Küstenwache und den Meteorologen einen Haufen Ärger.

Wir waren alle in Shorts, T-Shirts und Tennisschuhen, hatten vorsichtshalber die Regenmäntel auf der Veranda zurechtgelegt, als Adrian Paul vorfuhr. Diesen Wagen hatte ich nie gesehen. Ich kannte nur den BMW, in dem er mich ins Krankenhaus gebracht hatte, damit ich mit dem Beamten sprechen konnte, den Montgomery attackiert hatte.

Jetzt fuhr er einen Klassiker, einen relativ seltenen, karminroten 74er Triumph Stag. Das Hardtop hatte er abgenommen, das Stoffverdeck war zur Hand, um gegen plötzlich einsetzenden Regen gewappnet zu sein. Mir hatten die Stags immer gefallen. Sie waren als Tourenwagen der Luxusklasse gebaut und sogar mit einer Klimaanlage ausgestattet. Dazu Ledersitze und der ganze Komfort der Siebziger.

Ich gab Morgan bei Sonja ab, während Dessie, Shalene und JP hinten auf der Sitzbank angeschnallt wurden. Shalene teilte sich einen Gurt mit ihrem Adoptivsohn. Aber nur, weil ihr nichts anderes übrigblieb. Zuerst hatte sie darauf bestanden, vorn neben ihrem »Bräutigam« zu sitzen. Aber da hatte Adrian Paul ein Machtwort gesprochen, und so durfte ich vorn neben Shalenes Bräutigam sitzen.

Das Wetter war nur erträglich, weil die Sonne hinter Wolken war. Aber es war unglaublich schwül und feucht, und die Zugluft im offenen Wagen war eine Wohltat.

Ein Besuch bei Betty Louise war etwas ganz Besonderes. Sie machte Modellpuppen und kam viermal im Jahr ins French Quarter, um sie zu verkaufen. Sie hatte ihr Atelier im westlichen Teil des Staats in einem kleinen Ort namens Westlake, aber sie kam regelmäßig nach New Orleans, da ihre Puppen von wohlhabenden Sammlern sehr gesucht waren. Ihre Kreationen kosteten bis zu dreitausend Dollar, und jede der Puppen war eine Terzeronenschönheit.

Betty Louise hatte Ähnlichkeit mit ihren Puppen. Sie war eine schwarzäugige, dunkle Frau und trug das silbergraue Haar zu einem Geriesel kleiner Löckchen hochgekämmt. Sie sprach mit einem ausgeprägten Südstaatenakzent, so träge und geschmeidig wie süßer Sirup.

Einige Jahre zuvor, als Sonja Louis erwartet, aber noch auf eine kleine Tochter gehofft hatte, waren wir bei Betty Louise gewesen, um uns ihre Puppen anzusehen. Mit der Puppenmacherin allein im Laden, hatte Sonja ihr ihre eigene Geschichte erzählt, während ich mir die zehn Puppen ansah, die sie aus ihrer Werkstatt mitgebracht hatte, um sie zu verkaufen. Betty Louise hatte sich Sonjas Geschichte von *plaçage* und interrassischen Beziehungen ruhig angehört und zum Schluß gutmütig gelacht.

»Mein liebes Kind«, sagte sie in ihrem gedehnten Tonfall, »als dieser Krieg um die Unabhängigkeit der Südstaaten seinen letzten röchelnden Atemzug tat, zogen achtzehntausend freie Männer und Frauen – und wer weiß, wie viele Kinder? – aus New Orleans fort und zerstreuten sich in alle vier Winde. Farbige, die aussahen wie Weiße. Die meisten machten sich auf den Weg nach Norden zu den Yankees, wo sie sich als Weiße ausgeben und in die gute weiße Gesellschaft einheiraten konnten.

Und da sind noch nicht die Tausende freier *gens de couleur* mitgerechnet, die in kleinen Ortschaften und auf Plantagen im unteren Teil des Staates lebten. Und das schließt auch nicht Charleston, Süd-Carolina ein. Dort lebten nochmals Tausende Farbiger.«

Sie hatte weise mit dem Kopf genickt und mit dieser Lektion in Rassengeschichte die Frage nach ihrer eigenen Herkunft geschickt umgangen.

Ich lächelte bei der Erinnerung, während Adrian Paul, am Ziel angekommen, nach einem Parkplatz suchte. Ungefähr vier Straßen von dem Laden entfernt entdeckten wir einen und nahmen ihn. Wir würden ein Stück zu Fuß gehen müssen, aber in New Orleans parkte man nur verbotswidrig, wenn es einem nichts ausmachte, daß der Wagen unverzüglich abgeschleppt wurde.

Wir folgten zwei Frauen in das Hinterzimmer der Buchhandlung, in dem Betty Louise ihren Laden eingerichtet hatte. Beide Frauen hatten Puppen dabei, und die eine von ihnen, deren Puppe einen gebrochenen Arm hatte, stürzte sich sofort auf die Puppenmacherin und klagte über den Unfall, der ihrer Puppe zugestoßen war. »Kann man den Arm wieder reparieren?« fragte sie. »Oder vielleicht einen neuen einsetzen? Wissen Sie, meine Katze hat die Puppe vom Bord gestoßen.«

Ich ging weiter und beobachtete meine beiden Mädchen. Sie gingen sehr langsam an der Wand mit den Puppen entlang, zwölf waren es diesmal, alle in Samt und Spitzen gekleidet, mit Perlen und glitzernden Steinen geschmückt, Südstaatenschönheiten einer längst vergangenen Zeit.

Dessies Augen wurden immer größer, und Shalene, die sonst so ein großes Mundwerk hatte, schien es die Sprache verschlagen zu haben. Minutenlang wanderten sie beide stumm den Gang auf und ab und studierten dabei jede einzelne Puppe mit größter Aufmerksamkeit. Schließlich blieb jede vor einer Puppe stehen. Ein Glück, daß sie sich nicht dieselbe ausgesucht hatten!

»Was kostet sie?« flüsterte Dessie ehrfürchtig.

Die Puppe war vielleicht fünfundvierzig Zentimeter hoch, in blauen Samt und gerüschte Spitzenunterröcke gekleidet. Das Kleid war schulterfrei und zeigte den Ansatz eines Dekolletés. Darüber trug die Puppe ein passendes Bolero mit Pelzbesatz und auf dem Kopf mit dem dunklen, lockigen Haar hatte sie einen breitkrempigen, flachen Hut. Und sie hatte schokoladenbraune Haut und Augen, die so blau waren wie der Samt ihres Kleides.

Ich griff zu dem kleinen Büchlein, das am Handgelenk der Puppe hing und las: »Maya Louise. Zweitausendachthundert Dollar.«

Die Puppe, die Shalenes Herz gewonnen hatte, war in grüne Seide mit goldenen Spitzenunterröcken gekleidet. Unter dem schrägsitzenden Hut sahen hellbraune Augen in einem hellbraunen Gesicht hervor. Auch ihr Haar war braun, ein etwas hellerer Ton, und sehr kraus. Sie wirkte wie ein kesses, kokettes junges Ding.

Ich griff zum Etikett und las: »Charlsee Louise. Zweitausendfünfhundertfünfundsiebzig Dollar.«

»Das ist ja mehr, als Daddy in einem Jahr verdient«, sagte Shalene, ausnahmsweise einmal perplex.

Betty Louise, die zu uns getreten war, lachte. »Möchtest du sie einmal halten?«

»Darf ich?« Shalene drehte sich herum, blickte in die schwarzen Augen der Puppenmacherin und verstummte. Ich hatte das Gefühl, daß sich zwischen diesen beiden dunkeläugigen Frauen etwas abspielte. Auf einer völlig irrationalen Ebene. Etwas Archaisches, Elementares. Von dem ich ausgeschlossen war. Einen Moment lang war mir beinahe unheimlich.

Dann drehte sich Shalene um und ging zu dem Sofa, das auf der anderen Wand des kleinen Ladens stand, und setzte sich mit baumelnden Beinen, ohne dazu aufgefordert worden zu sein. Betty Louise sah Dessie an, und ohne Zögern folgte meine Älteste und setzte sich neben ihre Schwester. Ich wünschte mir, sie würden bei mir so problemlos folgen.

Betty Louise nahm die Puppe in Grün, die Shalene so bezaubert hatte, vom Bord. »Habt ihr auch saubere Hände?«

Die Mädchen wiesen frisch gewaschene Hände vor, und jede von ihnen bekam ihre Puppe. JP stand neben dem Sofa, ebenso fasziniert von den Puppen wie die Mädchen. Wenn das nicht Mädchenkram gewesen wäre, hätte er, glaube ich, gefragt, ob er auch eine der Puppen halten dürfe.

»Darauf könnt ihr euch wirklich etwas einbilden, ihr beiden. Madame Betty Louise läßt nicht jeden ihre Puppen in den Arm nehmen«, sagte Adrian Paul, aber ich glaube, die Mädchen hörten ihn gar nicht in ihrer Verzauberung.

Betty Louise sah ihn an und lächelte dieses träge, sinnliche Lächeln, das manche Südstaaten-Frauen kultivieren. Ein warmes Lächeln, das unter der Oberfläche zu brodeln scheint.

»Ich habe Sie und Ihre reizende Frau bei meinem letzten Besuch vermißt. Aber ich habe die Puppen nicht verkauft, die sie bestellt hat. Ich habe sie diesmal wieder mitgebracht. Ich hoffe doch, es geht Camilla gut.«

Ich ging hinaus, ehe Adrian Paul auf die verschleierte Frage antworten konnte. Es lag auf der Hand, daß Betty Louise Camilla Rousseau gekannt hatte und nicht wußte, daß sie tot war.

Die Mädchen saßen immer noch mit ihren Puppen auf dem Sofa. Mir war klar, daß sie sie mit nach Hause nehmen wollten. Ich hatte mir aus Puppen nie viel gemacht, aber ich kannte diesen hingerissenen Blick. Über fünftausend Dollar für zwei Puppen, mit denen sie nicht einmal spielen konnten. Ich hörte förmlich, wie mein Bankkonto unter der Belastung ächzte.

Na ja. Wenigstens hatte ich Morgan. Ihn konnte ich die Liebe zur Fischerei und zur Jagd lehren. Und eines Tages würden die Mädchen ja vielleicht aus der Puppenphase herauswachsen.

Trotz meiner erbitterten Proteste bezahlte Adrian Paul die Puppen und scheuchte uns dann alle zum Auto hinaus. Er schnallte die Kinder hinten an und verstaute die Puppen in ihren Holzkästen im Kofferraum.

»Hören Sie«, sagte er beinahe kurz. »Meine Frau bestellte und bezahlte im letzten Sommer zwei Puppen. Betty Louise erstattet kein Geld zurück, sie tauscht nur um. Und ich habe einfach die Puppen, die Camilla bestellt hat, gegen die beiden umgetauscht, die den Mädchen so gefallen haben. Es hat nicht viel gekostet.« Er lächelte ein wenig bitter. »Sie können mir doch nicht das Vergnügen verweigern, meiner Verlobten dieses kleine Zeichen meiner Zuneigung zukommen zu lassen.«

Als ich nicht reagierte, ließ er einfach die Tür auf der Beifahrerseite offen, so daß ich einsteigen konnte, wann ich wollte, setzte sich hinter das Steuer und ließ den Motor an. Meine letzten Worte gingen im Brummen des Motors unter.

Vom Lärm bezwungen, setzte ich mich in den Wagen, schlug die Tür zu und schmollte. Als wir an der Buchhandlung vorüberkamen, in der Betty Louise ihre Puppen verkaufte, fiel mir ein Mann auf, der an der Ladentür stand.

Miles Justin. Seine langen, schlanken Beine steckten wie immer in hautengen Jeans mit Cowboystiefeln aus Schlangenleder darüber. Den anthrazitgrauen Cowboyhut trug er tief in die Stirn gezogen, so daß seine Augen und der Kragen seines Western-Hemds beschattet waren. Mit gekreuzten Beinen und verschränkten Armen lehnte er lässig am Türpfosten, ein Mann, der auf jemanden wartete. Und er lächelte. Ein wissendes Lächeln. Ein Lächeln, das einzig mir galt. Als wir vorüberfuhren, hob er den linken Arm, umfaßte mit der Hand seinen Hut und lüftete ihn leicht. Wir bogen um die Ecke, und ich verlor ihn aus den Augen.

Miles Justin war mein Freund gewesen. Nicht Montgomerys Freund, sondern meiner. Und auch der Freund der Mädchen.

In den frühen Jahren meiner Ehe, als Montgomery soviel für das Familienunternehmen reiste und ich allein und schwanger oder mit einem Säugling und schwanger zu Hause war, kam Miles oft in seinem Lieblingsoldtimer, dem 1930er Cord, zu mir nach Moisson.

Er blieb oft Wochen, besonders in dem ersten Sommer meiner Ehe. Fast jeden Tag verbrachten wir auf dem Steg am Bayou hinter dem Haus, beim Fischen oder Krabbenfang, oder aber wir lagen einfach in der Sonne und sahen zu, wie mein Bauch immer dicker wurde. Morgens gingen wir nach hinten in den ausgetrockneten Kanal und machten mit diversen Gewehren, die wir aus Montgomerys Gewehrschrank stibitzten, Schießübungen. Abends pflegten wir die Waffen, die wir benutzt hatten, sorgfältig zu reinigen und wieder an ihren Platz zu bringen.

Bei schlechtem Wetter besuchten wir Freunde und Verwandte und halfen manchmal auch in Daddys Praxis aus. Oder wir hockten vor der Glotze und sahen uns Videofilme an. Als wir genug davon hatten, immer an Land herumzukrebsen, fuhr Miles mit mir zu Chaisson und Castalano und kaufte ein vierzehn Fuß langes Aluminiumboot mit einem 30-PS-Mercury-Motor. Ich fand, das sei für einen vierzehnjährigen Jungen eine Extravaganz; aber als ich das äußerte, zog Miles nur eine Augenbraue hoch und sagte: »Was glaubst du denn, wer den Cord bezahlt hat? Ich habe einen Wechsel, und ich glaube nicht, daß ein kleiner Kauf wie der eines Boots da ein Riesenloch reißen wird.« Danach hielt ich meinen Mund.

Mit dem »kleinen Kauf« machten wir uns auf, das Bayou-Gebiet zu erkunden. Mir war das Land vertraut, Wasserläufe und Fußpfade, auf denen ich als Kind schon Entdeckungsreisen gemacht hatte. Doch der Bayou verändert sich fortwährend unter dem Einfluß von Winden, Stürmen und schweren Regenfällen, die das Land in neue Formen zwingen. Zusammen schipperten Miles und ich in diesem Boot, bald mit Motor, bald indem wir stakten, durch die leicht zugänglichen Gewässer des Beckens, und trafen französische Fallensteller und Sportfischer aus anderen Staaten und einmal sogar einen Alligatorjäger.

Wir bestanden in diesem ersten Jahr einige gefährliche Abenteuer und überraschende Unwetter. Wir überstanden sogar ein Zusammentreffen mit dem alten Frieu und seiner Büchse. Das war der Tag, an dem mir klar wurde, daß der DeLande-Charme vererbt war und nicht etwas, das Montgomery allein kultiviert hatte.

Ich sah, wie mein vierzehnjähriger Schwager dem grimmigen alten Cajun träge ins verwitterte Gesicht lächelte, respektvoll seinen Hut lüftete, seinen Fuß auf den Steg stellte, an dem wir anlegen wollten, und dem Alten versicherte, daß wir beide völlig harmlos und die beste Gesellschaft seien, die ihm seit Monaten beschert worden war. Der Alte glaubte ihm.

Ich mußte lächeln bei der Erinnerung, und Adrian Paul warf mir einen Blick zu und lächelte ebenfalls. Hinten auf dem Rücksitz lachten und schrien die Mädchen und JP vergnügt.

Miles und der alte Frieu wurden so gute Freunde, daß wir ihn noch mehrmals in der kleinen Hütte am Steg besuchten, in der er während der Sommermonate immer lebte. Eine seltsame Freundschaft war das zwischen dem schmutzigen, kleinen Cajun, der etwas von einer Wasserratte hatte, und dem höflichen, kultivierten DeLande. Oft beobachtete ich die beiden verwundert, wenn sie bei Sonnenuntergang auf dem Steg saßen und angelten oder Karten spielten und dabei das selbstgebraute Bier des Alten tranken.

Der alte Frieu war ein gewiefter Pokerspieler, und einmal verlor Miles beinahe tausend Dollar an ihn. Der Alte war nicht erfreut, als er hörte, daß Miles das Geld nicht zur Hand hatte, und als Miles ihm eröffnete, daß er ein DeLande sei, der Alte sich also um sein Geld nicht zu sorgen brauche, bekamen wir es wieder mit der Büchse zu tun. Frieu schien für den illustren Namen DeLande nichts übrig zu haben. Schien einen DeLande lieber erschießen zu wollen, als sein Geld zu nehmen.

Aber wir kamen heil wieder nach Hause, und Miles kehrte dann mit dem Geld, das er schuldete, zu dem Alten zurück. Allein diesmal. Er machte die Fahrt in Rekordzeit, da er wußte, daß ich mir große Sorgen machte und mir in meiner Angst tausend Dinge ausmalte, die der Alte meinem jungen Schwager antun könnte. Dauernd stellte ich mir Montgomerys Gesicht vor, wenn ich ihm sagen mußte, daß ich seinen kleinen Bruder in Gefahr gebracht hatte.

Miles hinterließ das Geld für den Alten auf seinem Küchentisch, einen Stoß Hunderter, durch den er ein nagelneues Jagdmesser bis ins Holz darunter stieß. Obenauf legte er einen Zettel. »Auf das Wort *dieses* DeLande kann man sich verlassen«, schrieb er darauf, obwohl wir beide nicht glaubten, daß der Alte lesen konnte.

Miles glaubte nicht, daß Frieu Geld brauchte. Er hatte die Holzwände seiner Hütte mit Geldscheinen tapeziert, mit Hunderten von Ein-Dollar-Scheinen, Fünfern und Zehnern. Sogar ein paar Zwanziger hatte er der dekorativen Wirkung halber eingestreut. Und er hatte mindestens vier Flinten und mehrere Jagdgewehre an seinen Wänden hängen.

Eine Woche später kreuzte der alte Frieu mit einem nagelneuen

Zehn-Fuß-Boot mit 20-PS-Motor an unserem Steg hinter dem Haus auf. Sein verwittertes Gesicht war zu einem breiten Grinsen verzogen, und er bedeutete uns mit lebhaften Gesten mitzukommen.

»Kommt. Ich zeig euch was, was ihr noch nie gesehen habt. Nehmt Schlafsäcke mit. Und Proviant. Kommt. Kommt.«

Mit Schlafsäcken und Proviant versehen stiegen wir zu ihm in sein flaches, kleines Boot und ließen uns in die Sümpfe hinausfahren. Drei Tage verbrachten wir draußen in der Wildnis und beobachteten von einem versteckten Lagerplatz aus, den nur der Alte und zwei vertrauenswürdige DeLandes kannten, die Alligatoren bei der Paarung. Die gewaltigen Reptilien waren in der Paarungszeit noch gefährlicher als sonst. Es kam gelegentlich sogar vor, daß männliche Tiere Boote angriffen, die sich in ihre heiligen Gewässer wagten.

Von dem Geld, das Miles ihm gebracht hatte, sagte der Alte keinen Ton. Und wir auch nicht. Aber Miles und ich sprachen oft vom alten Frieu, der in den Sümpfen zu Hause war, und von seiner mit Geldscheinen tapezierten Sommerhütte.

Mein Lächeln erlosch. Miles war mein Freund gewesen. Warum war er mir ins Vieux Carré gefolgt? Führte er nur wie alle anderen Brüder die Befehle des Ältesten aus? Oder überwachte er mich wie zuvor die gekauften Gorillas? Oder nahm er an einer neuerlichen Strafaktion teil, wie sie gegen Eve Tramonte und Ammie erfolgt war?

Ich zitterte so heftig, daß es Adrian Paul auffiel, obwohl er seine Aufmerksamkeit auf die Straße und den Verkehr gerichtet hielt. »Was ist?«

Ich sagte es ihm. Ich sprach leise, damit die Kinder hinten nichts hörten. Zu meiner Verwunderung war Adrian Paul überhaupt nicht erschüttert.

Im Gegenteil. »Gut«, sagte er.

»Gut?«

»Gut«, wiederholte er. »Das heißt, daß sie es jetzt innerhalb der Familie abmachen wollen. Ich vermute, daß Max' To… äh,

Unfall ein Versehen war. Bezahlte Handlanger, die zu weit gegangen sind. Und alles, was die Presse auf den Plan ruft, ist zu weit gegangen. Sie werden sich jetzt eine Weile still verhalten. Sie werden sich Ihnen zeigen, Sie wissen lassen, daß sie in der Nähe sind. Und wenn sie dann wissen, daß Sie nicht daran denken, zu fliehen oder zurückzukehren, werden sie die Taktik wieder ändern. Dann kommen wahrscheinlich finanzielle oder rechtliche Manöver.« Er sah mich lächelnd an. Seine Zähne blitzten im gebräunten Gesicht.

Ich hatte ihm Eve Tramontes Geschichte noch nicht erzählt. Aber es war besser, sie ihm zu erzählen. Damit er sich alle Illusionen aus dem Kopf schlug.

Wir kamen gar nicht bis zu Van's, sondern aßen in einem billigen kleinen Imbiß im Quartier zu Mittag. Ich bestand darauf, für alle zu bezahlen, auch wenn es keine große Sache war. Mit zwanzig Dollar war die ganze Rechnung beglichen, und ich fühlte mich danach bei dem Gedanken an die Puppen immer noch schuldig. Erst später fiel mir ein, daß Adrian Paul wahrscheinlich einen Weg finden würde, den Preis für die Puppen auf seine Rechnung zu setzen – auf die Rechnung, die zu zahlen er Montgomery zwingen wollte. Der Gedanke erleichterte mich. Montgomery konnte sich Betty Louises ganzes Sortiment von dem Geld leisten, das er in seiner Hosentasche herumtrug.

Nach dem Mittagessen gingen wir zusammen noch in die Bibliothek, die zum Jean Lafitte National Historical Park gehört, und danach in den Park, wo Shalene von ihrem Bräutigam energisch forderte, er solle JP – und ihr natürlich – eine Gartenschaukel kaufen. »Kinder brauchen viel Bewegung«, beteuerte sie, und Adrian Paul gab ihr mit ernster Miene recht und versprach, sich die Angelegenheit gründlich zu überlegen. Ich verdrehte nur die Augen.

Es war Nachmittag, als wir wieder zu Hause ankamen, und ich hatte meinen Mittagsschlaf versäumt. Todmüde ließ ich die Kinder – auch JonPaul – bei Sonja und legte mich hin.

Drei Stunden später drehte Ada, sprunghaft und unberechenbar wie alle tropischen Wirbelstürme, plötzlich landwärts und überfiel die Küstengebiete. Es gab kaum eine Warnung; kaum Zeit für Vorbereitungen. Zum Glück hatte das Gästehaus altmodische Sturmläden. Philippe half mir, sie zu schließen, und wir schafften es, Minuten bevor der Sturm losbrach.

Adrian Paul, der für den Rest des Wochenendes zu Freunden im Norden des Staates wollte, hatte JP bei uns gelassen. Überzeugt, daß die DeLandes vorläufig Ruhe geben würden, und voll Vertrauen in die Wettervorhersagen, die angekündigt hatten, daß Ada höchstwahrscheinlich im Golf bleiben und dort allmählich an Kraft verlieren würde, fuhr er in seinem Wagen nordwärts. Er schaffte es, uns noch einmal anzurufen, ehe sämtliche Telefonleitungen zusammenbrachen.

Bald danach fiel auch der Strom aus, und eine frühe Nacht senkte sich über unser Häuschen. Hagelkörner so groß wie Murmeln donnerten auf Dach und Veranda, Blitze zuckten am wildbewegten Himmel, und Sturmwellen von vier Meter Höhe schlugen krachend gegen die Uferdämme.

New Orleans ist im Begriff, langsam im Golf von Mexiko zu versinken. Die Stadt liegt schon jetzt etwa dreißig Zentimeter unter Meereshöhe; sie muß sich auf ihre Deiche und Dämme und auf die Frühwarnungen der Meteorologen verlassen, um ihre Bewohner und das Land zu schützen. Mit dem Fortschreiten des Abends hoffte ich inbrünstig, daß die Dämme zuverlässiger waren als die Frühwarnsysteme. Über der Küste holte Ada Atem und sammelte genau zu dem Zeitpunkt neue Kraft, zu dem sie sich eigentlich in ihrer eigenen Raserei hätte verzehren und in Luft auflösen müssen.

Als die Nacht kam, steigerten sich Adas Sturmwinde zum heulenden Inferno. Ich zerrte die Matratze von meinem Bett und legte sie über die Badewanne, in der ich zuvor ein Notlager mit einer Taschenlampe, meinem kleinsten Transistorradio, Ersatzbatterien, zwei Kerzen, wasserfesten Streichhölzern, Tee, Flaschenwasser, Keksen, Obst, zwei Kissen und einer Wolldecke angelegt hatte. Ich fragte mich, ob für die Kinder noch Platz wäre, sollte es notwendig werden, in der Wanne Zuflucht zu suchen. Auf den Boden neben der Wanne legte ich eine weitere Decke und Kissen für mich. Zum Schluß warf ich noch für jeden von uns frische Wäsche und Kleider dazu.

Es war eine weiß emaillierte Wanne aus massivem Gußeisen. Sie war stabil genug, den Sturm zu überstehen, selbst wenn das Häuschen davonfliegen sollte. Es war schon vorgekommen, daß eine ganze Familie einen Hurrikan in der Familienbadewanne überlebt hatte. Es war der sicherste Ort für die Menschen und die Grundgüter, die sie nach einem schweren Sturm zum Überleben brauchten.

Die Mädchen saßen mit ihren Puppen im Wohnzimmer beim flackernden Licht einer Sturmlampe. Ihr schwerer roter Sockel war aus geschliffenem Kristall und mit einem roten Duftöl gefüllt, und jedesmal wenn das Licht auf ihn fiel, verbreitete es einen blutroten Schein. Snaps wanderte unruhig im Lichtschimmer umher, sprang vom Tisch auf das Sofa und von dort auf meinen Schoß, bis sie sich schließlich erregt schnurrend und mit zuckendem Schweif auf JPs Schoß zusammenrollte. Das Radio der Mädchen, ein pinkfarbener Kasten mit zwei Lautsprechern und einem Tragegriff, stand auf dem Tisch neben dem Sofa und unterhielt uns mit den letzten Wettermeldungen, Nachrichtenspots, Schadensschätzungen, Meldungen der Küstenwache und einem gelegentlichen Popsong.

Tornados donnerten wie außer Kontrolle geratene Güterzüge um das Haus. Ein Blitz folgte dem anderen, krachende Donnerschläge erschütterten die Wände. Ich las den Kindern *Der Zauberer von Oz* vor und bemühte mich, mit meiner Stimme das Heulen des Sturms zu übertönen. Um sieben Uhr fiel der Rundfunksender aus, weil der Sturm den Funkturm umgerissen hatte. Ich legte *Der Zauberer von Oz* aus der Hand und griff zu *Die illustrierte Kinderbibel*.

Um kurz vor acht entwurzelte der Sturm im Vorgarten einen Baum. Er stürzte auf das Haus und rollte mit dem ohrenbetäubenden Krachen und Kreischen splitternden Holzes über die Veranda. Das ganze Haus bebte. Wir duckten uns alle, und die Kinder schrien vor Angst. Snaps schoß unter den Tisch und dann unter das Sofa. Ich wartete auf den dumpfen Aufschlag, der mir sagen würde, daß der Baum zur Ruhe gekommen war. Nach endlosen Minuten des Wartens, hörten wir noch einmal das Kreischen berstenden Holzes, dann schlug der Baum auf die Erde.

Ich war nahe daran, mit den Kindern ins große Haus zu flüchten, aber bei diesen Tornados war das zweistöckige Gebäude noch stärker gefährdet als das ebenerdige Gästehaus. Ich versuchte, nicht an meine eigene Angst zu denken, sondern mich allein darauf zu konzentrieren, die Kinder zu beruhigen. Ich versuchte sogar, ein paar Witze zu erzählen, aber das war noch nie meine Stärke gewesen, und die Pointen trafen auf taube Ohren.

An einer Stelle, wo ein Ast das Dach beschädigt hatte, begann es zu tröpfeln. Ich fand einen Eimer, den ich unter das Leck stellte. Mit dem Gleichmaß eines Metronoms schlugen die Tropfen hallend auf den Boden des Eimers.

Wir drängten uns um den Couchtisch, auf dem die Lampe stand. Morgan schlief friedlich auf meinem Schoß, die anderen Kinder kuschelten sich in der Sofaecke zusammen. Ich versuchte, sie mit Liedern und Wortspielen abzulenken, aber bei dem Heulen des Sturms war die Verständigung schwierig. Außerdem waren wir alle viel zu nervös. Wir fingen ein Spiel an, machten ein paar Sekunden weiter und verstummten beim nächsten Krachen von draußen. Ich bekam Angst, daß im Haus ein Feuer ausbrechen könnte, wenn ein Baum umstürzen und unsere Sturmlampe umreißen sollte.

Einmal klang es, als sei ein Baum auf den Autostellplatz gestürzt und habe meinen Wagen zertrümmert. Der schrille Klang auseinanderreißenden Metalls hob sich hell und scharf gegen den tieferen Ton des Sturms ab, der an den Fensterläden rüttelte. Wasser drang durch die vorderen Fenster ein, und ich schichtete Handtücher auf dem Boden auf, um die Nässe aufzufangen.

Als das Pfeifen des Windes immer schriller und bedrohlicher wurde, setzte ich mich zu den Kindern auf das Sofa, und Snaps suchte auf meinem Schoß Zuflucht. Wir sangen ein Lied nach dem anderen und warteten darauf, daß das windstille Auge des Sturms uns erreichen und uns eine Weile Ruhe schenken würde. Ich fand einen Sender im Radio, in dem behauptet wurde, das windstille Zentrum befände sich über dem Zentrum der Stadt, also nur ein paar Meilen entfernt.

Als der Sturm seinen Höhepunkt erreichte, schwankte das Haus, als würde es jeden Moment aus seinen Fundamenten gerissen und mit uns darin fortgetragen werden. Wieder brach ein Baum und stürzte gegen die Hauswand, wo er über der zerstörten Veranda hängenblieb.

Und wieder schwankte das Haus. Ächzte beängstigend. Ein plötzlicher Luftzug blies ins Zimmer.

Ich packte die Kinder und rannte mit ihnen ins Badezimmer. Ich schob JP unter die Matratze in die Wanne und drückte ihm Morgan und die Katze in die Arme. Gerade als ich Shalene hochheben wollte, riß sich draußen an der Veranda der Baum los und stürzte in den Vorgarten. Eine heftige Erschütterung warf mich um.

Am vorderen Fenster sprangen die Läden auf. Glas splitterte, fauchend raste der Sturm ins Haus. Ich sprang auf. Rannte los. Blieb stehen wie gebannt.

Ein langes Bein folgte dem Sturm durch das Fenster. Rasend, so außer Rand und Band wie der Sturm, den er mit hereingebracht zu haben schien, erzwang sich Montgomery den Weg ins Haus. Er kroch durch das zerbrochene Fenster und schleuderte Glasscherben durch den ganzen Raum. Mit wild rollenden Augen und triefend vor Nässe schlug er die Reste des Fensters und des Ladens aus ihrer Verankerung.

Fluchend, nach Whisky stinkend kam er herein und schwenkte in einer Hand eine tropfende Pistole. Blut strömte über sein Gesicht, zu hell, zu rot, von Wasser verdünnt. Beinahe zerstreut hob er die freie Hand und zog sich einen Glassplitter aus einer Wunde in der Stirn. Er schleuderte ihn weg und sah mich an. Er lächelte. Ein grausames Lächeln des Triumphs.

Und ich hatte meine Pistole nicht bei mir.

Ich stand an der Tür – die Mädchen hinter mir, von meinem Körper teilweise vor dem wütenden Wind geschützt – und starrte Montgomery an. Er lachte, gemein und bösartig wie der Sturm in seinem Rücken. Mit gefletschten Zähnen, während ihm das Blut über das Gesicht rann. In seine Kleider.

Ich machte einen Schritt in Richtung zu der Pistole, die im Nachttisch eingesperrt lag.

Durch das Fenster hinter ihm stieg Terry Bertrand, der Sheriff von Moisson. Er war nicht in Uniform. Mit starrer Miene und hartem Blick stand er mir gegenüber, und das Wasser rann von seinen Kleidern auf den chinesischen Teppich. Wartete nur auf Montgomerys Befehle.

Da wurde mir klar, wie verzweifelt unsere Situation wirklich war. Der Sturm war nichts. Hier stand die wahre Gefahr. Montgomery.

Montgomery war in Moisson, wo Bestechung so alltäglich war wie Sonne und Regen, dank großzügiger Parteispenden ein mächtiger Mann geworden. Die Polizei würde nichts gegen ihn unternehmen. Ganz gleich, was er tat.

Montgomerys blutunterlaufene, wilde Augen spien blaue Flammen, als er auf mich zukam. Vor dem Tisch, auf dem die Kinderbücher lagen, auf dem die Lampe stand, machte er halt. Die Flamme flackerte im feuchten Wind und warf zuckende Schatten auf sein Gesicht.

Er hob seine Arme. Ließ seine Fäuste donnernd auf die Tischplatte sausen. Die .38er in seiner rechten Hand vergaß er. Das alte Holz splitterte. Die Sturmlampe flog über den Tisch und erlosch.

Grelle Blitze durchzuckten die Finsternis. Regen trieb vom Sturm gepeitscht durchs Fenster herein, die Tropfen schlugen prasselnd auf den Holzfußboden.

»In Süd-Louisiana verläßt eine Frau ihren Mann nicht so leicht«, flüsterte Montgomery, und seine heisere Stimme schien lauter als der Sturm. »Außer in einem Sarg.«

10

Terry Bertrand übernahm das Kommando, ohne auf Montgomerys Befehl zu warten. Er knipste seine Taschenlampe an und brachte wieder Licht und Vernunft in eine schwarze Welt. Sein Gesicht wirkte wie ein Totenschädel im Widerschein des Lampenstrahls.

»Wir müssen Sie mitnehmen, Madam.«

»Montgomery hat die Vorladungen erhalten. Es ist ein Haftbefehl gegen ihn ergangen. Er hat einen Beamten des Sheriffs tätlich angegriffen«, sagte ich verzweifelt, richtete meine flehentliche Bitte an den Polizeibeamten, seine Pflicht zu tun.

»Wir müssen Sie mitnehmen, Madam«, wiederholte der Sheriff. Sein Ton war kalt. Unerbittlich. Der Ton eines Menschen, der nicht bereit ist, auf Erklärungen oder logische Argumente zu hören. Der Ton eines Menschen, der entschlossen ist, einen bestimmten Weg zu gehen, ohne rechts oder links zu schauen.

Der Strahl der Taschenlampe traf Montgomery, als dieser sich schwankend auf das Sofa fallen ließ. Sein Blick war plötzlich verwirrt und leer.

Terrys Mund wurde schmal. »Sie kommen mit uns, nach Hause zu Ihrem Mann, wie sich das für eine Ehefrau gehört. Sonst nehmen wir die Kinder mit und gehen, Madam. Sie können sich entscheiden.«

Angst packte mich. »Ich komme mit.«

»Eine kluge Entscheidung. Ich helfe Ihnen packen, Madam.«

Der Sheriff folgte mir ins Bad, wo die Kinder im Schein ihrer eigenen Taschenlampe warteten. Morgan weinte, mehr aus Zorn und dem Gefühl der Verlassenheit als aus Furcht. Die Mädchen hatten Todesangst. Ich hob eine Ecke der Matratze an, holte Morgan aus der dunklen Wanne und trug ihn zu Terry. »Wenn Sie für den Kleinen packen würden, dann kümmere ich mich um die Mädchen.«

Es dauerte einen Moment, ehe Terry nickte. Vorher überlegte

er offensichtlich, ob ich nicht vielleicht einfach die Mädchen packen und fliehen könnte. Mit Morgan im Arm leuchtete er mit der Taschenlampe das Haus aus. Nachdem er sich vergewissert hatte, daß ich nicht entkommen konnte, ohne an ihm oder Montgomery vorbei zu müssen, ging er in Morgans kleines Zimmer. Er schien sich auszukennen. JP hatte er nicht gesehen.

Ich neigte mich in die Wanne hinunter. »JP?« Der kleine Junge sah unter der Matratze hervor. »Wir brauchen Hilfe. Kannst du stark und tapfer sein und uns helfen?« Sein dunkler Blick war furchtsam, als er an mir vorbei zu Shalene hinübersah. Die Schatten in dem dunklen Haus waren unheimlich wie Gespenster. »JP?«

Langsam nickte er.

»Ich möchte, daß du mit Snaps hier in der Wanne bleibst, wo ihr sicher seid. Wir müssen mit Dessies und Shalenes Daddy fortgehen. Und mit dem Sheriff. Kannst du das behalten? Mit ihrem Daddy und dem Sheriff.«

»Ich will nicht allein hier bleiben«, flüsterte er weinerlich. »Ich hab' Angst.«

»Das weiß ich, *me sha*. Aber wir brauchen dich. Shalene und Dessie brauchen dich. Du mußt hier bleiben, damit du jemandem sagen kannst, wo wir sind. Bitte. Bleib hier. Okay?«

Wieder nickte er langsam, während sich sein Gesicht gleichzeitig zum Weinen verzog. Er drückte Snaps an sich, die sich das widerstandslos gefallen ließ.

»Du kannst die Taschenlampe und das Radio behalten. Wenn du die Haustür zufallen hörst, kannst du beides einschalten. Okay? Danke dir, *me sha*.« Ich zog die Matratze wieder über seinen Kopf und lief mit den Mädchen in ihr Zimmer. In der Nachttischschublade fand ich eine zweite Taschenlampe und knipste sie an.

»Packt ein bißchen Unterwäsche, Nachthemden und Spielsachen zusammen. Schnell.« Ich zog einen Koffer unter dem Bett der Mädchen hervor, legte ihn aufs Bett und klappte den Deckel auf.

»Müssen wir mit?« Dessie weinte voller Angst. Shalene sah zornig aus; dieser störrische Ausdruck, den ich so gar nicht mochte, breitete sich auf ihrem Gesicht aus.

Ich kniete nieder und nahm beide Mädchen in die Arme. »Keine Angst. Ich sorge schon dafür, daß wir wieder wegkommen. Ich verspreche es euch. Aber sagt Daddy nicht, daß ich weiß, was er euch getan hat. Okay?« Keine von beiden reagierte. Ich schüttelte sie sachte, und schob jeder eine Hand unter das Kinn, so daß sie mich ansehen mußten. »Okay? Ihr könnt euch auf mich verlassen.«

Endlich nickten sie, und Dessie wischte sich das Gesicht ab. »Schnell. Packt jetzt. Wie zu einem Wochenende bei Nana.« Ich sprach von meiner Mutter, bei der die Kinder ab und zu ein paar Tage geblieben waren.

Während sie ein paar Spiele und Malbücher herausholten und sich auf Unterwäsche und Nachtwäsche konzentrierten, nahm ich Shorts und T-Shirts aus ihrer Kommode. Im Wohnzimmer hörte ich Stimmen. Und das Krachen und Splittern zerbrechender Möbelstücke. Montgomery in blinder Wut und außer Kontrolle. Ich fröstelte. So hatte ich ihn nie erlebt. Der schmerzhafte Druck aus der Magengrube war wieder da. Kummer. Und Furcht.

Auf die Spielsachen und Bücher und Kindersachen warf ich meine eigenen Kleider. Ich nahm in der Dunkelheit einfach, was sich richtig anfühlte – T-Shirts, Umstandsröcke, Shorts. Ganz hinten im Schrank stieß meine Hand auf weiche, schmeichelnde Seide. Meine Nachthemden. Die eleganten, in denen Montgomery mich so gern gesehen hatte. Die aus Paris. Die, welche die Mädchen für ihn hatten tragen müssen ... Ich warf mehrere auf den wachsenden Haufen. Toilettenartikel aus dem Badezimmer für die Mädchen und mich, Zahnbürsten und Zahnpasta, Shampoo, Seife.

Ich rannte in mein Schlafzimmer, wickelte die Pistole in ein Nachthemd, nahm noch ein Paar Schuhe mit, rannte dann wieder ins Licht, damit man mich nicht vermissen würde. Ich schob die Waffe in ihrer seidenen Hülle in eine Ecke des Koffers. Sie war mit vierzehn Schuß geladen.

Würde ich wirklich schießen können, wenn ich mußte? Es war eine Frage, die ich vermieden hatte. Ich wußte, daß ich keine Antwort auf sie hatte. Wohin zum Teufel wollte er uns bringen? Ich schob den Gedanken weg.

Ich suchte Regenmäntel und Mützen und Gummistiefel heraus. Terry erschien mit der Babytasche und Morgan auf dem Arm wieder an der Tür. Morgan brüllte jetzt vor Wut.

»Wir müssen fahren, Madam.«

Ich packte die Mädchen in ihre Regenmäntel und schob ihr Haar unter die Mützen.

»Meine Puppe!« schrie Shalene, und beide rissen sich los, um ihre neuen Puppen zu holen. Ich hörte sie in der Dunkelheit suchen. Draußen im Garten schlug ein Blitz ein, so nahe, daß das Knistern von Elektrizität selbst im Haus wahrzunehmen war. Als das Krachen des Donners verhallte, war aus dem Bad gedämpftes Poltern und Gebabbel zu hören.

Ich bekam den übervollen Koffer nur zu, indem ich mich auf ihn setzte. Die Mädchen kamen zurückgerannt, die teuren Puppen in den Armen. Wieder kniete ich vor ihnen nieder und zog sie an mich. »Die könnt ihr nicht mitnehmen, Kinder. Die werden ja ganz naß, und dann sind sie kaputt.«

Shalene, immer noch störrisch, entwand sich mir, hob ihren Regenmantel hoch und verstaute die Puppe darunter. Ihr Blick forderte mich heraus. Ich lachte. Es klang zittrig, aber es war ein Lachen. Dessie tat es Shalene nach und lächelte mich beglückt an. Ich drückte sie beide an mich. »Okay. Vergeßt nicht, ihr könnt euch auf mich verlassen.« Ich spürte, wie sie nickten.

Der mit Hagel durchsetzte Regen prasselte hart und schmerzhaft auf uns nieder. Der Wind riß mich beinahe um, und der gelbe Plastikregenmantel knallte mir gegen die Waden.

Ada peitschte und rüttelte uns, als wir durch den Garten gingen, in dem das Wasser an manchen Stellen knöchelhoch stand. Unter einem Baum mit abgeknickten Ästen sah ich die beiden Nachtwächter, blutig und aneinandergekettet, aber nicht tot. Sie bewegten sich schwach. Ich hätte nicht gedacht, daß die Männer bei diesem Wetter überhaupt kommen würden. Und sie ihrerseits hatten wohl auch nicht daran geglaubt, daß Montgomery unter diesen Umständen kommen würde.

Erst jetzt fielen mir die Alarmanlage und die Zwölf-Volt-Batterie ein, das Notaggregat sozusagen, für das ich einen Aufpreis bezahlt hatte. Der letzte Schutz vor Eindringlingen, falls sie die Stromleitungen zum Gästehaus unterbrechen sollten. Die Alarmanlage hätte reagieren müssen, als das Fenster eingeschlagen wurde; und dann erneut, als wir die Haustür öffneten, um hinauszugehen. Ich fragte mich, wieviel Montgomery der Wachgesellschaft bezahlt hatte, ihm einen Zugang offen zu halten.

Als wir den Schutz der Bäume verlassen hatten, packte uns der Wind mit seiner ganzen Macht. Shalene verlor den Halt, Montgomery packte beide Mädchen bei den Armen und riß sie grob mit sich. Die .38er war nirgends zu sehen.

Dessie sah zurück, um sich zu vergewissern, daß ich mitkam. Blitze erleuchteten den Himmel. Donnerschläge krachten.

Terry trug Morgan und die Babytasche links unter seinem Ölmantel. In der rechten Hand trug er meinen Koffer. Keiner der Männer kümmerte sich darum, ob ich folgte. Sie wußten, daß ich meine Kinder niemals im Stich lassen würde.

Einmal rutschte ich aus und stürzte, fing mich an einem Zaun und einem umgestürzten Baum. Splitter fuhren schmerzhaft in meine Handfläche. Meine Kleider, die einen Moment dem Regen ausgesetzt waren, waren sofort durchnäßt.

Nach scheinbar endlosem Marsch blieben die Männer endlich vor einem Landrover stehen, und Montgomery stieß die Mädchen hinten hinein. Terry legte unser Gepäck in den Kofferraum und half mir dann fürsorglich auf den Beifahrersitz. Er hob seinen Regenmantel und legte mir Morgan in die Arme. Einen Babysitz gab es nicht.

Flüchtig traf mich sein kalter, harter Blick, dann schloß er die Tür, sperrte Wind und peitschenden Regen aus und verschwand in der Dunkelheit. Montgomery setzte sich hinters Steuer, ließ den Motor einmal aufheulen und fuhr uns in die Hölle.

Äste und Zweige der Bäume bewegten sich wie in einem primitiven Tanz vor dem violetten Himmel. Fortwährend erhellten Blitze wie grelle Scheinwerfer die pflaumenfarbenen Wolken. Hinter Fensterläden verschanzt, hatte ich den Sturm und die ungewöhnlich gefärbten Wolken nicht gesehen. Es waren die Farben von Veilchen und Amethyst, Flieder und Orchidee, wie ein van Gogh-Gemälde einer außer Rand und Band geratenen Natur. Diese sturmgeschüttelte Welt, in die Montgomery uns hineinzwang, war grausam und beängstigend. Der Sturm schüttelte den Landrover, während er heulend um uns herumtobte.

Rundherum flatterten die Oberleitungen der Straßenbahn im Wind, wanden sich wie funkensprühende Neonschlangen in der Luft. New Orleans ist immer auf Sturm vorbereitet. Alle elektrischen und Telefonleitungen liegen unter der Erde, die Verkehrsampeln an jeder Ecke sind an gußeisernen Pfosten angebracht. Aber an manchen Stellen hatte der Sturm die Elektrokästen an den alten Herrenhäusern losgerissen, in denen erst Jahre nach ihrer Erbauung Strom gelegt wurde. Lose Drähte und Kabel hingen in den Bäumen, verheddert mit Blättern und Moos. Kleine Feuer brannten.

Überall in den Straßen waren Bäume umgestürzt, alte Cheniers und Platanen, schwarze Walnußbäume und Zierbäume. Über die kleineren Bäume rollte Montgomery einfach hinweg. Die dicken Reifen des Rover gruben sich in die Borke, der Wagen neigte sich gefährlich, Äste splitterten und verfingen sich im Fahrgestell. Die großen Bäume zwangen zu Umwegen, durch Einbahnstraßen, über Straßenbahngleise, aber immer ging es stadtauswärts. Die Scheibenwischer kämpften gegen den strömenden Regen und bescherten seltene Momente klarer Sicht in einem wasserüberströmten Gefängnis.

Auf den Straßen lagen Glasscherben, Abfälle, Papiere. Verkehrsampeln waren von stürzenden Bäumen umgerissen worden. Einige funktionierten sogar noch, gaben ihre blinkenden Befehle jetzt liegend von der Straße aus oder aus dem Laub, in dem sie versteckt waren.

Notwagen mit blinkenden blauen Lichtern brausten durch die Nacht, und ihre Sirenen waren über dem Heulen des Sturms kaum zu hören. Wir begegneten einem Streifenwagen der Polizei, schwarz wie ein Schatten in der Nacht, und mir schoß der Gedanke durch den Kopf: Pack das Steuer, reiß es hart nach links, ramm den Streifenwagen. Bitte um Hilfe. Aber die Angst saß mir im Nacken. Montgomery mit einer Pistole, wie er die Polizei angriff. Montgomery mit meinen Kindern als Geiseln. Morgan am Armaturenbrett zerquetscht, mir aus den Armen gerissen bei dem Zusammenprall, dessen Wucht auf den nassen, glitschigen Straßen, bei dem tobenden Sturm nicht zu berechnen war. Der Streifenwagen raste vorbei. Die Mädchen schliefen hinten, dicht aneinander gekuschelt, ihre Puppen in den Armen.

Während der ganzen Fahrt flüsterte und murmelte Montgomery vor sich hin und trank aus der Whiskyflasche, die er nicht aus der Hand ließ. Nicht ein einziges Mal sah er mich an. Aber seine Worte hüllten mich ein, ein unablässig dahinmurmelnder Strom.

»Sie hatte recht ... verdammt soll sie sein ... ihr die Mädchen geben ... hätte lieber ... diesmal richtig machen ... liebe sie ... nicht töten kann ... nichts ... verdammt soll sie sein ... töten ... Luder ... richtig machen diesmal ... liebe sie ... großes Haus ... sie hatte recht ...«

Als wir die Stadtgrenze hinter uns gelassen hatten, erreichte uns das Auge des Sturms. Eine Oase der Stille. Eine Stille, so tief und so groß, daß meine gemarterten Ohren auf das Geräusch des Winds warteten, daß ihnen das Tosen und Heulen des Sturms fehlte, das uns zur Realität geworden war.

Die Mädchen begannen zu wimmern und zu frösteln in der dampfenden Feuchtigkeit des Wagens. Selbst Montgomery wurde still. Die Knöchel seiner Hände am Lenkrad standen weiß hervor. Überall waren die Zweige der Bäume reglos, Ladenschilder, die der Wind gebogen hatte, kehrten in die Vertikale zurück und standen still. Bäume lagen schräg und gekrümmt, aufgerissen und zersplittert wie zerbrochene Hölzchen. Ein paar Törichte kamen aus ihren Häusern, sahen sich die Verwüstungen an und den sternenbedeckten Himmel und lachten und schrien. Die Klugen warteten in der unheimlichen Stille, weil sie wußten, daß der Sturm, wenn das Auge vorübergezogen war, um so härter und wütender von neuem losbrechen würde.

Es vergingen vielleicht zehn Minuten, ehe der Wind wieder einsetzte. In dieser grauenvollen Stille betete ich darum, daß das Auge des Sturms über unser Häuschen gezogen sein möge. Wenigstens ein paar Sekunden lang. Denn ich wußte, wenn der Sturm auch nur sekundenlang nachgelassen hatte, dann war Philippe hinübergelaufen und hatte die aufgebrochenen Fensterläden und das eingeschlagene Fenster entdeckt. Dann hatte er JP in der Wanne gefunden und ihn ins große Haus mitgenommen.

Ich war nicht so töricht zu glauben, daß es Philippe gelingen würde, die Behörden von meinem und der Kinder Verschwinden zu benachrichtigen. Und von Montgomerys Einbruch. Nicht während der kurzen Windstille. Selbst nach dem Sturm würden die Polizeibehörden zuviel zu tun haben, um nach uns zu suchen.

Zu schwere Schäden. Zu viele Alte und Kranke ohne Wasser und Strom und Medikamente. Zu viele Verletzte. Zu viele Tote. Es würde Plünderer und Gewalt geben. Man würde nicht die Zeit, nicht die Leute, nicht den Willen haben, nach uns zu suchen.

Wir waren allein.

Und wieder brach der Sturm los, mit der ganzen Gewalt eines zornigen Gottes. Er schüttelte und rüttelte den Landrover mit wütender Faust. Bäume, die umgestürzt auf Häusern und Autos gelegen hatten, wurden jetzt von Wirbelwinden in die andere Richtung geschleudert. Vor uns, hinter uns schlugen sie zu Boden, auf die Straße.

Direkt vor dem Rover ließ sich ein Tornado nieder, riß einen Lieferwagen in seinen kreiselnden Strudel, wirbelte ihn wieder und wieder durch die Luft, warf ihn hoch wie einen Ball, riß ihn in Fetzen, schleuderte die Stücke gegen das Schaufenster eines Ladens, daß es in tausend Scherben zersprang. Und dann war er verschwunden. Montgomery fuhr den Rover über die Stelle, wo der

Lieferwagen durch die Luft geflogen war. Er bremste nicht einmal ab.

Er trank immerzu, während wir einen kleinen Ort am Rand New Orleans' passierten, auf die I 10 kamen und in westlicher Richtung fuhren, dann auf den Interstate abbogen. Wieder hatte er angefangen, vor sich hin zu murmeln und zu fluchen. Er brachte uns nicht nach Hause. Er brachte uns nach Norden. Er folgte dem Sturm.

Stundenlang fuhren wir durch Gebiete, die ich nicht kannte, die ich auch nicht gekannt hätte, wenn es hell gewesen wäre. Einige dieser Ortschaften waren nicht so gut auf größere Stürme vorbereitet gewesen. Elektrische Leitungen, die über der Erde verlegt waren, brannten in den Bäumen, hingen abgerissen in der Luft, dampften in Pfützen auf der Straße. Verkehrsampeln waren an Kabeln aufgehängt – einige funktionierten noch und blinkten vom Sturm geschüttelt wie verrückt.

Ich beobachtete Montgomery. Er fuhr mit zusammengekniffenen Augen, die Hände fest auf dem Lenkrad. Sein Atem ging schnell, und kam in rauhen Stößen aus seiner Kehle.

Er war betrunken. So betrunken, wie ich ihn noch nie erlebt hatte. Es war eine Trunkenheit, wie man sie nur durch tagelanges Trinken erreichen kann. Oder wochenlanges. Aber er war immer noch fähig, den Rover zu fahren. Er hatte den Wagen unter Kontrolle. Er war immer noch fähig, uns durch schmale Straßen zu steuern, an umgestürzten Bäumen vorbei.

Die Stunden vergingen, und allmählich ließ der Sturm nach. Er tobte uns vorauseilend das Mississippital hinauf, bis er schließlich nach Osten drehte und zum Atlantik hinausraste. Das gräßliche Brausen und Tosen, das uns gemartert hatte, ebbte ab und verklang. Montgomery schaltete das Radio ein, und wir hörten die Berichte über die Schäden, die Toten, die Verwüstungen.

Die Küstengebiete, die nicht durch Deiche geschützt waren, waren überschwemmt. In manchen Ortschaften stand das Wasser über einen Meter hoch. Die Zahl der Toten und Vermißten war noch nicht bekannt. Die kurze Vorwarnung hatte den Bewohnern keine Zeit gelassen, zu fliehen oder die notwendigen Vorbereitungen zu treffen. Der Schätzwert der angerichteten Schäden schnellte von Minute zu Minute höher. In New Orleans gab es, soweit bisher bekannt, sechs Tote. Die Krankenhäuser waren von Verletzten überfüllt. Die Nationalgarde war mobilisiert worden, um die Stadt vor Plünderern zu schützen; schon waren die ersten Festnahmen erfolgt.

Mit den Zähnen zog ich mir die Splitter aus der Hand und leckte das dünne, wäßrige Blut ab, das aus den verschiedenen Wunden quoll. Meine ganze Hand war ein einziger Bluterguß.

Ein kräftiger Wind vertrieb die Wolken am Himmel und bescherte uns, da der Smog weggefegt war und die konkurrierenden Lichter der Städte erloschen waren, eine Sternenpracht, wie man sie bei uns im Staat selten sah. Immer noch fuhren wir nordwärts, ließen die Verwüstungen hinter uns und gelangten in Gegenden, die vom Sturm und sintflutartigen Regengüssen unberührt waren, wo die Straßen zwar feucht waren, aber frei von Trümmern und Abfällen.

Im Morgengrauen kamen wir zu einer Straßenkreuzung und wandten uns nach Westen. Lieber Gott, wohin brachte er uns nur?

Eine halbe Stunde später, als graues Licht den Himmel hinter uns erhellte, bogen wir erst in eine Seitenstraße ab, dann in eine zweite. Und eine dritte. Der Asphalt war rissig und voller Schlaglöcher. Dann hörte er ganz auf. Es blieb nur ein Trampelpfad mit zwei tiefen Furchen, der holprig und schlammig unter Bäumen mit tiefhängenden Zweigen dahinführte. Das morgendliche Gezwitscher der Vögel und das Quaken von Laubfröschen klang hell durch die klare Luft.

Ein Haus tauchte auf, zunächst nicht mehr als ein dunkler Fleck im Licht der Scheinwerfer. Alte Asbestverschalung, grau oder blaßgrün. Eine windschiefe Veranda. Ein von Unkraut überwucherter Garten. Glyzinien und Geißblatt erstickten einen Baum. Das Haus sah verlassen aus. Als hätte es lange leergestanden.

Montgomery hielt an und schaltete die Scheinwerfer aus. Aber vorher sah ich noch das Wappen. Der Raubvogel mit den blutigen Klauen. Montgomery machte den Motor aus, und wir stiegen aus.

Ich trug Morgan durch den feinen Regen über eine Reihe gesprungener Betontrittsteine, die alle die Form vierblättrigen Klees hatten. Und bei jedem war mindestens ein Blatt abgesprungen. Ende des Glücks? Oder bewußte Zerstörung? Einige der Sprünge sahen frisch aus. Die Betonkante hob sich hell und scharf von der glitschigen Moderschicht ab, die alles überzog. Es mußte erst vor kurzem jemand hier gewesen sein. Ja. In der Moderschicht eines der Trittsteine waren Reifenabdrücke. Jemand war mit dem Auto bis zur Haustür gefahren. Montgomery, als er das Gefängnis für uns vorbereitet hatte? Oder ein DeLande, der es für ihn erledigt hatte?

Montgomery hielt die Whiskyflasche und den Schlüssel in einer Hand. Mit der anderen hielt er Dessie, die über seiner Schulter hing und sich schlafend stellte. Er öffnete die Tür und trat zurück, um mir den Vortritt zu lassen. Selbstverständliche Höflichkeit. Selbst im betrunkenen Zustand. Selbst in einer Verfassung, in der er nicht er selbst war. Selbst da war er noch höflich. Irgendwie war das bedrohlicher als die Stunden geflüsterter Drohungen. Ich ging ins Haus.

Es war muffig und klamm, die Wände modrig und feucht, in den Ecken schälte sich die Tapete. Das Mobiliar war alt und zusammengewürfelt. Ein Rascheln in der Küche. Ratten? Es gab einen Hauptraum, Wohn- und Eßzimmer in einem, eine Küche, zwei weitere kleine Räume und ein Bad. Montgomery knipste das Licht an.

Wenigstens gab es Strom in dieser Hütte. Ich sah ein paar trübe Lampen, einen Herd aus den vierziger Jahren und einen alten Kühlschrank. Eine Klimaanlage in einem der Fenster, sonst Ventilatoren. Weder die Klimaanlage noch die Ventilatoren waren eingeschaltet.

Montgomery setzte Dessie auf das durchgesessene alte Sofa,

steckte die Schlüssel ein und nahm einen Schluck aus der Flasche. Seine Augen waren eissprühende blaue Sonnen; die feinen Äderchen zogen sich wie zackige rote Blitze durch die gelblich gefärbten Augäpfel.

Er hatte sich nicht rasiert. Die Stoppeln seines Barts, immer eine Schattierung heller als das Rot seines Haars, leuchteten im trüben Licht der Deckenlampe auf – Gold mit Rot gemischt. Sein Haar war zu lang, ungepflegt. Dunkel vom Regen. Ohne ein Wort wandte er sich ab und ging hinaus ins Freie.

Ich setzte Morgan auf das Sofa neben Dessie, erwiderte ihren angstvollen Blick mit einem Lächeln, nach dem mir nicht zumute war. Ich ging durch das Haus. Keine Telefone. Keine Buchsen, soweit ich sehen konnte. Wenn welche da waren, dann hinter Möbeln versteckt.

Montgomery setzte Shalene auf dem Sofa neben seinen beiden anderen Kindern ab, stellte den Koffer hin und schloß die Tür. Das Geräusch hatte etwas Endgültiges, Unwiderrufliches. Wurde unterstrichen vom Einschnappen des Schlosses. Wir waren eingesperrt.

Ehe Montgomery sich umdrehen konnte, nahm ich Morgan auf den Arm und kramte in der Tasche, die Terry für ihn gepackt hatte. Ein Dutzend Stoffwindeln, Öltücher, Babypuder, ein Schnuller, den Morgan nie nahm. Keine Babynahrung. Morgan war naß. Ich nahm eine Windel und die Öltücher und ging zum Couchtisch.

Die Mädchen waren jetzt wach. Stumm, mit furchtsamen großen Augen blickten sie von Montgomery zu mir. Hin und her gingen ihre Blicke. Und Montgomery stand dicht neben mir und beobachtete jede meiner Bewegungen. Ich nahm Morgan.

»Wer ist der Kerl?« Montgomerys Stimme war leise, seine Worte waren undeutlich, lallend.

Ich schwieg. Ich schälte Morgan aus der nassen Windel und wischte ihm den Popo.

»Wer ist der Mistkerl, mit dem du schläfst?«

Ich nahm die frische Windel, hob Morgans Beinchen in die Höhe und schob sie unter seinen Körper. Ein bißchen Puder.

»Der Kerl, mit dem Miles dich gesehen hat? Ist er das?«
Meine Hände zitterten, als ich Morgan ein Gummihöschen über die Windel zog.

Montgomery nahm einen tiefen Schluck aus der Flasche. »Antworte mir, Nicole.« Die Flasche war fast leer.

Ich setzte Morgan Dessie auf den Schoß und legte ihren Arm um sein rundes kleines Bäuchlein. Dann ging ich zum Fenster und schaltete die Klimaanlage ein. Ich war froh, als sie sofort ansprang, und mir ein Strom kalter Luft entgegenwehte. Auch diese Luft war muffig und feucht, aber schon nach ein paar Sekunden wurde sie frischer.

Ich spürte Montgomerys Blick auf mir, heiß und besitzergreifend. Ich trat aus dem kalten Luftstrahl und ging durch das kleine Haus, um überall die Ventilatoren einzuschalten. Das Haus war blitzsauber, aber es roch nach Moder und Schimmel, der überall in den Wänden saß. Das Badezimmer war ein Hausfrauentraum der fünfziger Jahre: Porzellanarmaturen, ein Waschbecken mit Fuß und eine einsachtzig lange Wanne. Es roch schwach nach Fichtennadelöl. Der Boden war in rot und grau gefliest. Die Fliesen waren alt und gesprungen.

»Kinder, das Bad ist sauber. Müßt ihr mal aufs Klo?« Ich war erfreut, daß meine Stimme so ruhig klang. Tatsächlich war ich fast außer mir vor Angst. Aber die Mädchen sollten das niemals merken.

Langsam und vorsichtig kamen sie durch das Zimmer. Sie schlugen einen weiten Bogen um Montgomery, wie sie das immer taten, wenn Montgomery böse war, wenn er nach Whisky roch. Sie hatten Angst vor ihrem Vater. Die lähmende Angst des Opfers. Der Gedanke war neu und erschütternd. Die Zeichen für diese Angst waren fein, beinahe nicht wahrnehmbar. Aber jetzt konnte ich sie erkennen. Jetzt sah ich die Furcht. Die grauenvolle Angst. Den Argwohn und das Mißtrauen. Wie lange hatten meine beiden kleinen Mädchen schon diese Angst? Hatte ich die Signale nicht bemerkt oder hatte ich sie einfach ignoriert?

Dessie trug ihren kleinen Bruder wie einen Schild gegen ihren

Vater vor sich her; sie reichte ihn mir. Ich blieb an der Tür stehen, während sie zur Toilette gingen.

»Vergeßt nicht, euch die Hände zu waschen. Seid ihr hungrig?«

Beide Mädchen nickten. Shalene betätigte die Spülung, das Wasser rauschte laut. Ich schob mich an Montgomery vorbei und sah mich in den Küchenschränken um. Die kleine Neonleuchte an der Decke machte den Raum mit den dunklen Schränken nicht freundlicher.

Die Küche war gründlich saubergemacht worden, aber an den hinteren Rändern der Arbeitsplatten lag Mäusekot, und in einer Tüte Chips, deren Ecke abgeknabbert war, befand sich noch mehr. Ich fand zwei große Dosen Ravioli. Das war zwar nicht gerade ein hinreißendes Frühstück, aber ich machte sie heiß und verteilte sie auf fünf Teller, die ich vorher gespült hatte. Dazu gab es Sprudelwasser aus der Tüte.

Wir aßen alle etwas, auch Montgomery. Die Mädchen und ich sprachen ein Tischgebet, ehe wir begannen. Morgan verschmähte den Löffel und schob sich die Ravioli mit den Fingern in den Mund. Der Anblick meines mit Tomatensoße verschmierten kleinen Sohns entlockte mir ein Lächeln. Montgomery sah ich kein einziges Mal an; er hingegen ließ mich nicht aus den Augen.

Nach dem Essen spülte ich ab, fegte den Mäusekot zusammen und packte schließlich meine erschöpften Kinder zusammen in ein Bett. Es war Morgen, aber keines der Kinder hatte auf der Fahrt richtig geschlafen. Ich wußte, sie würden sofort einschlafen.

Nun erst wandte ich mich Montgomery zu.

»Ich hab' dich was gefragt, Nicole.« Seine Stimme war heiser und rauh.

Ich achtete sorgsam darauf, ihn nicht zu berühren, als ich an ihm vorbei ins Badezimmer ging. Ich schloß die Tür hinter mir und ging zur Toilette. Die Tür hinter mir flog krachend auf. Der Knauf stieß hart in die Wand.

Ich drehte mich nicht um. Dies war eine neue Version des alten Spiels. Nicole kleinmachen, hieß es. Ich ignorierte ihn demonstrativ und erleichterte mich. Das Geräusch war in dem

Raum klar zu hören, ehe ich die Spülung betätigte und das Rauschen des Wassers alles übertönte.

Nachdem ich meine Kleider wieder in Ordnung gebracht hatte, ging ich an Montgomery vorbei, immer noch ohne ihn anzusehen, und machte den Koffer auf. Die Pistole lag noch eingewickelt in der Ecke, verborgen unter zarter Seide. Ich mußte ein Versteck für sie finden.

Ich stapelte Spiele und Malbücher auf dem Couchtisch, nahm die Kleider der Kinder aus dem Koffer, machte Stapel von Unterwäsche, Shorts, T-Shirts, stellte die Schuhe zusammen. Ich trug ihre Zahnbürsten und die anderen Toilettensachen in das kleine Badezimmer und legte alles auf das Brett über der Toilette. Jedesmal passierte ich Montgomery schweigend, ohne ihn anzuschauen.

Dann drehte ich das Badewasser auf. Eine Dusche gab es nicht, aber ausreichend heißes Wasser. Ich gab einen Löffel voll Badekristalle hinein, die augenblicklich schmolzen. Schaum stieg auf, schimmernd im kalten Licht. Während das Wasser lief, ging ich wieder zum Koffer und schloß ihn. Ich trug ihn in das andere Zimmer.

Die Kinder hatte ich in den kleineren Raum gelegt, in dem es, wie ich zu meiner Freude gesehen hatte, einen Fernsehapparat gab, ein uraltes Schwarzweißgerät, wie die Kinder es gar nicht mehr kannten.

Im anderen Zimmer, das etwas größer war, packte ich, unablässig von Montgomery beobachtet, meine Sachen aus. Ich legte meine Pullis und Röcke und Shorts in eine Kommodenschublade. Es war eine dürftige Garderobe. Ohne jeden Stil. Sonja wäre damit nicht ausgekommen. Beinahe lächelte ich bei dem Gedanken.

Ich zog die nächste Schublade auf und griff nach dem pflaumenfarbenen Seidennachthemd. Montgomery lachte.

»Wolltest du mich erschießen, Nicole?«

Ich hielt inne. Meine Finger hatten die Seide noch nicht berührt.

»Wolltest du mich mit deiner kleinen Spielzeugpistole erschießen, hm?«

Ich nahm die Seide in die Hand. Nichts. Die Pistole war weg. Ich schüttelte wortlos die zerknitterte Seide aus und nahm das Nachthemd mit ins Badezimmer.

Montgomery mußte den Koffer durchsucht haben, während ich das Badewasser hatte einlaufen lassen. Nur da hatte er einen Moment verschwinden können, ohne daß ich es merkte.

Während Montgomery an der Badezimmertür lehnte, seinen Whisky trank und mich nicht aus den Augen ließ, streifte ich meine feuchten Kleider ab und warf sie ins Waschbecken. Und dann badete ich.

Mein Mann stand da, trank aus der unerschöpflichen Flasche und betrachtete mich mit Augen, deren Blicke wie eisige blaue Glut auf meiner Haut brannten. Ich war soweit in meiner Schwangerschaft, daß meine Brüste voll waren, mit großen dunklen Aureolen, und mein Bauch leicht gerundet war.

Sein Atem veränderte sich, während ich in der Wanne saß. Wurde tiefer. Wurde rauh und pfeifend, als söge er die Luft durch zusammengebissene Zähne ein.

Ich streckte mich in der langen Wanne aus. Wusch mein Haar. Ließ ihn zusehen. Spülte es hinterher ab, indem ich den Wasserstrahl in meinen Händen fing und sauberes Wasser über mich goß. Naß und frisch stieg ich aus der Wanne, legte mir ein großes Badetuch um und spülte den Schaum aus der Wanne, ehe ich in das pflaumenfarbene Nachthemd schlüpfte.

Ich stand vor dem Waschbecken mit dem kleinen Spiegel darüber und kämmte mir das nasse Haar, als Montgomery mich packte. Er ergriff mein nasses Haar, wand es um seine Faust und riß mir den Kopf nach hinten. Im Spiegel sah ich meinen blassen, gebogenen Hals. Meine Augen wirkten deformiert, so straff war die Haut gezogen.

Montgomery lächelte unseren Spiegelbildern zu. Packte mein Haar noch fester. Stellte die Flasche weg. Er strich mir mit dem Daumen den Hals hinauf und hinunter. Langsam. Behutsam.

Umschloß meinen Hals mit seinen langen, schlanken Fingern. Langsam. Behutsam.

»Zwing mich nicht, dir was anzutun«, flüsterte er beinahe flehentlich. Sein Atem, der nach Whisky roch, lag weich auf meiner Haut. »Sag mir nur seinen Namen.« Er sprach langsam, geduldig. »Oder ist es Sonja? Ihr beide wart ja immer schon so dick miteinander. Ist es jetzt mehr? Findest du bei ihr, zwischen ihren hübschen Mischlingsschenkeln das, was du brauchst?«

Seine Stimme wurde tiefer. Und seine Finger legten sich enger um meinen Hals. Ich bekam keine Luft. Ich wußte, daß es unklug gewesen wäre, mich zu wehren.

»Na, hat sie dir von mir erzählt, während sie's dir schön gemacht hat? Oder war's vielleicht doch ihr Schwager, der Anwalt? Der, der Miles Justin so gefällt. Der meinen Töchtern die Puppen geschenkt hat.«

Er zerrte mich ins Schlafzimmer. Mit nach hinten geneigtem Kopf folgte ich ihm stolpernd. Meine Kopfhaut schmerzte. Ich konnte nichts sehen als die schmutziggraue Zimmerdecke.

Er stieß mich aufs Bett. Fesselte meine Arme mit Handschellen an das Bettgestell.

Ich hatte Adrian Paul erzählt, ein DeLande greife eine Frau niemals mit Fäusten an. Das stimmte nicht.

Zähne, Fäuste, die flache Hand. Er schlug mich, konzentrierte sich auf mein Gesicht, meine Rippen, meinen Busen, meinen Rücken. Ich hatte nie gewußt, daß man es hören kann, wenn ein Knochen bricht. Man kann es hören. Ich hörte es bei jeder der drei Rippen. Ein Knacken, das ganz anders ist als der dumpfe Schlag der Fäuste auf Fleisch. Persönlicher und näher. Ein intimes Geräusch. Ein intimer Schmerz.

Und während er mich schlug, wiederholte er wie eine Litanei immer wieder die gleichen Worte: »Sag's mir, Nicole. Sag mir die Wahrheit.«

Montgomery drehte mir die Finger um, die Ellbogen, verdrehte mir die Schultern. Jedesmal öffnete er vorher die Handschellen und brachte sie anders an. Er riß mir die Arme aus den

Schultergelenken und kugelte mir dabei den linken aus. Nie zuvor hatte ich solchen Schmerz gespürt. Hatte nie gewußt, daß Betäubtheit und mörderische Qual zugleich bestehen können.

Das war das einzige Mal, daß ich laut schrie. Unkontrolliert. Unfähig, meine Schreie zu unterdrücken. Auch dann nicht, als Shalene ins Zimmer stürzte und mit ihren kleinen Fäusten auf Montgomerys Oberschenkel hämmerte. Auch nicht, als Montgomery sie mit einem Schlag mit dem Handrücken quer durch das Zimmer schleuderte, sie ins Wohnzimmer hinausstieß und die Tür zuknallte. Erst als er die Handschellen öffnete und meinen Arm wieder einrenkte, konnte ich mein Jammern unterdrücken.

Dann begann der zweite Teil der Bestrafung. Der persönliche Teil. Der Teil, der mich lehren würde, wer ich war. Was ich war. Und wozu ich gut war.

Ich hielt meinen verletzten Arm vor meine Brust, während er mich vergewaltigte. Versuchte, ganz still zu liegen, während er mich ritt, keuchend und hechelnd, ohne seinen blauen Blick von meinem mißhandelten Gesicht zu wenden. Tränen, die ich nicht länger beherrschen konnte, rannen mir Gesicht und Hals hinunter, sammelten sich in meinen Ohren, flossen über geplatzte Haut, wo das bißchen Salz einen scharfen, stechenden Schmerz hervorrief.

Er murmelte wieder, wie auf der Fahrt: »... sie töten ... kann nicht ... Liebe ... ihnen gegen ... Haus ...«

Er war jenseits aller Vernunft, doch er hielt seinen Wahnsinn fest an den Zügeln, hinderte und hemmte ihn wie vielleicht einen tollwütigen Hund an einer Leine. Seine Augen loderten wie heiße blaue Fackeln. Wahnsinnig. »Sag's mir, Nicole. Sag mir die Wahrheit.«

Nach Stunden, wie mir schien, rollte er sich grunzend von mir herunter. Ich zog meine Knie hoch und krümmte mich seitwärts zusammen. Lautlos weinte ich in die Laken. Im Zimmer war es stickig heiß. Schweiß bedeckte meinen Körper. »Sag's mir. Sag mir, wer er ist. Sag mir die Wahrheit.«

Ich konnte es ihm nicht sagen. Ich konnte ihm nicht sagen, daß ich wußte, daß er meine Töchter mißbraucht hatte. Ich wußte, wenn ich es sagte ... ich wußte, daß die Strafe dann noch viel schlimmer werden würde. Viel, viel schlimmer als dies hier.

Darum weinte ich nur lautlos in die fadenscheinigen, alten Laken und versuchte dabei, mein geschundenes Gesicht, meine schmerzende Schulter, meinen Oberkörper mit den gebrochenen Rippen stillzuhalten.

Ich hörte, fühlte, wie er sich entfernte. Mit der Anmut der De-Landes. Selbst betrunken bewegte er sich wie ein Tänzer. Ein Raubtier. Eine große Katze, die auch nach der Fütterung noch hungrig war.

Ich hörte, wie er in seine Hose schlüpfte, den Reißverschluß zuzog. Das Geräusch klang scharf und laut in der Stille. Er legte eine Handschelle um mein unverletztes Handgelenk und zog mich auf der Matratze hoch, bis er die andere Handschelle am Bettgestell befestigen konnte. Ehe er aus dem Zimmer ging, warf er mir ein Leintuch über. Ich konnte die Hitze seines Blicks spüren.

»Sag mir die Wahrheit«, flüsterte er.

So ging das den ganzen Tag weiter. Er bestrafte mich. Aber er schlug mich nicht mehr. Es war die alte Art der Bestrafung, bei der der Schmerz aus den Rippen aufstieg, die unter seinem Gewicht knirschten, und aus der rohen Gewalt seiner Umarmung. Und immer wieder flüsterte er: »Sag's mir. Sag mir, wer er ist. Sag mir die Wahrheit, Nicole.« Oder er fing wieder an, vor sich hin zu murmeln, denselben sinnlosen Refrain, den ich von der langen Fahrt durch den Orkan kannte. Ich glaube nicht, daß ihm bewußt war, daß er diese abgerissenen Sätze sagte, diese bizarren Drohungen ausstieß.

Aber nicht einmal tat er bei der ganzen groben Behandlung, die er mir zuteil werden ließ, dem ungeborenen Kind etwas an. Seinem Kind. Aus irgendeinem Grund zweifelte er nicht an seiner Vaterschaft.

Gegen Abend, am Ende des langen, heißen Tages, sah ich ihm

zum erstenmal in die Augen. Er war jetzt nicht mehr so stark betrunken. Und er schien ruhiger zu sein. Beinahe unsicher. Verwirrt. Als warte er auf etwas, oder sähe sich einem Dilemma, einem Rätsel oder einem Geheimnis gegenüber. Sein Blick forschte in meinem Gesicht, ein fragender Blick. Aber er sagte nichts. Er schwieg.

»Ich muß zur Toilette«, sagte ich. Meine Stimme war leise und unsicher.

Langsam stand er vom Bett auf, nahm die Handschellen ab, ließ sie achtlos zu Boden fallen. Er hob das zerknitterte Laken auf, schüttelte es aus und legte es mir um. Das pflaumenfarbene Nachthemd war längst in Fetzen.

Er folgte mir ins Bad und schloß die Tür, beobachtete mich unverwandt. Ohne ihn um Erlaubnis zu fragen, drehte ich das Badewasser auf, als ich fertig war, kaltes Wasser diesmal, gegen die Hitze und die langsam schwellenden Blutergüsse. Als die Wanne voll war, ließ ich das Laken fallen und stieg hinein. Ich streckte mich im kalten Wasser aus, bis zum Hals bedeckt, und wünschte, ich hätte das Epsom-Bittersalz da, das ich in New Orleans zurückgelassen hatte. Doch schon das kalte Wasser allein linderte die schlimmsten Schmerzen. Zwanzig Minuten später zog ich den Stöpsel heraus und stieg steif und beinahe zitternd vor Kälte aus der Wanne.

Für die Mädchen legte ich etwas Make-up auf und kämmte mir das wirre Haar. Meine beiden Augen waren blaugeschlagen, die Entstellung nur notdürftig unter dem Abdeckstift verborgen. Der Lippenstift war zu grell auf meiner bleichen Haut. Mein frisch gewaschenes Haar war glanzlos.

Die gebrochenen Rippen taten mörderisch weh, als ich mit nur einer Hand versuchte, mein verfilztes Haar auszukämmen. Mir schossen die Tränen in die Augen. Mittendrin nahm Montgomery mir den Kamm aus der Hand. Behutsam teilte er das zerzauste Haar in einzelne Strähnen und kämmte jede vorsichtig aus. Mit großer Geduld. Mit der gleichen Geduld, mit der er mich vorher geschlagen hatte.

Als mein Haar glatt war, nahm er die Bürste und zog sie immer wieder durch mein Haar, gleichmäßig, rhythmisch, wie seine Schläge.

»Die Mädchen haben bestimmt Hunger«, sagte ich, um das grausame Ritual zu unterbrechen.

»Der Gefrierschrank ist voll.«

Ich nickte und machte einen Schritt zur Seite. Das Laken fiel von meinem Körper. Ich sah, daß meine schmutzigen Kleider, die ich am Morgen ins Waschbecken geworfen hatte, in einer Ecke lagen. Ich schob das Laken mit dem Fuß zu einem Häufchen zusammen.

Wieder im Schlafzimmer, schlüpfte ich in Shorts und ein T-Shirt, und ließ mir von Montgomery helfen, als ich es nicht schaffte, mir das Hemd über den Kopf zu ziehen. Er machte mir sogar aus den Resten des pflaumenfarbenen Nachthemds eine provisorische Schlinge für meinen Arm. Ehe ich aus dem Zimmer ging, hob ich die Handschellen auf und reichte sie ihm. Einen Moment schien er verwirrt, dann wurde er rot unter meinem Blick und drehte sich um.

Im Wohnraum nahm ich die beiden Mädchen in die Arme, lobte sie dafür, daß sie so tapfer gewesen waren, bleute Shalene ein, sie solle nicht wieder versuchen, mir zu helfen. Dann wickelte ich Morgan. Dessie hatte sich den ganzen Tag um ihn gekümmert, ihm zu essen und zu trinken gegeben, was da war. Er saß ganz zufrieden auf dem Sofa, zupfte am Haar von Shalenes Puppe und beobachtete uns alle mit seinen alten, weisen Augen.

Im Gefrierschrank fand ich Krabben, mindestens zwanzig Pfund, und brach ein großes Stück ab. Im Kühlschrank waren Salat, Tomaten, frische Petersilie, Karotten, Gurken, gelber Kürbis, Kartoffeln, Auberginen und drei verschiedene Sorten Paprika. Von der Sorte, die Miles Justin immer mitbrachte, wenn er zu Besuch kam. Lange starrte ich die verschiedenfarbigen milden Paprika schweigend an. Hatte Miles dieses Gefängnis für mich eingerichtet? Ich schloß die Kühlschranktür.

Mit Dessies Hilfe machte ich einen Salat, während die Krabben auf dem Herd standen. Erst da fiel mir auf, daß es in der Küche kein einziges richtiges Messer gab. Keine schweren Schüsseln oder Töpfe, keine Glasbehälter. Alles war aus Plastik. Überhaupt keine Waffen in dem kleinen Haus. Wir mußten das Gemüse für den Salat mit einem gezähnten Plastikmesser schneiden.

Ich fand Mausefallen und reichte sie schweigend Montgomery. Geradeso, als wären wir zu Hause in Moisson, gab er Erdnußbutter in die Fallen und stellte sie in den Ecken und hinter dem Kühlschrank auf.

Wir aßen schweigend. Montgomery ließ mich wieder nicht aus den Augen, während wir aßen. Es gab keine Lampen, die man hätte werfen können. Es gab nichts, um einen Menschen niederzuschlagen. Er beobachtete mich den ganzen Abend, während er am Tisch saß und die leere Whiskyflasche drehte und drehte. Das Geräusch war zermürbend, so laut in der stillen Küche und so eintönig.

Mit einer Hand spülte ich das Geschirr, wusch dann Morgans Windeln aus und hängte sie zum Trocknen über die Lehnen der Küchenstühle. Ich bemerkte eine Tür in der Ecke neben dem Kühlschrank, wahrscheinlich eine Haustür, die aus der Küche ins Freie führte. Bevor ich das Schnappschloß bemerkt hatte, war mir gar nicht aufgefallen, daß es eine Tür war. Es gab nicht einmal einen Griff. Und kein Schloß zum Absperren.

Ich badete die Kinder, brachte sie zu Bett, las ihnen zwei Geschichten vor und sang ihnen ein Gute-Nacht-Lied. Ich war etwas kurzatmig infolge der gebrochenen Rippen, aber sie schienen es nicht zu merken. Es war wie zu Hause in Moisson, bis auf die Spannung, die knisternd in der Luft lag; bis auf die bohrenden Blicke, mit denen mich Montgomery verfolgte.

Ich ging spät zu Bett. Ich brauchte meinen ganzen Mut, um mich wieder auf dieses Bett zu legen, auf dem meine Bestrafung stattgefunden hatte.

Obwohl ich zu Tode erschöpft war, stellte sich der Schlaf nicht ein. Meine Rippen schmerzten bei jedem Atemzug, ich konnte auf der dünnen, durchgelegenen Matratze keine Stellung finden, die angenehm war, und jedesmal, wenn ich vom Schmerz erwachte, begegnete mir in der Dunkelheit Montgomerys glitzernder Blick.

Am nächsten Morgen waren die Schmerzen schlimmer, und ich war so steif, daß ich nicht ohne Montgomerys Hilfe aufstehen konnte. Er stützte mich auf dem Weg ins Bad und ließ mich eine Stunde lang allein in der heißen Wanne, während er den Kindern das Frühstück machte.

Er fütterte mich, während ich in der Wanne lag, führte mir jeden Bissen zum Mund und hielt mir den Becher mit dem Saft an die Lippen. Wischte mir behutsam den Mund ab, wenn der Sirup von den Pfannkuchen tropfte. Er sah mich mit liebevollem Lächeln an. Jede seiner Bewegungen war ruhig und behutsam. Und er schwieg.

Seine Fürsorglichkeit, seine Rücksichtnahme hatten etwas Ominöses. Als gefiele es Montgomery, mich hilflos vor Schmerz und völlig auf ihn angewiesen zu sehen. Die Furcht, die ich während der Schläge und der Bestrafung am Tag zuvor in Schach gehalten hatte, blühte wieder auf und wuchs unter seiner beunruhigenden Freundlichkeit und zärtlichen Aufmerksamkeit.

Nach dem Essen ließ er frisches warmes Wasser einlaufen und zog sein Hemd aus. Er griff in das heiße Wasser und massierte meine Füße, meine Waden, meinen Rücken. Vielleicht war es nur die Furcht, die mich glauben ließ, daß seine Finger auf den zarten Knochen meines Nackens verweilten.

Ich wußte in diesem Moment, daß die Bestrafung noch nicht beendet war. Sie hatte gerade erst begonnen.

11

Den ganzen Morgen ließ Montgomery mich in Ruhe, berührte mich nur mit seinen Blicken. Mit meinem gesunden Arm faltete ich Windeln, machte Morgan etwas zu essen, indem ich im Mixer gekochtes Gemüse pürierte, wusch die schmutzigen Kleider der Mädchen, machte Spiele mit den Kindern. Montgomery trug zwei tote Mäuse hinaus, die in der Nacht in die Fallen gegangen waren; stellte die Fallen wieder auf.

Einmal am späten Vormittag kam Shalene in die Küche gerannt, Höschen und Shorts, die sie hatte hochziehen wollen, nachdem sie auf der Toilette gewesen war, völlig verdreht und verheddert. »Mama, ich schaff' das nicht allein«, rief sie.

Ich ging in die Hocke, zog die verhedderten Kleidungsstücke auseinander, glättete die Shorts und sah zu Montgomery hinauf. Sein Blick ruhte auf meiner Hand, die auf Shalenes nacktem Po lag. Ein seltsamer Blick. Gierig.

Ich sah weg, tätschelte Shalene den Kopf. »Geh spielen, *me sha.*« Hinter dem Kühlschrank schnappte eine Falle zu. Die gefangene Maus quietschte schrecklich, während sie in der Falle zappelte. Bis sie endlich still wurde und starb. Ich richtete mich auf und ging wieder an den Spültisch.

Am Nachmittag ging die Bestrafung weiter.

Sie war sexueller Natur. Extravagant, phantasievoll und sehr schmerzhaft. Schmerzhaft auf eine intime Weise. »Sag's mir, Nicole. Sag mir, wer er ist ... Sag mir die Wahrheit.«

Ich war die ganze Zeit totenstill, stöhnte nur einmal, wenn der Schmerz unerträglich wurde. Ich entleerte mich aller Gedanken und Gefühle, zeigte keine Regung. Aber immer wieder hatte ich diesen Blick vor meinem geistigen Auge. Montgomerys Blick auf meiner Hand, die auf Shalenes Po lag. Diese Gier in diesem Blick. Dieses Verlangen. Und ich wußte, daß ich irgendwie entkommen mußte.

Der Whisky, der noch in Montgomerys Blut war, verbrannte langsam an diesem langen Tag, und mit ihm brannte der verbliebene Zorn aus. Seine Strafen verloren an Einfallsreichtum, waren nicht mehr so schmerzhaft, der Blick seiner Augen wurde zunehmend verwirrt. Schweigen schien meinen Mann stets zu verwirren.

Aber immer noch murmelte er: »Sag es mir. Sag mir seinen Namen.« Es klang wie eine Bitte um Erlösung, so drängend. Die Tiraden halb ausgesprochener Drohungen hörten jedoch auf.

An diesem Abend machte er das Abendessen für die Mädchen und ließ mich mit Morgan auf dem Sofa ruhen. Er taute Hühnerbrüste auf, briet sie, machte neue Kartoffeln dazu und einen Salat. Hinterher räumte er sogar die Küche auf und trug die tote Maus hinaus. Ich hatte keine Ahnung, daß er überhaupt kochen konnte. Oder saubermachen.

Er half mir, die Mädchen zu baden, und in seinem Gesicht war nichts von jenem Ausdruck, den ich am Vormittag gesehen hatte. Außer einmal. Da blitzte dieser Funke in seinen Augen auf und erlosch wieder, so schnell ging das, daß ich es beinahe übersehen hätte. Sexuelles Verlangen. Nach seinen kleinen Töchtern.

Jahrelang hatte ich diesen Blick immer wieder in seinen Augen aufleuchten sehen, und stets war er so schnell wieder verschwunden, daß ich ihn nie hatte deuten können. Aber jetzt kannte ich ihn. Und haßte Montgomery dafür.

Ich mußte weg von hier. Es mußte einen Weg geben, die Mädchen in Sicherheit zu bringen.

Als die Kinder im Bett waren, ließ Montgomery mir wieder ein Bad einlaufen. Heiß. Duftend. Er sah mir zu, als ich mich entkleidete, in die Wanne stieg und mich seufzend ins Wasser gleiten ließ. Und er ließ mich in Ruhe.

Eine volle Stunde ließ er mich allein, fuhr mit dem Rover weg, um einzukaufen. Lebensmittel. Waschpulver. Er ließ mir kein Badetuch da und sperrte mich im Badezimmer ein. Aber diese Stunde allein war die reine Seligkeit. Und sie brachte das Mittel zu unserer Flucht.

Als Montgomery zurückkam, saß ich immer noch im Wasser und massierte vorsichtig meine linke Schulter. Die Sehnen schmerzten, und ich konnte die angeschwollenen Bänder vom Schlüsselbein und Schulterblatt meinen Oberarm hinunter verfolgen.

Er sperrte die Tür auf und blickte sofort auf der Suche nach wäßrigen Spuren zu Boden. Als er die Pfützen sah, wurde sein

Gesicht hart. Ich zuckte die Achseln und spritzte mit heißem Wasser. »Ich mußte auf die Toilette. Du hast vergessen, mir ein Handtuch dazulassen.«

Montgomery trat in den kleinen Raum und schien das bißchen Luft zu verdrängen, das in dem heißen, dampfenden Bad noch vorhanden war. Auf dem Toilettensitz perlte Wasser. Er schüttelte den Kopf und holte ein Handtuch, aber sein Gesicht hatte den harten Ausdruck verloren.

Er wischte die Wasserpfützen auf, reichte mir ein frisches Handtuch und sah mir zu, wie ich mich abtrocknete und dann aus der Wanne auf das Handtuch stieg, das er auf dem Boden liegengelassen hatte. Sein Blick war ruhig und erstaunlich traurig.

An diesem Abend liebte er mich. Keine Bestrafungen. Kein Schmerz. Und er küßte mich wie damals vor langer Zeit. Zärtlich. Mit Leidenschaft. Wie damals, als er um mich geworben, als er mich die Liebe gelehrt hatte.

Danach streichelte er meinen Rücken und mein Haar, bis ich ruhig war. Er holte Verbandsmaterial und umwickelte die gebrochenen Rippen mit einer besonderen Binde, die extra für Rippenbrüche gedacht war. Ich sagte ihm nicht, daß heutzutage kein Mensch mehr diese Dinger benutzte. Außerdem tat der Druck tatsächlich gut. Wenn er auch vielleicht ein wenig erdrückend war. Vielleicht wollte er das ja. Er gab mir Aspirin und irgendwelche Schmerztabletten, zwei jeweils, und stellte einen Plastikbecher mit Eiswasser auf den Nachttisch für den Fall, daß ich in der Nacht durstig werden sollte.

Ich schlief ein. Und Morgan auch.

Am nächsten Morgen traf ich alle Vorbereitungen zur Durchführung meines Plans.

Lächelnd und scherzend machte ich das Frühstück für die Kinder und Morgan. Berührte sie oft. Die Spannung, die zwei Tage lang in der Luft gelegen hatte, schmolz dahin. Ich packte den Kindern ein kleines Picknick zusammen – belegte Brote für die Mädchen, püriertes Gemüse, pürierte Kartoffeln und pürierte Bananen in lauter kleinen Tupperwareschüsselchen für Morgan.

Ich packte eine Tasche mit Spielsachen, legte Morgans Windeln dazu, machte eine große Flasche Sprudelwasser und stellte das alles an die Hintertür, die Holztür in der hinteren Küchenwand.

»Können die Kinder heute mal draußen spielen?«

Montgomery nickte langsam. Er hatte mir bei der Arbeit zugesehen, ohne Fragen zu stellen. Geduldig und tolerant. Und mißtrauisch.

»Es gibt keine Schlangen? Oder Gewässer?« Ich war kein einziges Mal draußen gewesen, seit wir angekommen waren. Hatte nicht einmal zum Fenster hinausgesehen.

»Der Garten ist eingezäunt. Miles hat alles geprüft. Er hat hinten sogar eine Schaukel angebracht.«

Ich erinnerte mich der drei Sorten Paprika im Kühlschrank. Miles hatte Paprika immer besonders gern gegessen. Ich wußte jetzt, daß er dieses Haus vorbereitet hatte. Er hatte es saubergemacht, die Lebensmittel eingekauft und unser Gefängnis in einen halbwegs angenehmen Käfig verwandelt. Die DeLandes hielten eben zusammen. Mich fröstelte innerlich.

Ich rieb die Mädchen und Morgan mit Sonnenschutzmittel ein, dann öffnete ich die Hintertür, und wir traten auf eine kleine, von Fliegengittern umgebene Veranda hinaus, auf der eine eingerostete Waschmaschine, mehrere Schrubber und verschiedene Gartengeräte standen. Nichts Scharfes.

Die Schaukel bestand aus einem dicken Seil mit einem Brett als Sitz und war hoch in den Ästen einer Eiche verankert. Das Gras war frisch gemäht. Eine neugespannte Wäscheleine war direkt vor der Veranda. Miles glaubte wohl, daß wir eine Weile bleiben würden.

Ich drückte die Mädchen, legte Morgans Hand in Dessies und kniete vor ihnen nieder. Ich sah die Mädchen so an, wie ich es immer tue, wenn ich ihnen etwas Wichtiges zu sagen habe.

»Kinder, ich möchte, daß ihr heute den ganzen Tag draußen bleibt, bis ich euch sage, daß ihr hereinkommen sollt. Ganz gleich, was passiert, okay? Wenn es regnet, setzt ihr euch auf die Veranda und spielt hier. Und ihr beiden paßt gut auf Morgan auf. Aber kommt nicht ins Haus, bevor ich euch rufe. Habt ihr das verstanden?«

»Und wenn wir aufs Klo müssen?«

Typisch Shalene, in jedem Plan gleich den Schwachpunkt zu entdecken. Und so pragmatisch zu sein. Ich ging noch einmal ins Haus und holte eine Rolle Toilettenpapier, die ich zu den Sachen legte, die schon auf der Veranda standen.

»Wir fahren bald weg, nicht?« flüsterte Dessie.

Ich nickte lächelnd. Dessie lächelte zurück, nahm Morgans Hand und führte ihn an den Rand der Veranda, dann die eine Stufe hinunter und zur Schaukel. Ich schloß die Hintertür und drehte mich um.

Montgomery war im Wohnraum. Er saß in einem Schaukelstuhl, die Beine ausgestreckt und an den Knöcheln gekreuzt. Wartete auf mich. Beobachtete mich.

Ich hatte bei meiner spärlichen Garderobe keine große Auswahl, aber ich hatte getan, was ich konnte. Ich hatte eines von Montgomerys alten T-Shirts an. Er pflegte sie in Moisson immer zu tragen, wenn er an seinen Oldtimer herumbastelte. Es war weiß und dünn und spannte über meiner Brust. Ich hatte den Verband um die Rippen abgenommen. Ich trug keinen Büstenhalter. Und lose Shorts, zu lang, die ich hochgekrempelt hatte. Nackte Füße. Kaum Make-up. Das Haar offen. Ich sah aus wie ein Kind. Wie ein Teenager. Aber er mochte sie ja jung, nicht?

Ich ging zu ihm, den Blick auf sein Gesicht gerichtet, und blieb vor seinen bloßen Füßen stehen. Schob meine Füße auf seine und streichelte ihn mit meinen Zehen. »Du hast gesagt, du möchtest wissen, warum. Und wer.«

Er nickte. Sein Blick war wie der eines Folteropfers, das auf die nächste Quälerei wartet. Schmerz.

»Glorianna DesOrmeaux.«

Alles mögliche spiegelte sich in Montgomerys Gesicht. Schuld. Bestürzung. Erleichterung. Eine Andeutung von Gelächter. Ein kleines Stirnrunzeln: »Na und«. Und als schließlich ein Ausdruck auf seinem Gesicht zurückblieb und sich dort niederließ, war er nicht ehrlich. Es war Verstellung. Vorgetäuschte Reue. Vorgetäuschte Beschämung.

»Sie hat ein Kind«, sagte ich. »Zwei Jahre alt.« Ich sagte ihm alles über sie. Wie sie aussah, wie das Kind aussah, wo sie wohnten. Ich sprach von der finanziellen Vereinbarung, die er mit ihrer Mutter getroffen hatte. Und später, als sie volljährig geworden war, mit ihr neu ausgehandelt hatte.

Als er noch immer nichts sagte, zerbrach etwas in mir. Etwas Kostbares und Wertvolles, das ich einst hochgehalten hatte. Es zerbrach einfach, zerbrach mit dem gleichen Geräusch wie meine Rippen unter seinen Fäusten. Und ich begann zu schreien.

Ich schrie ihn an. Ich schrie von Vertrauen und Treue und Krankheit und Versprechen. Ich schrie von Schmerz und Kummer und Paris. Ich schrie ihm all das ins Gesicht, was ich empfunden hatte, als ich die Bilder gesehen hatte, auf denen mein Mann Glorianna DesOrmeaux küßte. Ich schrie all die Gefühle heraus, die ich an jenem Abend nicht zugelassen hatte. All die schmerzlichen Gefühle, die ich beiseite geschoben hatte, weil der Schmerz meiner Töchter größer war als mein eigener. Weil sie Grauenvolleres mitgemacht hatten. Weil ihnen der schlimmere Verrat angetan worden war.

Als er weiterhin schwieg, stürmte ich wie eine Rasende durch das Haus. Ich warf Teller nach ihm, diese leichtgewichtigen Plastikdinger, die keinen Schaden anrichten konnten. Ich kippte den Küchentisch um. Und sah endlich mit Genugtuung, daß die Falschheit aus seinem Gesicht verschwand und etwas anderes ihren Platz einnahm. Etwas, das ich nicht erwartet hatte. Bewunderung.

Ich leerte die Küchenschränke aus. Warf mit Konservendosen nach ihm. Jedesmal, wenn ein Geschoß geflogen kam, wich er mit der Anmut der DeLandes aus. Ein Tänzer hätte ihn beneidet. Oder ein Fechter. Die Bewunderung in seinem Blick wuchs.

Als die Küchenschränke leer waren, griff ich nach den Möbeln. Ich weinte jetzt wirklich. Vor Zorn. Und ich zertrümmerte einen Stuhl. Stürzte die Couch um.

Ein kleiner Teil von mir stand abseits und sah sich die Explosion aus der Distanz an. Ein kleiner, ruhiger, berechnender Kern, der meine Vorstellung kommentierte und Montgomerys Reaktionen beobachtete. Sein Gesicht, seine Bewegungen, seinen Körper. Ein kleiner, kalter, gefühlloser Teil von mir. Der eisern entschlossen war.

Ich stieß die Ventilatoren um, die noch liefen. Einer gab in einem Funkenregen seinen Geist auf. Ich zerschlug eine Fensterscheibe. Demolierte den Couchtisch, auf dem die frischen Sachen der Mädchen lagen. Und dann stürzte ich mich auf ihn. Ich versuchte, ihm das Gesicht zu zerkratzen. Ich schlug ihn. Ich biß ihn, als er meine Arme festhielt und mich küßte. Ich biß ihn so tief, daß es blutete. Und er lachte, tief und kehlig. Ein Siegerlachen, voller Verlangen und Begierde. Ich stieß ihn von mir. Und schrie ihn an.

Warum ich wirklich gegangen war, sagte ich ihm nicht. Ich wußte instinktiv, daß Montgomery mir nicht erlauben würde, von dem Mißbrauch seiner Töchter zu sprechen. Ich wußte es einfach.

Plötzlich wurde ich ruhig. Schweißüberströmt blieb ich in der Mitte des verwüsteten Wohnzimmers stehen, keuchend, jeder Atemzug eine Qual, das Gesicht fleckig und verschwollen von Tränen und Blutergüssen. Meine Schulter war eine einzige Qual, ein heißer, stechender Schmerz, der meinen ganzen Arm durchzuckte und bis in die Finger fuhr.

Ich wartete. Ich mußte sehen, was er tun würde.

Durch das Zimmer mit den umgestürzten und zertrümmerten Möbeln kam Montgomery auf mich zu wie eine Katze, die sich an ihre Beute heranpirscht. Vor mir blieb er stehen. Er hob langsam seine Hand, umfaßte mein Gesicht und küßte mich zärtlich auf den Mund. Flüsterte, es täte ihm leid. Bat mich um Verzeihung. Versprach, Schluß zu machen.

Es war ihm ernst. Mit jedem Wort. Das sah ich in seinen Augen. In diesem Moment hätte er alles für mich aufgegeben. Weil er diese neue Frau begehrte, die ich gerade geworden war. Er begehrte das Feuer und den Zorn. Die Gewalt.

Sexuelle Spannung sprang zwischen uns auf, glühte heiß in seinen Augen, und er nahm mich auf dem Boden inmitten der zertrümmerten Möbel, der Konservendosen, der herumgeschleuderten Plastikteller. Und nahm mich gleich danach noch einmal, auf dem Bett. Und ein drittes Mal in dem kleinen Badezimmer, wobei ich halb auf dem fünfziger Jahre Waschbecken saß.

Er war unersättlich. Und ich sorgte dafür, daß es auch so blieb. Ich schlief mit ihm und schmuste mit ihm, den ganzen Vormittag und den halben Nachmittag. Nicht einmal um zu essen, machten wir eine Pause. Ich liebte ihn, bis er satt und entspannt war, und uns beiden alles wehtat. Ich liebte ihn, bis er alle Vorsicht vergaß.

Als die Sonne unterging, trat ich auf die kleine Veranda hinter dem Haus und rief meine sonnenverbrannten Kinder herein. Badete sie. Machte ihnen ein großes Abendessen. Dann brachte ich sie zu Bett. Danach ließ ich Montgomery ein Bad einlaufen, massierte ihn in der Wanne, den Rücken, den Nacken, seine Schultern. So, wie er es gern hatte. Und brachte auch ihn zu Bett. Ich nahm selbst noch ein schnelles Bad und folgte ihm in das dunkle Schlafzimmer.

Mein Mann schlief. Er schnarchte leise. Sein Mund war leicht geöffnet. Sein Gesicht war kratzig von den vier Tage alten Bartstoppeln. Er sah unschuldig und verletzlich aus.

Ich starrte in sein Gesicht, das von Licht und Schatten dämmrig beleuchtet war. Hob meinen Arm weit in die Höhe. Über meinen Kopf. Holte aus und schlug zu. Kraftvoll, auf seinen Hinterkopf. Mit dem feuchten Ziegelstein, den ich soeben aus dem Toilettenkasten genommen hatte.

Er stöhnte, und ich schlug noch einmal zu. Er rührte sich nicht.

»O Gott«, flüsterte ich. »O Gott. O Gott. O Gott.« Ich wich zurück. »O Gott. O Gott. O Gott. O Gott.«

Ich knipste das Licht an und holte die Handschellen, die Montgomery zusammen mit dem Schlüssel auf die Kommode gelegt hatte. Ich zog ihm beide Arme über den Kopf und machte seine Handgelenke mit den Handschellen am Bettgestell fest.

»O Gott o Gott o Gott o Gott ...« Ich warf den Schlüssel durch die offene Tür ins Wohnzimmer. Ich bekam keine Luft. Galle stieg in meiner Kehle hoch. Heiß und ätzend.

Montgomery blutete am Kopf. Nicht schlimm, aber er blutete. Es war ein kleines rotes Rinnsal in den rostroten Locken.

»O Gott.« Ich erinnerte mich des Blicks, mit dem er Shalene angesehen, meine Hand auf ihrem Po betrachtet hatte. Und ich schauderte. »O Gott.« Ich warf das Laken über seinen nackten Körper. Würgte. Schluckte krampfhaft.

Ich nahm den Koffer, warf Kleider hinein, zog mich an. Ich durchsuchte Montgomerys Sachen, bis ich die Autoschlüssel und meine 9mm-Pistole gefunden hatte. Es waren keine Patronen mehr darin. Ich suchte, aber ich fand sie nicht.

Ich zog den Koffer ins Wohnzimmer, stopfte Kleider und Spielsachen der Kinder hinein, suchte im verwüsteten Wohnzimmer Höschen, Shorts, Socken und Malbücher zusammen. Ich hätte das alles zurücklassen können. Es war nichts darunter, was nicht zu ersetzen gewesen wäre. Aber es war mir unmöglich, Montgomery irgend etwas zurückzulassen.

Heißer Schweiß brach mir aus und rann meinen Rücken hinunter. Ein lästiges Kitzeln, an dem auch der kühle Luftstrom aus der Klimaanlage nichts ändern konnte. »O Gott. O Gott.«

Ich holte die Toilettensachen aus dem Badezimmer. Hielt plötzlich inne und rannte zu Montgomery zurück. Er war bewußtlos, atmete aber gleichmäßig. Die Blutung hatte aufgehört. Beinahe hätte ich ihn berührt. In letzter Sekunde riß ich meine Hand zurück. Ich nahm den Ziegelstein und rannte mit ihm ins Badezimmer. Spülte ihn im Waschbecken gründlich ab und legte ihn wieder in den Spülkasten. Dann drehte ich das warme Wasser auf und wusch mir die Hände, bis sie sauber waren, und das Wasser klar ablief.

Ich trug den Koffer zu dem Landrover hinaus. Ich trug Decken, Kissen und Proviant und die Puppen der Mädchen hinaus. Es war pechschwarze Nacht. Keine Sterne und kein Mond am Himmel, der in graue Wolken gehüllt war.

Wieder im Haus, holte ich ein kräftiges, stumpfes Buttermesser aus dem Besteckkasten und kroch auf allen vieren an den Wänden des Wohnzimmers entlang. Ich suchte nach einer Telefonbuchse. Ich wußte, es mußte eine da sein. Irgendwo. Ich fand sie schließlich in der Küche hinter dem Kühlschrank neben einer von Montgomerys Mausefallen.

Mit dem Buttermesser stemmte ich die altmodische Dose auf und riß die kleinen Drähte – gelb, rot, grün und schwarz – heraus.

Hinter dem Bett, in dem Montgomery lag, entdeckte ich einen zweiten Telefonanschluß. Nachdem ich das Bett zur Seite geschoben hatte, stöhnend, mit schmerzenden Muskeln und Sehnen, riß ich auch diesen Anschluß heraus.

Aber dann kam mir ein neuer Gedanke. Ich lief zur Hintertür des kleinen Hauses hinaus. In der undurchdringlichen Finsternis fand ich mit Hilfe des trüben Lichts von der kleinen Veranda, die Telefonleitung, die ins Haus führte. Mit einer kurzen Hacke zum Unkrautjäten, die ich auf der Veranda fand, riß ich das Kabel aus dem Haus und ließ es schlaff und schwarz auf dem Boden liegen.

Ich packte die schlafenden Kinder in den Landrover, machte Morgan vorn neben mir mit Kissen und Sicherheitsgurt einen sicheren Sitz. Die Mädchen kuschelten sich hinten in Decken und Kissen und beobachteten mich schlaftrunken.

Als ich den Wagen wendete, hörte ich die kleeblattförmigen Trittsteine unter meinen Rädern knirschen und knacken. Ich fuhr die lange, gewundene Einfahrt hinunter, folgte den zwei tiefen Furchen, die mir das Licht meiner Scheinwerfer zeigte.

Es hatte zu regnen angefangen. Dicke Tropfen fielen träge auf die Windschutzscheibe und rannen das Glas hinunter wie Tränen. Die Einfahrt war zwei Meilen lang. Die Laubfrösche quakten so laut, daß ich sie trotz Motor und Klimaanlage hören konnte. Immer noch rann mir der Schweiß in Strömen den Körper hinunter. Angstschweiß. Ich zitterte. Aber ich konnte fahren.

Als wir die Asphaltstraße erreichten, warf ich einen Blick auf die Benzinuhr. Sie stand fast auf Leer. Ich ließ den Rover im Leerlauf weiterrollen, zog meine Handtasche auf den Schoß und knipste die Innenbeleuchtung an. Kein Bargeld. Nur Schecks und alte Kreditkarten, die ich in Moisson benutzt hatte.

Ich überlegte. Nicht nur konnte Montgomery leicht meine Spur aufnehmen, wenn ich mit Karte bezahlte, er konnte die Karten auch sperren lassen, hatte das vielleicht sogar schon getan. Und wenn ich versuchte, mit einer gesperrten Karte zu bezahlen, konnte ich dafür ins Gefängnis wandern. Wegen versuchten Betrugs. Und vom Gefängnis zurück in Montgomerys Arme.

Um diesen Gedanken nicht weiterverfolgen zu müssen, drehte ich mich nach den Mädchen um. Shalene schlief. Dessie sah mich groß an.

»Du hast es geschafft«, sagte sie und lächelte.

»Noch nicht ganz.« Ich schüttelte Shalene. Sie reagierte nicht. Sie schlief wie ein Murmeltier. »*Me sha*, ich muß mir ein bißchen Geld von dir leihen. Wach auf, meine Kleine«, murmelte ich. Dann schüttelte ich sie ein wenig stärker. »Mama braucht Geld. Hast du welches?«

»Wieviel?« murmelte sie verschlafen.

»Zwanzig? Oder dreißig, wenn du soviel hast.«

Seufzend griff sie an ihre Taille nach dem Geldgürtel, den Miles Justin ihr vor so langer Zeit geschenkt hatte. Sie wurde mit einem Schlag hellwach, als er nicht da war. Hastig sah sie sich im Auto um. »Meine Puppe«, schrie sie. »Meine Puppe.«

Ich war verblüfft über soviel Entsetzen. »Sie liegt unten an deinen Füßen, Schatz.«

Sie tauchte nach der Puppe. Dessie verfolgte alles mit zufriedenen Blicken. Shalene klappte die Röcke der Puppe in die Höhe. Der Geldgürtel lag um den weichen Körper der Puppe.

»Jetzt begreife ich, warum du unbedingt die Puppe mitnehmen wolltest«, murmelte ich. Sie warf mir einen Verschwörerblick zu und öffnete den Gürtel. Er war voll grüner Scheine. Ich sperrte den Mund auf. »Wieviel hast du da?« Es sah wie ein Vermögen aus.

Sie zuckte unschuldig die Achseln. »Keine Ahnung. Onkel

Miles hat gesagt, es sind mehr als zweihundert, aber mein Bräutigam hat mir auch noch was gegeben. Für meine Mitgift.«

Ich schluckte ein Lachen hinunter. Shalene konnte keine Ahnung haben, was eine Mitgift war. Oder doch?

»Könnte ich dann vielleicht fünfzig leihen?«

Sie überlegte. »Zwei Dollar Zinsen.« Sie hielt zwei Finger hoch. Ich nickte. »Abgemacht. Wenn wir wieder in New Orleans sind.«

Sie nickte und beugte sich vor, um die Vereinbarung mit Handschlag zu besiegeln. Shalene. Meine kleine Geschäftemacherin. Ihre Hand war klein und zart in der meinen. Sie gab mir den Geldgürtel und sah aufmerksam zu, wie ich fünfzig Dollar abzählte. Aus dem hinteren Fach der Geldtasche zog ich einen knisternden Hundert-Dollar-Schein.

»Woher hast du den?«

»Von Onkel Miles. Das sind hundert Dollar.«

»Ja, ich weiß.« Ich schob den Schein wieder zurück und gab ihr den Geldgürtel.

An einem kleinen Laden mitten in der Prärie bekamen wir Benzin. Vorn waren zwei Zapfsäulen, die Schaufenster waren vergittert, an der Fassade aus Holzschindeln fehlten mehrere Bretter, ein Ladenschild gab es nicht. Es war geschlossen. Ein pickliger Junge wollte gerade in seinen rostigen, alten Lieferwagen steigen und abfahren. Ich drückte ihm zehn Dollar in die Hand. Er lächelte, sperrte den Laden auf, schaltete die Zapfsäule wieder ein. Das Geld bewirkte mehr als jede tränenreiche Schnulze, die ich ihm hätte erzählen können. Er füllte den Tank und erklärte mir den Weg in die nächste Ortschaft.

Aber mehrmals sah er mir forschend ins verschwollene Gesicht mit den blaugeschlagenen Augen. Als ich wieder im Wagen saß, klappte ich die Blende mit dem Kosmetikspiegel herunter und legte dick Make-up auf.

Zwei Stunden später, gegen Mitternacht, erreichten wir St. Genevieve und hielten an einem kleinen Imbiß. Ich weckte die Mädchen, und wir gingen hinein. Wir kauften eine Straßenkarte,

Würstchen, fritierte Zwiebelringe und Cola für die Mädchen. Pampers für Morgan und einen großen Warmhaltebecher Kaffee für mich. Obwohl die Benzinuhr noch fast auf Voll stand, tankte ich noch einmal. Meine fünfzig Dollar waren verbraucht.

Wieder im Wagen suchte ich St. Genevieve auf der Karte, während ich Zwiebelringe kaute. Es war weiter nördlich, als ich erwartet hatte, und es gab nicht viele Routen nach Süden von diesem Teil des Staates aus. Um nicht gefunden zu werden, falls es Montgomery gelungen war, sich früher als erwartet zu befreien, fuhr ich erst nach Norden, dann in östlicher Richtung bis Natchez in Mississippi. Bei strömendem Regen fuhren wir dann auf der 61 in Gegenden, die ich kannte.

Wir sangen Lieder, bis der Schlaf die Mädchen übermannte. Danach begleiteten mich nur Stille und Dunkelheit und fernes Donnergrollen auf meiner Fahrt. Und die Gedanken, die sich im Lauf der Stunden in Ängste verwandelten.

Ich kannte die DeLandes. Und ich kannte Montgomery. Ich wußte, er würde mir niemals vergeben, was ich getan hatte. Er mochte die Frau von Eis und Feuer begehrt haben, die ihn des Ehebruchs beschuldigte und Möbel zertrümmerte – diese Frau, die er nie zuvor gesehen hatte. Aber niemals würde er der Frau verzeihen, die ihn getäuscht hatte. Die ihn mit einem Ziegelstein bewußtlos geschlagen und ihn mitten im Nichts allein und ohne Fahrzeug zurückgelassen hatte.

Immerzu blickte ich in den Rückspiegel. Immerzu dachte ich an Eve Tramonte und Ammie. Und an blutige Kleider in meinem Badezimmer. Warum hatte ich wegen Ammie nichts unternommen? Warum hatte ich sie einfach sterben lassen?

Um kurz vor vier waren wir in Baton Rouge und nahmen ein Zimmer in einem Holiday Inn. Ich bezahlte bar, so viel, daß wir das Zimmer bis nachmittags um vier behalten konnten.

Ich war todmüde, erschöpft von tagelanger Schlaflosigkeit und unaufhörlichen Schmerzen. Ich sperrte die Zimmertür ab, legte die Kette vor, packte die Kinder alle in ein Bett und ließ mich in das andere fallen.

Ich verschlief das Frühstück und das Mittagessen. Ich schlief so fest, daß ich mich nicht einmal umdrehte. Als ich erwachte, war ich am ganzen Körper steif.

Die Hotelwanne war nicht so groß, daß ich mich darin ausstrecken und entspannen konnte; aber es tat gut, in warmem Wasser zu sitzen.

Um kurz nach sechs Uhr abends waren wir in New Orleans. Vier Tage nach dem Hurrikan. Ausnahmsweise fühlte ich mich von der Stadt nicht mit offenen Armen aufgenommen. Vielmehr hatte ich das Gefühl, an jeder Ecke belauert zu werden.

Nach einem Abstecher zu Avis und zur Bank, wo ich Geld abhob, um Shalene das Darlehen mit Zinsen zurückzuzahlen, ging ich in ein Waffengeschäft, um mir neue Munition zu besorgen. Während langsam die Sonne unterging, fuhr ich durch das French Quarter, auf dem Boden neben mir die geladene Pistole, auf dem Sitz neben mir Morgan in seinen Kissen. Er schien sich in diesem Provisorium wohler zu fühlen als in seinem Babysitz. Die Mädchen wurden jedoch allmählich unruhig und quengelig und wollten zu Abend essen.

Einige Stops später hielt ich neben einer öffentlichen Telefonzelle und musterte die Straßen. Penner, die nach billigem Wein und Marihuana rochen, die in Türnischen schliefen, die Knie bis zur Brust hochgezogen. Nachtschwärmer, die noch umherzogen und ebenfalls nach Alkohol rochen. Ich schob die Pistole unter mein T-Shirt, als ich aus dem Rover stieg. New Orleans ist nach Einbruch der Dunkelheit nicht gerade der sicherste Ort der Welt, und das French Quarter erst recht, schon gar nicht für eine Frau mit drei kleinen Kindern und ohne Begleitung.

Ich warf einen Vierteldollar ein und wählte die Nummer aus dem Gedächtnis. Adrian Paul meldete sich beim dritten Läuten. Im Hintergrund konnte ich Stimmen und das Klirren von Porzellan und Silber hören. Gedämpfte klassische Musik. Eine Party?

»Adrian Paul? Hier Collie.«

»Mein Gott, Collie!« Die Hintergrundgeräusche wurden leiser, als hätte er die Hand über die Sprechmuschel gelegt. »Ich habe ... wir machen uns alle die größten Sorgen. Wo sind Sie?«

»Wo sind *Sie*?« konterte ich. Es hörte sich nicht so an, als sei er zu Hause. Es klang, als halte er sich in einem großen, luftigen Raum auf.

»Auf einem Kanzleifest. Ich lasse meine Anrufe hierher durchstellen. Sonja und Philippe sind auch hier.«

»Ich bin in Schwierigkeiten.« In dem Moment überschwemmte es mich. Eine Flutwelle der Angst. Schrecklicher, lähmender Angst. Was würde Montgomery tun? Ich bekam schon wieder keine Luft. »O Gott. Ich habe Montgomery verletzt.«

Einen Moment blieb es still. »Wo sind Sie?« Er war tief besorgt. Ich hörte es an seiner Stimme.

»Ich brauche ... Sie müssen kommen.« Ich atmete krampfhaft. »Sie müssen von dem Fest weggehen.«

»Natürlich.«

»Sie müssen dorthin kommen, wo Shalene JP adoptiert hat.«

»Sie meinen ...«

»Nein!« schrie ich. »Keine Namen. Keine Orte. Ich habe Angst, verdammt noch mal. Keine Namen.«

»Collie ...«

»Fahren Sie dorthin und warten Sie bei der öffentlichen Telefonzelle. Vergewissern Sie sich, daß niemand Ihnen folgt. Hören Sie mich? Vergewissern Sie sich.« Meine Stimme klang wie die einer hochgradig hysterischen Frau.

Ein Paar kam vorüber und schlug einen Bogen um diese heulende Irre in der Telefonzelle. Ein Mann, allein, blieb stehen. Hörte zu. Beobachtete. Ich senkte die Stimme und behielt ihn im Auge, die Hand am Kolben meiner Pistole unter dem T-Shirt. Er trank aus einer Flasche in einer braunen Papiertüte.

»Und sagen Sie Sonja, sie soll auch gehen. Wissen Sie noch, wo die Puppenfrau war?« fragte ich, Shalenes Wort gebrauchend.

»Ja.« Seine Stimme klang verändert, tiefer, leiser. Sein Ton war kurz und sachlich.

»Ungefähr eine Straße weiter ist ein Telefon. So ein kleines, niedriges, zu dem man direkt mit dem Auto hinfahren kann. Sagen Sie ihr, sie soll warten. Sie braucht nicht auszusteigen. Sagen Sie ihr, ich rufe an.« Ich hielt inne und holte Atem. Meine Rippen schmerzten. Ich bemühte mich, langsamer zu sprechen, deutlicher.

»Ich muß eine eidesstattliche Versicherung abgeben. Mit Videoaufnahmen. Im Beisein eines Arztes. Können Sie das vorbereiten? Für heute abend? Für jetzt?«

»Ja.«

»Aber keine Anrufe von einem Apparat, den die DeLandes abhören könnten. Nur öffentliche Zellen.«

»Wann soll ich bei ... an dem Ort sein, den Sie meinen?«

»Wie schnell können Sie dort sein?«

»In zehn Minuten. Vielleicht auch in fünf.«

Das hieß, daß er in der Nähe war, im French Quarter.

»Geben Sie acht, daß Ihnen niemand folgt. Ich glaube, ich habe schon zuviel geredet.«

»In Ordnung.«

»Ist ...« Ich schniefte und schneuzte mich. »Ist JP gesund und munter?« fragte ich mit kleiner Stimme.

»Dem geht es glänzend.« Ich hörte an seiner Stimme, daß er lächelte. »Nicht lange nachdem Sie abgefahren waren, erreichte das Auge des Sturms das Haus. Philippe ist hinübergelaufen und hat ihn geholt. Aber Ihre Katze hat er beinahe erdrückt.« Er machte eine kurze Pause. »Wir haben uns wahnsinnige Sorgen gemacht, Collie.«

Ein Teil der Last glitt mir von den Schultern. Doch zurückblieb ein intensiver Schmerz zwischen meinen Rippen. Schmerz und Druck und brennende Hitze. »Hm. Ja, also, ich ruf' Sie in zehn Minuten an. Geben Sie acht ...«

»... daß mir niemand folgt. Ich weiß.«

Ich legte auf, stieg wieder in den Landrover, sicherte die Türen, vergewisserte mich, daß die Pistole gesichert war und legte sie wieder auf den Boden. Ich legte meinen Kopf und meine Arme auf das Lenkrad und atmete ein paarmal tief durch.

Hinten zankten sich die beiden Mädchen.

»Kinder, wenn ihr schön leise seid, werde ich es arrangieren, daß ihr JP noch heute abend sehen könnt.« Sie hörten sofort auf zu streiten. »Vielleicht dürft ihr sogar bei ihm übernachten. Aber seid leise, ja? Lest euch was vor, hm?«

»Es ist zu dunkel zum Lesen.« Shalenes Stimme klang leicht gereizt.

»Oben an der Decke ist wahrscheinlich ein Lämpchen«, sagte ich, ohne den Kopf zu heben. »Ihr braucht es nur anzuknipsen.«

Die kleine Lampe spendete etwas Licht. Ich richtete mich auf, startete den Rover und fuhr los. Der Trinker mit seiner Flasche war nirgends zu sehen.

In der St. Louis Street fand ich eine Telefonzelle, die besser beleuchtet war als die letzte. Sie war vor einer Kneipe voll Betrunkener der besseren Gesellschaft. Ich rief die Telefonzelle in Van's an, dem Restaurant, in dem Shalene JP zu ihrem Adoptivsohn erkoren hatte. Adrian Paul meldete sich augenblicklich.

»Collie?« Er schien außer Atem zu sein.

»Ist Ihnen jemand gefolgt?«

»Höchstens wenn mich einer beobachtet hat, wie ich bei *Petunias* durch die Hintertür geschlichen, dann durch den Hof gelaufen bin und vorn bei ... ach, ist doch völlig egal.« Er schwieg, immer noch schwer atmend. »Es spielt keine Rolle. Ich habe meine Smokingjacke ausgezogen und bei Sonja gelassen. Hab' die Hemdärmel hochgekrempelt. Ich hab' ausgesehen wie ein Kellner, der zur Arbeit rannte.« Er lachte dieses wunderbar sympathische, selbstsichere Lachen.

»Sehen Sie einen Avis-Mietwagen? Schauen Sie sich um. Ich habe ihnen gesagt, sie sollen um den Block herumfahren, bis sie vor Van's jemand aufhält. Der Fahrer müßte das Fenster offen haben. Er wollte seinen Arm heraushängen lassen. Mit einem Taschentuch in der Hand. Es ist ein brauner ...«

»Ich seh' ihn«, unterbrach mich Adrian Paul.

»Halten Sie ihn an.«

»Er hat mich gesehen«, sagte Adrian Paul etwas später.

Mir wurde plötzlich schwach, und ich mußte mich an dem Gitter festhalten, von dem die Zelle umschlossen war. Das Metall war noch warm von der Sonne des Tages. Vielleicht waren die Kinder jetzt in Sicherheit.

»Steigen Sie ein. Der Mann von Avis steigt aus, wenn Sie kommen. Fahren Sie zum Trade Center und warten Sie dort auf uns. Wir sehen uns dort.«

»Okay. Wegen der eidesstattlichen Versicherung. Philippe telefoniert von einer Zelle in der Bourbon Street aus. Er erledigt die Einzelheiten.«

»Gut.« Ich legte auf und setzte mich wieder in den Rover, fuhr kreuz und quer durch das French Quarter, etwa in Richtung zum Trade Center, bis zur nächsten Telefonzelle. Ich hatte die Route auf der Karte genau eingezeichnet. Jede öffentliche Telefonzelle hatte ich mit einem Sternchen gekennzeichnet; die Nummern der einzelnen Apparate waren am Rand notiert.

Vom nächsten öffentlichen Telefon aus rief ich Sonja an, die inzwischen am verabredeten Ort sein mußte. Sie meldete sich, noch ehe ich das Signal hörte. »Wo zum Teufel bist du? Ist alles in Ordnung?«

Ich lachte, aber es klang mehr wie ein Schluchzen. »Ganz gut soweit.«

»Was soll das heißen?«

»Ich zeig's dir heute abend, dann kannst du dir selbst ein Bild machen. Ist euer Haus überwacht worden?«

»Ja. Zwei Autos rund um die Uhr an jedem Ende der Straße. Philippe sagt, daß ein dritter Wagen in der Straße hinterm Haus steht. Die beobachten uns überall, diese widerlichen Gangster.« Sie sprach sehr schnell und bekam dabei einen stärkeren Cajun-Akzent. Sie sprach wieder so wie die Sonja, mit der ich aufgewachsen war.

»Ist dir vom *Petunias* jemand gefolgt?«

»Versucht haben sie's«, antwortete sie schadenfroh. »Aber Philippe hat zwei Pennern Geld dafür gegeben, daß sie die Straße blockierten, als ich wegfuhr. Ich weiß es nicht mit Sicherheit, aber ich glaube, einer der Männer ... äh ... pinkelte direkt auf die Motorhaube des Wagens, der nach mir losfuhr. Der andere hängte sich ans Fenster und heulte den Männern drinnen was vor. Sie sollten einem armen Arbeitslosen Geld für eine Mahlzeit geben. Ich hoffe, sie haben keinen von den beiden erschossen.«

Ihren Worten folgte Schweigen; ein Schweigen, wie es nur Menschen aushalten, die einander sehr nahe sind; ein Schweigen, bei dem Fremden unbehaglich wird, und bei dem Freunde sich sehr wohl fühlen. Sonja hatte mich einmal ihre Seelenfreundin genannt.

Ich holte tief Atem. »Ich habe Montgomery verletzt.« Sie sagte nichts, aber ich fühlte beinahe, wie aufmerksam sie mir zuhörte; wie sie darauf wartete, daß ich weitersprach. »Ich habe ihm mit einem Ziegelstein auf den Kopf geschlagen.« Sie lachte, kurz, abgerissen, ungläubig. »Zweimal.« Sie lachte wieder, aber diesmal klang es kalt und hart. »Ich habe ihn bewußtlos geschlagen. Und dann habe ich ihn mit Handschellen ans Bett gefesselt und die Telefonleitung herausgerissen und bin mit den Kindern abgefahren.«

Einen Moment sagte sie nichts. »Das geschieht dem Schwein recht.« Es klang beinahe wie ein wütendes Fauchen, aber sofort veränderte sich ihre Stimme wieder. »Wann war das?« Jetzt sprach wieder Sonja, die Sachliche.

»Vor ungefähr vierundzwanzig Stunden.«

»Seine Gorillas sind heute morgen gegen neun aufgekreuzt.«

»Dann hat er sich entweder befreit und ist da irgendwie weggekommen oder er ... ist gestorben ... und ein DeLande hat ihn gefunden.«

Wieder sagte Sonja nichts, aber ich hatte den Eindruck, sie hoffte, er sei gestorben. Merkwürdig, was man aus dem Schweigen eines anderen Menschen alles heraushören konnte.

»Sonja. Warum haßt du Montgomery so sehr?« fragte ich leise. Und ich hörte, wie sie den Atem anhielt. »Er hat etwas gesagt. Über ... über deine hübschen Schenkel. Er hat mich gefragt, was du mir über ihn erzählt hast. Als wüßtest du etwas, das ich nicht weiß.«

Das war jetzt ein anderes Schweigen. Dichter und drückender. Ähnlich der Stille in dichtem weißen Nebel, wenn man sich von allem abgeschnitten fühlt.

»Ich erzähl's dir später.« Ihre Stimme war leise. Sie klang wie tot.

»Heute abend, Wolfie. Heute abend.«

»Wo treffen wir uns?« Ich hatte das Gefühl, daß sie bewußt das Thema wechselte.

»Nimm den I 10 in Richtung Slidell. Wenn du sicher bist, daß dir niemand folgt, dann fahr ab und fahr wieder rauf, aber in Richtung Baton Rouge. Ich bin am Flughafen. Weißt du noch die Stelle, wo deine Freundin damals plötzlich Wehen bekam?«

»Du meinst den Souvenirladen, wo Leza die Fruchtblase geplatzt ist, und sich die ganze Bescherung über den Vierzigtausend-Dollar-Orientteppich ergossen hat? Klar, das vergess' ich nie.«

»Warte da auf mich.« In diesem Teil des Flughafens gab es überall Ausgänge. »Ich fahr' dann mit dir in das Hotel, in dem ich heute übernachte.« Ich lächelte dünn. »Zieh dir am besten die Glitzerklamotten aus, die du anhast, Sonja. Das Viertel wird nicht gerade nach deinem Geschmack sein.«

»Okay, ich zieh' mich im Auto um.«

»Sei vorsichtig, Wolfie.«

»Du auch.« Ich hörte das Lächeln in ihrer Stimme.

Die Fahrt zum Trade Center war nicht weit. Ich entdeckte Adrian Paul sofort. Er hatte den Wagen unter einer Straßenlampe geparkt und ein Taschentuch an die Antenne gebunden. Als Zeichen, vermutete ich. Da der Mietwagen das einzige Fahrzeug weit und breit war, war die Geste eigentlich überflüssig.

Ich fuhr langsam heran. Ich kurbelte mein Fenster herunter. Unsere Blicke trafen sich. Ein Schweigen hing zwischen uns, während er mir forschend in mein geschundenes Gesicht blickte. Es war ein Schweigen anderer Qualität als das, das ich mit Sonja geteilt hatte, aber es war bemerkenswert angenehm und friedlich. Ich war aus tiefster Seele froh, einen vertrauten Menschen zu sehen.

Ohne ihn um Erlaubnis zu fragen, verfrachtete ich die Kinder in den Mietwagen. Ich setzte Morgan in den Kindersitz, um den ich gebeten hatte. Adrian Paul sah nur zu. Half nicht. Anfangs, weil er nicht verstand, was ich tat und warum ich es tat. Dann, eben weil er verstand. Es war, als könnte er meinen Schmerz sehen, den körperlichen und den seelischen, den es mir bereitete, mich von meinen Kindern trennen zu müssen. Den Schmerz des Lebewohls.

Ich küßte jedes meiner Kinder, versprach ihnen, daß Adrian Paul sich ein paar Tage um sie kümmern würde, und schlug die Tür zu. Ich hob den nur noch halb gefüllten Koffer heraus und stellte ihn vor dem Kofferraum des Mietwagens ab. Adrian Paul sperrte den Kofferraum auf und hob den Koffer hinein. Meine eigenen Sachen lagen im Landrover in zwei Einkaufstüten.

Hatte ich auch wirklich an alles gedacht? Wenn nicht, würde ich es wahrscheinlich erst merken, wenn es zu spät war.

»Das Auto ist gemietet«, sagte ich überflüssigerweise, mit den Tränen kämpfend. »Ich habe dafür mit meiner Kreditkarte bezahlt. Das heißt, daß Montgomery es herausfinden kann. Aber die nächsten paar Stunden sollte es noch ungefährlich sein. Würden Sie die Kinder heute abend mit zu sich nach Hause nehmen? Und dann veranlassen, daß Sonja sie irgendwohin bringt, wo Montgomery nicht an sie heran kann? Sie beide werden vielleicht ... Sie werden mich vielleicht vertreten müssen, wenn ich in den nächsten zwei Wochen nicht zurück bin.« Er sagte nichts, sah mich nur mit seinen dunklen Augen aufmerksam an. »Die Vollmacht, die Sie empfohlen haben, muß noch unterschrieben werden. Ich möchte, daß Sie und Sonja sich meiner Angelegenheiten annehmen, wenn ... wenn ich nicht zurückkomme.«

Ich sah seine innere Spannung. Ich sah sie in der Haltung seiner Schultern. In seinem Gesicht. In seiner ganzen Körperhaltung. Ich sah den Wechsel der Gefühle, der sich in seinen Augen spiegelte. Doch eine ganze Weile rührte er sich überhaupt nicht. Sagte kein Wort. Ich konnte den Mississippi riechen, dumpfig und feucht. Den feinen Duft von Zigarrenrauch und Whisky, der

Adrian Paul umgab. Dann trat er näher. Ich wich zurück, lehnte mich an die warme Motorhaube des Rover und verschränkte meine Arme, wobei ich den verletzten stützte.

Adrian Paul legte eine Hand auf das Dach des Rover und berührte mit der anderen behutsam und vorsichtig die geschwollene Stelle an meiner Lippe. Die dunklen Verletzungen unter meinen Augen. Und noch immer sprach er nicht.

»Ich habe mich getäuscht. Auch ein DeLande schlägt eine Frau. Und sehr effizient, würde ich sagen.« Ich versuchte zu lächeln.

»Waren Sie beim Arzt?«

»Nein. Und ich brauche auch keinen Arzt. Außer für die Videoaufnahme. Wenn die Verletzungen so schlimm wären, wie sie aussehen, wäre ich jetzt schon tot. Ich habe keine inneren Blutungen. In kurzer Zeit wird das alles verheilt sein. Aber ich möchte es in der eidesstattlichen Versicherung haben. Und auf Video. Damit man alle Verletzungen, jeden Bluterguß und jede Schramme sehen kann.«

»Und dann?«

Ich sah ihm an, daß er es schon wußte.

»Dann gehe ich zu Montgomery.«

»Aber das brauchen Sie doch nicht zu tun. Es gibt ...«

»Ja. Gesetzliche Mittel. Ich weiß. Oder ich könnte fliehen.« Ich neigte mich näher zu ihm. So nahe, daß ich die feinen Linien in seinem Gesicht erkennen, durch Whisky- und Zigarrengeruch hindurch den kräftigen, erdigen Duft seiner Haut riechen konnte. So nahe, daß er meine Worte nicht überhören oder mißverstehen konnte.

»Ich bin nie vor etwas geflohen. Auch nicht vor Montgomery. Und ich werde nicht jetzt damit anfangen. Ich habe mir alles genau überlegt. Ich habe darüber nachgedacht, während er mich schlug. Ich habe darüber nachgedacht, während er mich badete. Mich fütterte. Und dann wieder schlug. Ich habe darüber nachgedacht, als er mich vergewaltigte.«

Er schloß die Augen. Seine Hand glitt um meinen Kopf herum zu meinem Nacken.

»Er tat es so langsam und methodisch, wie er mich geschlagen hat. Und es war ebenso schmerzhaft. Und wenn man das durchmacht, hat man viel, viel Zeit zum Nachdenken, es sei denn, man schaltet völlig ab und atmet nur noch, bis es vorbei ist.«

Er wischte mir eine Träne ab. Ich hatte nicht gemerkt, daß ich weinte.

»Und als ich alles durchdacht hatte, da war mir klar, daß ich ihn konfrontieren muß. Mit der Wahrheit. Mit der Wahrheit über das, was er meinen Mädchen angetan hat. Und mir. Wir müssen das klären, mein Mann und ich. Wir müssen dem ins Auge sehen. Es uns anschauen. Und ich weiß, daß ich eine solche Konfrontation vielleicht nicht überleben werde.« Seltsam beiläufig klangen diese letzten Worte. Gar nicht nach Leben und Tod.

Ich sah Adrian Paul in die Augen. Wir waren einander so nahe, daß wir uns hätten küssen können. Doch die Spannung zwischen uns war nicht erotischer Art. Jedenfalls nicht in dem Sinn, wie ich das Wort verstand.

»Sie sollten Ihren Anwalt dabei haben.« Er lächelte und berührte wieder meine geschwollene Lippe. »Oder Ihre Therapeutin. Oder ein Heer.«

Ich schüttelte den Kopf. »Ich werde keine Dummheit machen. Ich möchte leben. Ich werde versuchen, einen Weg zu finden, Montgomery soweit zu bringen, daß er mich gehen läßt.«

Nach einer kurzen Pause sagte er: »Sie werden das hier brauchen.« Er wandte sich ab, öffnete die Tür des Mietwagens und reichte mir einen Hefter, den er vom Boden des Autos aufgehoben hatte. Ich blätterte darin und hatte das Gefühl, die Unterlagen schon einmal gesehen zu haben.

»Am Anfang ist das Protokoll eines Gesprächs, das Ann Nezio-Angerstein mit einer Frau geführt hat, die behauptete, eine DeLande zu sein. Montgomerys Schwester. Ihre Angaben erwiesen sich als richtig, als ich sie nachprüfte. Ann hat Ihnen das Protokoll an dem Tag gebracht, an dem Max ermordet wurde. Sie haben den Hefter in Sonjas Fernsehzimmer auf dem Boden liegengelassen. Haben Sie überhaupt hineingeschaut?«

Ich schüttelte den Kopf. »Nein.«

»Dann tun Sie es. Sehen Sie sich die Unterlagen genau an. Lesen Sie jedes Wort, ehe Sie mit Montgomery sprechen.«

»In Ordnung.« Ich warf den Hefter durch das offene Fenster in den Landrover auf den vorderen Sitz. Ich nannte ihm den Namen des Hotels, in dem ich übernachten wollte, und die Zimmernummer. Er zog die Augenbrauen hoch, als ich ihm erklärte, wie man dorthin kam. Es war wirklich ein mieses Viertel. »Wenn Sie bei der Abfassung der eidesstattlichen Versicherung dabeisein wollen …«

»Natürlich komme ich.«

»Mir ist das Wichtigste, daß die Kinder in Sicherheit sind.«

»Ich habe die Wachgesellschaft angerufen – von einem öffentlichen Telefon aus«, fügte er hinzu, ehe ich unterbrechen konnte, »und habe darum gebeten, daß zwei Wachmänner heute nacht zu mir geschickt werden. Ich werde dafür sorgen, daß die Kinder sicher sind, bis die Sache erledigt ist.«

Ich nickte.

»Ich komme in etwa einer Stunde. Soll ich mich mit einem bestimmten Klopfzeichen melden, damit Sie wissen, daß ich es bin? So zum Beispiel?« Er klopfte einmal lang, zweimal kurz, einmal lang auf die Motorhaube des Rover und lachte, in dem Bemühen, auch mich zum Lachen oder wenigstens zum Lächeln zu bringen. »Ich möchte nicht durch die Tür erschossen werden.«

Ich versuchte ein Lächeln. Es gelang nicht. »Gut. Warum nicht?«

Am Flughafen traf ich Sonja und erkannte sie kaum in der weiten, alten Jeans und dem übergroßen Herrenhemd, dessen Ärmel bis zu den Ellbogen hochgekrempelt waren. Ihr Haar war unter einer Baseballmütze der Mets verborgen, ein paar kleine Löckchen lugten unter dem Rand hervor, als hätte sie ihr Haar für die Party hochgesteckt und die elegante Frisur einfach unter der Mütze verborgen. Sie sah aus wie ein Teenager. Und ihr Gesichtsausdruck, als sie mich erblickte, verschwollen und mit Waschbärenaugen, verriet, daß auch sie mich kaum erkannte.

»Heilige-Maria-Mutter-Gottes-wie-siehst-du-denn-aus?« sagte sie, alles in einem Wort.

Ich zuckte die Achseln. »Montgomery. Komm.«

Ich ging mit ihr durch den Terminal zurück in einen anderen, dann auf Umwegen wieder in den ersten, nur für den Fall, daß sie einen Beobachter mitgebracht hatte. Zuletzt führte ich sie zu dem Landrover. Erst als wir hinter gesicherten Wagentüren saßen, sprach ich wieder. Erst als ich nach meiner Pistole gesehen – ich hatte sie im Auto zurückgelassen – und sie auf meinen Schoß gelegt hatte, fand ich überhaupt Worte.

Wir umarmten einander. Wir lachten ein wenig. Ich fuhr auf Umwegen zu dem heruntergekommenen, alten Hotel. Während ich fuhr, sprach ich, erzählte ihr alles. Alles, was Montgomery getan und gesagt hatte. Alles, was ich getan und gesagt hatte, auch das von den zertrümmerten Möbeln. Sie war beeindruckt. Meinte, das klänge mehr nach ihr als nach mir, und da hatte sie wahrscheinlich recht. Ich erzählte ihr auch, wie ich Montgomery getäuscht und in dem Haus zurückgelassen hatte.

Gelegentlich stellte sie präzise Fragen, um diesen oder jenen Punkt zu klären. Ich übte wahrscheinlich schon für die eidesstattliche Versicherung. Sie war vermutlich neugierig. Aber das Reden half mir.

Ich redete eine Stunde lang, während wir warteten. Auf Philippe, dem Adrian Paul Bescheid sagen sollte. Auf Adrian Paul. Auf die anderen, die kommen würden. Schließlich wußte ich nichts mehr zu sagen. Wir saßen schweigend beieinander, und der Fernsehapparat beleuchtete das Zimmer mit seinem bläulichen Licht, während unscharfe, verschneite Bilder von Gene Kelly über den Schirm zogen, der in einen noch verschneiteren Hintergrund davontanzte.

Ich wartete darauf, daß sie sprechen würde, mir sagen würde, was Montgomery ihr angetan hatte; warum sie ihn so sehr haßte; das Geheimnis lüften würde, das sie und Montgomery miteinander teilten, dieses Geheimnis, von dem ich immer ausgeschlossen gewesen war.

Aber Sonja sagte nicht ein Wort. Und ehe ich sie dazu drängen konnte, kamen unsere Gäste, und in dem kleinen Hotelzimmer wurde es eng. Sie mußten auf den Alustühlen am zerkratzten Resopaltisch und auf dem durchhängenden Bett Platz nehmen, die Angehörigen meines rechtlichen Hilfstrupps: Philippe, korrekt wie immer, ein wenig steif vielleicht, aber elegant im Smoking; ein Arzt, der nach Scotch roch, aber nüchtern zu sein schien; eine Stenographin, verwirrt, mit abstehendem Haar, als hätte man sie gerade aus dem Bett geholt. Ihre Maschine stand geöffnet auf dem Resopaltisch; es war ein kleiner Computer mit Drucker. Kompakt und modern. Ann Nezio-Angerstein stand mit einer Videokamera etwas abseits.

Adrian Paul kam als letzter, verschaffte sich mit einer ganzen Folge rhythmischer Klopfzeichen Einlaß. Ich lächelte ihm zu, als er den Kopf zur Tür hereinstreckte. Ich war ihm dankbar für den Hauch Leichtigkeit, den er mitbrachte. Er lächelte zurück.

Dann erzählte ich meine Geschichte. Ich sprach langsam, damit die Stenographin mitschreiben konnte. Die Videokamera nahm derweilen jede Verletzung an meinem Körper auf. Ich zeigte sie alle, jeden Bluterguß, jeden Biß, jeden Kratzer, jeden Bruch.

Der Arzt untersuchte mich, hörte mich ab, maß meinen Blutdruck, meinen Puls, tastete und klopfte, begutachtete die gebrochenen Rippen, warnte mich vor Rippenfellentzündung und Infektion und möglicher zukünftiger Arthritis. Ich hörte mit halbem Ohr zu und zog mein T-Shirt wieder herunter, sobald er fertig war. Es war mir nicht angenehm gewesen, mich in diesem Zimmer voller Menschen zur Schau zu stellen. Aber es war notwendig. Diese Menschen waren meine Zeugen.

Die Stenographin druckte das Protokoll aus und bezeugte die eidesstattliche Erklärung. Sie schien eine Zulassung als öffentliche Beurkundungsbeamtin zu haben. Eine dieser vielseitigen Angestellten, die Rechtsanwälte immer zu finden scheinen.

Erst als ich wegfuhr, fiel mir plötzlich ein, wer sie war. Bonnie. Schäbig und billig gekleidet, ganz dem Dekor meines Hotelzimmers entsprechend. Kleider machen tatsächlich Leute.

Sie glaubten alle, ich würde die Nacht im Hotel verbringen. Warum hätte ich schließlich lügen sollen? Aber ich fuhr weg, sobald alle gegangen waren.

Ich kam mir ein bißchen vor wie die Vogelmutter, die in ihrem Nest im Gras aufgestört worden ist und fortfliegt, um den Jäger abzulenken und ihre Jungen zu schützen. Und ich wußte immer noch nicht, warum Sonja Montgomery haßte. Sie sagte mir nicht, was er getan hatte, obwohl ich sie diesmal im Beisein von Philippe fragte. Obwohl ich sie drängte, mir reinen Wein einzuschenken. Sie kreuzte die Arme über der Brust und schob die Unterlippe vor und sah so sehr einem trotzigen Teenager ähnlich, daß Philippe und ich lachen mußten.

Aber als ich in den Landrover stieg, sah ich auf dem Fahrersitz einen Brief liegen, einen verschlossenen Umschlag mit verblichener Anschrift. Er war an mich gerichtet, unter meinem Mädchennamen, an die Adresse meiner Eltern in Moisson. Sonjas Schrift. Auch die Briefmarke in der rechten oberen Ecke war alt. Das Porto hätte heute nicht mehr ausgereicht. Er hatte etwas sehr Ominöses, dieser alte Brief, der niemals abgeschickt worden war.

Ich war in Moisson, ehe ich den Mut aufbrachte, den Umschlag zu öffnen und den Brief zu lesen. Er war zwei Wochen vor meiner Hochzeit geschrieben worden.

12

»Liebe Collie,

Du hast Dir sicher Gedanken gemacht, warum ich in letzter Zeit so anders bin, so still. Ich wollte es nicht. Ich habe versucht, dieselbe zu bleiben, für Dich und für unsere Freundschaft. Aber wenn Du Montgomery heiratest, wenn Du ihn wirklich heiratest und mit ihm leben und Kinder bekommen willst, dann mußt Du es erfahren. Auch wenn Du mir nicht glaubst. Selbst wenn Du mit Montgomery darüber sprichst und er es abstreitet oder behauptet, es sei alles meine Schuld. Philippe meint auch, daß ich es Dir sagen muß.«

Sie hatte die Worte »wirklich« und »Kinder bekommen« schwarz unterstrichen. Der Text selbst war mit dunkelblauer Tinte auf lavendelblaues Papier geschrieben.

»Dabei fällt mir ein, daß ich Dir nie für Philippe gedankt habe. Wenn Ihr nicht gewesen wärt, Du und Deine Mutter, und wenn die Reisen nach New Orleans nicht gewesen wären, hätte ich ihn nie kennengelernt. Erinnerst Du Dich noch an den Tag, an dem ich ihm begegnet bin?

Ich war in dem Jahr verspätet nach New Orleans gekommen. Es war das Jahr, in dem wir beide achtzehn wurden. Ich bin mit dem Greyhound Bus nachgekommen, ins Ponchartrain in der St. Charles Avenue wie immer. Und die Rousseaus waren auf einem Fest im Ballsaal. Wir sind zusammen hineingegangen, Du, Deine Mutter und ich, und sind praktisch mit Philippe zusammengestoßen.«

Ja, ich erinnerte mich. Sonja war seit Tagen sehr merkwürdig. Irgend etwas schien sie stark zu beschäftigen. Erst am Abend zuvor hatte sie mir die Geschichte ihrer Herkunft und der *plaçage* erzählt. Aber als Philippe kam, wurde das alles anders – sie erwachte aus ihrer inneren Zurückgezogenheit und schien ihre Sorgen zu vergessen.

Eine Woche später schon war sie mit Philippe verlobt. Er war fünf Jahre älter als sie und studierte noch an der Tulane-Universität. Er hatte wie sie eine Mischlingsgeschichte, aber er hatte Unmengen Geld und Prestige und einen Platz in der guten Gesellschaft. Denn selbst in New Orleans zählt die Abstammung nicht, wenn man genug Geld und politischen Einfluß besitzt. Oder sie wiegt jedenfalls nicht so schwer.

»Kurz und gut, Du weißt ja, wie es weiterging, und wie wunderbar und heiter und sonnig alles war.«

Sonja war zu Philippes Mutter gezogen, die sie unter ihre Fittiche genommen hatte, während die Vorbereitungen für die Hochzeit getroffen wurden, die sechs Wochen später stattfand.

Sonjas Eltern waren nicht zur Hochzeit gekommen. Aber sie hatten ja auch gewünscht, daß ihre Tochter nach New York ginge und dort eine gute Partie mache, um das Stigma ihrer Herkunft loszuwerden. Das wußte jeder in Moisson.

»Aber ich habe Dir nie gesagt, warum ich damals mit Verspätung nach New Orleans gekommen bin. Du weißt ja, daß meine Eltern immer große Pläne mit mir hatten. New York und so. So haben sie es mir jedenfalls erzählt. Aber in der Woche vor meinem achtzehnten Geburtstag haben sie mir die Wahrheit gesagt. Und die sah ganz anders aus als das, was wir all die Jahre geglaubt hatten. Sie sah ganz anders aus als das, was sie immer gesagt hatten.

Jetzt kommt der schwierige Teil, Collie. Der Teil, den ich Dir sagen muß, wie Philippe meint. Aber ich weiß nicht, wie ich es Dir sagen soll. Am besten falle ich einfach mit der Tür ins Haus, wie das immer meine Art ist. Ich kann nur hoffen, daß Du mir glaubst.

Mein Vater hatte mit Montgomery einen Vertrag geschlossen. Du erinnerst dich doch an den Tag, an dem Montgomery in diesem schicken alten Auto nach Moisson kam und uns nach dem Weg fragte. Offenbar gefiel ihm, was er an dem Tag sah, und er beschloß zu bleiben. Ich will sagen, *ich* habe Montgomery gefallen.«

Wieder die schwarze Unterstreichung. Sonja hatte ihm gefallen. Mein Herz schlug um einiges schneller.

»Er schloß mit meinem Vater einen Vertrag, daß er meine Unschuld bekommen würde. Für ein gottverdammtes, beschissenes Vermögen, verzeih meine Ausdrucksweise.«

Langsam knüllte ich den Brief zusammen und legte ihn weg. Ich konnte jetzt nicht weiterlesen. Jetzt nicht.

Ich saß mit schmerzendem Körper auf dem Rand unserer Whirlpool-Badewanne. Meiner eigenen Wanne in meinem eigenen Haus in Moisson. Die Wanne war inzwischen beinahe voll. Schaum verbarg das Wasser. Ich drehte die Hähne zu, griff nach meinem Weinglas und trank einen Schluck. Kleidete mich aus. Stieg ins Wasser. Drehte die Wirbeldüsen auf.

Wasser und Schaum sprudelten um mich herum, sogen die Spannung und den Schmerz aus meinem Körper. Der Wein linderte das Brennen und den Schmerz in meiner Brust. Eine Stunde blieb ich im Wasser und verwöhnte mich. Ich wusch mich mit dem einzigen Stück Seife, das ich im Haus gefunden hatte.

Ich rasierte mir die Beine, schrubbte die Fersen mit Bimsstein und wusch mir das Haar. Ich unterzog mich einer gründlichen Reinigung.

Aber schließlich hielt ich es nicht mehr aus. Ich konnte den Brief nicht länger ignorieren; diesen Refrain, der mir immer wieder durch den Kopf schoß. »Er schloß mit meinem Vater einen Vertrag, daß er meine Unschuld bekommen würde.«

Darum kletterte ich schließlich aus der Wanne, trocknete mich ab und ging in die Küche. Ich nahm den Brief, den Wein, meine Pistole und einen Bademantel mit. Barfuß ging ich durch das leere, stille Haus, holte mir eines der kleinen Klapptischchen aus Leichtmetall, machte mir mit den Dingen, die ich aus New Orleans mitgenommen hatte, etwas zu essen und glättete dann den zerknüllten Brief. Das Papier knisterte wie Rice Krispies, wenn man Milch darüber gießt. Mein Blick wanderte zu der Zeile, bei der ich aufgehört hatte zu lesen.

»Vier Tage bevor Du in diesem Jahr nach New Orleans gefahren bist, hat mein Vater angerufen. Erinnerst du Dich?«

O ja, ich erinnerte mich. Und knirschte mit den Zähnen.

»Er sagte Euch, ich wäre krank und könnte dieses Jahr nicht mitkommen. Ich hätte eine Grippe. Montgomery war bei dem Gespräch dabei. Und ich auch. Und dann hat mein Vater mich Montgomery übergeben.

Von dieser Nacht werde ich Dir nichts erzählen. Niemals. Frag mich also nicht danach. Philippe habe ich es erzählt. Aber ich werde nie wieder darüber sprechen. Ich kann es nicht. Montgomery hat mich bis zu meinem achtzehnten Geburtstag behalten. Vier Tage lang.

Am Tag nach meinem Geburtstag bot er mir einen Vertrag an. Die DeLande-Version der *plaçage*. Ich wäre innerhalb von zehn

Jahren reich geworden. Steinreich. Und aus dem Vertrag wäre ich nach zehn Jahren entlassen gewesen. Ein zehnjähriges Arrangement mit Deinem Ehemann, während Du mit ihm zusammenlebtest. Ihr wart zu der Zeit schon verlobt, das weißt Du ja.«

Ich wußte es nur zu gut. Und ich erinnerte mich auch daran, daß ich Sonja auf dieser Reise ständig davon erzählt hatte. Kein Wunder, daß sie mir nichts gesagt hatte.

»Ich bin zur Bank gegangen, habe alle meine Ersparnisse abgehoben und bin dann zur Bushaltestelle gegangen. Und habe Philippe kennengelernt.

Es war nicht alles meine Schuld, Collie. Und es tut mir leid. Ich hoffe, wir können trotzdem Freundinnen bleiben. Und ich hoffe, Du wirst Montgomery nicht heiraten.

Wie immer in Liebe, Deine Wolfie.«

Sie hatte den Brief nie abgeschickt.

In dieser Nacht schlief ich in meinem alten Bett in dem Haus, in dem ich mit Montgomery gelebt hatte. Ein gutes Leben. Erfüllt und glücklich. Eine Lüge.

Die Matratze tat meinem Rücken gut, die seidenen Laken und Decken waren angenehm. Sauber und glatt, ohne ein Fältchen. Ich denke, nur deshalb konnte ich in dem Bett schlafen. Weil jemand – höchstwahrscheinlich Rosalita – es ganz frisch bezogen hatte. Noch niemand hatte in der Wäsche geschlafen.

Ich war nach Einbruch der Dämmerung angekommen und hatte das Haus im großen und ganzen so vorgefunden, wie ich es verlassen hatte. Der Rasen im Garten war gemäht. Die Sträucher und Blumen waren ungepflegt. Der Briefkasten quoll über. Keine Rechnungen. Die wurden ins Büro geschickt, und LadyLia erledigte sie. Zeitschriften, Kataloge, Reklamesendungen. Das meiste wanderte in den Papierkorb.

Am Knauf der Haustür hing eine Benachrichtigung der Elektrizitäts- und Wasserwerke. Strom und Wasser würden in den nächsten zwei Tagen gesperrt werden. Wegen Nichtzahlung. Montgomery mußte LadyLia aufgetragen haben, die Rechnung nicht zu bezahlen. Merkwürdig.

Ein Versehen? Oder wollte Montgomery etwas beweisen? Zwei Tage blieben mir noch, um klimatisierte Luft, heißes Wasser und warmes Essen zu genießen. Ich hatte nicht die Absicht, die Rechnung zu bezahlen. Aber ich füllte immerhin die Fünf-Gallonen-Tanks mit Wasser. Ich holte den Coleman-Ofen und das Propangas heraus und legte Kerzen bereit.

Alles, was im Kühlschrank bereits angeschimmelt war, warf ich weg. In der Tiefkühltruhe war sowieso nicht mehr viel. Gumbo-Gemüse. Katzenfisch. Ein Rinderknochen für Suppe. Ein Pfund Kalbsleber, die ich des Eisengehalts wegen aß.

Es war nichts Frisches im Haus. Rosalita – sie hatte vermutlich an ihrem letzten Tag die Küche saubergemacht und ausgeräumt. Es war Wochen her, das sah man. Staub überall. Ich fragte mich, ob Montgomery sie entlassen hatte.

Die Möbel waren umgestellt worden. Der Gewehrschrank stand jetzt in unserem ehemaligen Schlafzimmer. Alle Möbel waren dort drinnen. Sogar das alte Bett der Mädchen. Seltsam. Als hätte Montgomery umgeben von den wenigen greifbaren Dingen leben wollen, die ich ihm gelassen hatte.

Ich prüfte die Waffen. Vergewisserte mich, daß meine Flinten geladen waren. Das Haus hatte eine Weile leergestanden. Ich wollte nicht in der Nacht von einem Einbrecher überfallen werden, der das Haus beobachtet hatte. Oder von Montgomerys gedungenen Schlägern.

Ich prüfte das Jagdgewehr. Munition war genug vorhanden. Ich konnte mich wenigstens versorgen, auch wenn ich auf die Jagd gehen mußte.

Frisches Gemüse konnte ich mir im Garten holen, auch wenn es nicht viel war. Auf keinen Fall würde ich verhungern. Ich würde überleben.

Bis Montgomery kam. Was dann? Ich schob den Gedanken weg.

An diesem Nachmittag fuhr ein Beauftragter der Elektrizitäts- und Wasserwerke vor und stellte Strom und Wasser ab. Ich hatte gerade ein ausgedehntes Bad genommen, mir sämtliche Nägel lackiert, mein Haar gewaschen. Und plötzlich war kein Strom mehr da. Kein Wasser.

Irgendwie mußte ich einen Tag verloren haben. Ich überlegte, ob ich vielleicht den ersten Tag hier durchgeschlafen hatte. Möglich. Aber wenigstens war ich sauber.

Ich nährte mich von kalten Resten und lebte bei Kerzenlicht. Ging früh zu Bett. Viel gab es nicht zu tun. Im Lauf der folgenden drei Tage las ich alle Unterlagen, die Ann Nezio-Angerstein mir gebracht hatte. Zum Teil war der Inhalt gruslig. Ann hatte sich ihr Geld wirklich verdient.

Ich konnte immer nur ein bißchen was lesen. Ein, zwei Seiten, dann mußte ich an die frische Luft. Noch einmal ein paar Seiten, dann hinaus zum Steg am Bayou, um eine Weile in der Sonne zu sitzen, die Eidechsen zu beobachten, die sich sonnten, und die Wasserschildkröten, die die Köpfe auf langen Hälsen aus dem Wasser reckten. Spinnen hingen in der stillen Luft; ich tötete sie mit der flachen Seite meiner Hacke. Ich haßte Spinnen. Dann ging ich wieder ins Haus und las ein Stück weiter.

Bald war es drinnen nicht mehr kühl. Ich öffnete die hinteren Fenster und hielt mich mehr im Freien auf. Ich wurde merklich dicker. Der Gurt des Holsters spannte über meinem Bauch. Aber ich trug die Waffe überall bei mir. Konnte ich wirklich einen Menschen erschießen, wenn Montgomery mir seine Leute auf den Hals schickte?

Denk nicht daran. Warte einfach ab. Es ergibt sich von selbst. Wenn es soweit ist, ergibt es sich von selbst.

Ich begann wieder zu beten, in diesen langen, einsamen Tagen der Hitze. Sagte meinen Rosenkranz her, während ich im Garten umherlief. Der Friede, der sich schließlich über mich senkte, war sanft. Nicht sehr tief. Nicht sehr religiös. Aber er reichte aus. Selbst all das, was ich aus den Berichten der Privatdetektivin erfuhr, erschütterte ihn nicht.

Montgomery hatte mit meinem Vater eine finanzielle Vereinbarung geschlossen, als wir uns verlobt hatten. Eine fixe Summe bei der Verlobung. Eine weitere feste Summe bei der Heirat. Einen jährlichen Wechsel, solange die Ehe bestand. Kein Wunder, daß Mama sich verraten fühlte, als ich Montgomery verließ. Sie bekamen ja ein kleines Vermögen von ihm.

Nachdem ich das gelesen hatte, machte ich einen langen Spaziergang. Ich ging schnell und dachte wenig. Dann zurück auf die Veranda, auf meine kleine, geschützte Terrasse, in den Schatten, um den nächsten Bericht zu lesen.

Ann hatte in der Tat eine DeLande-Schwester aufgetrieben. Es war eine von denen, über die sich die Leute heimlich die Mäuler zerrissen. Man hatte immer über die Zahl der außerehelichen Schwangerschaften getuschelt, über das Geld, über die Tatsache, daß die meisten der Mädchen verschwanden, sobald sie achtzehn waren, wenn nicht früher.

Ann nannte sie Miss X und sprach in der *Old Absinthe House Bar* im French Quarter mit ihr. Ich las die erste Seite des Interviews, legte das Blatt weg und schloß die Augen. Nach einem Moment stand ich auf, zog meine alten Tennisschuhe an und ging zum Steg.

Ich nahm den Rinderknochen mit. Es war genug Eis im Tiefkühlschrank gewesen, um einige Dinge noch ein paar Tage aufzuheben. Ich band den Knochen an eine Schnur und ließ ihn vom Steg ins Wasser hinunter.

Es war das richtige, um Krebse anzulocken. Während der Köder im Wasser hing, der mir mein Abendessen sichern sollte, spülte ich mein Fischernetz aus und machte mit einem Griff den Eimer sauber, in dem sich diverse Spinnen eingenistet hatten.

Ich setzte mich auf die rohen Bretter des Stegs und wartete. Aber wenn ich die Augen schloß, sah ich die Seite vor mir, die ich gelesen hatte.

Ann: Erzählen Sie mir von Ihrem Leben im Haus der Familie DeLande. (Anmerkung: Die Befragte raucht eine Zigarette nach der anderen und trinkt Scotch pur. Siehe beiliegende Barrechnung.)

X: Als ich zwölf war, hat meine Mutter, die Grande Dame, Gott verfluche sie, mich meinem Bruder vermacht. Das ist eine

DeLande-Tradition, müssen Sie wissen. In diesem Haus jedenfalls. Sobald du deine erste Periode bekommst, wirst du einem der Söhne dieses Luders zum Geschenk gemacht, damit er sich mit dir vergnügen und dich abrichten kann. Du wirst in ein Zimmer mit ihm eingesperrt. Du teilst alles mit ihm, das Essen, das Bett, seine sexuellen Bedürfnisse. Und glauben Sie mir, die sexuellen Bedürfnisse stehen bei den DeLandes an allererster Stelle.

Der liebe Bruder bringt dir alles über deinen eigenen Körper bei. Was ihm Vergnügen bereitet. Wie er seinerseits Vergnügen bereiten kann. Der Körper, meine ich.

An meinem dreizehnten Geburtstag haben sie bei mir die Pille abgesetzt. An meinem fünfzehnten Geburtstag bin ich bei Nacht und Nebel von zu Hause abgehauen. Ich habe nichts mitgenommen als mein Geld und meinen Schmuck. Sogar meinen Sohn habe ich dagelassen.

Ann: Wer ist der Vater Ihres Sohnes?

X: Montgomery. Er war zu der Zeit ungefähr zwanzig.

Die Schnur im Wasser bewegte sich ganz leicht und sandte feine Kräuselwellen über den Wasserspiegel. Wieder. Die Krebse machten sich über den fleischigen Knochen her. Vielleicht war es aber auch ein kleiner Katzenfisch.

Ich stand auf und ging mit meinem Netz und dem Eimer zum Rand des Stegs. Sehr langsam zog ich die Schnur aus dem Wasser in die Höhe und tauchte dabei mein Netz neben dem aufsteigenden Knochen ins Wasser. In dem Moment, wo der Köder ins Licht kam, immer noch ungefähr dreißig Zentimeter unter der Oberfläche, fing ich ihn in dem Netz und holte ihn rasch an die Oberfläche. Drei dicke Krebse hingen gefangen an meinem Köder.

Gierige kleine Burschen, diese Krebse. Nicht einmal wenn es um ihr Leben ging, ließen sie die Beute aus den Scheren.

Als ich auf dem schmalen, feuchten Weg zum Haus zurückging, hörte ich dieses Gespräch immer wieder, als säße ich selbst in der *Absinthe House Bar*. Beinahe konnte ich Miss X rauchen sehen, wie sie den Rauch durch die Nase ausstieß, wie sie den

Rauch mit ihrem Scotch trank, mit jedem Wort, das sie sprach, Rauch in die Luft sprach.
Wer ist der Vater Ihres Sohnes?
Montgomery. Er war zu der Zeit ungefähr zwanzig.

An diesem Abend, nach meinem ersten Tag ohne Wasser und Strom, machte ich draußen auf der Terrasse auf dem kleinen zweiflammigen Coleman-Ofen ein Gumbo. Erst kochte ich die Krebse und nahm sie aus der Schale. Dazu benützte ich Montgomerys kostbare Autowerkzeuge. Die Schalen und die Körperteile, die nicht eßbar waren, warf ich einfach über den Zaun. Sie würden Tiere anlocken. Na und?

Mit dem Fett von ausgelassenem Speck und Mehl machte ich dann eine Mehlschwitze, kräftig, dunkler als sonst. Ich gab Gewürze und Gemüse dazu, und ließ das Ganze köcheln. Auf der anderen Flamme schmorte ich Zwiebeln, Knoblauch und Paprika, gab sie zu der Mehlschwitze, kochte dann Wasser und Reis.

Wirklich gutes Gumbo muß eine Weile bei niedriger Temperatur kochen, ehe das Fleisch dazu gegeben wird. Ich ließ es also auf kleiner Flamme stehen, während der Reis abkühlte, und machte mir eine Tasse Tee.

Ich vermißte schon die Duschen und die Wannenbäder, auf die ich verzichten mußte, seit alles abgestellt worden war. Es war drückend und schwül, der leichte Wind, der hinten am Bayou wehte, brachte keine Abkühlung. Ich roch schon »ziemlich streng«, wie Mama gesagt hätte. Es war ihr Ausdruck für das weiße Pack, das in der Nähe wohnte. Abreibungen mit dem Schwamm halfen bei dieser Hitze nicht.

Ich legte die Beine hoch, stellte den Tee neben mich auf den Boden und nahm mir das Gespräch mit Miss X wieder vor. Ich bekam einen ganz neuen Blick auf die Familie DeLande.

Es war, als öffnete man ein Fenster zu einem alten, verlassenen Haus, um hineinzuspähen. Und sähe dort Verfall und Fäulnis und Moder überall, Verderbtheit, die wucherte wie ein bösartiges Geschwür, für das es keine Heilung gab. Dieser kurze Blick beantwortete so viele Fragen. Und warf so viele mehr auf. Die drängendste davon – Warum?

Warum hatte die Grande Dame ihre Töchter zur »Ausbildung in der Kunst der Sexualität«, wie Miss X es einmal nannte, an ihre Söhne gegeben? Wozu wollte sie die Kinder, die aus den inzestuösen Verbindungen ihrer eigenen Kinder stammten? Selbst jene Kinder, die »nicht ganz in Ordnung« waren, wie der Sohn von Miss X. Er war leicht zurückgeblieben und mit einer zusätzlichen Brustwarze weiter unten an der Brust zur Welt gekommen. Der Arzt, der ihn betreute, behauptete, die leichte geistige Behinderung sei die Folge eines Sauerstoffmangels bei der Geburt. Das Kind habe einige Sekunden zu lange ohne Sauerstoff im Geburtskanal gesteckt. Aber der Arzt wußte ja auch nichts von dem Inzest.

Auf einige von Anns Fragen hatte Miss X die Antwort verweigert. So beispielsweise auf die Fragen, wo sie wohne, wie sie sich ihren Lebensunterhalt verdiene, wann sie das letztemal jemanden aus der Familie DeLande gesehen habe. Lauter wichtige Fragen. »Und seitdem ist die Befragte nicht mehr auffindbar.«

In ihrer Zusammenfassung schrieb Ann: »Ich halte die Befragte für geistig labil, zur Geheimniskrämerei neigend, rachsüchtig, zornig und leicht psychotisch. Aber ich bin überzeugt, daß sie die Wahrheit gesagt hat, so wie sie sie versteht.«

Ich legte den Bericht zur Seite, gab das Krebsfleisch in das Gumbo und rührte mit einem langen Löffel um, den ich ganz hinten in einer leeren Küchenschublade gefunden hatte.

Montgomery hatte also noch ein Kind – von seiner eigenen Schwester. Wie viele andere gab es noch? Und wie hatte ich so lange mit diesem Mann leben können, ohne ihn auch nur im geringsten zu kennen?

Wer war dieser Mann, den ich geheiratet hatte? Dieser Mann, der den weiblichen Körper so gut kannte, daß er dank der Wonnen, die folgten, selbst die Folter erträglich machen konnte? Wer war dieser Mann, der seine eigene kleine Schwester verführt und vergewaltigt hatte?

Ich kostete das Gumbo. Es schmeckte köstlich, würzig und pikant, scharf auf der Zunge. Ich legte den Deckel wieder auf den Topf und kehrte zu den Berichten zurück.

Irgendwie war es Ann gelungen, auch Priscilla, Andreus erste Frau, die in klösterlicher Zurückgezogenheit in der Nähe von Des Allemands lebte, zu einem Gespräch zu überreden. Es war nur kurz gewesen, knapp zehn Minuten, und Priscilla hatte sich geweigert, Näheres über ihre Trennungsgründe zu sagen. Da Ann nicht gestattet worden war, das Gespräch aufzuzeichnen, hatte sie es in ihrem Bericht zusammengefaßt.

Ich war der Grund für die Auflösung dieser Ehe.

»Die Befragte erklärt, die Frauen der DeLandes hätten alle jung geheiratet und seien von ihren Ehemännern in sexuellen Praktiken ›gedrillt‹ worden. Von allen Frauen werde erwartet, daß sie jedem der Brüder, der mit ihnen schlafen wolle, zur Verfügung stünden. Dieses ›Teilen‹, wie es genannt werde, beginnt sechs Wochen nach der Geburt des zweiten Kindes jeder Ehefrau, wenn nicht früher.

Montgomery DeLande habe, als er Nicole Dazincourt heiratete, seine Frau nicht auf dem Landsitz der Familie DeLande wohnen lassen, sondern sei mit ihr in ein eigenes Haus gezogen. Soweit den DeLande-Frauen bekannt sei, habe er sie nie gezwungen, sich der Familientradition zu fügen. Daraufhin beschloß die Befragte nach ihrem Bekunden, daß auch sie sich nicht an die Tradition zu halten habe, wenn das von Nicole nicht verlangt werde. Sie verweigerte sich Richard einige Zeit nach der Geburt von Nicoles zweitem Kind. Richard bestrafte sie dafür und vergewaltigte sie. Er tat das im Beisein des Ehemanns und mit dessen Zustimmung.

Sobald sich ihr eine Möglichkeit bot, ist die Befragte weggegangen. Ihr Mann willigte in die Scheidung ein, da sie die Kinder der Grande Dame überließ. Die Kinder sind mittlerweile volljährig.«

Mir war plötzlich so übel, daß ich es gerade noch bis zum Rand der Terrasse schaffte, ehe ich mich übergab. Und diesmal verging die Übelkeit nicht so rasch; vielleicht weil Sonja nicht da war, um mich zu hätscheln und mir kalte, feuchte Tücher in den Nacken zu legen. Aber nach einer Weile wurde mir doch besser, und der Duft des Gumbo, das immer noch auf dem kleinen Ofen vor sich hin köchelte, wirkte sogar appetitanregend. Als ich mich wieder ganz wohl fühlte, setzte ich mich zum Abendessen. Gumbo und klebrigen Reis und ein Glas Wein.

Mit einem kleinen Teil meines kostbaren Wassers wusch ich mir den Schweiß und die Hitze vom Körper und ging noch vor Sonnenuntergang zu Bett. Mehrere Stunden lang schlief ich tief und fest auf den Seidenlaken in dem beinahe kühlen Haus. Doch gegen zwei Uhr morgens hatte sich die Hitze im Zimmer aufgestaut; die Luft war schwül und feucht, erinnerte mich an das kleine Haus in der Nähe von St. Genevieve. Mein Gefängnis. Ich stand auf und machte hinten noch einige Fenster auf, um mehr Luft hereinzulassen. Kühl und feucht blies der Nachtwind herein und brachte den Geruch kommenden Regens mit. Lächelnd kroch ich wieder in meine verschwitzten Laken. Das Rauschen des Regens übertönte das Zirpen der Grillen und das Quaken der Laubfrösche. Ich schlief wieder ein.

Am nächsten Morgen stellte ich die Möbel um, Bewegungsübungen für meine verletzte Schulter. Ich stellte das Bett der Mädchen in den ehemaligen Familienraum. Ich verteilte Klapptische – zwei stellte ich auf die Terrasse, einen in den Familienraum, einen neben die Haustür, einen neben mein Bett. Die Flinte legte ich daneben auf den Boden. Den Spieltisch und die Stühle schleppte ich ins Frühstückszimmer, die Hurrikanlampe, die einzige, stellte ich auf den Klapptisch neben der Haustür. Dann verteilte ich noch überall Kerzen.

Nachts konnte ich mich im Schein von nur vier Kerzen durch das Haus bewegen – eine im Schlafzimmer, eine im Familienraum, eine in der Küche, eine, die ich mit nach draußen nahm, wenn ich mal mußte.

Ich zählte die Tage nicht. Das Haar auf meinen Beinen und unter meinen Achseln wuchs nach. Der Nagellack blätterte ab. Die

Nägel wurden rauh und uneben. Mir gingen die Kleider aus. Ich wusch das, was ich hatte, mehrmals und hängte es zum Trocknen über die Terrassenmöbel.

Einmal tuckerte ein Boot den Bayou hinauf. Der Motor wurde plötzlich abgestellt, als es sich meinem Steg näherte. Zehn Minuten lang wartete ich mit angehaltenem Atem auf einen Überfall, während ich mich fragte, ob es Schläger seien oder Montgomery selbst oder einfach ganz gemeine Diebe. Dann sprang der Motor wieder an, und das Boot entfernte sich knatternd. Erst eine halbe Stunde später wagte ich mich mit meinem Gewehr zum Bayou hinunter.

Auf dem Steg stand ein Kühlbehälter. In der Erwartung, daß er Schlangen enthielt oder sonst etwas Horrorfilmmäßiges, schlug ich den Deckel weg und richtete das Gewehr in den Behälter. Aber drinnen lag ein Stück frisches Alligatorfleisch auf Eis. Und in dem Stück Fleisch steckte ein Jagdmesser. Das Jagdmesser des alten Frieu; das, welches Miles vor vielen Jahren in seiner Hütte zurückgelassen hatte, um einen Stoß Hundert-Dollar-Noten zusammenzuhalten. Ich hatte keine Ahnung, woher der Alte wußte, daß ich hier war, aber die Alligator-Steaks waren gegrillt eine Delikatesse.

Die Konserven und die getrockneten Lebensmittel gingen mir fast ganz aus. Einmal schoß ich mir zum Abendessen ein Kaninchen, das sich in meinem verwilderten Garten gütlich tat. Ich lebte von Fisch, den ich vom Steg aus fing, von Krebsen, manchmal auch ein paar Langusten, die ich in der seichten Bucht mit dem Netz fing. Ich grub im Unkraut nach Karotten, kleinen Sommerkürbissen, grünen Bohnen. Jeden Tag trank ich ein einziges Glas Wein.

Ich ging viel spazieren. Ich war vorsichtig bei meinen Spaziergängen und begegnete niemandem außer einmal am Tag dem Briefträger und einmal dem Jungen, der den Rasen mähte. Ich beobachtete ihn vom Fenster aus, wie er seinen Mäher mit Benzin volltankte und das hohe Gras schnitt.

Den Landrover stellte ich in die Garage zu Montgomerys teueren Spielsachen. Entweihte geheiligten Boden, indem ich dieses moderne Fahrzeug mitten unter die Oldtimer stellte. Aber das war mir egal. Ich wollte meine Anwesenheit hier nicht an die große Glocke hängen.

Und ich las die schrecklichen Berichte. Alle. Über das Ungeheuer, mit dem ich verheiratet war.

Wenn ich träumte, dann waren es Alpträume, Träume, in denen ich floh und von hinten mit brennenden Händen eingefangen wurde. Oder ich war wieder die Schlange, die in der sengenden Hitze zuckend und hilflos auf heißem Metall lag.

Als ein heißer, bedrückender Tag in den nächsten überging, und mein Körper langsam heilte, erlaubte ich mir endlich, an die Tage zu denken, die ich nach dem Sturm mit Montgomery in dem kleinen, alten Haus verbracht hatte. Ich erlaubte mir, an die Worte zu denken, die er vor sich hin gemurmelt hatte, als er im Auto saß, als er mich schlug, als er mich mit glitzernden Augen beobachtete. Ich glaube nicht, daß er sich überhaupt bewußt war, daß er sprach. Und ich hatte diese Worte, die mir wie das leere Gebrabbel eines Betrunkenen erschienen, damals nicht verstanden.

»Ich hätte auf sie hören sollen«, hatte er gemurmelt. »Ich hätte dich zu ihr ins große Haus stecken sollen.« Oder ein andermal: »... dich richtig erzogen. Hätte ich tun sollen. Ja. Die Mädchen auch. Hätte ich tun sollen.« Oder: »Hätte auf sie hören sollen ... Zuviel Freiheit ... Hätte auf sie hören sollen.« »Bring die Mädchen bald dorthin. Das muß ich tun. Bring sie zu ihr.« »Sie weiß es. Sie weiß es. Ich bring das Luder um, wenn es sein muß.« »Aber teilen werde ich nicht. Niemals. Ich bring sie um, wenn es sein muß.«

Während des ersten Teils der Strafaktion, als Montgomery zu betrunken gewesen war, um sich selbst zu hören, hatte er ständig diese Litaneien wiederholt. Und ich hatte nichts verstanden.

Montgomery hatte gemeint, ich müsse getötet werden. Er hatte vorgehabt, meine Kinder der Grande Dame zu geben. Er hätte mich getötet, wenn ich mich widersetzt hätte. Aber ich war ja zur

Vernunft gekommen. Auf spektakuläre Art und Weise. Indem ich gebrüllt und geschrien, indem ich Möbel zertrümmert und ihm für mein Fortgehen den einzigen Grund genannt hatte, den er akzeptieren konnte: Eifersucht. Keinerlei Bereitschaft, ihn mit Glorianna zu teilen.

Es bestand nicht die geringste Chance, daß Montgomery mich gehen lassen würde. Ich hatte Adrian Paul belogen, als ich ihm die Gründe für meine Rückkehr nach Moisson nannte. Ich wußte, es würde keine Scheidung geben. Keine zweite Chance. Und ich dachte wieder an die Vogelmutter, die unter den Füßen des Jägers auffliegt und ihn von ihrem Nest weglockt.

Ich glaube, er brauchte eine Woche, um mich zu finden. Allerdings hatte ich in der Monotonie meines täglichen Lebens alles Zeitgefühl verloren. Ich hörte das Auto schon aus einer Entfernung von zwei Meilen, lang nach Einbruch der Dämmerung, als ich gerade das Wasser meiner abendlichen Waschungen ausgoß. Ich hielt mitten im Tun inne. Stellte die Schüssel ab. Richtete meine Schultern auf und trocknete mir die Hände an dem Handtuch, das neben mir hing. Ich spürte das Holster, das ich nach dem Waschen wieder umgelegt hatte.

Ich sah zum Haus zurück, das von Kerzen erleuchtet war. Sie erhellten einige der Fenster mit sanftem Schein. Ohne an irgend etwas zu denken, ging ich hinein und zündete die Hurrikanlampe neben der Haustür an. Ihr warmer Glanz wirkte freundlich und anheimelnd im fast leeren vorderen Zimmer.

Ich öffnete eine Flasche von Montgomerys bestem Weißen und schenkte zwei Gläser ein. Das eine behielt ich für mich. Das andere stellte ich auf den kleinen Klapptisch neben der Haustür, auf dem schon die Hurrikanlampe stand. In den Schatten des vorderen Zimmers lehnte ich mich an die Wand und wartete.

Er fuhr einen Auburn, ein neuer Wagen in seiner Kollektion oder von einem seiner Brüder ausgeliehen. Er ließ ihn vor dem Haus stehen, nachdem er gewendet hatte, so daß der Wagen mit der Schnauze zur Straße stand. Er schaltete den Motor aus. Stieg aus. Schlug die Tür zu. Öffnete den Kofferraum. Dann ging er zum Haus.

Langsam trat er ein. Im Licht der Lampe sah ich, daß er sich immer noch nicht rasiert hatte, aber sein Bart war gestutzt und gepflegt und feucht von Schweiß. Er war gut gekleidet, lässige Eleganz. Seine Augen waren hart und kalt, sein Mund ein schmaler Strich.

Die Tür fiel hinter ihm zu. Er nahm das Weinglas und trank, geradeso, als wäre es das Ende eines ganz normalen Tages und nicht das Ende unseres gemeinsamen Lebens. Der offene Kofferraum beunruhigte mich, dieser gähnende schwarze Schlund in der Nacht.

Wir tranken unseren Wein und sahen einander schweigend an, durch die Länge des Raumes voneinander getrennt. Montgomery in seinem geschmackvollen Ensemble, ich in dem T-Shirt, in dem ich schlief, mit bloßen Beinen und bloßen Füßen. Draußen quakten die Frösche. Als ich das Schweigen nicht länger aushielt, begann ich zu sprechen.

Ich sagte ihm, was unsere Töchter mir erzählt hatten. Ich sagte ihm alles, was ich von der Detektivin erfahren hatte. Alles, woran ich mich erinnerte, Altes und Neues. Ich sprach ihm von jeder einzelnen schmutzigen und gemeinen Handlung, die er je begangen hatte. Von dem Tag, an dem seine Mutter ihm seine zwölfjährige Schwester zum *Spielen* geschenkt hatte, bis zu den entsetzlichen Dingen, die er seinen Töchtern angetan hatte. Er stand nur da und drehte in seinen Händen das Weinglas, in dem sich das Licht spiegelte.

Er hörte mir geduldig zu, als wollte er mir eine Chance geben, alles loszuwerden. Bis ich meine Rede mit dem Teil abschloß, den ich in den Tagen der Hitze und der Einsamkeit nicht geprobt hatte. Ich sagte ihm, daß ich mich scheiden lassen würde. Daß die ganze Wahrheit ans Licht kommen würde, wenn er nicht einwilligen sollte. Die ganze Wahrheit.

Da lächelte er. Es war das Lächeln eines Fremden, träge, sinnlich und unglaublich kalt. »Ich habe unsere Kinder, nur damit du es weißt«, sagte er ganz beiläufig. »Vier meiner Leute haben das Haus umstellt, in dem sie wohnen. Ich habe ihnen beim Spiel im Garten zugesehen. Ich habe ihnen abends durch die Fenster zugesehen, wenn sie sich ausgezogen haben.«

Er trank. Ein eisiges Feuer breitete sich in mir aus.

»Sie sind wirklich niedliche kleine Mädchen, die beiden.« Wieder trank er. Seine Lippen umschlossen fest den Rand des Glases. Ich sah im Lampenlicht, wie er schluckte. »Ich habe Richard Dessie versprochen, sobald es dich nicht mehr gibt.« Montgomery lächelte. »Er hat ein Faible für Blondinen.«

Langsam stellte er sein Weinglas auf den Klapptisch neben die Lampe. Tat einen Schritt vor. Sein Lächeln wurde hart. Er strich sich mit der einen Hand über die Knöchel der anderen. Es war eine Liebkosung seines eigenen Fleisches, so kalt wie der blaue Glanz seiner Augen.

»Tut mir leid, Nicole. Aber die Grande Dame hat recht. Du mußt verschwinden.« Und dann ging er auf mich los.

Er schien sich im Zeitlupentempo zu bewegen. Ein Unterwassertänzer. Das Gesicht starr. Eine gefrorene Maske.

Es ist merkwürdig, wie ruhig ich war. Beinahe friedlich. Ich brauchte nicht einmal zu denken. Meine Reflexe waren blitzartig.

Ich zog die Pistole und schoß. Zweimal.

Die Kugeln trafen ihn, eine oben in die Brust, zu hoch, um ihn aufhalten zu können, die andere im Gesicht unter der linken Wange. Das Krachen der Schüsse klang laut im stillen Haus, ihr Widerhall nahm kein Ende.

Er ging nicht zu Boden. Stürzte sich auf mich wie ein Dämon. Blutend, aber nicht gebremst.

Wir rangen auf dem Boden, wo keiner auf dem von seinem Blut glitschigen Holz Halt fand. Er schlug. Er biß. Ich kratzte. Verlor die Pistole. Riß mich von ihm los. Floh ins Badezimmer.

Es war dunkel hinten im Haus. Ich hatte noch keine Kerzen angezündet. Ich rollte über das Bett und ließ mich zu Boden fallen. Grapschte verzweifelt nach der Flinte. Fand sie in der

Schwärze neben dem Bett. Das Metall war kühl in der unglaublichen Hitze.

Ich hob die Flinte hoch. Drückte sie an meine Schulter. Drückte ab, als er in der Tür erschien.

Noch immer brach er nicht zusammen, sondern stürzte zurück ins große Zimmer. Ich folgte ihm, rutschte in seinem Blut aus. Rannte aus der Dunkelheit den Flur hinunter zum Licht. Montgomery nach. Er stolperte einmal. Noch einmal, als er die Haustür erreichte.

Schließlich rutschte er in seinem eigenen Blut aus und stürzte schwer auf den Boden.

Ich stand über Montgomery und hielt die Flinte auf sein Gesicht gerichtet. Die Maske verwandelte sich, wurde weich. Ich sah zu, wie das Leben ihn verließ. Und erst als er lange tot war, und die Waffe schwer in meinen Armen hing, ging ich weg.

In der Dunkelheit fand ich den Auburn. Die lebendige Stille des Bayou und der Sümpfe, die gewohnten Laute, das Zirpen und Krächzen und Grunzen, versanken in weißem Lärm, dem Dröhnen meiner Ohren, die vom Krachen der Flintenschüsse beschädigt waren. Ich öffnete die vordere Wagentür und setzte mich ans Steuer. Mit zitternden Händen suchte ich in der Dunkelheit nach dem Funktelefon, das dort sein mußte. Fand das kleine, lederne Etui mit zitternden Fingern.

In dem dunklen Wagen sitzend, während Montgomerys Blut auf meiner Haut trocknete, rief ich Adrian Paul in New Orleans an. Er meldete sich beim dritten Läuten. »Hallo?«

»Wo sind meine Kinder?« rief ich. Dann holte ich tief Atem. »Montgomery hat gesagt, daß vier Männer das Haus umstellt haben.« Ich begann plötzlich zu schreien. »Vier Männer. Sie wollen meine Kinder holen. Adrian Paul, hören Sie mich? Sie wollen meine Kinder holen. Adrian Paul? Adrian Paul!«

Er meldete sich wieder, und erst jetzt wurde mir bewußt, daß er mit jemandem am anderen Ende gesprochen hatte.

»Adrian Pa...«

»Collie.«

»Haben Sie mich gehört?« rief ich schluchzend. »Er hat vier Männer. Vier Männer. Sie sollen mir die Kinder wegnehmen.« Ich rutschte vom Sitz auf den Boden neben dem Auburn. Schluchzend hielt ich das Telefon im Arm, als wäre es ein Kind. »Er will mir die Kinder wegnehmen«, schrie ich weinend. »Er nimmt mir die Kinder.« Ich warf mich zu Boden und preßte mein Gesicht in die Erde.

»Collie!« Er schrie auch. Adrian Paul schrie? »Collie!«

Ich hielt das Telefon wieder an mein Ohr. »Adrian?«

»Die Kinder sind alle hier bei mir. Verstehen Sie? Hier bei mir. Und die Wachmänner haben sie sicherheitshalber alle ins Badezimmer gebracht und über den anderen Anschluß die Polizei angerufen. Die Kinder sind sicher. Dessie, Shalene und Morgan sind sicher. Und JP auch.«

»Sie brauchen nicht zu schreien«, flüsterte ich. Ich war froh, daß ich lag. In der Schwesternschule hatten wir gelernt, daß man nicht ohnmächtig wird, wenn man liegt. Ich holte tief Luft. »Ich habe Montgomery getötet.«

13

Ich schaffte es nicht, wieder ins Haus zu gehen. Ich schaffte es nicht, vom Boden aufzustehen. Ich blieb im Dunklen liegen, während die Geräusche der Nacht langsam wieder lauter wurden. Das Krachen der Schüsse dröhnte mir immer noch in den Ohren.

Ich habe meinen Mann getötet.

Ich habe meinen Mann getötet.

Ich habe meinen Mann getötet.

Mücken schwirrten summend um mich herum, vom Geruch des frischen Bluts angelockt. Ich zog mir den losen, dehnbaren Stoff des T-Shirts über die Knie, um mich vor Stichen zu schützen. Die Mücken bissen durch es hindurch.

Es scheint unmöglich, aber ich muß geschlafen haben, denn plötzlich waren überall vor dem Haus Scheinwerfer, es stank nach Abgasen, Blaulicht blinkte, zornige Stimmen klangen durch die Nacht.

Adrian Paul hatte gesagt, er würde alles erledigen. Und wo war er? Er würde Stunden brauchen, um von New Orleans hierher zu kommen. Die Polizeibeamten rannten rufend und schimpfend herum. Ich konnte sie aus dem Inneren des Hauses hören.

Terry Bertrand stand schweigend über mir und hielt seine Polizeiwaffe auf mich gerichtet. Die Nacht war erfüllt vom Summen der Insekten und von den Stimmen der Polizeibeamten.

»... ihn ausgepustet wie nichts ...«

»... Mordwaffe ...?«

»... zwanziger Kaliber ... abgefeuert ... ein Schuß ...«

Anfangs ließ Terry mich in Ruhe. Er zog mich erst auf die Füße, als eine Beamtin eintraf. Sie stellten mir tausend Fragen. Der Sheriff stand dabei und schwieg. Ich beantwortete nicht eine. Ich glaube, ich konnte gar nicht antworten.

Ich habe meinen Mann getötet.

Aber meine Kinder sind in Sicherheit.

Ich wurde verhaftet. Wegen vorsätzlichen Mordes, weil Montgomery nicht bewaffnet gewesen war. Weil es aussah, als hätte ich meinen Mann ins Haus gelockt, versucht, ihn zu verführen und dann erschossen. Verführen! Mit einem Glas Wein und einem schmutzigen T-Shirt. In einem Haus, in dem es keinen Strom und kein fließendes Wasser gab.

Nachdem ich mich angezogen hatte, legte man mir Handschellen an und brachte mich ins Gefängnis. Man fotografierte mich, nahm meine Fingerabdrücke, entkleidete mich und durchsuchte mich. Dann durfte ich mich wieder anziehen.

Schließlich steckte man mich in eine winzige Kammer, weil es in Moisson keine Zellen für weibliche Gefangene gab, und ließ mich in Ruhe. Ich saß zwei Stunden lang auf einem alten Kunststoffstuhl, rieb mir die eiskalten Hände und kratzte das verkrustete Blut von meinem Körper.

Ich lebte.

Montgomery war tot.

Meine Kinder waren in Sicherheit.

Schließlich trat Adrian Paul in die Kammer, sah mich an und blieb entsetzt stehen. Ich kann mir schon vorstellen, daß ich schrecklich aussah. Ihm folgten Philippe und ein weiterer Rousseau-Bruder. Als ich sie alle drei zusammen sah, gab es keinen Zweifel mehr. Dies war der berühmte Gabriel Alain Rousseau, der Strafrechtler der Kanzlei. Er stellte sich nicht einmal vor. Er begann einfach zu sprechen. Ich starrte Adrian Paul an, während Gabriel mir in sachlichem Ton eine Frage nach der anderen stellte.

»Mrs. DeLande.«

Ich zuckte zusammen.

»Haben Sie mit der Polizei gesprochen?«

»Ich habe kein Wort gesagt«, antwortete ich leise, »seit ich mit Adrian Paul gesprochen habe.«

»Wie ich höre, wurden Sie von Ihrem Mann vor gut einer Woche entführt und mißhandelt.«

Adrian Paul trug ein weiches weißes Baumwollhemd, das am Hals offen war, und eine dunkle Hose. Sein zu langes Haar war zerzaust. Ich nickte. Erst eine Woche war das her?

»Haben Sie Schmerzen?«

Da mußte ich lachen. Dann begann ich zu zittern, von Kopf bis Fuß, und meine Zähne schlugen aufeinander. Mein Gesichtsfeld zog sich auf Stecknadelkopfgröße zusammen, dann wurde alles schwarz.

Als ich erwachte, hatte Gabriel bereits durchgesetzt, daß mir aufgrund meiner Schwangerschaft und meiner Verletzungen eine Sonderbehandlung eingeräumt wurde. Man konnte mich nicht mit lauter Männern in eine Zelle stecken, daher wurde den Protesten des Sheriffs zum Trotz bestimmt, daß ich bis zur Kautionsfestsetzung unter ständiger Bewachung in einem Hotel wohnen sollte.

Gabriel trieb schließlich einen Richter auf, der mir gestattete, bis zum Prozeß in New Orleans zu leben.

Dieses Arrangement sparte der Gemeinde Moisson Geld und Kopfzerbrechen. Mir gab es Zeit, abseits von der Presse und dem Getuschel in Moisson gesund zu werden. Zeit, die Therapeutin, Dr. Hebert, aufzusuchen. Zeit, meinen Kindern beizubringen, daß ich ihren Vater getötet hatte, und ihnen von der Therapeutin dabei helfen zu lassen, die Tatsache seines Todes und meiner Tat zu verarbeiten. Zeit, mit Pater Michael zu sprechen, meinem Geistlichen. Zeit, in Ruhe mit meinen Kindern zu leben und eine Art von Frieden zu finden.

So vergingen Monate, glitten so still dahin wie die schwarzen Wasser des Bayou.

Fünf Monate, nachdem ich Montgomery erschossen hatte, gebar ich im Mercy-Krankenhaus in New Orleans mein Kind. Sonja war an meiner Seite, fluchte und schimpfte und drohte, wenn ich gottverdammich nicht endlich pressen würde, würde sie mir den Hintern versohlen, es sei ihr scheißegal, wie müde ich sei. Die Schwester, die mir bei der Entbindung beistand, unterdrückte ein Lächeln.

Eine Woche nach der Entbindung trafen mit der Post zwei Schecks ein. Hunderttausend Dollar für meinen neugeborenen Sohn, Jason Dazincourt DeLande. Der gleiche Betrag für mich. Mit den besten Empfehlungen der Grande Dame.

Ich hatte meinen Mann getötet, aber die Traditionen der Familie DeLande blieben, wie es schien, bestehen, komme, was da wolle. Ich eröffnete ein Konto für Jason und nahm mein Geld für meine Verteidigung. Ich denke, die Ironie war allen offenkundig. Selbst der Grande Dame.

Der Prozeß war verschoben worden. Dann erneut verschoben. Einmal von Gabriel, mehrere Male von der Anklage. Es gab jedesmal triftige Gründe für den Antrag auf Vertagung, aber Adrian Paul erklärte mir, es ginge ihnen in Wirklichkeit darum zu verhindern, daß ich hochschwanger vor Gericht trat, und behauptete, ich hätte meinen Mann aus Notwehr getötet und um meine Kinder zu schützen. Eine Schwangere bekam von den Geschworenen automatisch einen Sympathievorschuß, und eben das wollte die Anklage vermeiden.

Obwohl ich Adrian Paul nun nicht mehr als Scheidungsanwalt brauchte, half er Gabriel bei der Vorbereitung der Verteidigung. Unentgeltlich, dank Sonja und Shalene. Dieser dunkeläugige Rousseau und ich waren Freunde geworden, aber ich spürte, daß er sich mehr wünschte. Er war geduldig. Und Freunde waren knapp in diesen Monaten vor dem Prozeß.

In Moisson gediehen die Gerüchte, trieben dank Enthüllungen aus »vertraulichen polizeilichen Quellen« immer neue absurde und perverse Blüten. Ich hatte den Verdacht, daß hinter diesen »vertraulichen Quellen« Terry Bertrand steckte, aber ich konnte es nicht beweisen. Meine Familie hatte mich im Stich gelassen, meine Kirche hatte mich verurteilt und meine alten Schulkameradinnen rührten in der Gerüchteküche kräftig mit.

Die Lokalpresse stempelte mich als Mörderin ab und stützte ihr Urteil auf Andeutungen von Ehebruch und anderen schlimmen Dingen, die ich getan haben sollte. Die großen Zeitungen gaben sich liberaler und bekamen Schützenhilfe von Frauengruppen im Land. Irgendwie hatten die Wind bekommen von der eidesstattlichen Versicherung, die ich nach meiner Rückkehr aus dem kleinen Haus bei St.Genevieve abgegeben hatte. Die Frauengruppen begannen, sich lauthals über Entführung, Gewalt und Vergewaltigung in der Ehe zu entrüsten. Ihre Belange wurden im Zusammenhang mit Einzelheiten meiner Tat auf den Titelseiten diskutiert. Ich glaube bis heute, daß Sonja ihnen von der Videoaufnahme erzählt hat, auch wenn sie es bestritt.

Aber zu Hause war ich eine Mörderin. Und zu Hause würde mein Prozeß stattfinden.

Ich blieb Moisson fern, lebte zurückgezogen mit meinen vier Kindern in dem Häuschen hinter Sonjas Haus. Der Herbst kam und ging. Ein früher Winter überraschte uns, Weihnachten ging mit den gewohnten großzügigen Geschenken von Miles vorüber. Er besuchte uns allerdings nicht wie sonst immer.

Ich tat wenig in diesen Monaten. Ich schlief viel, las anspruchslose Romane und sprach mit meinen Verteidigern. Die Zeit verging wie in einem Nebel; ich war von der Realität rund um mich herum abgeschnitten. Mein Leben bestand ausschließlich aus meinen Kindern, den Rousseaus, Snaps.

Sonja und ich sprachen niemals über den Abend, an dem Montgomery starb. Wir sprachen niemals über den Brief, den sie mir geschrieben hatte; über die Verletzungen, die Montgomery ihr zugefügt hatte. Vielleicht werden wir es auch niemals tun. Selbst zwischen engsten Freunden gibt es immer Geheimnisse, wunde Punkte, die man im Gespräch lieber vermeidet. Aber weder ihre Verletzungen und ihr Brief noch meine Tat wurden zu einem Hindernis oder einer Barriere zwischen uns. Wir waren einander näher denn je.

Eine Woche vor dem Prozeß spürte Ann Nezio-Angerstein, die sich mit dem, was ich ihr in den letzten zehn Monaten bezahlt hatte, in einen gepflegten Ruhestand zurückziehen konnte, endlich Miss X wieder auf, die DeLande-Schwester, die behauptet hatte, im Alter von fünfzehn Jahren ein Kind von Montgomery geboren zu haben. Sie wurde in einer Tornische der St.-Louis-Kathedrale gefunden, wo sie ihren Rausch ausschlief. Sie mußte erst einmal zur Ausnüchterung ins Krankenhaus, ehe sie aussagen konnte. Und selbst wenn sie rechtzeitig zum Prozeß wieder nüchtern sein sollte, gab es keine Garantie, daß sie sich bereitfinden würde, gegen ihre Familie auszusagen.

Priscilla jedoch hatte zugesagt, als Zeugin aufzutreten. Und ihr Zeugnis über den Lebensstil der DeLandes, vor dem ich meine Kinder hatte schützen wollen, würde gewiß eine Hilfe sein. O ja, ihre Aussage würde eine Hilfe sein, aber eigentlich brauchten wir eine nüchterne Miss X im Zeugenstand.

Die letzten Tage vor der Verhandlung verbrachte ich mit meinen Kindern, versorgte den kleinen Jason, las Morgan vor, teilte in aller Aufrichtigkeit meine Sorgen mit Dessie und Shalene, die die Wahrheit genauso nötig hatten wie Sicherheit. Außerdem verdienten sie es zu wissen, was für Möglichkeiten bestanden. Für sie stand allerdings fest, wie der Prozeß ausgehen würde. Shalene pflanzte sich in unserem kleinen Wohnzimmer vor Adrian Paul auf und befahl ihm in strengem Ton, dafür zu sorgen, daß ich nicht ins Gefängnis käme.

Der Prozeß sollte in der letzten Februarwoche beginnen, in dem grauen, kalten Teil des Jahres, wenn nichts wächst und nichts blüht, und der Regen unaufhörlich aus einem dunklen, öligen Himmel fällt. Ich zog für den Prozeß wieder in das Haus in Moisson. Sonja und die Jungen kamen mit, die Mädchen blieben in New Orleans bei Philippe, um die Schule nicht zu versäumen. Zweimal kamen sie nach Moisson zum Prozeß, weil Gabriel meinte, ihr Erscheinen könnte mir eine Hilfe sein, sie würden eine positive Wirkung auf die Geschworenen ausüben, wenn sie brav und niedlich in weißen Kleidchen wie kleine Erstkommunikantinnen hinter mir säßen.

Am ersten Prozeßtag fuhr ich mit Adrian Paul und Gabriel zum Gericht. Wir gingen durch eine Hintertür hinein, um der Presse ein Schnippchen zu schlagen. Das Gerichtsgebäude steht an einem großen Platz. In der Mitte ist eine Grünanlage mit dem Bronzestandbild eines berittenen Kriegshelden der Konföderierten. Vier Straßen münden in den Platz. Die Straßen waren an diesem Tag gesperrt und würden für die Dauer des Prozesses auch gesperrt bleiben. Der Platz war frei für die Presse, die demonstrierenden Frauengruppen, die Neugierigen.

Ich hatte mich konservativ gekleidet, ein schmales Kleid mit einer leichten Jacke in gedämpften Tönen. Ich sah ladylike und weiblich aus und sehr zart. Nicht wie eine Frau, die kaltblütig ihren Mann getötet hatte, wie die Anklage behauptete. Ich zitterte und konnte nichts essen und wäre auf dem Weg die Treppe hinauf zum Gerichtssaal beinahe ohnmächtig geworden. Adrian Paul nahm meinen Arm und neigte sich zu mir. Sein Gesicht war dem meinen sehr nahe. Er lächelte. Ich konnte das Lächeln nicht erwidern.

Die Auswahl der Geschworenen war mühsam und zeitraubend, da praktisch jeder in Moisson entweder mich oder meine

Eltern oder die DeLandes kannte. Und die wenigen, die keinerlei Verbindung zu uns hatten, hatten die Zeitungen gelesen, die Nachrichten im Fernsehen gehört, den Klatsch und die Gerüchte mitbekommen. Gabriel beantragte die Verweisung an ein anderes Gericht, da ich in Moisson nicht mit einem fairen Prozeß rechnen könne.

Richter Albares, ein Franko-Amerikaner mit spanischem Namen und Südstaaten-Akzent, nichts Ungewöhnliches in dieser Gegend, lehnte den Antrag wie erwartet ab, und das Wahlverfahren wurde fortgesetzt. Nach mehr als zwei Wochen brachte man schließlich doch zwölf Geschworene und zwei Ersatzleute zusammen: sieben Männer und fünf Frauen, Franko-Amerikaner, Schwarze und Anglo-Amerikaner. Und der Prozeß begann.

Ich glaube, ich verschlief den Prozeß. Oh, nicht mit geschlossenen Augen und süßen Träumen, sondern mit glasigem Blick und einem gespaltenen Bewußtsein. Alle Vorgänge im Gerichtssaal erreichten mich wie durch einen Filter, weichgezeichnet. Nach einem Tag polizeilicher Aussagen über das, was sie am Tatort gefunden hatten, konnte ich mich manchmal nur an das Prasseln des Regens an die hohen Fenster oder das Bild der DeLande-Bank, wie ich sie für mich nannte, erinnern.

Sie waren alle da, jeden Tag, die ganze Familie: Andreu, der Älteste, mit grauen Schläfen und grünen Augen, streng und abweisend. Richard mit kaltem Blick. Marcus, im Rollstuhl den Gang blockierend. Miles Justin, elegant und gelassen im dunklen Anzug und schwarzen Cowboystiefeln. Sie scharten sich um ihre Mutter, die Grande Dame, eine kalte Schönheit mit einem schwachen Lächeln auf den Lippen, als fände sie den ganzen Prozeß erheiternd.

Hatte sie wirklich alle ihre Söhne verführt? Diese Frage stellte ich mir, während ich sie beobachtete. Ihr Lächeln schien mir sinnlich und verführerisch zu werden unter meinem Blick. Hatten die Söhne wiederum wirklich ihre Schwestern verführt?

Am Ende des zweiten Tags der Beweisaufnahme sah es nicht gut aus für uns. Die belastendste Aussage machte der Beamte, der als erster am Tatort gewesen war, ein Berufsanfänger. Er beschrieb die Szene in lebhaften Details, von den brennenden Kerzen und der Lampe an der Tür bis zu den zwei Gläsern Wein und dem blutverschmierten Fußboden. Seine Schilderung meiner Person als blutverschmiert und unkooperativ, half auch nicht gerade.

Der Beamte vom Morddezernat, der nach ihm aussagte, war ebensowenig eine Hilfe. Er berichtete beinahe mit Genuß, daß ich stets ein geladenes Gewehr neben meinem Bett liegen gehabt und eine Pistole bei mir getragen hätte; daß ich mit beiden Waffen auf Montgomery geschossen hätte. Er sagte weiter aus, daß ich das Holster für die Pistole noch getragen hätte, als ich von der Polizei durchsucht wurde, und mich geweigert hätte, irgendwelche Fragen zu beantworten.

»Sie wirkte nach dem Mord völlig ruhig und ...«

»Einspruch!«

»Stattgegeben. Die Angeklagte gilt als unschuldig, solange ihre Schuld nicht bewiesen ist.«

Ja. Klar.

Und als der Pathologe, der die Autopsie durchgeführt hatte, seine Aussage beendete, sah ich den Geschworenen an, daß sie von meiner Schuld überzeugt waren. In ihren Augen war ich des vorsätzlichen Mordes an meinem Ehemann schuldig.

Gabriel jedoch schien die Reaktion der Geschworenen, die harten Blicke, mit denen sie mich ansahen, als der Vertreter der Anklage seine Beweiserhebung abschloß und sich befriedigt setzte, nichts auszumachen. Er lächelte im Vertrauen auf die Zeugen, die er zu meiner Entlastung zu präsentieren gedachte. Und ich muß gestehen, sogar ich war verblüfft, als ich die vielen unterschiedlichen Leute sah, die bereit waren, für mich auszusagen. Oder besser, gegen Montgomery.

Als erstes rief Gabriel Priscilla in den Zeugenstand. Ich drehte den Kopf und beobachtete die DeLande-Bank, als ihr Name aufgerufen wurde. »Priscilla DeLande für die Verteidigung.«

Andreu war bestürzt. Er hatte die Frau, die ihn vor so langer

Zeit verlassen hatte, seit Jahren nicht mehr gesehen, das wußte ich, und er verschlang sie förmlich mit Blicken, als sie nach vorn ging. Seine Augen wurden feucht, als sie an ihm vorbeischritt, ohne ihn anzusehen. Er liebte sie immer noch. Diese Erkenntnis war ein Schock.

Marcus lachte ganz offen, als erfülle ihn die Qual des Ältesten mit Schadenfreude. Richard hingegen war wütend und starrte mich mit soviel heißer Wut an, als wolle er mich bei lebendigem Leib verbrennen. Er schien zu begreifen, was ich vorhatte; daß ich das Geheimnis der Familie DeLande vor aller Öffentlichkeit preiszugeben beabsichtigte. Die Grande Dame sah mich mit zusammengekniffenen Augen an und zog eine Braue hoch. Ihre Miene war unergründlich.

Miles Justin, der Friedensstifter, der Rebell der Familie, lächelte mir zu. Unsere Blicke trafen sich einen Moment, und da hob er die Hand, als berühre er die Krempe eines imaginären Hutes. Galant wie immer.

Beinahe hätte ich gelacht. Doch ich preßte statt dessen die Lippen aufeinander und richtete meinen Blick wieder nach vorn, wo Priscilla gerade den Zeugenstand betrat. Sie trug ein blaues Kostüm, blau wie der Himmel an einem sonnigen Tag, passende Schuhe und Strümpfe und ein kleines blaues Täschchen.

Sie war eine schöne Frau. Augen so blau wie ihr Kostüm, weißblondes Haar, nicht gefärbt, das ihr schwer und seidig auf die Schultern herabfiel. Eine zarte weiße Haut, der man die vierzig Jahre nicht ansah. Sie war klein und zierlich und zitterte so heftig, daß man fürchten mußte, sie würde vom Zeugenstuhl fallen.

Die Anklage war auf ihre Aussage überhaupt nicht vorbereitet. Sie sprach so leise, daß sie kaum zu verstehen war und ermahnt werden mußte, lauter zu sprechen, damit die Geschworenen ihre Geschichte auch mitbekamen.

Sie erzählte, wie sie den weltgewandten Ältesten, den charmanten Andreu, geheiratet hatte. Ihm zwei Kinder geboren hatte. Und dann einfach fallengelassen wurde. Ignoriert. Von dem Ehemann gemieden, der behauptet hatte, sie zu lieben. Später, als ihre Einsamkeit beinahe unerträglich geworden war, war sie von Marcus verführt worden. Und hatte auch ihm ein Kind geboren.

Da erst erklärte man ihr, was von allen Ehefrauen der DeLandes erwartet wurde. Klärte sie über die sexuelle Freiheit auf, die in Wirklichkeit Leibeigenschaft war.

Nach der Geburt von Marcus' Sohn kehrte Andreu für ein Jahr zu ihr zurück. Es war eine wunderbare, leidenschaftliche Wiedervereinigung. Bis Montgomery an der Reihe war.

»Ich bekam auch von ihm ein Kind. Und dann wurde ich wieder Andreu überlassen.«

Ich krampfte meine gefalteten Hände so fest zusammen, daß die Knöchel weiß wurden. Sie sah mich an und lächelte.

»Dann brachte Montgomery eines Tages eine junge Frau ins Haus.«

»Befindet sie sich hier im Saal?«

Sie zog die hellen Brauen hoch, und ihr Mund zuckte. Beinahe hätte sie gelacht. Ganz entspannt plötzlich. »Ja. Nicole Dazincourt DeLande, die Angeklagte. Bis zu dem Tag, an dem Montgomery sie mitbrachte, hatte keiner von uns von ihrer Existenz gewußt. Sie hatte nie den offiziellen Segen bekommen. Wir anderen mußten vor unserer Heirat der Grande Dame vorgestellt werden und uns von ihr begutachten lassen. Und jede von uns heiratete auf dem Landsitz der Familie DeLande, von der Grande Dame mit Argusaugen beobachtet.« Stimme sarkastisch, nicht länger amüsiert der Blick.

»Wir Ehefrauen lebten alle im großen Herrenhaus und hatten uns den Spielregeln der DeLandes zu beugen. Aber sie lebte in Moisson, in ihrem eigenen Haus, mit ihren Kindern, und sie brauchte sich den anderen Brüdern nicht zur Verfügung zu halten. Sie brauchte nicht zu wissen, daß ihr Mann in diesem Monat mit der Frau seines Bruders schlief. Sie war die Ausnahme. Wir hingegen mußten mit jedem der Brüder schlafen, der gerade Lust auf uns hatte.

Und als Richard von mir verlangte, ihm ... ihm gefällig zu sein, da weigerte ich mich. Wenn sie nicht so leben mußte, warum dann ich!« Es war keine Frage. Es war Trotz. »Ich habe Richard gehaßt«, flüsterte sie, ihren Blick starr auf Andreu gerichtet. »Ich habe ihn gehaßt.«

Aller Augen waren auf sie gerichtet. Selbst die Reporter, die eifrig mitgeschrieben hatten, hielten inne.

»Da machten sie mir klar, daß es einer Frau verboten ist, nein zu sagen. Andreu brachte mich in ein Zimmer im anderen Flügel des Hauses und sperrte mich dort ein. Er trank Whisky und sah zu, wie Richard mich ›bestrafte‹, mich vergewaltigte.« Ihre Stimme war nur noch ein Flüstern in dem mucksmäuschenstillen Saal.

Gabriel reichte ihr ein Glas Wasser, ließ sie trinken, forderte sie mit einem Lächeln auf fortzufahren. Die Anklage nutzte den Moment zu einer Unterbrechung.

»Euer Ehren. Was hat das alles mit dem vorliegenden Fall zu tun? Es ist natürlich ein faszinierender Bericht – wenn das alles wahr ist –, aber er steht in keinerlei direktem Zusammenhang mit der Sache, die vor diesem Gericht behandelt wird.«

»Euer Ehren. Meine Mandantin versucht zu beweisen, daß sie ihr eigenes Leben und das ihrer Kinder schützte, als sie ihren Mann tötete. Sie wollte sich und die Kinder vor einem Leben der Perversion schützen und handelte in der Tat aus Notwehr.«

»Ich lasse die Zeugenaussage zu.«

Gabriel wandte sich wieder Priscilla zu. »Bitte fahren Sie fort.«

»Ich bin geflohen. Es gibt Mittel und Wege zu entkommen, wenn man findig genug ist. Und ich fand einen Ort, an dem ich mich verstecken konnte, eine Zuflucht. Ich lebe bei den Nonnen in ... einer Art Kloster. Ich möchte lieber nicht sagen, wo, Euer Ehren. Aber ...« Sie öffnete das blaue Täschchen und reichte ihm einen Zettel. »Das ist meine heutige Adresse. Ich arbeite im Kinderheim. Ich kümmere mich um Kinder und Säuglinge, bis sie adoptiert werden.«

Richter Albares nickte, reichte den Zettel zurück und sagte

zum Protokollführer: »Nehmen Sie zu Protokoll, daß die Zeugin in religiöser Zurückgezogenheit im Staat Louisiana lebt.«

»Ich danke Ihnen, Euer Ehren.« Sie wandte sich wieder den Geschworenen zu, sprach jetzt schnell, als wollte sie alles rasch hinter sich bringen, um in die Geborgenheit ihres Heims bei den Nonnen zurückkehren zu können. »Ich brauchte einige Jahre, aber es gelang mir, Andreu zu einer Scheidung zu bewegen.«

»Und Ihre Kinder«, sagte Gabriel. »Was ist mit ihnen?«

Priscilla hatte plötzlich Tränen in den Augen. »Sie leben noch bei der Familie DeLande, vermute ich. Ich wünschte, ich könnte sie zu mir holen. Ich wünschte, sie wären nicht so erzogen worden, wie ich weiß, daß sie erzogen worden sind. Ich hätte sie nicht zurücklassen sollen. Ich hätte sie mitnehmen sollen.« Priscilla öffnete wieder das blaue Täschchen und nahm ein Taschentuch heraus, um sich die Augen zu trocknen.

»Was würden Sie heute anders machen?« fragte Gabriel.

»Anders?« Sie richtete sich auf. »Was ich anders machen würde?« Eine Vielfalt von Emotionen spiegelte sich in ihrem Gesicht, undeutlich und schattenhaft. »Ich würde das Schwein umbringen, das ich damals geheiratet habe«, sagte sie leise. Ihr Blick suchte wieder Andreu. »Ich würde ihn töten wie Nicole Montgomery getötet hat, und ich würde meine Kinder nehmen und mit ihnen irgendwohin gehen, wo ich sicher wäre.«

Ihr Gesicht verzerrte sich. »Das Gesetz reicht nicht aus, um einen vor den DeLandes zu schützen. Diese Familie hat ihre eigenen Regeln. Ihre eigenen Gesetze. Die Hälfte der Richter und Vollzugsbeamten in diesem Staat wurde mit Hilfe ihres Geldes und ihres Einflusses gewählt. Das Gesetz kann keinen vor den DeLandes schützen. Man muß sich selbst schützen. Ich würde Andreu töten und fliehen.« Sie blickte auf das Taschentuch in ihrer Hand. »Wenn ich eine zweite Chance hätte, würde ich ihn töten und einen Prozeß riskieren. Wenigstens wären meine Kinder dann in Sicherheit.«

Die Anklage bat um Vertagung, um sich mit der Aussage der Zeugin auseinandersetzen zu können, und die Verhandlung wurde auf den folgenden Morgen vertagt. Die Geschworenen blickten Priscilla nach, als sie aus dem Saal ging. Ihre Gesichter drückten Unsicherheit und Nachdenklichkeit aus. Es war das erste positive Zeichen.

Ich glaube, an diesem Tag erwachte ich. Die langen Monate schrecklicher Leere, mühsam beherrschter Angst und Furcht schienen ein Ende zu finden, als Priscilla den Zeugenstand verließ. Als sie am Tisch der Verteidigung vorüberkam, hielt sie inne. Sie sah mich an und lächelte.

»Ich hoffe, du bekommst deine Kinder wieder«, flüsterte ich.

»Ich bin entschlossen, sie mir zu holen«, erwiderte sie mit einem Lächeln.

Am folgenden Tag bekam der Vertreter der Anklage Schützenhilfe: den zweiten Staatsanwalt persönlich. Lächelnd und scherzend, aber auch ein klein wenig beunruhigt nahm er seinen Platz als beratender Anwalt ein.

Es wurde getuschelt, die DeLandes hätten angeboten – nein, insistiert –, dem nicht sonderlich erfahrenen Ankläger einen Berater zu stellen. Sie wollten einen bekannten Juristen aus New Orleans zuziehen, um dafür zu sorgen, daß »die Mörderin die Strafe bekommt, die sie verdient«. Sowohl der Richter als auch die Anklage lehnten das Angebot ab.

Den Rest der Woche konzentrierte sich mein Verteidiger auf die Aussagen der Gutachter. Dr. Tacoma Talley trat in den Zeugenstand, um ihre Befunde, daß Dessie mißbraucht worden war, zu belegen und zu verteidigen. Dr. Anita Hebert erläuterte die kurz- und langfristigen Nachwirkungen sexuellen Mißbrauchs bei Kindern im allgemeinen und bei meinen Kindern im besonderen. Und stellte auf Nachfragen der Anklage Betrachtungen darüber an, wie sich die Tatsache auf meine Kinder auswirken würde, daß »ihr Vater von ihrer Mutter kaltblütig ermordet worden war«.

»Einspruch, Euer Ehren.«

»Ich formuliere die Frage neu, Euer Ehren.«

Gabriel rief sogar den Beamten in den Zeugenstand, der Montgomery die Gerichtsunterlagen hatte zustellen wollen, und ließ ihn über die Gewalttätigkeit meines Mannes berichten. Den Geschworenen gefiel das. Der Presse ebenfalls.

Am Freitag rief Gabriel Glorianna DesOrmeaux auf. Er teilte den mittlerweile je nach Temperament höchst faszinierten, gespannten oder entsetzten Geschworenen mit, daß Miss DesOrmeaux eine feindselige Zeugin sei und daß er sie vielleicht »hart anfassen« werde. Aber das würden die Geschworenen doch gewiß verstehen, nicht wahr?

Und dann unterzog Gabriel das arme Ding einem rücksichtslosen Verhör über ihre finanziellen, emotionalen und sexuellen Beziehungen zu Montgomery. Man legte ihr das Original des Vertrags vor, den Montgomery mit ihrer Mutter geschlossen hatte. Man legte ihr die finanzielle Abmachung vor, die vom Tag ihrer Volljährigkeit an in Kraft getreten war. Sie betraf ihr Haus, ihr Einkommen und die Versicherungssumme, die ihr bei Montgomerys Tod zufiel. Er befragte sie über die Reise nach Paris und ihre nachfolgende Beziehung zu Richard.

An dieser Stelle stand Richards Frau Pamela auf und verließ den Saal. Pam hatte offensichtlich von der Form der *plaçage*, wie sie von den Männern der Familie DeLande praktiziert wurde, keine Ahnung gehabt. Wenig später folgte ihr Janine, Andreus Frau, offenkundig überrascht, von der Geliebten ihres Mannes zu hören, die im Nachbarhaus Gloriannas lebte.

Adrian Paul, der neben mir saß, unterdrückte ein Lächeln und drückte mir unter dem Tisch die Hand bei dem Tumult, den die Frauen beim Verlassen des Saals verursachten. Die Reporter waren begeistert. Ein Teil von ihnen rannte den zornigen Ehefrauen hinterher. Auch Gabriel schien zufrieden zu sein. Er zeigte das allerdings nur, als er sich dem Tisch der Verteidigung zuwandte. Die Geschworenen ließ er es nicht sehen.

An diesem Abend feierten wir. Aber das Beste sollte erst noch kommen. Miss X hatte sich bereit erklärt, am kommenden Montag als Zeugin auszusagen.

Ich schlief gut in dieser Nacht. Und auch in den zwei folgenden. Ich schlief tief und fest. Ohne Träume. Ohne Alpträume. Ohne mitten in der Nacht schweißgebadet zu erwachen.

Mit klarem Kopf und voller Energie erwachte ich am Montag morgen. Ich zog mein Lieblingskostüm an, ein hübsches Ensemble in Pfirsich und Creme, in das ich nach der Entbindung gar nicht mehr hineingekommen war. Jetzt aber saß es wie angegossen, und ich sah sehr gut aus mit meinem hochgesteckten Haar und den Perlen in den Ohrläppchen. Meinen Ehering am Finger.

Der Arzt, der mich an dem Abend, als ich die eidesstattliche Versicherung abgab, untersucht hatte, war der erste Zeuge, der an diesem Morgen gerufen wurde. Er war einer dieser jovialen, älteren Ärzte, die bald den guten alten Landarzt, bald den hochgebildeten Spezialisten herauskehren können. Er war gewandt, eloquent, offen und freimütig. Und glaubhaft.

Obwohl die Anklage es zu verhindern suchte, wurde die Videoaufnahme meiner Untersuchung als Beweis zugelassen. Der Gerichtssaal mußte jedoch geräumt werden. Nur die Geschworenen durften sich den Film ansehen. Sie beäugten jede Schramme, jeden Bluterguß, jede Bißwunde, jede durch die Handschellen hervorgerufene Hautabschürfung mit neugierigem Interesse. Ebenso der Reporter, dem es gelungen war, sich klammheimlich wieder in den Saal zu schleichen.

Adrian Paul hielt lange unter dem Tisch meine Hand, ehe ich sie ihm sanft entzog. Dafür war ich noch nicht bereit. Für diesen Blick und diese Berührung. Aber ich wußte, daß ich mich bald dem würde stellen müssen, was sich zwischen uns entwickelte.

An diesem Nachmittag, nachdem der Saal sich wieder bis auf den letzten Platz gefüllt hatte, rief Gabriel seine letzte Zeugin auf. Bella Cecile DeLande.

Die versammelten DeLandes erblaßten, wurden buchstäblich schreckensbleich. Ich weiß es, weil ich sie beobachtete. Sie versuchten, die Aussage zu verhindern, und schafften es tatsächlich, daß die Anklage um eine Verhandlungspause bat, um sich darüber klarzuwerden, was die Aussage dieser neuen Zeugin möglicherweise für eine Wirkung haben könnte. Die Verhandlung wurde auf den nächsten Morgen vertagt, und wir konnten alle früh nach Hause fahren. Ich lächelte die ganze Fahrt still vor mich hin.

Am folgenden Morgen, als wir uns alle beim Eintreten des Richters erhoben, glänzten die DeLandes durch Abwesenheit. Genauer gesagt, nur Andreu und Miles Justin waren gekommen. Andreu kalt und berechnend in seinem italienischen Anzug, Miles amüsiert und entspannt, die langen Beine in den Jeans von sich gestreckt. Er saß mit verschränkten Armen, und der unvermeidliche Cowboyhut lag neben ihm auf der Bank.

Er fand wohl, er habe lange genug den korrekten Anzug getragen, um dem guten Namen der DeLande Rechnung zu tragen. Jetzt, da der Name gleich gründlich in den Schmutz gezogen werden würde, hielt er es offenbar für angemessen, wieder zum Alltag überzugehen. Arbeitshemd und Jeans, Cowboyhut und Stiefel.

Er wirkte zufrieden, wie er da saß, seine Schwester ins Auge faßte und gelegentlich einen Blick der – ja, was? der Erheiterung auf mich warf. Miles war immer erheitert. Aber der Blick enthielt noch etwas anderes – Freude? Respekt? Bewunderung?

Ich wandte mich dem Zeugenstand zu. Bella Cecile, Miss X, war eine schöne Frau. Aber die DeLandes waren ja alle schön. Sie hatte blaue Augen wie Montgomery, aber ihr Haar war dunkler, beinahe schwarz, mit roten Glanzlichtern und von weißen Strähnen durchzogen. Sie war überschlank, beinahe ausgezehrt, aber sie verstand es, ihren Körper durch die richtige Kleidung zur Geltung zu bringen. Sie war ganz in Weiß. Kein reines Weiß, Cremeweiß. Ein weicher Pullover mit hohem Kragen. Weite weiße Hosen, die sie schmeichelnd umflossen. Selbst weiße Strümpfe und Schuhe, ohne Rücksicht auf die Jahreszeit. Und dazu trug sie einen losen Blazer aus einem Seiden-Kaschmir-Gemisch in einem dunklen Burgunderrot, das den Rotstich ihres Haars unterstrich.

Elegant und gewandt, als hätte sie nie betrunken in einer Tornische der St.-Louis-Kathedrale gelegen, stand sie da und gab ihre Personalien an. Auf die Frage nach ihrem Beruf antwortete sie: »Callgirl. Dafür bin ich hervorragend ausgebildet worden«, erklärte sie mit einem langen Blick zu ihren Brüdern.

»Und wie kommt das?« fragte Gabriel ruhig, interessiert, traurig.

»Weil meine Mutter – die Grande Dame DeLande, um genau zu sein – mich meinem Bruder schenkte. Als eine Art Objekt, mit dem er spielen und das er abrichten konnte.« Sie lächelte und sah zu den Geschworenen hinüber, wirkte plötzlich wie ein freimütiges Kind, das im Begriff ist, in aller Unschuld die Familiengeheimnisse auszuplaudern. Bella Cecile hatte ein ausdrucksstarkes, offenes Gesicht, ungemein flexibel in seiner Veränderlichkeit, ein Spiegel ihres Wesens. Sprunghaft und kapriziös, wechselnd zwischen ironischem Selbstmitleid und einem Vergnügen daran, ihre Zuhörer zu schockieren. Einen Moment lang ließ sie ihren Blick durch den Saal schweifen, prüfte die Wirkung ihrer Worte.

»Sie können sich nicht vorstellen, wie das für ein zwölfjähriges Mädchen ist, wenn sie plötzlich aus dem Mädchenzimmer geholt und dem eigenen Bruder ins Bett gelegt wird, damit sie sexuelle Erfahrung sammeln kann.«

Zuschauer und Geschworene waren sichtlich entsetzt. Eine Frau faßte sich erschrocken ans Herz. Die Gesichter waren angespannt. Empört.

»Montgomery DeLande war allerdings ein ausgezeichneter Lehrer. Bei weitem der beste Liebhaber, den ich je gehabt habe.«

Ein Geschworener sprang auf. Dann fiel ihm ein, wo er war, und er setzte sich wieder.

Bella senkte den Blick, faltete die Hände, wirkte plötzlich nachdenklich. Ich hatte nie jemanden erlebt, der so unbeständig und wechselhaft war und dennoch so fesselnd. Nur die wenigen Sekunden, seit sie in den Zeugenstand getreten war, hatte sie gebraucht, um uns alle in Bann zu schlagen.

»Wenn ich eben von Mädchenzimmer sprach, war das ein Euphemismus. Nach dem Tod meines Vaters schliefen die jüngsten Kinder bei der Grande Dame.« Sie lächelte leicht. »Die Grande Dame hat ein riesiges Bett, das ganz mit Seide und italienischer Spitze ausgestattet ist. Ein Bett wie im Märchen. Der Traum jedes kleinen Mädchens.« Etwas wie Sehnsucht schwang in Bellas Stimme. Sie hob die Hand zu ihrem Haar und senkte sie wieder. Im Saal war es ganz still. Alle schienen den Atem anzuhalten.

»Meine Mutter war uns Mädchen gegenüber immer ziemlich kalt gewesen. Umarmungen und Küsse und mütterliches Lächeln gab es nur für die Jungen, meine Brüder. Und als sie auf einmal ganz anders wurde und uns zu sich ins Bett holte ... es war das Paradies. Zum erstenmal begann sie, uns zu berühren. Anfangs waren es ganz unschuldige Berührungen. Aber die harmlosen Umarmungen und Küsse gingen bald in andere Dinge über. Mir ist jetzt klar, daß sie uns damals auf eine Art und Weise berührte, die das Gericht vielleicht als unakzeptabel oder ungehörig bezeichnen würde.« Ihre Stimme wurde wehmütig und weich, und die Geschworenen beugten sich vor, um besser hören zu können.

»Und sobald sie meinte, wir seien soweit, schenkte sie uns unseren Brüdern. Eine nach der anderen.«

Der Vertreter der Anklage erhob sich, schwerfällig und stolpernd, beinahe so, als seien ihm die Beine eingeschlafen und er hätte es erst beim Aufstehen gemerkt.

»Einspruch, Euer Ehren. Diese Beweisführung, diese perverse Geschichte, ist für unseren Fall gänzlich ohne Belang.«

Gabriel sprang im selben Moment auf und übertönte mit lauter Stimme die letzten Worte des Anklagevertreters.

»Euer Ehren, es geht bei diesem Prozeß um das Leben meiner Mandantin, und alles, was sie dazu getrieben haben kann, zu einer Waffe zu greifen, um ihr Leben und ihre Kinder zu schützen, muß gehört werden ...«

»Was hier gehört werden muß und was nicht, entscheide ich, Mr. Rousseau. Im Moment lasse ich diese Beweisführung zu, aber treiben Sie es nicht zu weit, Herr Verteidiger.«

»Danke, Euer Ehren.«

»Ich wußte nicht einmal, daß es unrecht war, bis ich meinen Sohn sah und ... er war nicht normal entwickelt. Der Arzt meinte, Sauerstoffmangel sei daran schuld. Weil bei der Geburt die Nabelschnur um den Hals des Kindes gewickelt war. Aber ich wußte, daß Montgomery und ich schuld waren.« Sie lächelte wieder und sah dabei die Geschworenen an. »Als ich wieder schwanger wurde, bin ich weggegangen.« Ihre Worte waren klar und deutlich. »Sie haben keine Ahnung, wo das zweite Kind ist. Und sie werden es auch nie erfahren.«

»Wen meinen Sie mit ›sie‹?« fragte Gabriel.

Ihr Gesicht wurde zornig und rötete sich ein wenig. »Die DeLandes natürlich. Meine *Familie*.«

»Wollen Sie sagen, daß es üblich war, daß die Mädchen ihren Brüdern überlassen wurden? Als ... als eine Art Spielzeug?« Gabriels Ton war entsetzt, als hätte er die Geschichte nicht schon mehrmals zuvor gehört. Der perfekte Verteidiger. Der perfekte Schauspieler.

»Richtig.« Wieder lächelte Bella, mit blitzenden weißen Zähnen diesmal. Sie beugte sich vor und stützte die Arme auf das Geländer, das den Zeugenstand auf drei Seiten umgab. Sie nahm eine Haltung an, als sei sie im Begriff, ganz im Vertrauen ein Geheimnis zu verraten. »Es ist ihre Aufgabe, uns alles über Sex beizubringen. Uns zu lehren, unsere Körper und unsere Wünsche zu verstehen. Und die Wünsche der Männer zu erfüllen. Montgomery hatte drei Jahre lang praktisch die unumschränkte Herrschaft über meinen Körper. Es war wunderbar und es war grauenvoll, und wenn *sie* ihn nicht getötet hätte, hätte ich selbst es vielleicht eines Tages getan.«

Bella lehnte sich wieder zurück. »Ich habe volles Verständnis für Nicoles Entschluß, ihre Kinder vor allen diesen Dingen zu bewahren. Es verdirbt den Charakter, in einem Familienbordell aufzuwachsen.« Und wieder lächelte sie, zynisch und abgebrüht wie jemand, dem keine Perversität fremd ist. »Da wird zweimaliger Beischlaf pro Tag rasch zur Norm, und es spielt keine Rolle, welcher Bruder diese Gefälligkeit verlangt.«

Sie wußte, daß sie alle im Saal schockierte. Sie legte es darauf an. Sie genoß es. Die Wechselhaftigkeit, die Stimmungsumschwünge, das alles war Theater. Bella Cecile war keine hochlabile Frau, die am Rande eines Zusammenbruchs stand. Sie war dabei, ihre Familie zu bestrafen. Sie benutzte ihre Worte als Waffen.

»Aber warum tut eine Mutter ihren Kindern so schreckliche Dinge an?« fragte Gabriel und legte dabei seinen Arm vertraulich auf das Geländer des Zeugenstands. Er sah aus wie ein netter Nachbar beim Gespräch über den Gartenzaun.

»Für die Grande Dame ist Sex Verantwortung. Pflicht. Und Strafe dazu. Beinahe eine Religion.« Bella sprach jetzt sehr schnell, beinahe atemlos. »Sie redet dauernd von Liebe und Sex. Liebe und Sex sind völlig ... austauschbar für sie. Aber sie liebt uns nicht. Nicht im geringsten. Sie haßt uns. Alle ihre Töchter. Das kann doch nur Haß sein, wenn eine Mutter ihre Töchter an ihre Söhne verschenkt.«

Der Ankläger sah auf seine gefalteten Hände hinunter. Der zweite Staatsanwalt tat das gleiche. Dann steckten sie die Köpfe zusammen und flüsterten miteinander.

»Meine Schwester Jessica wurde Andreu gegeben. Er hatte die erste Wahl. Zu der Zeit, als ich von zu Hause wegging, hatte sie vier Kinder von ihm. Richard bekam Marie Lisette. Sie floh und versteckte auch ihr Kind. Keine von uns Schwestern mochte Richard. Es machte ihm Spaß, uns weh zu tun.«

»Einspruch, Euer Ehren. Ich sehe in diesem ... diesem Monolog keinen Sinn.«

»Abgelehnt. Aber kommen Sie zum Kernpunkt, Herr Verteidiger.«

»Marcus bekam Anna Linette. Soviel ich weiß, war Andreus älteste eheliche Tochter Miles Justin versprochen, aber er lehnte ab. Das ist allerdings nur Hörensagen.«

Bella richtete ihre Aufmerksamkeit auf Miles. »Er sollte es sich wirklich noch einmal überlegen. Lieber ihn zum Lehrer als Richard. Und es sagt ja niemand, daß er den Geschlechtsverkehr mit ihr ausüben muß.«

Ich drehte mich um und sah einen Ausdruck auf Miles' Gesicht, den ich nie zuvor gesehen hatte. Zorn. Blinder, glühender Zorn. Er starrte Andreu an. Sein Körper war entspannt und angespannt zugleich, wie zum Angriff bereit.

Andreu ignorierte ihn. Er war ganz auf die Frau im Zeugenstand konzentriert. Die lachte, als sie die Szene beobachtete.

»Ich würde sagen, der Älteste ist stocksauer auf mich, Miles.«

Ich sah auf meine im Schoß zusammengekrampften Hände hinunter. Ich riß an dem Ehering, den ich immer noch trug, Glyzinienranken, die sich um meine Finger schlangen, um mein Leben, die mich erstickten. Ich zog den Ring ab. Steckte ihn ein. Ich wußte, ich würde ihn nie wieder tragen.

»Es gibt kein Mittel, sich gegen die DeLandes zu schützen. Sie haben zuviel Macht. Marie Lisette ging wegen des Mißbrauchs zu den Behörden. Erzählte, was auf dem Landsitz der Familie vorgeht. Und wollen Sie wissen, was passierte? Sie haben sie gefunden. Und in einer Privatklinik eingesperrt. Drei Jahre wurde sie dort festgehalten, ehe sie endlich gehen durfte. Wir anderen lernten unsere Lektion und hielten den Mund. Das Gesetz reicht nicht aus, um vor der Macht der DeLandes zu schützen.«

»Glauben Sie, daß diese Mißbrauchspraktiken immer noch ausgeübt werden? Glauben Sie, daß auch heute noch auf dem Landsitz der Familie DeLande Kinder mißbraucht werden?« Gabriel war sehr eindringlich, als blute ihm das Herz angesichts solcher Grausamkeiten.

»Das weiß ich nicht.« Bella senkte einen Moment ihren Blick. »Aber wenn ich eine Vermutung ...«

»Einspruch, Euer Ehren. Ich sage es noch einmal: Diese Art der Beweisführung von seiten der Verteidigung ist völlig überflüssig und ohne Belang für den zur Verhandlung stehenden Fall. Die Angeklagte hat nie auf dem DeLande-Anwesen gelebt. Nichts, was dort geschehen sein mag, ist für diese Anklage wegen vorsätzlichen Mordes von Belang.«

»Ganz im Gegenteil, Euer Ehren. Meine Mandantin versucht zu beweisen, daß sie sich und ihre Kinder vor einem grausamen

Schicksal bewahren wollte, als sie ihren Ehemann erschoß.« Gabriel war sehr angespannt. Seine Hände waren zu Fäusten geballt.

»Euer Ehren ...«

Der Richter klopfte zweimal auf sein Pult. »Meine Herren. Kommen Sie bitte an den Richtertisch.«

Das Gespräch war kurz. Die Verteidigung schloß ihre Beweisführung ab. Und wir fuhren nach Hause.

In seinem Schlußplädoyer am folgenden Morgen erinnerte der Ankläger die Geschworenen daran, daß kein Mensch das Recht hat, das Gesetz in die eigene Hand zu nehmen und einen anderen Menschen zu töten. Er erinnerte die Männer und Frauen ferner daran, daß ich das Mobiliar umgestellt, Kerzen angezündet, Wein eingeschenkt hatte; daß ich ein Pistolenholster getragen hatte, als die Polizei mich durchsuchte; daß ich meinem Mann ein Glas Wein gegeben und ihn dann erschossen hatte. Ein Schuß in die Brust, ein zweiter ins Gesicht.

Eiskalt sei ich dann, während mein Mann verblutet sei, ins Schlafzimmer gegangen und habe eine Flinte geholt, die dort neben dem Bett lag, und noch einmal auf ihn geschossen. Die Beweise seien unwiderlegbar. Nicolette Dazincourt DeLande sei eine Mörderin.

Gabriel schloß mit einer Beschreibung des Lebensstils der DeLandes, sprach vom Beschützerinstinkt einer Mutter, wies noch einmal auf meine Entführung und Mißhandlungen hin, Montgomerys Neigung zur Gewalt, die sich auch in seinem Angriff auf den Beamten des Sheriffs gezeigt habe.

Dann wurde ich abgeführt. Ich durfte nicht nach Hause zu meinen Kindern, um den Urteilsspruch abzuwarten. Ich kam in eine kleine Zelle im Gerichtsgebäude, in der ich tagsüber bleiben mußte. Nur abends durfte ich nach Hause fahren.

Der Gedanke, daß ich meine Kinder in Zukunft vielleicht nur noch an Besuchstagen zu sehen bekommen würde, war schrecklich. Was für eine Strafe würde ich für vorsätzlichen Mord bekommen? Lebenslänglich ohne Bewährung? Fünfunddreißig Jahre? Zwanzig? Ich kämpfte gegen die Depression, während ich

Stunde um Stunde in meiner Zelle saß und wartete und nichts tun konnte.

Zwei Zellen weiter hielten meine Verteidiger, Gabriel und Adrian Paul, Strategieberatungen ab. Erörterten das »Was wenn« für den Fall, daß ich schuldig gesprochen werden sollte.

Nachdem die Geschworenen endlich zu einer Entscheidung gekommen waren, war Adrian Paul der erste, der in meine Zelle trat. Hinter ihm kam ein Wärter, um mir Handschellen anzulegen. Mit gesenktem, um Verzeihung heischendem Blick. Es war immer derselbe Wärter, immer derselbe Blick. Tut mir leid. Ich tu' nur meine Arbeit. Diesmal jedoch hielt er inne, sah mir kurz in die Augen und nahm mir die Handschellen wieder ab. »Viel Glück, Madam«, sagte er mit einem starken Cajun-Akzent. Ich konnte mich plötzlich nicht mehr an seinen Namen erinnern, obwohl dieser Mann mich den ganzen Prozeß hindurch betreut hatte. Ich warf einen Blick auf sein Namensschild.

»Vielen Dank, Officer Deshazo.«

Er ging uns voraus. Unsere Schritte hallten laut auf den Marmorfliesen wider, bis wir vor den Gerichtssaal kamen, wo das Geräusch im Lärm der Menge unterging.

Es regnete. Langsam rann das Wasser an den drei Meter hohen Fenstern herab. Die Luft war kühl und feucht, und ich fröstelte. Versuchte, aus diesem elenden Traum zu erwachen, in dem ich für den Rest meines Lebens in eine dunkle, feuchte Zelle verbannt wurde. Ich hatte doch keine Wahl, wollte ich schreien. Montgomery hat mir keine Wahl gelassen. Ja, ich habe meinen Mann ermordet. Um meine Kinder zu schützen.

Adrian Paul hielt meine Hand. Die Wärme tat mir gut. Die Geschworenen kamen herein und setzten sich. Dann Richter Albares.

Plötzlich stand Montgomery vor mir, mit diesem gewinnenden, frechen Lächeln, das mich als junges Mädchen so erregt hatte. Seine blauen Augen brannten vor Begehren, als er mit den Fingerspitzen die Konturen meines Gesichts nachzeichnete.

Adrian Paul schob mir das Haar aus dem Gesicht. Ich

schluckte. Ich hörte nicht einmal die Worte, diese bedrohlichen Floskeln aus dem Mund des Richters, der die Geschworenen nach ihrem Spruch fragte. So förmlich diese Worte, die mich in die Verdammnis werfen würden.

»Ja, Euer Ehren.«

Ich kämpfte gegen aufsteigende Übelkeit. Ich kämpfte gegen ein beinahe unkontrollierbares Verlangen, in Gelächter auszubrechen. Montgomerys Bild lächelte mir wieder zu. Ich wandte mich von ihm ab.

Der Obmann der Geschworenen übergab den Zettel, auf dem das Urteil stand, dem Richter, der schweigend las. Seine Lippen schoben sich ein wenig vor, und seine Brauen gingen leicht in die Höhe, bevor er das Papier faltete und der Urkundsbeamtin reichte. Die Frau entfaltete das Papier wieder, las den Text einmal schweigend durch, ehe sie ihn vorlas.

»Wir, die Geschworenen in der Sache der Staat Louisiana gegen Nicolette DeLande wegen vorsätzlichen Mordes befinden die Angeklagte – nicht schuldig.«

Ein Aufschrei ging hinter mir durch die Menge. Durch mich hindurch. *Nicht schuldig.*

»Ist das Ihr Urteil?« fragte die Urkundsbeamtin die Geschworenen.

Die Antwort ging im allgemeinen Getöse unter.

Adrian Paul zog mich hoch und umarmte mich. Er küßte mich auf meine kalten Wangen. Auf meine starren Lippen. *Nicht schuldig.*

Ich warf einen Blick nach hinten. Die DeLande-Bank war leer. *Nicht schuldig.*

Adrian Paul zog mich durch die verstopften Gänge zum Portal des Gerichtsgebäudes. Die fast sechs Meter hohen Türflügel öffneten sich langsam und majestätisch vor uns. *Nicht schuldig.*

Ein feuchtes Lüftchen wehte mir ins Gesicht, zupfte an meinem Haar, das mir lose über die Schultern herabhing. Sonne schien mir ins Gesicht. Sonne? Ich hatte geglaubt, es regnete. Die Fliesen im Foyer waren feucht, von Schmutzspuren bedeckt, an den Wänden standen Regenschirme. Aber die Sonne schien. Ja, ganz eindeutig. *Nicht schuldig?*

Nicht schuldig.

Zwei Beamte drückten das Portal des Gerichtsgebäudes auf, die schweren, mehr als hundert Jahre alten Türflügel, die gedacht gewesen waren, dem Ansturm zorniger Sklaven standzuhalten oder den Angriffen der Yankees. Und mir öffneten sie sich. *Nicht schuldig.*

Sonnenlicht blendete mich einen Moment, und ich schloß meine Augen vor der Helligkeit. Eine Helligkeit, die mich aus dem finsteren Winkel holte, in dem ich mich verkrochen hatte, seit ich meinen Mann getötet hatte. Ich sah mich um. Selbst sein Geist war verschwunden.

Nicht schuldig. Ich bin frei!

Das Sonnenlicht lag weich auf meiner Haut. Nichts Winterliches mehr. Es war März geworden. Ein früher Frühling. Die Sonne schien freundlich, während die Regenwolken sich verzogen. Adrian Paul führte mich zur breiten Treppe. Dort hatte man ein Podium errichtet. Ich holte tief Atem, beglückt vom schwachen Duft von frühen Rosen und Geißblatt – und Glyzinien. Aber so früh im Jahr konnte doch noch nichts blühen.

Eine Trauertaube ließ ihren traurigen Ruf ertönen, der im Lärmen der Menge, die sich auf dem Platz versammelt hatte, kaum zu hören war. Frauengruppen feierten lauthals den Sieg. Der Unmut der Stadt, die einen wohlhabenden und generösen Sohn verloren hatte, äußerte sich nicht minder lautstark. Das mißbilligende Schweigen und die bösen Blicke der alten frommen Kirchgängerinnen, die der Meinung waren, ich hätte es eben ertragen müssen, die Mißhandlungen und den Mißbrauch. Selbst ihr Schweigen war laut. Sie weigerten sich noch immer zu glauben, daß Montgomery seine Kinder angerührt hatte. Ist meine Mutter unter ihnen?

Ich stand oben auf der Treppe vor dem Gerichtsgebäude und schloß die Augen. Ignorierte die Gaffer rundherum und die Reporter mit ihren albernen Fragen. Woher zum Teufel soll ich wissen, wie ich mich fühle, Sie Dummkopf? Ich bin betäubt. Und ich bin frei!

Langsam öffnete ich meine Augen wieder und lehnte mich leicht an Adrian Paul. Ich lächelte endlich, und die Menge jubelte zustimmend. Adrian Paul drückte mich an sich. *Ich bin frei!*

An der Straßenecke, hinter der Absperrung, am Rand der wogenden Massen stand ein dunkelgrüner 58er Chevy. Vertraut. Ein Oldtimer. Ich faßte ihn ins Auge, den funkelnden Lack, das in der Sonne hell blitzende Chrom. Der Wagen war leer.

Auf der Fahrerseite stand ein Mann. Lässig ans Auto gelehnt, die Arme auf der Brust verschränkt, die Füße an den Knöcheln gekreuzt, stand er da und starrte herüber. Andreu. Der Älteste.

Und noch ehe ich es sah, wußte ich es. Auf der anderen Seite stand Richard. Wie sein Bruder stand er an einen alten Chevy gelehnt, Arme und Knöchel gekreuzt.

Ich schauderte. Langsam wandte ich mich nach links. Und hinter der letzten Absperrung stand wie seine Brüder lässig an einen Oldtimer gelehnt, einen 52er Ford Roadster, Miles Justin in Jeans und Schlangenlederstiefeln.

Miles. Der einzige Bruder, dem ich vertraut hatte, starrte mich an, spießte mich mit Blicken auf, die so dunkel waren wie die seiner Mutter, die Feuer zu sprühen schienen, als ihr Blick über die Menge hinweg den meinen traf.

Ganz gemächlich hob er einen Arm, umfaßte die Krone seines anthrazitgrauen Cowboyhuts und lüftete ihn. Der leichte Wind spielte in seinem feinen Haar. Der Duft nach Rosen und Glyzinien wurde stärker.

Ich bin nicht frei.

Es ist nicht vorbei. Noch nicht.

14

Ich zupfte Adrian Paul am Arm. Lachend sah er mich an. Gabriel sprach in eine Batterie von Mikrofonen, sagte etwas vom ›Grundrecht der Menschen, ihre Kinder zu schützen‹. Als Adrian Paul sich zu mir neigte, versperrte mir sein Gesicht den Blick auf meinen anderen Anwalt. Sein Atem berührte warm mein Ohr, als er fragte: »Möchtest du eine Erklärung abgeben?«
»Nein. Bring mich nur von hier weg.«
»Wohin?«
»In mein Haus«, sagte ich leise.
»Wie fühlst du dich, hm?«
Ich antwortete nicht. Mein Kopf war voll mit Listen von Dingen, die ich brauchen würde, von Bildern des Ortes, an den ich gehen würde. Mein Gesicht war starr, meine Augen waren trocken. Adrian Paul drückte mir die Hand, als verstünde er.

Auf der Fahrt sprachen wir nicht viel. Adrian Paul machte hin und wieder eine Bemerkung, doch mein Mangel an Reaktion schien ihn nicht zu stören. Die Häuser blieben zurück, der Bayou begleitete uns, seine Ufer mit Begonien und Lilien bewachsen.

Das Haus kam in Sicht. Der Rasen war gemäht, die Fassade frisch gestrichen, und vorn stand unübersehbar das Schild ›Zu verkaufen‹. Der Preis war niedrig. Selbst in einer modernen Gesellschaft gibt es kaum Leute, die gern ein Haus kaufen, in dem jemand gewaltsam ums Leben gekommen ist.

Vor dem Haus stand ein Rundfunkwagen. Zwei Leute, ein Mann und eine Frau, warteten in seiner Nähe. Die Frau hatte ein langes marineblaues Kleid mit Jacke an und begutachtete sich gerade in einem Taschenspiegel. Sie klappte den goldenen Deckel zu, als sie unseren Wagen kommen sah, und rannte zur Einfahrt. Adrian Paul achtete gar nicht auf sie und fuhr weiter.

»Wir müssen uns unterhalten, Collie. Über Montgomerys Nachlaß und sein Testament. Es kann jetzt gerichtlich bestätigt werden, wenn die DeLandes es nicht anfechten.« Er hielt inne und nahm Tempo weg, um die blonde Reporterin und den Kameramann nicht anzufahren.

Sie bombardierte die geschlossenen Fenster, durch die von außen nichts zu sehen war, mit lauten Fragen, während der Kameramann sein eigenes Spiegelbild in den Scheiben aufnahm. Ich konnte ihre Worte nicht verstehen.

»Du wirst eine sehr wohlhabende Frau sein.«

Blutgeld. Aber ich sagte es nicht.

»Du mußt an die Zukunft denken.«

Das tue ich. Ich denke daran, daß die DeLandes kommen werden, um mich zu töten und mir meine Kinder zu nehmen. Aber auch das sagte ich nicht.

Adrian Paul fuhr nach hinten in die Garage. Montgomerys heilige Garage. Die edlen Oldtimer standen alle auf der einen Seite, nur Zentimeter voneinander entfernt. Das Garagentor senkte sich hinter uns, sperrte das Licht und die Reporterin hinaus. Sie blieb draußen. Hatte wahrscheinlich gerade erst angefangen in ihrem Job.

Wenn ich das alles überlebte, würde ich die Autos verkaufen müssen. Doch darüber konnte ich mir später Gedanken machen. Wir stiegen aus. Meine Augen gewöhnten sich an die Düsternis. Ich sah mich um. Hier, in der Garage, waren Dinge, die ich brauchen würde, zum Beispiel das schnurlose Funktelefon. Montgomery hatte zwei besessen; das zweite mußte also irgendwo hier sein. Das andere, das ich in der Nacht benutzt hatte, als er gestorben war, hatte jetzt die Polizei. Die Gewehre auch. Aber ich hatte andere.

Ich war mir bewußt, daß Adrian Paul mich beobachtete, als ich mich über die Werkbank in der Garage beugte, nach hinten ging und in der Dunkelheit kramte. Es gab keine Fenster in der Werkstatt. Sonnenlicht hätte die Lederpolster ausbleichen, den Stoff der Verdecke beschädigen können. Das künstliche Licht wollte ich nicht. Das Telefon lag in einer Ecke auf dem untersten Regalbrett. Ich begann, mich nach anderen Dingen umzusehen.

»Collie? Was tust du da?«

»Ich brauche ein paar Sachen. Über das Testament weiß ich Bescheid. Und über den Nachlaß auch. Und die Lebensversicherung, die mir jetzt ausgezahlt wird. Das kann warten.« Ich hielt inne und suchte im grauen Licht sein Gesicht. »Du hast doch noch meine Vollmacht, nicht?«

»Natürlich, aber ...«

»Dann leite das Verfahren ein, okay? Ich ... ich will mal eine Weile mit rechtlichen Dingen nichts zu tun haben.«

Ich brach ab. Ich hatte einen Stapel von Dingen zusammengetragen: eine batteriebetriebene Lampe, eine Ersatzbatterie, Kochgeschirr, eine Thermosflasche, ein Zelt, eine Hängematte, einen Schlafsack und eine kleine Werkzeugtasche, die ich neben dem Telefon in meiner Jackentasche tragen konnte. Die Mädchen hatten das Täschchen Montgomery einmal zum Vatertag geschenkt.

»Wenn ... wenn mir etwas zustoßen sollte – ist dann immer noch für die Kinder gesorgt? Sind die Papiere noch gültig, die ich unterzeichnet habe, bevor Montgomery starb? Mit denen ich dich und Sonja zu Vormündern bestellt habe.«

»Collie! Was zum Teufel geht hier eigentlich vor?«

»Sind sie noch gültig?« wiederholte ich.

Er fuhr sich mit der Hand durchs Haar. Es sah weich und seidig aus. Ich hätte es gern berührt. »Ja. Sie sind noch gültig.«

»Gut.« Ich suchte weiter.

»Du wirst gleich dein ganzes Kostüm voll Öl machen.« Seine Stimme klang eigenartig. Ich nahm mir nicht die Zeit, den Unterton zu analysieren.

Ich sah lachend zu ihm auf. »Hier drinnen ist kein Öl. Nirgends. Das hier ist der Behandlungsraum, in dem wertvolle Oldtimer untersucht und verarztet werden. Es ist so sauber, daß du dich nackt auf dem Boden wälzen kannst.« Ich zitierte Montgomery. Einmal hatten wir uns in leidenschaftlicher Verliebtheit wirklich nackt auf dem Boden gewälzt. Und nirgends auch nur das kleinste Ölfleckchen gehabt.

»Wohin willst du?«

Zunächst antwortete ich nicht, da ich damit beschäftigt war, eine Schachtel Patronen, Rehposten Nummer drei, für meine andere Flinte, .20er Kaliber, zurechtzulegen. Und eine Schachtel Munition für meine andere 9mm-Pistole, die hübsche SIG Sauer, made in Switzerland, mit dem Perlmuttkolben. Montgomery hatte sie mir zu unserem vierten Hochzeitstag geschenkt. Es war ein unglaublich romantischer Abend gewesen. Champagner, paté, Käse und Obst und die Pistole. Im Hotelbett leerte er eine ganze Schachtel Patronen über mir aus. Dann liebten wir uns mitten im romantischen Souper. Ich hatte Patronenabdrücke im Rücken und Gänseleber in den Haaren. Ich war froh gewesen, daß es nicht meine Bettwäsche war.

»Collie.« Seine Stimme hatte einen Ton, den ich nie zuvor gehört hatte. Nicht einfach Besorgnis oder Freundschaft. Es war mehr.

»Frag mich nicht, Adrian. Bitte, frag mich nicht«, flüsterte ich. Ich ließ den Stapel liegen und ging zur Tür hinaus zum Haus. Die blonde Reporterin war nirgends zu sehen.

Diesen Abend verbrachte ich mit meinen Kindern und Sonja und ihren Kindern und Adrian Paul und JP und Philippe. Es war ein lustiger, lauter Abend. Wir machten Spiele, brieten Popcorn und aßen es auf dem Teppich, der den blutbefleckten Holzfußboden bedeckte, auf dem Montgomery gestorben war. Und ich wanderte im Haus umher, schrieb ein, zwei Briefe und versteckte sie. Adrian Paul beobachtete mich bei meinen Wanderungen. Sein Blick war dunkel und grüblerisch. Abwartend.

Als ich aus Moisson weggegangen war, hatte ich alle meine Wintersachen in der Aufbewahrung gelassen. Vor einigen Monaten waren sie von der Reinigungs- und Aufbewahrungsfirma gebracht worden. Ich hatte alles, was ich brauchte. Stiefel, lange Unterhosen, warme und wasserdichte Überkleidung. Aber der Frühling war so früh gekommen, da würde ich sie vielleicht gar nicht ... Doch. Nimm alles mit, sagte ich mir. Das Wetter ist um diese Jahreszeit unberechenbar.

Es gelang mir, unbemerkt eine Tasche zu packen. Erschöpft

ging ich früh zu Bett, ließ mich in meine seidenen Laken fallen und starrte zur Decke hinauf, an der sich träge der Ventilator drehte. An Schlaf war nicht zu denken. Langsam wurde es still im Haus. Die Zeit glitt vorbei wie Nebel, fein und substanzlos.

Langsam wurde meine Tür geöffnet. Ich drehte meinen Kopf nicht. Wahrscheinlich hatte ich gewußt, daß er kommen würde. Ich hob meine Hand und wartete. Adrian Paul kam lautlos ins Zimmer, noch angekleidet, seine Augen in der Dunkelheit nicht zu erkennen. Mit langsamen Bewegungen legte er seine Kleider ab und glitt zu mir ins Bett. Nahm mich in seine Arme. Erst da, als sein heißer Körper mich in der Nacht verbrannte, wurde mir bewußt, wie kalt mir gewesen war.

Diese Umarmung rührte mich tief. Da gab es keine Technik, kein routiniertes Wissen. Keine Forderungen. Nur tiefe Zärtlichkeit, so innig, daß sie mich ganz einhüllte, meine Ängste stillte, meine aufgewühlten Emotionen besänftigte, mich tröstete.

Danach schlief ich eine Stunde, von seinen Armen gehalten.

Und dann ging ich.

Lautlos kleidete ich mich an, klebte meine Briefe an die Hintertür, trug mein Gepäck in die Garage und verstaute alles im Landrover. Zelt, Schlafsack, Moskitonetz. Einen Schlangenhaken und mehrere Stoffbeutel. Eine kleine Schaufel, einen normalen Hammer, einen Gummihammer, einen großen Kanister Benzin, vier leere Fünf-Gallonen-Behälter für Wasser. Den Kühlbehälter. Die anderen Dinge, die ich zusammengetragen hatte. Die Waffen.

Zu meiner eigenen Überraschung nahm ich den Rosenkranz mit, den Montgomery in der Werkstatt hatte hängen lassen. Ich hängte ihn mir um den Hals. Er war kalt und feucht von den Monaten in der Werkstatt. Die silberne Kette erwärmte sich nur langsam auf meiner Haut. Der Stein, aus dem Perlen und Kruzifix gemacht waren, blieb noch länger kalt.

Ich stieg in den Rover, startete den Motor und fuhr hinaus, als das Tor sich hob.

Im Haus gingen die Lichter an. Im Rückspiegel sah ich Adrian Paul, der nur mit seiner Hose bekleidet auf der Veranda stand.

»Collie! Nein!«

Ich ignorierte den Schmerz, die Qual in seiner Stimme und fuhr davon.

Ich sah auf die Uhr. Vier Uhr. Chaisson und Castalano mußten schon offen haben. Ein hochgestochener Name für ein Jagd- und Angelgeschäft, das nicht viel mehr war als ein Schuppen mit Gittern vor den Fenstern, einer öffentlichen Toilette hinter dem Haus und Anglerausrüstungen, Jagdgewehren, Munition, Ködern und Faustfeuerwaffen im Wert von vielleicht hundertfünfzigtausend Dollar. Hinten gab es einen Schießplatz, wo die Kunden die Waffen, auf die sie ein Auge geworfen hatten, ausprobieren konnten. Das Geschäft blühte, selbst im Winter.

Ich hatte einmal Chaissons Haus gesehen. Ein Dreihunderttausend-Dollar-Prachtbau in sicherer Entfernung vom Damm, mit einer anderthalb Meter hohen Backsteinmauer rund um das Grundstück, die man mit Sandsäcken absichern konnte, sollten die Dämme bei Überschwemmung Schwächen zeigen.

Als ich vor dem Geschäft anhielt, traf gerade die Vormittagscrew ein: Castalano selbst und ihre zwölfjährige Tochter. Beide waren sie klein, stämmig und dunkeläugig. Wie aus einem Holz geschnitzt. Ich mußte an das erste Mal denken, als ich Adrian Paul und JP zusammen gesehen hatte. Und verscheuchte den Gedanken.

Ich füllte die Kühlbehälter mit zwanzig Pfund Eis und die Kanister mit Wasser, dann ging ich hinein.

Als ich zur Kasse kam, musterte Castalano zuerst meine Einkäufe, dann mich. »Die DeLandes haben ein Konto. Soll das weiterlaufen?«

Ich überlegte kurz und sagte ja.

»Die Rechnungen gehen immer am fünfzehnten des Monats raus. Die Zahlung ist am fünfundzwanzigsten fällig. Wenn's später wird, müssen Sie mit Chaisson reden.« Das war eine gute Drohung. Chaisson wollte ich lieber kein Geld schulden.

Ich nickte. »Ich brauche ein kleines, flaches Boot, das ich mit meinem schleppen kann. Und meins möchte ich jetzt aus der Aufbewahrung holen.«

»Können Sie mit einem Beiboot umgehen? Das ist auf dem Bayou ganz schön schwierig.«

Ich nickte wieder.

»Besonders bevor die Sonne aufgeht.«

Ich lachte. Ich hatte endlich verstanden. Das würde alles zusammen eine Menge Geld kosten. Ich mochte ein Konto haben, aber ich war nicht Montgomery. »Ich zahle selbst für das Boot. Und die anderen Dinge.« Ich reichte ihr meine Goldene Karte.

Castalano rechnete alles zusammen und reichte mir den Zettel zur Unterschrift. »Ich behalt' die Rechnung hier bis zum fünfzehnten. Wenn Sie dann nicht wieder da sind und bezahlen, schick' ich sie ein.«

Ich nickte, aber dann überlegte ich es mir anders. »Castalano? Schicken Sie sie gleich ein. Kann sein, daß ich am fünfzehnten doch nicht zurück bin.«

»Hm«, machte sie und sah sich um. Wir waren allein im Laden. »Sind sie hinter Ihnen her? Die DeLandes?«

Ich war bestürzt. Sie wußte Bescheid. »Ja, ich glaube schon.« Meine Stimme klang atemlos und schwach.

»Haben Sie genug Munition?«

Ich lachte wieder. Jeder andere hätte gesagt, gehen Sie zur Polizei. Nehmen Sie sich einen Leibwächter. Seien Sie nicht verrückt, Sie sind doch nur eine Frau. Nicht so Castalano. Ich hatte das Gefühl, ich hätte schon viel früher ihre Bekanntschaft machen sollen.

»Ich weiß nicht. Ich hoffe es.«
»Was haben Sie?«
»Rehposten. Nummer drei.«
»Zwanziger Kaliber?«
»Ja. Und eine neun Millimeter.«
»Hohlladung?«
Ich schüttelte den Kopf. »Nein.«

Einen Moment lang musterte mich Castalano von Kopf bis Fuß, dann verschwand sie unter dem Ladentisch. Nur ihr Mammuthinterteil war noch neben der Kasse zu sehen. Als sie sich wieder aufrichtete, legte sie eine Schachtel Munition auf den Ladentisch. »Da hab' ich was Gutes für Sie. Wenn eine von den Patronen einschlägt, splittert sie und breitet sich aus.« Sie preßte ihre Hände aneinander und klappte sie von den Handgelenken aus nach außen. Dann spreizte sie die Finger. »Die reißen einen von innen auf.«

Ich konnte mir vorstellen, welchen Schaden sie in einem menschlichen Körper anrichten würden.

»Haben sie Westen?«

»Westen?«

»Kugelsichere Westen.«

»Ich ... weiß nicht.«

»Wenn ja, dann schießen Sie am besten auf den Unterleib oder auf den Kopf. Dann sind sie erledigt. Wahrscheinlich sind sie schon erledigt, wenn sie mit den Dingern einen Arm oder ein Bein treffen. Das zerreißt's total.«

Ich schloß meine Augen und holte tief Atem.

»Haben Sie eine Weste?«

»Nein.«

»Kommen Sie. Hinten hab' ich eine, die Ihnen passen müßte.«

Castalano ging voraus und schloß eine Tür auf, die fast ganz hinter ausgestellten Schwimmwesten verborgen war. Sie trat in einen langen, schmalen Flur von vielleicht drei Meter Länge. Auf der einen Seite hingen Waffen, auf der anderen standen hohe Regale mit Munition.

»Ziehen Sie Ihre Jacke aus.«

Ich gehorchte, und Castalano schnallte mir eine kugelsichere Weste um den Oberkörper, zog die Kreppverschlüsse zu, bis sie richtig saß. Der Rosenkranz drückte mir ins Fleisch.

»Reicht Ihre Goldene Karte für das alles?«

»Ja, aber schreiben Sie einfach Jagdausrüstung. Ich möchte nicht, daß sie feststellen können, was genau ich gekauft habe.«

»Okay.« Sie schob sich das kurze schwarze Haar aus den Augen. »Haben Sie einen Feldstecher?«

»Nein. Den hab' ich vergessen.« Ich fragte mich, was ich sonst noch vergessen hatte.

»Hier.« Sie drückte mir ein schwarzes Etui in die Hand, hatte dann noch einen großen, wasserdichten Rucksack und einen wasserdichten Beutel. »Für Ihr Gewehr, wenn's regnet.«

Sie knipste das Licht aus, schloß die Tür, und ich folgte ihr zur Kasse. Wir waren immer noch allein. Ihre Tochter war draußen und schwatzte mit ein paar Jungen. Ich zog den Reißverschluß meiner Jacke über der Weste zu und schob mir den Riemen des Feldstechers über die Schulter. Die Weste war aus leichtem Material, dennoch fühlte ich mich eingeengt. Ich spürte meine Rippen.

Castalano ging zu Fuß zum Steg, ich fuhr mit dem Landrover hinunter. Das schwarze Wasser des Grand Lake lag still auf der anderen Seite der Holzplanken. Castalano zog einen Karteikasten heraus, sah die Karten durch, setzte sich auf einen Gabelstapler und zog mein vierzehn Fuß langes Boot aus den gestapelten Stößen von Fischerbooten, Rennbooten und Sportbooten. Sie fuhr ans Wasser und setzte das Boot sehr vorsichtig in den See.

Es war das Boot, das Miles Justin vor vielen Jahren gekauft hatte. Sein Geschenk an mich.

Noch bevor die Sonne aufging, hatten wir die gesamte Ausrüstung in mein Boot und das neue kleine Beiboot verladen. Aus einem Kasten holte Castalano zwei Ruder und eine lange Stange, mit der ich in seichtem Gewässer staken konnte. Zwei orangefarbene Rettungswesten lagen in Aluminiumfächern an den Seiten des Bootes.

»Den Mercury hab' ich letzten Herbst überholt. Müßte okay sein.« Sie warf zwei Ölkanister ins Boot, tankte es voll und machte das Beiboot hinten an meinem Boot fest. Ihre Bewegungen waren sparsam. Sie sprach bei der Arbeit.

»Ich würd' Ihnen empfehlen, nicht schneller als zehn Meilen

zu fahren mit dem Beiboot. Vielleicht auch langsamer. Sonst fängt Ihnen der Kahn zu schlingern an. Wenn ich gewußt hätte, daß Sie schleppen wollen, hätte ich Ihnen einen Hilfsmotor montiert.«

»Es ist schon gut so. Ich hab's nicht eilig.«

»Nein«, meinte sie nachdenklich. »Wenn Sie erst mal im Becken drin sind, findet Sie keiner, wenn Sie nicht gefunden werden wollen.«

Die Frage hing unausgesprochen zwischen uns. Ich seufzte. Der saure Geruch des Flußbeckens stieg mir in die Nase. Fisch. Fäulnis. Verrottende Bäume. Abgase. Und Öl.

»Ich habe ein Telefon mit. Wenn ich angekommen bin, rufe ich an.«

Castalano zog eine Karte aus der Tasche ihrer Bluse und steckte sie mir in die Jackentasche. »Tun Sie das.«

Ich hatte eigentlich nicht gemeint, daß ich *sie* anrufen würde, aber warum nicht. Ich kletterte ins Boot, ließ die Schraube ins Wasser und startete. Der gute alte Mercury hustete ein paarmal, ehe er richtig loslegte und eine Abgaswolke über dem Wasser aufstieg.

»Moment noch«, rief Castalano. Sie verschwand einen Augenblick aus dem gelben Schein der Lampe, dann kehrte sie mit einer Handvoll Mützen zurück und warf sie mir zu. »Geht aufs Haus«, rief sie.

Ich lachte über ihre Großzügigkeit. Die Mützen trugen alle das Firmenlogo, kosteten sie wahrscheinlich nicht mehr als einen Dollar pro Stück. Ich setzte eine der Mützen auf, hob grüßend die Hand und tuckerte langsam aus dem gelben Lichtschein in die Dunkelheit hinaus. Als ich vielleicht fünfzehn Meter draußen war, schaltete ich die roten und grünen Lichter an und gab ein bißchen Gas.

Ehe ich um die Biegung des Bayou fuhr, blickte ich noch einmal zurück. Castalano stand immer noch am Steg und verfolgte meine Fahrt. Aber sie war nicht allein. Der alte Frieu stand neben ihr. Sein kleiner, stämmiger Körper war auch in der Dunkelheit der Nacht leicht zu erkennen. Castalano wies mit dem Arm über das Wasser auf mich. Der Alte kratzte sich den Bauch. Ich wandte mich dem See zu.

Und verschwand in der Schwärze des Beckens. Der Motor brummte so laut, daß er alle anderen Geräusche übertönte.

Es lebten noch Menschen hier im Becken, in isolierten kleinen Gruppen oder allein in einsamen Häusern. Der Staat hatte versucht, sie auszusiedeln, als man beschlossen hatte, das Becken in den Hochwasserschutz der Mississippi-Ebene miteinzubeziehen, aber nicht alle waren gegangen. Und von denen, die gegangen waren, waren viele wieder zurückgekommen.

Die Hütten ruhten auf kreosotbehandelten Pfählen, die glitschig und verschlammt waren. Schimmel hatte die Unterseiten der Häuser überzogen, und überall kam das nackte Holz durch. Die Risse und Ritzen in den Holzschindeln waren mit Teer und Zeitungspapier zugestopft. Verrostete Wellblechdächer deckten die kleinen Hütten, langsam versinkende Stege waren durch frische Pfähle gestützt, die man tief in den morastigen Grund geschlagen hatte. Es kann eben nichts das Zuhause ersetzen.

Bei einer Geschwindigkeit von zehn Meilen pro Stunde hatte ich eine lange Fahrt vor mir. Zwei Tage vielleicht. Die Sonne ging auf, und ich zog die Khakijacke und die kugelsichere Weste aus, rieb mich mit Sonnenschutzmittel ein, flocht mein Haar und setzte die Mütze wieder auf. Ich fuhr in nordöstlicher Richtung über den See zum Big Gator Bayou.

Ich würde das Beiboot durch den großen Bayou schleppen und in den kleinen namenlosen Bayou abbiegen, den der alte Frieu mir vor so langer Zeit gezeigt hatte. Ich würde das Beiboot mitschleppen, solange es ging, es dann losmachen, verankern und weitertuckern, bis ich den Lagerplatz fand, den ich suchte. Dort würde ich ausladen, dann zum Beiboot zurückkehren, meine Sachen in das größere Boot umladen und wieder zu meinem Lagerplatz fahren. Wenn ich Glück hatte und es nicht regnete, konnte ich dort auf trockenem Boden schlafen. Wobei »trocken« natürlich relativ gemeint ist.

Je älter der Morgen wurde, desto wärmer wurde es. Ich zog

mein Arbeitshemd aus, rieb mich noch einmal ein, aß etwas Trockenobst und trank viel Wasser.

Tiere, die vor einer Woche noch im Winterschlaf gelegen hatten, krochen aus sumpfigen Höhlen, unter umgestürzten Bäumen, aus den knorrigen, verschlungenen Wurzeln alter Cheniers und aus Löchern in faulendem Holz hervor, um sich zu sonnen. Eine Wolke zog über mich hinweg, und es regnete sachte auf die sonnenhungrigen Schlangen, Schildkröten und Alligatoren.

Alligatoren waren meine Hauptsorge, und ich achtete darauf, daß mein Gewehr immer dicht neben mir auf dem Boden lag. Normalerweise griffen Alligatoren Motorboote zwar nicht an, aber ich wollte nicht unvorbereitet sein, falls ich auf den einen Riesenalligator stoßen sollte, der sich nicht an die Regeln hielt.

Als es zehn Uhr wurde, sah ich die ersten Silberreiher auf Jagd. Schneeweiß und grazil auf langen, dünnen schwarzen Beinen standen sie im seichten Uferwasser und fischten. Auf einem anderthalb Meter hohen Baumstumpf stand ein brauner Pelikan, den großen, flachen Schnabel fest auf die Brust gedrückt und hielt seine ausgebreiteten Schwingen in die Sonne. Wildgänse und Wildenten saßen in stillen Teichen.

Gegen Mittag kam ich an einer Nutriafamilie vorüber. Es schauderte mich. Der Mann, der die häßlichen Tiere aus Südamerika hierhergebracht hat, sollte erschossen werden. Der Nutria, dessen Fell bei den New Yorker Kürschnern höflich als Hudson-Bucht-Biber bezeichnet wird, ist in Wirklichkeit eine Kreuzung aus Biber und Wasserratte. Er hat Schwimmhäute an den Füßen und unglaublich spitze Zähne, und ich hatte Geschichten von Nutrias gehört, die in vorüberkommende Boote geklettert waren. Wenn bei mir so ein Biest einstieg, würde ich garantiert ein Loch in mein Boot schießen.

Der Motor brummte tief und voll. Ab und zu flog von dem Lärm erschreckt ein Vogel auf und floh über das Wasser.

Manche Seerosen hatten schon winzige Knospen. Auch sie waren importiert, genau wie die Nutrias, und waren genauso lästig. Aber die meisten Pflanzen waren noch fest geschlossen. Nichts blühte. Hin und wieder ein Angler. Wir nickten einander zu und kümmerten uns wieder um unsere eigenen Geschäfte.

Im Laufe des Nachmittags verlangsamte ich die Fahrt und nahm die Abzweigung in den Big Gator Bayou. Ich hielt nach dem untergegangenen Fischerboot Ausschau, das vor langer Zeit von einem Hurrikan hierhergetragen worden und im Morast versunken war. Ich sah es endlich, halb versteckt unter den Seerosen, die sich auf dem Schlamm, der es bedeckte, ausgebreitet hatten.

Der Geruch veränderte sich. Es war nicht mehr der typische Bayougeruch. Es roch ein wenig sauer. Morastig. Sümpfe in der Ferne.

Ich kam an der Sommerhütte des alten Frieu vorüber. Der Steg, auf dem Miles und ich dem alten Cajun und seiner Büchse entgegengetreten waren, und auf dem Miles mit dem Alten um tausend Dollar gepokert hatte, war fast ganz versunken.

Ich bog in den schmalen Bayou ein, fuhr noch langsamer, bis ich den tieferen Arm auf der rechten Seite gefunden und mein Boot vorsichtig hineingesteuert hatte. Neben mir sprangen Frösche von Seerosenblatt zu Seerosenblatt, überquerten auf diese Weise das Wasser, ohne naß zu werden. Eine riesige Eidechse, oder vielleicht war es auch ein Salamander, oben schwarz und am Bauch weiß, sprang klatschend ins Wasser.

Ich konnte die heisere Stimme des alten Frieu hören, seinen Cajun-Tonfall, wie er Miles und mir vom Bajou erzählt hatte, und ich merkte plötzlich, daß ich auf dieser Reise in die Vergangenheit schon seit Stunden in seiner Sprache dachte.

Es war friedlich und einsam hier, und wenn ich den kleinsten Fehler machte, konnte ich hier sterben, und meine Leiche würde niemals gefunden werden. Und genau das hatte ich vor. In einem Gebiet zu verschwinden, das ich besser kannte als jeder von ihnen. Eine Spur zu hinterlassen, der sie folgen konnten. Wie die Vogelmutter, die den Jäger von ihrem Nest weglockt.

Am späten Nachmittag, als die Sonne ihren Abstieg in die Sümpfe begann und die Luft abkühlte, machte ich Rast. Der Weg, der vor mir lag, war von Seerosen zugewachsen, und ich wußte, ich würde rudern oder staken müssen, um weiterzukommen.

Ich suchte und fand trockenen Boden – na ja, wenigstens halbwegs trockenen – und zog die Boote hoch. Holte die Sachen heraus, die ich für die Nacht brauchen würde. Die Hängematte paßte zwischen zwei kräftige Pekanos, das Moskitonetz warf ich über einen Ast darüber und ließ es bis zum Boden hinunterfallen.

Mit Moos und der trockenen Rinde einer Weide machte ich Feuer. Den Coleman-Ofen wollte ich mir für den Regen aufheben. Das Feuer qualmte, aber der Qualm würde Moskitos und kleine Raubtiere fernhalten.

Ich kochte Wasser und machte mir Kaffee, ging mit der dampfenden Tasse ans Wasser. Nicht weit entfernt von der Stelle, wo ich die Boote an Land gezogen hatte, war eine Bucht, und die weißen Äste eines umgestürzten Baums ruhten im stillen Wasser.

Ich trank meinen Kaffee und versenkte vier Leinen im Wasser, so tief, daß der Köder, ein Stückchen Wienerwurst aus meinem mageren Proviant, dicht über dem Grund hing. Ich band die Leinen an den Ästen des toten Baums fest. Warum sollte ich es mir beim Angeln nicht gemütlich machen. Die Sonne ging in einer atemberaubenden Explosion von Farben, die vom Fuchsienrot bis zum Pflaumenblau reichten, unter, während ich auf eine Bewegung der roten Schwimmer wartete. Eine halbe Stunde später hatte ich zwei kleine Katzenfische im Netz. Ein ordentliches Abendessen.

Obwohl ich nicht gerade Meisterin in dieser Kunst war, häutete ich die beiden Fische, noch ehe es dunkel wurde. Ich machte die kleine Pfanne heiß und briet den Fisch mit etwas Mehl. Todmüde nach meinem Mahl, breitete ich meinen Schlafsack in der Hängematte aus und ließ mich hineinfallen. Ich konnte nur hoffen, daß es nicht regnen würde. Sonst würde ich es bereuen, daß ich das Zelt nicht aufgeschlagen hatte.

Das Feuer knisterte und knackte, Nachtvögel riefen, Eulen schrien, kleine Nachtjäger plätscherten im Wasser. Doch es war die Stille, die mich wachhielt. Die geräuschvolle Stille des Bayou.

Und die Erinnerung an Adrian Pauls Hände in der Nacht zuvor. Ich war noch nie nachts allein im Bayou gewesen. Immer war mein Bruder Logan, Sonja oder Montgomery bei mir gewesen. Oder auch mein Vater, als ich noch sehr jung war und alles tun wollte, was Daddy tat. Aber niemals allein. Die Erinnerung an Adrian Paul, der mich in den seidenen Laken in seinen Armen gehalten hatte, war tröstlich.

Es wurde kalt, und mit dem Sinken der Temperatur wurde es still. Eine echte Stille kehrte ein, die wie ein Schleier alles zudeckte, eine Decke des Schweigens über meiner einsamen Welt ausbreitete. Das Feuer ging aus, und ich blieb im Dunklen unter dem Sternenhimmel zurück.

Vor Morgengrauen war ich wach, hatte gepackt, noch ehe die Sonne den Nebel verzehren konnte, der wie der Geist einer sich windenden Schlange über dem schwarzen Wasser des Bayou lag. Ich brach auf, noch ehe die Sicht gut genug war, um sicher vorwärtszukommen, aber ich war jetzt nicht mehr weit von meinem Ziel entfernt. Das Beiboot ließ ich an Land zurück, festgebunden und unter Laub versteckt. Ich würde heute abend zurückkommen. Sogar früher schon, wenn nicht der ganze Bayou von Seerosen überwuchert war.

Solange ich noch den Motor benutzen konnte, kam ich schnell vorwärts, aber als der Flußarm schmäler wurde und das Seerosengerank dichter, sich wie eine grüne Decke vor mir dehnte, blieb mir nichts anderes übrig, als den Motor auszuschalten und ihn hochzuziehen, bis die Schraube oberhalb der erstickenden Schönheit der Seerosen war.

Der Rest des Wegs war beschwerlich. Ich mußte mit den Rudern oder mit der Stange arbeiten, und es war Mittag vorbei, als ich den Lagerplatz erreichte. Ich glaube, es war seit dem Tag, an dem der alte Frieu, Miles Justin und ich dort kampiert hatten, um die Alligatoren bei der Paarung zu beobachten, niemand mehr dort gewesen.

Die Lichtung war kleiner, als ich in Erinnerung hatte. Aber trocken. Und das Dach der Hütte über den verrosteten Metallbetten aus Armeebeständen war noch ganz. Ich lud meine Sachen aus und stakte durch die Seerosen zurück. Ich hatte einen Pfad von der Breite meines Boots durch die Seerosen gezogen, einen Pfad, der durch zerdrückte Blätter, abgerissene Stengel und herausgerissene Wurzeln gekennzeichnet war. Ein Blinder hätte der Spur folgen können. Wenn die DeLandes kamen, würden sie zweifellos sofort bemerken, daß sie mich gefunden hatten. Und sie würden kommen. Dafür würde ich sorgen.

Obwohl ich erschöpft war, war die zweite Tour leichter. Ich konnte das größte Stück Weg mit Motor zurücklegen, ohne fürchten zu müssen, daß die Seerosen den Mercury abwürgen würden. Dennoch war es dämmrig, ehe ich das Zelt aufgestellt, die Hängematte an zwei Bäumen angebracht, Feuerholz gesammelt und Feuer gemacht hatte.

Die widerlich riechenden Fischköpfe, die ich vom Abendessen des letzten Tages aufgehoben hatte, waren der ideale Köder für Krebse. Ein Netz, ein Eimer, ein Knäuel Schnur, verfaultes Fleisch und gekochter Reis – was für ein Rezept für Gumbo. Ich setzte in zwei kleinen Kesseln Wasser auf, einmal für Reis und einmal für die Krebse, und kehrte zum Wasser zurück. Zehn Minuten später hatte ich Krebse genug für mein Abendessen.

Hinterher machte ich frischen Kaffee und wusch mich gründlich, bevor ich mich schlafen legte. Der Kaffee war sehr befriedigend, meine Waschungen nicht. Ich hatte Wasser aus dem Bayou zum Kochen gebracht, es eine halbe Stunde kochen lassen und mich dann mit Geschirrspülmittel gewaschen. Seife hatte ich vergessen mitzunehmen. Später hatte ich im selben Wasser das Geschirr gespült. Mama war ja nicht da, um sich darüber aufzuregen.

Am nächsten Tag kam die Sonne spät. Lange bevor sie aufging, hatte ich meinem Feuer Holz nachgelegt, Kaffee gemacht und genug spanisches Moos gesammelt, um mein Bett zu polstern. Ich hoffte aus tiefstem Herzen, daß in dem Moos keine Spinnen saßen oder Spinneneier abgelegt waren.

Ich sammelte im Morgennebel mehr Feuerholz, tote Äste, genug für eine ganze Woche, und schichtete es unter dem schrägen Pultdach des Schuppens auf den Metallbetten auf, damit es nicht auf dem feuchten Boden lag. Wenn es regnen sollte, würde wenigstens mein Feuerholz trocken bleiben. Ich hatte natürlich auch noch den Ofen.

Ich reinigte meine Waffen und füllte den Tank des Boots auf. Ich lud den Rest meiner Ausrüstung ins Boot und belegte das Feuer mit Asche für später.

Ich war recht zufrieden mit mir. Doch es war kälter heute, der Himmel nur mit Blau gesprenkelt, und im Lauf des Tages verdrängten die Wolken das Blau immer mehr. Ich hatte das Gefühl, daß meine Selbstzufriedenheit gleich eine kalte Dusche bekäme.

Mit Hilfe von Motor und Stakstange fuhr ich zu der Insel, die der alte Frieu Miles und mir einmal gezeigt hatte. Ich wollte auf Schlangenjagd gehen.

Wenn man dem Alten glauben durfte, gab es auf dieser Insel mehr Mokassinschlangen pro Quadratmeter als sonstwo auf der Welt. Sie war auf drei Seiten vom Bayou umschlossen, auf der vierten Seite von Sumpf begrenzt, der so dick war, daß er wie schwarzgrüner Schleim aussah. Überall ragten Baumstümpfe in die Höhe. Nichts lebte hier.

Vielleicht gab es auf der Insel wirklich mehr Mokassins als sonstwo auf der Welt, aber bei der Kälte brauchte ich sechs Stunden, um wenigstens vier aufzustöbern. Und die hätte ich auch nicht gefunden, wäre nicht endlich die Sonne auf ein Stündchen herausgekommen.

Die eingesackten Schlangen waren nicht begeistert von der Bootsfahrt zurück zum Lager. Sie tobten wie die Verrückten in ihren Beuteln. Aber sobald ich wieder im Lager war, goß ich das kalte Wasser aus, das sich in meinem Kühlbehälter angesammelt hatte, und legte die vier Schlangenbeutel auf das Eis, das noch da war. Zwei Minuten später schliefen die gefährlichen Giftschlangen selig und süß. Vorsichtig öffnete ich die Beutel und verlegte sie alle in den größten Beutel, den ich hatte. Dann hängte ich ihn an einen niedrigen Ast in den Schatten.

In den noch verbleibenden Stunden Tageslicht erkundete ich die Umgebung, fing mir mein Abendessen und versteckte das Boot in einiger Entfernung vom Lager unter Farn und den belaubten Zweigen einer Eiche. Zum Abendessen gab es wieder Fisch, den ich mit viel schwarzem Pfeffer anrichtete, und danach gönnte ich mir als besonderen Genuß einen Becher von dem Whisky, den ich aus Montgomerys Werkstatt mitgenommen hatte. Whisky ist zwar nicht gerade mein Leib- und Magengetränk, aber er rundete das Abendessen schön ab.

An diesem Abend kramte ich das Funktelefon heraus und rief Castalano an. Ich brauchte dringend den Klang einer menschlichen Stimme. Aber nicht den einer Stimme, die mich zum Weinen bringen würde.

»Hallo?«

»Castalano? Ich bin's. Steht die Welt noch?«

»Größtenteils.« Sie schien erfreut, von mir zu hören. »Und alle Welt sucht Sie.«

»Ach ja?«

»Ja. Kennen Sie so'nen hübschen Jungen mit dunklem Haar und schwarzen Augen? So'n Franzmannstyp?«

»Adrian Paul Rousseau?« fragte ich.

»Genau! Der ist ganz schön sauer auf Sie. Und seine Frau auch.«

»Seine Frau?«

»Die muß seine Frau sein. Kein Mann würd' sich so ein Mundwerk gefallen lassen, wenn er nicht mit ihr verheiratet wäre.«

Ich lächelte in die schwarze Nacht hinein. Sonja. »Dunkles Haar? Klein? Designerkleidung?«

»Vergessen Sie das Mundwerk nicht.«

»Sie ist seine Schwägerin.«

»Da hat er Glück gehabt. Kurz und gut, die sind gestern dagewesen. Haben von der Straße aus den Rover gesehen. Sie wollten, daß ich Ihnen nachfahre und Sie zurückhole.«

Ich lachte, während ich eine Fledermaus beobachtete, die zu meinem Lagerfeuer hinunterschoß und wieder davonflog.

»Die kennen sich in den Bayous nicht aus, was?«
»Wenig«, bestätigte ich.
»Ich hab' ihnen gesagt, daß Sie 'n Telefon haben. Sie bleiben in Ihrem Haus, bis sie von Ihnen hören. Bald, hoff' ich.«
»Warum?«
»Mann, die haben heute schon mindestens zwanzigmal hier angerufen. Dauernd wollen sie wissen, ob ich was von Ihnen gehört hab'. Und dann ist auch noch der Sheriff aufgekreuzt.«
»Terry Bertrand?«
»Richtig.«
Terry Bertrand war immer noch Sheriff, wenn auch ungewiß war, wie lange noch. Die State Police untersuchte derzeit, welche Rolle er bei meiner Entführung gespielt hatte.
»Er war aber nicht amtlich da, verstehen Sie. Hat ziemlich viele Fragen gestellt. Ich hab' ihm das gleiche gesagt wie den andern. Daß Sie im Flußbecken unterwegs sind.«
»Hm. War sonst noch jemand da?«
»Leider ja. Ein DeLande. Der mit dem Hut ...«
»Miles Justin.«
»Er war betrunken. Na ja, ich weiß nicht, ob er betrunken war, aber er hat getrunken. Und er war ganz schön in Rage, das können Sie mir glauben.«
»Was hat er gesagt?«
»Daß er Sie gesucht hat, und Sie ihm entwischt sind.«
»Ich ruf' ihn später an.«
»Das hab' ich mir schon gedacht. Er wohnt im Old Fishing Hole Hotel.«
»Was, in der Absteige?«
Ich konnte ihr Achselzucken beinahe sehen. »Wollen Sie die Nummer haben?«
Sie gab mir die Telefonnummer und die Zimmernummer, und dann machten wir Schluß. Aber bevor ich Miles anrief, rief ich zu Hause an. Ich dachte, jetzt könnte ich es vielleicht verkraften. Mit ihnen reden, ihre Stimmen hören, ohne gleich in Tränen auszubrechen. Ich täuschte mich.

»Collie?«

Nicht einmal ein Hallo. »Wolfie.«

»Wo bist du, verdammt noch mal?« Furcht schwang in ihrer Stimme. Sie war ganz anders als sonst. Sie beschimpfte mich nicht einmal.

»Im Flußbecken.«

»Aber warum denn?« Sie weinte, und das machte es mir noch schwerer, meine eigenen Tränen zurückzuhalten.

»Damit die DeLandes mich finden können, Wolfie. Zu meinen Bedingungen. Damit sonst niemand verletzt wird.«

»Du dumme Gans! Ich hätte dir geholfen. Du hast jetzt viel Geld. Adrian Paul hat mir gesagt, wieviel.« Das war ein Verstoß gegen das Anwaltsgeheimnis, aber ich war nicht gerade in der Position, deswegen Klage zu erheben. »Für soviel Geld hättest du dir eine ganze Armee anheuern können.« Sie schniefte.

»Und hätte mein Leben lang trotzdem keine ruhige Minute. Früher oder später würden sie mich finden. Und dann würden sie sich an den Kindern vergreifen. Das darf nicht passieren.«

»Der Sozialdienst interessiert sich für die DeLandes. Bald ...«

»Bald kräht kein Hahn mehr nach der Sache«, unterbrach ich. Ich konnte mich von ihr nicht zur Rückkehr überreden lassen. Ich wußte, daß ich die richtige Entscheidung getroffen hatte. Ich wußte es einfach. »Bald macht ein anderer Skandal Schlagzeilen, und dann werden die Leute, die den DeLandes aus der Hand fressen, meinen Fall still und leise unter den Teppich kehren, oder ... Es geht nicht anders, Wolfie.«

»Adrian Paul ist hier«, sagte sie gepreßt. »Er möchte ...«

»Nein.« Ich hatte nicht schreien wollen. »Sag ihm einfach ... sag ihm, ich danke ihm. Er weiß schon, wofür. Und wir sehen uns bald wieder. Ich muß Schluß machen, Wolfie.«

Ich legte auf, und dann weinte ich. Ich weinte mir den ganzen Whisky und die ganze Angst aus dem Körper und von der Seele. Ich brauchte eine Stunde, um mich wieder zu beruhigen. Dann rief ich im Fishing Hole Hotel an und ließ mich mit Zimmer Nummer 127 verbinden.

Miles meldete sich sofort. Im Hintergrund plärrte der Fernsehapparat. »Hallo?«

»Miles?«

Augenblicklich wurde die Lautstärke heruntergedreht. »Collie?«

»Am Apparat.« Du lieber Gott, wie höflich ich war. Die Nonnen wären stolz auf mich gewesen.

»Wo bist du?«

»Ich warte auf euch. Wer kommt denn alles zum Dinner? Ich mache gebratenen Katzenfisch, aber die Kartoffeln und den Salat müßt ihr mitbringen.« Ich babbelte dummes Zeug; ich war nervös. »Bier hab ich leider auch keines da.«

»Ich werde daran denken.« Ich konnte das Lachen in seiner Stimme hören. Warum mußte er zu ihnen gehören?

»Was hat der Älteste mit mir vor, Miles? Das gleiche, was ihr mit Ammie gemacht habt?« Ich hörte, wie er einen Moment den Atem anhielt. »Oder soll's eher so werden wie bei Eve Tramonte?« fragte ich leise. Er antwortete nicht. »Hast du vor, dabei zu helfen?«

»Ich werde mitkommen. Es tut mir leid, Collie.« Und es klang so, als täte es ihm wirklich leid. Soweit das bei einem DeLande möglich war.

»Erinnerst du dich noch an die Stelle, zu der uns der alte Frieu mal mitgenommen hat, um die Paarung der Alligatoren zu beobachten?«

»Ja.«

»Meinst du, du kannst sie wiederfinden?«

»Ja.« Seine Stimme war leise und traurig. Es hätte einem das Herz zerreißen können. Aber genau das hatte er vielleicht mit mir vor – mir das Herz zu zerreißen.

»Ich warte.« Ich machte Schluß und schob das Telefon wieder ins Etui. Selbst wenn sie bei Tagesanbruch starteten, würden sie den ganzen Tag brauchen, um hierherzukommen. Ich würde sie erst übermorgen früh zu Gesicht bekommen. Zeit genug, mich richtig auszuweinen.

15

Am Nachmittag kletterte die Temperatur endlich bis auf zwanzig, zweiundzwanzig Grad, und dann wurde es katastrophal. Für mich. Es regnete in Strömen. Nicht einmal unter dem Pultdach konnte ich ein Feuer in Brand halten. Und nie würde bei diesem Wetter ein Fisch anbeißen. Die schwarze Oberfläche des Bayou schäumte weiß unter dem peitschenden Regen. Ich mußte zur Militärverpflegung greifen.

Aber zuerst nahm ich eine Dusche im Regen. Er war ziemlich warm und gleichmäßig. Er wusch mir das Geschirrspülmittel aus den Haaren und vom Körper. Eine Viertelstunde lang stand ich im Regen, ehe ich nackt in mein Zelt schlüpfte und mich trocken zitterte.

Kurz vor Sonnenuntergang, als es wieder kühler wurde, klarte es auf. Und da roch ich den Qualm. Ein Lagerfeuer, an dem gekocht wurde. Die DeLandes. Ich stand in meinem Zelt, sauber und noch feucht und nicht richtig auf sie vorbereitet. Sie waren früh gekommen. So plötzlich wie der Rauch hereingeweht war, blies ihn der Wind wieder weg, und nichts blieb zurück als frische, regensaubere Luft.

Ich hatte sie erst am nächsten Morgen erwartet. Aber sie brauchten ja kein Beiboot mit Ausrüstung und Proviant zu schleppen. Und sie hatten für die Fahrt hierher wahrscheinlich ein Boot gemietet. Wie lange waren sie schon hier? Waren sie schon vor dem Regen dagewesen? Würden sie es riskieren, nachts durch den Bayou zu fahren, wenn das Wasser und der Himmel darüber gleich schwarz waren?

Ein DeLande riskierte alles.

Meine Hände hatten wieder zu zittern begonnen, und mit Kälte hatte das nichts zu tun. Ich nahm die große alte Laterne, die Montgomery immer genommen hatte, wenn er mit Terry Bertrand auf die Jagd gegangen war, und wickelte sie in meine feuchte, dunkle, schmutzstarrende lange Hose. Stopfte sie in meinen Schlafsack auf dem moosgepolsterten Bett. Dazu legte ich einige meiner Sachen. Die zwei Kessel, ein paar schmutzige Kleider, das Telefon. Und dabei kam ich mir die ganze Zeit wie ein Schulmädchen im Sommerlager vor, das die Vorbereitungen für einen lustigen Streich trifft. Als stopfte ich meinen Schlafsack aus, um die Aufsicht zu täuschen; keiner sollte merken, daß ich gar nicht in meinem Bettchen war, sondern mit den Jungs im See nackt badete.

Vorsichtig legte ich auch den Beutel mit den Schlangen auf den offenen Schlafsack. Öffnete den Beutel und warf die sich träge bewegenden Tiere auf das kalte Bett. Später, wenn ich die Laterne anzündete, würde sich der Schlafsack durch ihre Hitze erwärmen. Die Schlangen würden zur Wärme wandern, lebendig und unruhig werden.

Unter dem Dach nahm ich den Ofen in Betrieb und kochte eine Kanne Kaffee. Eine volle Kanne. Ich trank den Kaffee schwarz, während ich am Ufer saß, so, daß ich gut gesehen werden konnte, und einen Reiher beobachtete, der im Seichten fischte. Ich dachte voll Sehnsucht an Zucker und Sahne und heiße Beignets. Ich kochte eine zweite Kanne Kaffee und füllte die Thermosflasche, und eine dritte Kanne, die ich trank, während langsam die Dunkelheit kam.

Heiße Armeeverpflegung war nur wenig schmackhafter als kalte. Aber ich aß sie. Ich setzte mich an meinen kleinen Ofen, genoß die Wärme und gab mich den Blicken der DeLandes preis, falls sie mich beobachten sollten. Ich kämmte mein immer noch feuchtes Haar aus, trocknete es vor dem Ofen und flocht es wieder. Dann steckte ich es hoch. Die ganze Zeit, während ich dort saß, trank ich Kaffee.

Nach Einbruch der Dunkelheit richtete ich das Lager so her, wie ich es haben wollte. Ich bemühte mich, außerhalb des schwachen Lichtscheins des Ofens zu bleiben, während ich ein paar Dinge so versteckte, daß sie bei einer oberflächlichen Durchsuchung nicht gefunden werden würden. Den Schlangenhaken versteckte ich im Geäst eines Chenier am Ufer, damit ich später die

Schlangen wieder einsammeln konnte. Einen Fünf-Gallonen-Behälter mit Wasser schleppte ich aus dem Boot und versteckte ihn im Dunklen hinter dem Schuppen. Andere notwendige Dinge verteilte ich rund um den Lagerplatz.

Dann machte ich den Ofen aus, den ich am liebsten ins Zelt mitgenommen hätte, und zog den Reißverschluß zu. In der Finsternis des Zelts zog ich wärmere Sachen an, sammelte ein, was ich mir zurechtgelegt hatte, natürlich auch die Waffen, machte die Laterne im Schlafsack an und kroch hinten zum Zelt hinaus. Es tat mir leid, das Zelt aufschlitzen zu müssen, aber vorn hinauszukriechen, kam nicht in Frage.

So leise wie möglich schlich ich durch die schwarze Nacht zu den Sümpfen auf der anderen Seite der Insel. Der leichte Wind roch nach toten Fischen. Ich war auf der Suche nach einem bestimmten Baum, einem krummen und knorrigen alten Chenier.

Ich hatte den alten Baum an dem Tag entdeckt, als ich die Gegend hier erkundet hatte. Ich war hinaufgeklettert und hatte mir einen dicken Ast gesucht, auf dem ich bequem sitzen und meinen Lagerplatz beobachten konnte. In der frühen Nacht war kein Mond am Himmel, und ich wagte es nicht, eine Taschenlampe zu benutzen. Ich durfte auf keinen Fall gesehen werden. Nach Stunden, wie mir schien, fand ich die alte Eiche trotz der Finsternis, rannte gewissermaßen direkt in sie hinein. Ich kletterte hinauf, befestigte meine Sachen im Geäst und machte es mir so bequem wie möglich. Dann begann das Warten.

Es zog sich in die Länge. Mitternacht war längst vorbei, als ich endlich etwas hörte, den gedämpften Schlag eines Ruders im Wasser.

Die Mücken waren eine Plage. Das Schutzmittel, das ich mithatte, wirkte zwar ganz gut, aber ich hatte vergessen, meinen Nacken einzureiben. Ich bekam mehrere Stiche ab, ehe es mir einfiel, auch dort etwas von der klebrigen weißen Creme aufzutragen.

Fledermäuse jagten im Dunklen, schossen hierhin und dorthin. Der schwere Schwingenschlag einer Eule rauschte in der

Luft. Grillen und Laubfrösche erfüllten die Nacht mit einer Vielfalt von Geräuschen.

Zweimal schliefen mir die Beine ein. Sonst aber blieb ich dank des Kaffees hellwach. Der Mond ging tief unten am Horizont auf, und die Bäume warfen lange, geisterhafte Schatten.

Der gellende Schrei erschütterte die Nacht. Voller Angst und Entsetzen, voller Schmerz, der Schrei eines Menschen, dessen schlimmster Alptraum gerade Wirklichkeit geworden war. Mir schlug das Herz bis zum Hals, und heißer Schweiß brach mir aus. Das Geheul hörte nicht auf. Ich konnte meine Uhr nicht sehen. Ich konnte gar nichts sehen. Da half auch der Feldstecher nichts.

Minuten vergingen, und weiter gellten die Schreie der Qual und des Entsetzens durch die Dunkelheit. Saß ich wirklich auf dem richtigen Baum? Blickte ich in die richtige Richtung? Dann wurden die Schreie plötzlich leiser, kamen keuchend und stoßweise, wie in Todesangst. Ein schreckliches Geräusch in der Nacht. Ein Röcheln.

»Collie?« Miles' laute Stimme. Mit einem merkwürdigen Unterton. Erheiterung. Und noch etwas.

»Nicole!« Richard, wütend. »Nicole, ich weiß, daß du da draußen bist. Ich weiß es. Ich kann dich riechen, du Luder.«

Erschrockene Fledermäuse sausten durch die Bäume.

»Ich hab' dir zugesehen, wie du nackt im Regen rumgelaufen bist. Wir haben es alle gesehen.«

Mein Gesicht brannte. Ich zog den Reißverschluß der Khakijacke auf. Das Keuchen und Wimmern wurde zum Stöhnen.

»Andreu hat die Vorstellung so gut gefallen, daß er sich auf seine Rechte als Ältester berufen hat und dich als erster nehmen wollte. He, hast du gehört, du Luder?« Seine Stimme hallte laut durch die Bäume, pflanzte sich über den Bayou fort. Gespenstisch und klagend. Dann Stille. Nur das Stöhnen und Keuchen vom Lagerplatz.

Der Mond war hell jetzt, und ich konnte durch die Bäume einen schwachen Dunst sehen, der vom schwarzen Wasser aufstieg.

Das Stöhnen wurde leiser, ging in ein schwaches Röcheln über und versiegte.

»Er wollte dich zuerst haben. Alle meine Schwestern hatten eine Schwäche für Andreu. Genau wie für Montgomery. Sagten, sie seien gut. Am besten.« Er lachte, ein grelles Lachen, das den Dunst durchschnitt. »Aber jetzt sind sie beide tot, Nicole.«

Ich zog meine Pistole. Hielt sie mit zitternden Händen, schwitzend vor Angst.

»Du hast sie beide umgebracht. Andreu ...« Er machte eine Pause, dann lachte er wieder, ein Kichern, das rund um mich herum in den Bäumen hängenblieb wie schlafende Fledermäuse. »Andreu hat Schlangen gehaßt, Nicole. Eine hat ihn am Hals erwischt. Weißt du, wie das ist, wenn eine Mokassinschlange einen am Hals erwischt, Nicole? Man wird knallrot und schwillt an, und es ist ein Schmerz, als würde man innen von Säure zerfressen.«

Richard lachte wieder. Es klang erheitert, als wäre dies alles ein Riesenjux. »Und dann schwellen die Atemwege so an, daß man keine Luft mehr bekommt, Nicole. Und man schreit vor Schmerz, bis das Gift einen erstickt. Und dann stirbt man.

Aber eines hast du vergessen, Nicole. Nach Andreus Tod bin ich der Älteste. Hast du das bedacht? Hast du dir mal überlegt, was das bedeutet?«

Er wartete, beinahe so, als führe er ein ruhiges Gespräch mit mir und wolle mir zu einer Erwiderung Zeit lassen. Mir war eiskalt. Ein leiser Wind strich wispernd durch das Geäst der alten Eiche. Der Bayou schien zu seufzen. Der Dunst hob und senkte sich, als atmete er.

»Der Älteste trifft alle Entscheidungen. Im Geschäft und in der Familie. Er hat unter den Schwestern und Nichten und sogar unter den kleinen Jungen die erste Wahl. Ich bin nicht heikel, Nicole. Ich ficke alles. Hast du mich gehört?« Seine Stimme schwoll an bei den letzten Worten.

»Hast du mich gehört? Wenn ich mit dir fertig bin, fahr' ich nach Moisson zurück und hol' mir deine Kinder. Hast du mich gehört?«

Ich schluckte, in den verkrampften Händen die Pistole. Der leise Wind starb. In der Ferne schrie eine Eule, unbekümmert.

»Die kleine Dessie hab' ich mir schon gezogen. Und ich werd' sie mir vornehmen, bis sie wünschte, sie wäre tot.«

Ich fing an zu weinen. Vor Zorn und Ohnmacht und Angst.

»Hörst du mich?« kreischte er.

Plötzlich sah ich ein Licht. Feuerschein, der in die Luft stieg, so schnell, so leuchtend, daß es nur Benzin sein konnte. Ich schob die SIG ins Holster und hob den Feldstecher an meine Augen, blickte durch die Bäume zum Lagerplatz. Sie hatten mein ganzes Feuerholz unter dem Pultdach in Brand gesetzt. Sie hatten einen Eimer Benzin über das fast trockene Holz gegossen und angezündet. Es brannte lichterloh, und die Flammen erfaßten den Schuppen, der es vor Nässe geschützt hatte. Das Holz brannte mit einem warmen Schein, freundlich und anheimelnd.

Im Feuerschein konnte ich Andreu erkennen, der mit gespreizten Gliedern auf dem Rücken lag, den Kopf zurückgeworfen. Seine Brust war nackt und blutig, als hätte er versucht, sich das Herz herauszureißen, ehe er gestorben war.

Die Flammen tanzten in der Nacht, und in den zuckenden Schatten schienen die Bäume zu lebenden Wesen zu werden. Zwei Gestalten bewegten sich auf meinem Lagerplatz, anmutig wie Tänzer. Sie brannten meinen Lagerplatz nieder.

Sie verbrannten auch mein Zelt. Aus irgendeinem Grund hatte ich damit überhaupt nicht gerechnet. Aber was hatte ich denn erwartet? Daß sie beim Anblick der Schlangen es mit der Angst zu tun bekämen? Daß sie mit eingekniffenen Schwänzen zur Grande Dame laufen würden?

Ich senkte den Feldstecher, zog meine Jacke enger um mich und schob meine kalten Hände in die Ärmel. Ich wartete. Als es langsam Morgen wurde, schrie Richard wieder nach mir.

»Nicole! Du Luder, hör mir zu!«

Es war die schwärzeste Stunde der Nacht, die Dunkelheit unmittelbar bevor der Himmel anfing, grau zu werden. Der Mond stand jetzt wieder tief, und dichte Nebelschwaden trieben im

Wind durch die Baumwipfel. Sie umwogten mich. Ich streckte mich auf meinem Ast und versuchte, mich bequemer zu setzen. Meine Glieder waren steif und taub vom langen Sitzen in derselben Position.

»Du hast nichts mehr, du Luder!« schrie Richard durch die Nacht. »Du wirst dich noch wundern. Wir haben den Wasserkanister gefunden, den du hinter dem Zelt versteckt hast.«

»Mein Wasser«, flüsterte ich und drückte meinen Kopf an die rauhe Baumrinde. »Nein.« Dumm. Und was hatte ich mit den Wasserreinigungstabletten angestellt? ... Im Zelt gelassen natürlich. Das jetzt nur noch Asche war. »O Gott.« Sehr dumm.

Ich hörte den Motor anspringen. Drei Schüsse krachten. Dann entfernte sich das Brummen des starken Motors auf dem Bayou. Ich betete darum, daß der Motor sich in den Seerosenwurzeln verheddern und seinen Geist aufgeben würde. Aber Gott hörte nicht auf mich.

Warum waren sie gefahren? Ich hatte erwartet, daß sie mit dem von der Schlange Gebissenen in die Zivilisation zurückkehren würden, um Hilfe zu holen. Die Fahrt hätte sie einen vollen Tag gekostet, und ich hätte in dieser Zeit Phase zwei meines Plans vorbereiten können, der eine direkte Konfrontation mit meinen Schwägern vorsah. Aber Andreu war tot – warum dann noch wegfahren? Mein klarer, präziser Plan war plötzlich nicht mehr so klar.

Ich kletterte vom Baum, fiel das letzte Stück, schlug hart auf. Da ich schon einmal lag, blieb ich gleich liegen und weinte ein bißchen. Wenn ein DeLande auf der Insel wartete, um mich zu schnappen, würde er keine Mühe haben, mich zu finden. Er brauchte nur dem Klang meines Wimmerns zu folgen. Aber ich war allein. Allein mit den Mücken und Grillen und Fledermäusen und Nutrias und Spinnen.

Ich weinte, bis mir die Nase lief, und ich keine Stimme mehr hatte und mich so schwach wie ein kleines Kind fühlte. Es tat gut. Ich hatte in meinem Leben nie viel geweint, aber seit meiner Schwangerschaft mit Jason und seit meiner Trennung von Montgomery schien ich dauernd zu weinen.

Ich stand auf, holte meine Sachen aus dem Baum und sah sie durch. Ich trank etwas von dem heißen Kaffee, nahm zwei Aspirin und aß einen Schokoriegel aus der Armeeverpflegungspackung – Karton mit Zucker bestreut. Vom Golfkrieg übriggeblieben. Nicht einmal die hungrigen Irakis hatten es haben wollen. Ekelhaftes Zeug.

Mein Lager war hinüber. Die Trümmer rauchten noch. Alles, auch mein kleiner Ofen, war entweder verbrannt oder irreparabel beschädigt. Ich rettete ein angekohltes Knäuel Schnur, mein Fischernetz, das mit der Schnur zu flicken war, meine Angel und ein paar harte Plastikköder.

Die aufgewühlte Stelle vor dem verbrannten Zelt mied ich. Hier war Andreu gestorben. War Andreu wirklich tot? Richard hätte es sein sollen.

Der Gedanke überraschte mich. Ja, irgendwo tief drinnen hatte ich wahrscheinlich geglaubt, daß Richard durch die Schlangen sterben würde. Ihn hatte ich mir vorgestellt, wie er schreiend und sich vor Schmerz und Angst windend auf dem Boden lag und starb. Und wo war die Reue? Das Entsetzen darüber, einen Menschen getötet zu haben? Ich raffte meine wenigen Sachen zusammen, trank den letzten Rest Kaffee aus meiner Thermosflasche und ging zum Bayou hinunter.

Ich glaube nicht, daß mein Vater begeistert gewesen wäre, wenn er gewußt hätte, auf welche Art und Weise ich das, was er mir beigebracht hatte, nutzte. Bis jetzt hatte ich einen Menschen erschossen und einen zweiten mit Hilfe von Schlangen getötet. Ich würde ihm einen Dankesbrief schreiben müssen. Wenn ich dies hier überlebte.

Mein Boot, das ich unter der Eiche gut versteckt geglaubt hatte, war voll Wasser und bis auf den seichten Grund des Bayou gesunken. Es war gesunken, weil es drei Löcher hatte. Die Kugeln hatten zuerst die Wasserbehälter durchschlagen, dann den Aluminiumboden des Boots.

Ich starrte das Boot auf dem Grund des Bayou an, als hoffte ich, es würde wieder heil werden. Aber das geschah nicht.

Ich hatte keinen Plan für diesen Fall. Mit dem Verlust meines Boots hatte ich nicht gerechnet. Und ich hatte auch keine hilfreichen Geistesblitze. Ich hatte totale Mattscheibe.

Ich watete ins Wasser und rettete wenigstens die lange Stange, die Ruder und die Schwimmwesten. Ich packte meine Sachen und stocherte mit einem Ruder in den noch schwelenden Überresten des Zelts herum. Ich fand das Telefon, verkohlt und geschmolzen, und die verbogenen Platten der kugelsicheren Weste. Rausgeschmissenes Geld.

Ich fand die Tabletten zur Wasserreinigung. Sie waren ein bißchen angesengt, aber sie waren das einzige, was ich hatte. Ich schob sie in meine Hemdtasche. Der Behälter wärmte meine Haut, und die Wärme breitete sich zu dem Rosenkranz aus, der zwischen meinen Brüsten lag. Ich hatte ihn völlig vergessen gehabt.

Ich fand drei Schlangen. Tot. Ich hoffte, die, welche Andreu erwischt hatte, war entkommen. Bewährung wegen guten Benehmens. Ich legte einen verbeulten Kessel zu dem Haufen und betrachtete meine Habseligkeiten. Es war zuviel. Und bei weitem nicht genug. Wenigstens hatte ich die ganze Armeeverpflegung mit auf den Baum genommen.

Die Ruder und die Stange ließ ich zurück, aber den Schlangenhaken nahm ich mit, ebenso die Waffen, das Angelzeug und die Verpflegung. Ich band alles am Schlangenhaken und an der Schwimmweste fest.

Ich stand noch auf meinem Lagerplatz und überlegte, was ich wirklich brauchen würde und wohin ich ohne Boot eigentlich wollte, als ich das Boot hörte. Das Motorengeräusch trug meilenweit auf dem Wasser.

Sie waren zurück. Ich warf mir den Schlangenstock mit meiner ganzen Habe über die Schulter und lief los. Such dir eine Richtung aus. Irgendeine. Ich hielt an und atmete erst einmal tief durch. Versuchte, klaren Kopf zu behalten. Dann machte ich mich auf den Weg zur Schlangeninsel. Die Schlangen waren meine Freunde. Und sie haßten die DeLandes.

Ich rannte, solange es ging. Dann zwang mich das Seitenstechen, langsamer zu laufen. Ich marschierte, bis ich nicht mehr konnte. Ich mußte anhalten und Ballast abwerfen. Ich ließ den Kessel, die Flinte, den Feldstecher, die Angel und meine warmen Sachen außer der Khakijacke zurück.

Mein ganzer Körper war naß vom Angstschweiß. Ich stank vor Angst. Und da hörte ich es. Ein Hund. Er bellte irgendwo hinter mir.

Ich marschierte weiter, mit einer leichteren Last, aber weniger geschützt. Wenn ich die Flinte brauchen sollte, Pech gehabt. Ich lief und lief, mechanisch wie eine Maschine. Und dann war die Insel zu Ende.

Ohne lange zu überlegen, packte ich die SIG in den wasserdichten Beutel, den Castalano mir gegeben hatte, legte die Schwimmweste auf das stille Wasser, legte den Rucksack mit der Armeeverpflegung darauf, die Thermosflasche, die Khakijacke, den Schlangenstock und die Pistole. Alles war mit den Gurten der Schwimmweste befestigt, so daß es nicht herunterrutschen konnte. Es war ein Wunder, das unförmige Bündel schwamm tatsächlich. Zuletzt zog ich meine Hosen runter und urinierte an mehreren Stellen. Dann zog ich die Hosen wieder hoch, knöpfte zu, was zuzuknöpfen war und glitt ins Wasser.

Der Hund war merklich näher. Ich hätte auch im Wasser pinkeln können, aber jedes Mädchen vom Land weiß, daß Jagdhunde der Fährte nicht folgen können, wenn man ihren Geruchssinn verwirrt. Die Wirkung von Urin war immer verwirrend. Vielleicht konnte ich durch dieses Manöver ein wenig Zeit gewinnen.

Der Bayou hatte keine merkliche Strömung, aber ich orientierte mich nach Süden, stromabwärts, wie ich meinte. Ich kam gut vorwärts, folgte der Biegung des Bayou, ehe mir der Alligator einfiel. Ich blickte zurück; das Wasser hinter mir war still. Ich durchquerte das Wasser zur anderen Seite, wurde dabei bis zu den Schultern naß, und ging an Land, die Hand auf meine Seite gepreßt. Ich hatte immer noch Seitenstechen.

Der Himmel war so blau wie Montgomerys Augen, wenn er

zornig war. Die Sonne blendete, hinterließ gelbe Ringe auf meinen Augenlidern, wenn ich sie schloß. Der halbe Tag war vorüber. Und der Hund war nähergekommen. Ich konnte Männerstimmen hören, unscharf und verschwommen.

Ich bekam plötzlich einen Krampf, der von meiner Seite ausging und mich mit höllischen Schmerzen überzog. Ich fiel auf die Knie und krümmte mich zusammen. Ich wartete, bis der Krampf nachließ und schließlich ganz verschwand.

Ich richtete mich auf, zog mein nasses Hemd aus und band es mir um die Taille. Mein T-Shirt war naß und klebte wie eine zweite Haut an mir.

Ich packte alles in den Rucksack, band meine Khakijacke mit den Ärmeln daran, nahm den Schlangenhaken, an dem die Feldflasche hing, über die Schulter und brach wieder auf. Welchen Weg sollte ich nehmen? Weg von dem Hund natürlich. Das war eine leichte Entscheidung.

Ich marschierte am Ufer des Bayou entlang, vorsichtig, immer nach Schlangen und Alligatoren Ausschau haltend, die vielleicht in der Sonne lagen. Dies hier war die Schlangeninsel. Ich brauchte einen Baum. Eine verwitterte, alte Eiche. Einen Chenier.

Viel später war der Hund wieder nähergekommen. Ich bildete mir ein, seinen Atem, sein Schnüffeln und Schnauben hören zu können. Aber die Stimmen der Männer waren nicht deutlicher geworden. Vielleicht verlor ich langsam den Verstand. Vorstellbar war es. Meine Füße in den nassen Stiefeln waren heiß und wund. Ich schnaufte wie ein Blasebalg. Der Krampf in meiner Seite war in meinen Unterleib gewandert und hatte sich dort in Form eines dauernden heißen Schmerzes niedergelassen. Mein Rücken und meine Beine taten mir so weh, daß ich bei jedem Schritt meinte, ich müßte zusammenbrechen; dennoch ging ich weiter, führte den Hund und die Männer an einem halben Dutzend Schlangen vorbei, die sich sonnten. Vielleicht würde ein De-Lande auf eine von ihnen treten und sterben.

Ich durchquerte wieder einen Bajou, marschierte am Ufer entlang, trank Wasser, urinierte am Ufer und durchquerte das Wasser noch einmal in der Richtung, aus der ich gekommen war. Ich hätte ein Indianer sein müssen. Tatsächlich gab es in Daddys Familie irgendwo indianisches Blut. Mama war natürlich entsetzt gewesen, als sie das gehört hatte.

Und dann sah ich meinen Baum – eine knorrige, alte Eiche, deren Äste sich anmutig über das Wasser und weit landwärts ausbreiteten. Leicht zu erklettern. Wieder urinierte ich, trank mein ganzes Wasser, auch das aus der Feldflasche, die sowieso nur noch zur Hälfte gefüllt war. Sie leckte, eindeutig. Ich füllte Thermos- und Feldflasche auf, gab Tabletten hinein. Ich weiß nicht, ob sie wirkten.

Meine Sachen über der Schulter, kletterte ich den Baum hinauf, zog mich an den Ästen hoch, wobei meine nassen Stiefel mehr ein Hemmnis als eine Hilfe waren, bis ich einen kräftigen Ast erreichte. Ich kletterte einmal um den ganzen Baum herum und wählte schließlich einen Platz etwa sechs Meter über dem Boden. Es war gut, daß ich haltgemacht hatte. Direkt vor mir gingen Wasser und Land ineinander über, bildeten einen dicken, schleimigen Morast. Sumpf. Unpassierbar.

Es war der Sumpf des alten Frieu, der mehrere Meilen breite morastige Gürtel, an dem ich vor Tagen auf meiner Fahrt hinaus vorübergekommen war. Ich hatte mich rückwärts bewegt.

Ich schob mich über das Wasser hinaus zu einer Astgabel und setzte mich, die Beine um den Ast geschlungen. Ich öffnete den Rucksack und nahm eine köstliche Mahlzeit zu mir. Cordon Bleu vom Hühnchen. Pappe mit geschmolzenem Pappkäse und Pappreis.

Ich begann, langsam zu trocknen, während der Hund und die Männer näherkamen. Ich stank fürchterlich.

Es war ein herrlicher Tag für eine Wanderung durch die Sümpfe. Um die fünfundzwanzig Grad, ein wolkenloser Himmel, ein leichtes Lüftchen. Frühling. Wäre ich nicht so erschöpft gewesen, ich hätte es vielleicht genossen. Ich streckte mich auf meinem dicken Ast aus, das Gesicht dem Himmel zugewandt, und betastete meine schmerzende Seite. Sie tat wirklich weh. Ich schloß die Augen und atmete flach. Der Hund war näher. Bald. Bald. Ich versuchte, nicht an Miles zu denken.

Eine federleichte Berührung in meinem Gesicht. Auf meiner Hand. Ich setzte mich auf, umklammerte den Ast mit meinen Beinen. Schlug um mich. Schlug mir ins Gesicht. Bemühte mich, nicht zu schreien.

Spinnen. O Gott. Spinnen. Eine war in meinem T-Shirt. Zerquetschte sie mit meinen Fingern. Schwarzes Spinnenblut befleckte den schmutzigen Stoff. Ich schlug und schlug. Verlor das Gleichgewicht. Stürzte.

Ich schrie nicht. Ich schaffte es sogar, meinen Mund zuzumachen. Aber der klatschende Aufprall war weithin zu hören.

Das Wasser war hier tief. Kein Grund. Ich kämpfte mit wasserschweren Stiefeln gegen den Sog der Tiefe. Mein Kopf durchstieß das Wasser. Ging wieder unter. Ich sah eine Spinne durch das Wasser krabbeln. Ertrinken. Stirb, du gräßliches Ding. Stirb.

Ich kam wieder an die Luft. Ich konnte den Hund hören. So nahe. Keine Zeit, um zum Baum zurückzugelangen. Ich begann zu schwimmen, nur mit den Armen. Die Füße ließ ich hängen, bis sie Grund berührten.

Ich schwamm, bis das Wasser nur noch knietief war, nahe dem Ufer. Ich versuchte aufzustehen. Meine Beine versanken bis zu den Knien im Schlamm. Ich schaffte es, ans Ufer zu kommen. Auf festen Boden.

Ich konnte den Hund hören. Hörte Richard. Fluchen. Brüllen. So nahe.

Keine Zeit für den Baum, für die Pistole, die oben lag. Ich sah sie, wie sie sich am Ufer entlang zwischen den Bäumen bewegten.

Keine Zuflucht außer dem Sumpf. Damit würden sie bestimmt nicht rechnen. Daß ich in den Sumpf gehen würde. Ich konnte ein kleines Stück hineingehen, sie abschütteln, wieder umkehren. Einen Bogen schlagen, meine Pistole holen.

Ich sah zur Sonne hinauf, die so friedlich durch das Gitterwerk der Zweige über mir schien, und begann zu laufen. Ich lief, bis der Boden matschig wurde. Dann unter Morast verschwand. Lief dennoch weiter. Patschte durch den Schlamm, sank manchmal bis zu den Knien ein, manchmal noch tiefer. Einmal rutschte ich aus und stürzte in den Dreck, bekam den ganzen Mund voll mit dem widerlichen Zeug.

Ich würgte und spie aus. Der Rosenkranz schwang unter mir hin und her. Der Gestank war unerträglich. Ich kam an irgendeinem toten Tier vorüber, das halb unter Wasser lag. Nutrias nagten daran.

Ich blickte zurück. Blieb stehen. Das Atmen tat so weh, daß ich das Gefühl hatte, bei jedem Atemzug versengten mir glühende Flammen die Lunge. Ich hatte eine Spur hinterlassen. Eine breite, deutlich sichtbare Spur. Sie würden den Hund gar nicht brauchen, um mir zu folgen. Und an eine Rückkehr zu meiner Pistole war nicht zu denken. Der Morast hatte sich hinter mir nicht geschlossen. Ein breiter schwarzer Streifen aufgewühlten Morasts markierte meinen Weg.

Wieder sah ich zur Sonne hinauf und änderte die Richtung. Ich hoffte, ich bewegte mich jetzt auf die Sommerhütte des alten Frieu zu, zurück zum Bayou. Und zu den Gewehren, die in der Hütte an den Wänden hingen.

Ich hörte sie. Dicht hinter mir. Zu beiden Seiten. Aber der Hund war nicht zu hören. Was hatten sie mit dem Hund gemacht?

Ich begann, wieder zu laufen. Lief, bis ich keinen Atem mehr hatte und bei jedem Schritt schluchzte. Mein Mund war ausgedörrt, meine Haut bedeckt von Schweiß und Mücken. Meine Haut brannte von hundert Peitschenhieben dünner Gerten und Äste. Meine Hände bluteten. Lockten noch mehr Mücken an.

Ich mußte mit geschlossenem Mund atmen, um die stechenden Biester nicht in den Mund und Hals zu bekommen. Ich fiel. Rappelte mich stolpernd wieder hoch. Stützte mich mit einer Hand am Stamm einer Zypresse ab. Das Holz war warm und glatt unter meinen schweißnassen Fingern.

Mein Herz dröhnte mir in den Ohren, mein Atem war so laut,

daß ich meine Verfolger nicht mehr hören konnte. Es begann, dunkel zu werden. O Gott. Nacht in den Sümpfen. Laubfrösche begannen ihr nerviges Gequake. Ein Alligator röhrte.

Eine riesige Spinne, so groß wie meine Hand, hob neben meinem Daumen ein langes Bein. Ich schlug sie tot. »Mistvieh«, flüsterte ich.

Die Kugel traf mich in die linke Seite. Ich fühlte das Brennen, noch ehe ich den Knall hörte. Fiel auf die Knie. Nach vorn geschleudert von der Wucht des Schusses.

Richard lachte. »Nicole. Du schaust aus wie Maria die Blutige. Ich freu' mich auf dich, Nicole. Das wird ein Spaß. Auch wenn du noch so verdreckt und blutig bist. Und wenn ich mit dir fertig bin, häng' ich dich den Alligatoren zum Fraß hin.«

Ich hörte ihn auf einer Seite durch den Schlamm kommen. Ich hörte den langsameren Schritt auf der anderen Seite.

»Und dann hol' ich mir Dessie. Frisches, junges Fleisch. Hörst du mich, Miles? Vielleicht überlegst du es dir noch anders, mein Junge, wenn du die kleine Dessie siehst. Miles mag sie nicht jung«, schrie er mir zu. »Aber er hat was übrig für Blondinen.«

Links von mir wurde ein Gewehr entsichert. Rechts bewegte sich etwas.

»Nico-ol!« rief er im Singsang. »Wir haben dich.«

So nahe. Direkt hinter mir. Auf der linken Seite. Er lachte.

In der Dämmerung direkt vor mir bewegte sich etwas. Ich sah auf. Verblüfft. In kleine Äuglein, die wie schwarze Perlen schimmerten. Der alte Frieu stand unter den Bäumen auf trockenem Land.

»Runter, Mädchen«, flüsterte er.

Ich ließ mich ins Wasser fallen.

Der Knall war ohrenbetäubend. So nahe, daß mir die Hitze das Gesicht verbrannte. Richard schrie. Wasser plätscherte. Ich drehte mich um, blickte in ein schwarzes Loch von der Größe meiner Faust. Es war weit unten, an seiner Taille. Blut, dunkler als meins, schwärzer als die Nacht, sprudelte aus dem Loch. Floß plätschernd ins schwarze Wasser.

»Eine Bewegung, Junge, und du stirbst auch«, sagte der alte Frieu.

Richard stürzte schreiend ins Wasser.

Miles hob die Hände über den Kopf. Das Jagdgewehr lag auf seinen Handtellern. »Es ist ein neues Gewehr. Ich möchte es nicht ruinieren«, sagte er leise. Seine Stimme übertönte Richards Schreie, die Geräusche, die seine wild schlagenden Arme im Wasser machten. Das Röcheln und das Keuchen. Erheitert. Eine Spur ironisch. Ein DeLande in Hochform.

Sorgfältig legte er das Gewehr zu Füßen des alten Frieu auf den Boden. Hob wieder die Arme. Trat einen Schritt zurück. Der Lauf der Büchse war auf seinen Bauch gerichtet.

»Sie brauchen mich nicht zu töten«, sagte er in spielerischem Ton. Ach was, voller Erheiterung. Als handele es sich um ein amüsantes Spiel.

Krämpfe peinigten mich. Ich krümmte mich im Wasser. Konnte nicht atmen.

»Wieso nicht?«

»Weil ich ihr nichts tun will. Und weil ich der Älteste sein werde, sobald Richard tot ist. Abgesehen von Marcus natürlich, aber der zählt nicht. Der ist ja schon halb tot. Und ich als Ältester bestimme, daß Collie am Leben bleibt. Darum.«

So einfach. So frivol. So freimütig, während wir zusahen, wie Richard im schwarzen Wasser zuckte und sich wand. Grunzte wie ein sterbendes Tier. Ohne Worte. Ein Tier. Wie Andreu. Der Gestank von Fäkalien erfüllte plötzlich die Luft.

Miles lachte leise. »Mein Wort drauf, Frieu. Mein Wort.«

»Das Wort eines DeLande. Das war noch nie gut.«

»Meines schon.« Unerbittlich der Ton. Ich konnte sein Gesicht in der Dunkelheit nicht erkennen. Aber ich hatte den Eindruck, daß der alte Frieu es sehen konnte. Und daß er sich an einen Stapel Hundert-Dollar-Scheine erinnerte, der mit einem Jagdmesser zusammengehalten wurde. Eine beglichene Schuld.

Augenblicke vergingen. Richards Atem ging hastig. Und meine Schmerzen wurden schlimmer. Ich würde nie wieder aufstehen können. Ich würde hier mit Richard sterben. Plötzlich lächelte ich. Dessie war vor Richard sicher.

»Warum lächeln Sie, Mädchen?«

Ich ignorierte die Frage des alten Frieu und sah Miles an, konzentrierte meinen Blick auf seine dunkle Gestalt im Zwielicht. »Dein Wort«, flüsterte ich. »Dein Wort darauf, daß du uns in Ruhe lassen wirst. Daß ihr alle uns in Ruhe lassen werdet, auch die Grande Dame.«

Zähne blitzten im düsteren Licht, als Miles lächelte.

»Die Grande Dame hat im Grunde keine Macht, Collie. Keinen finanziellen Einfluß. Jetzt nicht mehr. Der Älteste besitzt die größte Macht. Er hat die Kontrolle über die Finanzen der Familie. Und jedesmal, wenn ein Bruder stirbt, gehen seine Rechte auf den Ältesten über. Ein eigenartiges Arrangement, das finde ich auch, aber wir sind eben die DeLandes. Und jetzt bin ich der DeLande.«

So ruhig. Als spräche er bei einer Aufsichtsratssitzung mit den Aktionären. Ich lachte, aber es kam kein Laut aus meinem Mund. Ich würde überleben. Ich würde nicht allein hier im Sumpf sterben, von meinen Feinden und einem Hund verfolgt.

»Ich ... ich möchte das schriftlich, wenn wir zurück sind. Daß du mich und meine Kinder in Ruhe lassen wirst. Meine Kinder. Mein Leben. Und mein Geld«, fügte ich hinzu. Warum nicht? Ein DeLande verstand so etwas.

»Selbstverständlich. Wenn du bereit bist, mir Montgomerys Anteile zu überschreiben. Das Geld kannst du haben. Ich will nur die Kontrolle. Und ein Vorkaufsrecht auf Montgomerys Oldtimer.«

»Abgemacht«, flüsterte ich. Ich hatte keine Stimme mehr. Keine Luft mehr.

»Haben Sie ein Boot, Frieu? Würden Sie uns hier rausbringen? Ich brauche ein Bad. Ach, und würden Sie mir einen Gefallen tun und die Büchse runternehmen? Diese Dinger können gefährlich sein.«

Ich lachte ins Wasser, ein leises Glucksen des Schmerzes, und hielt dabei meinen Körper mit beiden Händen. O Gott. An Arroganz konnte es keiner mit den DeLandes aufnehmen.

Richard hörte auf zu kämpfen und lag still. Das Wasser schloß sich über seinem Gesicht.

Miles Justin hob mich hoch. Sein Gesicht war dicht an meinem. Ich hätte beinahe geschrien vor Schmerz. In Wellen. Brennende Qual. Ein Rhythmus des Schmerzes im Takt mit meinem Herzen. Er hielt mich einen Moment ganz still, als wüßte er, daß schon die kleinste Bewegung mich in einen Abgrund stürzen würde.

»Du wirst durchkommen.«

Ich konnte nicht antworten. Ich mußte um jeden Atemzug kämpfen.

Er setzte sich in Bewegung, folgte dem alten Frieu, setzte seine Schritte auf dem morastigen Boden mit Umsicht. »Ich habe die Kugel genau dahin gesetzt, wo ich wußte, daß du es überleben würdest.«

»Du?«

Wieder lachte er leise. Die sanfte Erschütterung tat mir beinahe gut. Der Gestank des Sumpfs blieb zurück.

»Ich bin ein viel besserer Schütze als Richard ... einer war. Er befahl mir zu schießen. Und ich habe es getan. Ich hätte dir nur geschadet, wenn ich es nicht getan und er dafür auf dich geschossen hätte.«

Ehe mir dazu eine Antwort einfiel, ließ mich Miles Justin, der Älteste, auf den Sitz eines Boots hinunter, setzte sich neben mich und nahm mich in die Arme, um die Stöße während der Fahrt abzufangen. Der kleine Motor heulte auf, erfüllte die Luft mit Abgasen. Der Sumpf blieb zurück, schwarzes Wasser breitete sich vor uns aus. Schwarzer Himmel über uns. Eine Mondsichel. Sterne.

»Es ist alles gut, Collie«, flüsterte er mir ins Ohr. »Du bist jetzt in Sicherheit. Und deine Kinder auch.«

Epilog

Das Überleben ist eine merkwürdige Sache, ein Ding für sich, das zu gleichen Teilen aus Schuld, Erstaunen, tiefer Verwirrung, Schock und Verwunderung besteht. Ich berühre meine Hände, spüre den kleinen Schmerz an jener Stelle, an der die Nadel des Tropfs unter die Haut gleitet, zeichne die Konturen und Linien der Blutergüsse an meinen Armen nach, streiche glättend über den Verband um meinen Bauch.

Ich bin erstaunt über das Leben, das noch in mir pulsiert und atmet, und seltsamerweise ein wenig traurig, als gäbe es jetzt zwei von mir in meinem Körper. Eine, die beobachtet, eine, die reagiert. Eine, die betrachtet, eine, die fühlt. Diese Dualität ist beunruhigend. Aber ich sage mir, daß ich sie mit der Zeit überwinden werde.

Die Schwestern haben mir heute einen Spiegel gegeben, damit ich zu Ehren meiner Töchter, die mich heute zum erstenmal besuchen, mein Gesicht waschen, mein Haar kämmen, etwas Lippenstift auflegen konnte. Ich habe mich lange in dem kleinen, ovalen Spiegel angesehen. Ich sah mich immer noch an, die Stirn leicht gerunzelt, als Dessie und Shalene hereinkamen und den Geruch nach frittierten Zwiebelringen, Plastikregenmänteln, den Geruch von Sturm und Unwetter mitbrachten.

Ich schob den kleinen Spiegel in die Schublade meines Nachttischs und umarmte sie lächelnd, drückte sie, so fest mir das mit meinen Verbänden, Pflastern und Klammern möglich war. Ich sagte all die Dinge, die man als Mutter sagt, und sah mit Überraschung und Staunen und wachsendem Entzücken, wie sie sprachen und einander neckten und sich ein bißchen zankten. Ich weiß nicht, was sie sprachen. Der Inhalt war nicht von Bedeutung. Nur ihre Sicherheit und ihr Glück waren von Bedeutung.

Dennoch – wie werde *ich* mit der Realität fertig werden, daß ich meinen Mann getötet habe? Daß ich einen Mann geliebt und geachtet, mit einem Mann zusammengelebt habe, den ich überhaupt nicht kannte.

Sein Tod von meiner Hand lastet schwer auf mir. Ich atme das Wissen, daß ich ihn getötet habe. Ich fühle es kalt auf meiner Haut wie sein erkaltendes Blut. Und selbst jetzt schaudere ich bei der Erinnerung daran, wie er stürzte. Stürzte und starb.

Aber ich erinnere mich auch an Montgomery, wie ich ihn an jenem ersten Tag sah, mit seinen blauen Augen und seiner schlanken Gestalt, die jedes junge Mädchen in weitem Umkreis in Bann schlugen. Weiß Gott, ich hätte meine Seele für einen einzigen Blick von ihm gegeben. Beinahe hätte ich es getan. Vielleicht habe ich es getan.

BLANVALET

SUSAN ELIZABETH PHILLIPS

Die verwöhnte, lebenslustige Daisy Devreaux
hat genau zwei Möglichkeiten: Entweder sie wandert
ins Gefängnis – oder sie heiratet Alex Markov.
Ihr frischgebackener Gatte, der zwar attraktiv, aber
humorlos ist, verschleppt sie aus ihrer reichen Luxuswelt
in seinen heruntergekommenen Wanderzirkus –
da sind Turbulenzen vorprogrammiert...

»*Warmherzig und witzig – einfach unschlagbar!*«
Rendezvous

Susan E. Phillips. Küß mich, Engel   35066

BLANVALET

ANNE RIVERS SIDDONS

Atlanta 1966. Die junge Smokey O'Donnell zieht in die Stadt, um ihren Weg als Reporterin zu machen. Ein Interview beschert ihr auf einen Schlag Erfolg – und einen Verlobten. Doch Smokey verläßt den begehrtesten Junggesellen Atlantas, um ihrem Kopf – und ihrem Herzen – zu folgen...

»Ein praller Familien- und Sittenroman!«
Brigitte

Anne Rivers Siddons. Und morgen ein neuer Tag 35075

BLANVALET

TAMI HOAG

Der entsetzliche Mord an einer jungen Frau versetzt eine Stadt im schwülen Louisiana in Aufruhr. Nach dem Freispruch des vermeintlichen Täters verfolgt die Polizistin Annie Broussard eine Spur – und gerät selbst ins Fadenkreuz des Killers...

»Schließen Sie besser alle Fenster und Türen – Tami Hoag schreibt Thriller, die Ihnen kalte Schauer über den Rücken jagen!«
New Woman

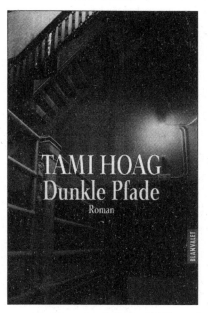

Tami Hoag. Dunkle Pfade   35097

BLANVALET

Der neue, teuflisch rasante Thriller der amerikanischen Bestsellerautorin

MOLLY KATZ

Der verzweifelte Kampf einer Frau gegen ihren heimtückischen Ehemann, der sie um jeden Preis zum Schweigen bringen will.
Ihre einzige Waffe: seine Vergangenheit.

Molly Katz. Auf Liebe und Tod   35065